SV

»Ihr Unvergleichlichen«

Jurek Becker Briefe

Ausgewählt und
herausgegeben von
Christine Becker und
Joanna Obruśnik

Suhrkamp Verlag

Erste Auflage 2004

Satz: Libro, Kriftel
Druck: Nomos Verlagsgesellschaft, Baden-Baden
Printed in Germany
ISBN 3-518-41643-X

2 3 4 5 6 – 09 08 07 06 05 04

Briefe

An Elisabeth Borchers

Berlin, den 5. November 1969

Werte Frau Borchers,
vielen Dank für Ihren freundlichen Brief, auch für das andere Mitgeschickte.
Daß mein Buch 1970 in Ihrem Verlag erscheinen wird, war für mich ein Mittelding zwischen einer Neuigkeit und keiner. Vor vielen Monaten schon, im März oder April, wenn ich mich recht entsinne, hatte mir Herr Kaspar mitgeteilt, der Luchterhand Verlag habe eine Option für den Jakob erworben. Da aber bis zu dem Tag, an dem ich Ihren Brief erhielt, nichts geschah, was auf Bestätigung oder Widerruf hindeutete, war ich schon geneigt, an ein gesamtdeutsches Mißverständnis zu glauben. Nun weiß ich es also, und ich bin erfreut.
Sie schreiben, Sie wären schon hundertmal vom Bahnhof Zoo zur Friedrichstraße gefahren, ohne daß ich Ihnen je in den Weg lief. Ganz fraglos war dies eine große Unterlassungssünde meinerseits, in Zukunft werde ich besser auf meine Schritte achten. Ich schreibe Ihnen meine Telephonnummer auf, 59 71 51, und sollten Sie den gleichen Weg das Hundertunderstemal hinter sich haben, dann genügt ein Anruf. Zur Sicherheit vielleicht ein paar Zeilen der Ankündigung vorneweg, damit ich auch zu Hause bin.
Das schnell ausgelesene Büchlein von Bichsel, das Sie mit in den Umschlag steckten, ist hübsch, bestimmt aber keine Offenbarung, womit ich Ihnen wohl nichts Neues sage. Das von Bichsel betretene Feld ist von Krylow oder Wilde oder Saint-Exupéry schon so gründlich abgegrast worden, daß es überaus schwierig ist, darauf noch ein Hälmchen zu finden.
Sie werden sich denken können, daß mich Ihre Worte um den Charles-Veillon-Preis ziemlich überrascht haben. Wie mich auch der Umstand erfreut, daß mein Buch in der Lage war, eine solche Reaktion bei Ihnen auszulösen. Ein-

zuwenden weiß ich nichts, wenn ich auch bezweifle, daß die Herren der Jury Ihr Wohlgefallen teilen werden – die Liste der bisherigen Preisträger beweist ihre Strenge. Mag nun daraus werden was will, Ihr Vorschlag beweist mir, daß Sie mitunter originellen Einfällen erliegen. Umsomehr würde ich mich freuen, Ihnen beim nächsten Berlin-Besuch zu begegnen.

Herzliche Grüße, auch für Herrn Walter
Ihr Jurek Becker

An Elisabeth Borchers

Berlin, den 11. März 1970

Liebe Frau Borchers,
wie abgemacht, schicke ich Ihnen nun die Fotos, nicht eben in üppiger Anzahl, doch hoffe ich, daß sie reichen und für Ihre Zwecke verwendbar sind. Sie stammen von Roger Melis, was ich auf seinen Wunsch hin noch einmal ausdrücklich erwähne. Er sagte mir, daß Ihr Verlag schon des Öfteren Arbeiten von ihm verwendet hätte.
Nun, was die ins Auge gefaßte Reise betrifft: Nach meinen Erkundigungen dürfte ihr nichts Wesentliches im Wege stehen. Natürlich muß eine Einladung vorliegen, und sie müßte relativ zeitig eintreffen, denn das Ganze dauert wohl ein wenig.
Gleichzeitig mit diesem Brief schicke ich ein zweites Päckchen ab, in dem sich der Roman ›der Zug hält nicht im Wartesaal‹ von Klaus Poche befindet. Bevor Sie es über den langwierigen Instanzenweg in die Hände bekommen, scheint mir diese Verfahrensweise wohl einfacher und vor allem zeitsparender.
Bis zu unserem nächsten Treffen, alles Gute für Sie und herzliche Grüße

Ihr Jurek Becker

An Elisabeth Borchers

Berlin, den 25. August 1970

Liebe Frau Borchers,
gestern bin ich aus dem Urlaub gekommen, fand Ihren Brief, das Leseexemplar vom Jakob und vor allem den Tisch, an dem wir sitzen. Dafür herzlichen Dank, gelesen habe ich ihn natürlich noch nicht, aber das wird sich in den nächsten Tagen ändern. Bei unserer nächsten Begegnung werden wir also der schlimmen Mühe enthoben sein, nur über mich und über von mir Verfaßtes zu reden.
Zu meiner Schande muß ich Ihnen gestehen, daß mir kein Kritiker bekannt ist, der unbedingt ein Rezensionsexemplar erhalten müßte. Verfahren Sie also bitte nach eigenem Gutdünken und schicken Sie an die Adressen, die Sie für nötig halten.
Fragen:
Ist das Buch schon im Handel?
Belegexemplare?
Was macht die Einladung? (Wenn nein, ist das kein Grund für Peinlichkeit und kein Beinbruch, ich möchte es lediglich als von Neugier geplagter Mensch wissen.)
Ich hoffe sehr, Sie bald zu sehen, egal wo.

Herzliche Grüße
Ihr Jurek Becker

An Frank Benseler

Berlin, 17. 12. 1970

Lieber Frank,
freue mich über Ihren Brief, natürlich auch über die beigelegten Papiere vom Kongreß. Denn Sie wissen so gut wie ich: das Interesse an Personen ist nichts anderes als Interesse an Vorgängen. In deren Kopf und um sie herum.
Gestern erst habe ich vom Verlag einen ganzen Packen mit

Rezensionen über den ›Jakob‹ bekommen. Darunter auch die von Reich-Ranicki. Sie haben sie sicher auch gelesen, und wie ich uns kenne, wird uns Ähnliches durch den Kopf gegangen sein. Wenn man mal von der umsatzsteigernden Wirkung absieht (die sicher nicht von schlechten Eltern ist) und das Ding destilliert, bleibt am Ende kaum mehr als ein Häufchen Scheiße. Aber na ja, wem sage ich das.

Bevor ich es vergesse – falls Jirak es noch nicht weiß, sagen Sie ihm bitte, daß ich mit Mader wegen seines Anliegens gesprochen habe. Mader wollte sich mit ihm in Verbindung setzen. Jiraks bärtiger Kopf, der Amerys Ablösung als Versammlungsleiter verlangte, war der einzige Höhepunkt der ARD-Berichterstattung vom Kongreß. Und die tatsächlich irre Forderung Walsers nach der Intellektuellen-Gewerkschaft, die sich mit dem Tage ihrer Gründung selbst disqualifizieren würde (wegen der Abseits-Regel).

Seien Sie herzlich gegrüßt, und melden Sie sich ja wieder!

Ihr Jurek Becker

An Wolfdietrich Schnurre

Berlin, den 14. Januar 1971

Lieber Herr Schnurre,

nachdem ich gleich nach Erhalt Ihres Briefes unserem Schriftstellerlexikon (Jahrgang 62) entnommen habe, daß Ihr »experimentierfreudiger bürgerlicher Avantgardismus ernsthafter künstlerischer Suche entspringt, aber zugleich die ideologische (subjektivistische) Begrenztheit des Autors deutlich werden läßt«, fühle ich mich so recht gerüstet, Ihnen ein paar dürre Zeilen zu erwidern.

Keine Frage, daß Ihr Brief mich gefreut hat, meinethalben auch, weil Lob meistens sehr empfängliche Ohren findet, vor allem aber, weil es sich um die Art von Anerkennung zu handeln scheint, die ich, falls überhaupt, beim Schreiben im Auge hatte. Bis jetzt war ich, wenn auch nicht ausschließlich, so doch ziemlich heftig anderem bundesrepublikanischem Beifall ausgesetzt. So applaudierte beispielsweise Reich-Ranicki vor allem der Allegorie, die ich erzählt haben soll, er las dieses und jenes heraus, nur nicht die offenkundige Geschichte. Oder Raddatz bescheinigte mir gar, mir wäre eine neue Definition von den Möglichkeiten der Literatur (in der DDR, versteht sich) gelungen. Nach so viel Astrologie empfinde ich Ihre Worte als wohltuend unhellhörig.

Ich grüße Sie herzlich,
Ihr Jurek Becker

An Wolf Wondratschek

Berlin, 9. 9. 1971

Lieber Wolf,
das sind ja nun erstaunlicherweise so viele Dinge, daß man schon erstens zweitens drittens schreiben muß. Viertens freue ich mich über Deinen Brief, vorher gab es nur ein Lebenszeichen über Elisabeth Borchers und die Mitteilung der Fernsehansagerin, daß Du Deinen Namen unter Protest von der Striptease-Nummer zurückgezogen hast (Du hattest mir letzten Oktober von dem Projekt erzählt).

Erstens, aus dem gemeinsamen Hörspiel wird nichts werden. Wenn Dich die Gründe nicht interessieren, überlies die Zeilen bis zum nächsten Absatz. Gründe also, bunt zusammengewürfelt: ich fühle mich mehr zur Sprachproduktion hingezogen als zur Sprachanalyse, mehr zur Manipulation als zu ihrer Untersuchung. Die Co-Produktion ist überhaupt ein Witz, ebenso gut könnte ich vorschlagen, in der DDR eine Veit-Harlan-Woche zu veranstalten.

Die Arbeit wäre also nur für euren Markt, aber meiner ist mir lieber. Ich habe mir schon andere Gebiete ausgesucht, auf denen ich mich anlege. Ich freue mich wie ein Schneekönig auf die Olympiade (aus denselben miesen Gründen wie die Millionen anderen, ich weiß das), und Arbeit dabei, unter irgendwelchen Aspekten zusehen, was kann man brauchen und was nicht, würde mir die ganze Show versauen. Das ungefähr.
Zweitens, im Verband habe ich die Einladung schon zweimal zur Sprache gebracht, was heißt zur Sprache gebracht, einem vom Vorstand gesagt, sie sollen Dich mal. Bis jetzt nichts, das könnte jahrelang so weitergehen. Immer ist irgendeine Situation. Nächste Woche werde ich es wieder tun, gegen bessere Einsichten, vielleicht diesmal, aber wohl kaum.
Drittens würde ich Dich gerne mal wiedersehen, vielleicht kann ich Dich sogar hörspielmäßig anregen, als intelligenter Konsument. Ob ich vorher wieder mal rüberkomme, weiß ich nicht, kann sein, kann nicht sein, dazu noch Frankfurter Gegend, wäre ein riesiger Zufall. Deswegen mein Vorschlag: komm umsonst her. Auf Einladung von mir geht es nicht, denn Du bist kein Verwandter ersten Grades, aber vielleicht so: sag Deinem Westdeutschen Rundfunk, ich habe geschrieben oder angerufen, ich wüßte noch nicht genau, hätte einen Haufen Fragen und Bedenken, die müßten unter vier Augen ausgeräumt werden. Und weil der Berg nicht zum Propheten, müssen sie Dir eben die Reise bezahlen. Du würdest in Westberlin wohnen und tagsüber zu mir kommen, so oft und so lange Du Lust hast. Wäre schön. 5277151, falls es etwas zu Telephonieren gibt. In absehbarer Zeit bin ich zu Hause, außer zweite Oktoberhälfte, da fahre ich zu einer DDR-Kulturwoche in die ČSSR. Im November will ich ein Buch fertighaben, vielleicht interessiert es Dich. Antworte bald.

Dein Jurek

Mir fällt gerade auf, daß Deine Schreibmaschine so irrsinnig sauber ist, entweder bist Du faul oder ein Pedant. Aber am Ende gehört sie Dir gar nicht.

An Elisabeth Borchers

Berlin, den 13. 9. 1971

Süßelisabeth,
das solltest Du wissen: wenige Tage, nachdem wir uns gesehen haben, rief Dr. Voigt bei mir an. Er fragte mich in netter Form, welche Art von Zusagen ich Dir gemacht hätte, das heißt Suhrkamp. Sein verständlicher Grund – Du hast sicherlich gehört, daß nach dem Tode von Helene Weigel irgendetwas mit den Brecht-Rechten in Bewegung geraten ist. Offenbar gibt es darüber Meinungsverschiedenheiten mit dem Suhrkamp-Verlag, und wenn noch nicht, dann erwartet man sie. Die Marschroute scheint mir zu sein: bevor das nicht geklärt ist, wollen wir alles andere zurückstellen. So ungefähr.
Ansonsten war es erquickend, Dich wieder mal gesehen zu haben, die Arbeit läuft gleich ein ganz ganz kleines bißchen besser von der Hand. Aber was heißt ansonsten.

Dein Jurek

An Otto F. Walter

Berlin, 28. 9. 1971

Lieber Herr Walter,
natürlich habe ich damals Ihre Zeilen erhalten, die Antwort blieb aus, weil ich dem Brief entnahm, Sie wären die nächsten Wochen außer Reichweite, und anschließend fuhr ich selbst in den Urlaub. Hoffentlich lassen Sie mir das als Entschuldigung durchgehen.

Was noch den alten »Jakob« angeht, zwei Bitten habe ich. Zum einen hätte ich gerne gewußt, in welcher Auflage sich das Buch befindet, auch die Gesamthöhe, denn die Abrechnungen kommen aus bürokratischen Gründen so selten, daß ich absolut nicht auf dem Laufenden bin. Zum zweiten würde es mich freuen, wenn sie mir noch einige Exemplare schicken lassen könnten, ich habe bisher ganz wenige bekommen, und viele meiner Bekannten sehen mich noch vorwurfsvoll an.

Aber das Wichtigere. Mein neues Buch macht, zumindest vom Umfang her, so gute Fortschritte, daß ich fest damit rechne, in spätestens vier Wochen fertig zu sein. Voraussichtlich wird es »Irreführung der Behörden« heißen. Vielleicht entsinnen Sie sich aus unseren früheren Gesprächen an den Grundriß meines Vorhabens, das Meiste davon ist wohl geblieben, sagen wir die Theorie, natürlich sind am Schreibtisch auch viele seltsame und nicht vorher konzipierte Seiten beschrieben worden, die mich selbst verwundert haben, das geht sicher nicht anders. Einen Roman kann man das Ganze kaum nennen, es handelt sich eher um eine willkürliche Aneinanderreihung von Episoden, die von wenigen Figuren dürftig zusammengehalten werden, oder auch nicht zusammengehalten, jedenfalls ist es mir so geraten, und ich muß das Entstandene wohl oder übel als die beste Lösung ausgeben.

Nun stehe ich, das werden Sie gewiß verstehen, vor einem unangenehmen Problem, das leider um keinen Millimeter kleiner wird, je tiefer ich den Kopf in den Sand stecke. Elisabeth Borchers war inzwischen bei mir, ich habe alles vernommen, was sich an Ortsveränderung getan hat, auch die Frage, wie ich mich als kleiner Buchproduzent in der nun entstandenen Situation zu verhalten gedenke. Leicht wäre es, die Entscheidung anderen zu überlassen, irgendeiner Lizenzstelle, hinterher könnte man sagen, es hätte sich ohne eigenes Zutun so oder so ergeben. Aber dann

bliebe dieses bekannte Quantum an Verdruß und schlechtem Gewissen zurück, welcher Weg nur führt daran vorbei, was tun?
Sie wissen, daß ich mich mit Elisabeth Borchers gut verstehe, ich kann ihr nicht sagen, jetzt bist du also dort und dort gelandet, wir haben nichts mehr miteinander gemein, höchstens ein privates Wort von Zeit zu Zeit, das ist es ja nicht, woran ihr vor allem gelegen ist. Sie wissen, daß ich mich mit Ihnen gut verstehe, zumindest sehe ich es so, weit und breit kein Grund, mich in irgendeiner Weise schlecht behandelt zu fühlen, warum zum Teufel muß ich in diese Situation geraten? Schizophrene Wünsche nach Zweiteilung tauchen auf, die bringe ich nicht zustande (Sie werden verstehen, lieber Herr Walter, daß ich Ihnen das alles nicht schreibe, um das Ausmaß meiner Wichtigkeit darzustellen, es ist ganz einfach mein verfluchtes Problem). Wenn eines Tages ein freundlicher Herr an meine Tür klopft und mir schöne Grüße von Ihnen bestellt, werde ich keine Ahnung haben, was ich ihm sagen soll.
So klug bin ich nun, ich sehe es jetzt schon kommen, daß ich am Ende zwischen zwei Stühlen sitzen werde, als ob Bücherschreiben allein nicht schon schwer genug wäre. Nur eins weiß ich gewiß: sollten Sie irgendwann in nächster Zeit in Berlin zu tun haben, würde ich mich sehr freuen, wenn das Telephon klingelt und Sie mir verraten, von wo ich Sie abholen kann.

Mit herzlichen Grüßen auf Wiedersehen
Ihr Jurek Becker

An Elisabeth Borchers

Berlin, 9. 11. 1971

Liebe Elizabeth,
unerträglich lange nichts mehr von Dir gehört, will Lebenszeichen mit praktischen Mitteilungen verbinden. Sollst wissen, daß mein Buch fertig ist und bei Aufbau liegt, habe aber noch nichts von dort gehört. Sollst wissen, daß von Luchterhand ein Brief bei Aufbau eingegangen ist, mit der Bitte um erste Option. Sollst wissen, daß ich eine neue Telephonnummer habe, 527 50 55. Und sollst auch wissen, daß ich ganz schön oft denke – wann kommt die bloß mal wieder her.

Dein Jurek

An Otto F. Walter

Berlin, den 9. 11. 1971

Lieber Herr Walter,
unsere letzten Briefe waren nahezu identisch mit unseren letzten Telephongesprächen, deshalb heute ein aktuelles Lebenszeichen.
Mein Buch ist fertig, zumindest sehe ich das so, es liegt seit einigen Tagen beim Aufbau-Verlag, doch habe ich bisher nichts von dort gehört.
Habe ich Sie richtig verstanden, daß Sie noch im Laufe dieses Jahres irgendwann in Berlin auftauchen werden? Wenn ja, könnten wir bei dieser Gelegenheit über alles Nähere und Weitere sprechen, ich würde mich freuen.
Nicht zu vergessen, ich habe eine neue Telephonnummer: 527 50 55.

Ich grüße Sie herzlich
Ihr Jurek Becker

An Elisabeth Borchers

13. 1. 1972

Liebe Elisabeth,
die letzte Nachricht von Dir liegt schon so lange zurück, daß man fast in Versuchung kommt, Dich mit »Werte Frau Borchers« anzuschreiben. Schön würde das aussehen! Allerdings ist auch wahr, daß ich ebensolange nichts von mir hören ließ, dennoch lege ich Wert darauf, der »liebe Jurek« zu bleiben.
Ich wollte schon eher schreiben, ich habe Woche um Woche gewartet, weil ich Dir irgendetwas Definitives über das Buch mitteilen wollte, lange hat sich die Sache hingeschleppt, und gestern ist nun eine Art Entscheidung gefallen. Aufbau druckt es nicht, und wir lösen den Vertrag. Die Gründe würden Seiten füllen, ich erzähle sie Dir irgendwann einmal beim Kaffee, sie sind auch gar nicht so wichtig. Schon Ende November bahnte sich eine solche Entwicklung an, ich habe damals mit Reich in Rostock Kontakt aufgenommen. Er scheint heftig interessiert zu sein, aber er kennt das Manuskript noch nicht, erst jetzt bekommt er es, ich wollte es ihm nicht geben, bevor mit Aufbau nicht reiner Tisch gemacht worden war. Ich bin neugierig.
Jetzt mache ich wieder Film, und was machst Du? Könntest Du Dir vorstellen, daß Du wieder einmal schreibst? An mich?

Dein Jurek

An Walter Nowojski

Berlin, 22. 2. 1972

Werter Herr Nowojski,
es erscheint mir angebracht, zu diesem Zeitpunkt, da unser Gespräch und Ihr Brief noch in relativ frischer Erinnerung sind, auf die verwunderliche Diskrepanz zwischen

beiden hinzuweisen, um möglichen späteren Fehlinterpretationen vorzubeugen.
Anfang Januar unterhielten wir uns über das Projekt »Jakob der Lügner«, und wir kamen zur Einigung über die Details eines abzuschließenden Vertrages. Sie sagten mir auch einen spätesten Termin zu, an dem dieser Vertrag abgeschlossen werden sollte, da Sie von einem anderen (übrigens erheblich höheren) Angebot wußten, das ich nicht endgültig ablehnen konnte, bevor nicht zwischen uns Klarheit geschaffen war.
Mit mehrwöchiger Verspätung, als dieser Termin längst verstrichen war, erhielt ich von Ihnen einen Brief mit einem Vertragsangebot, das in nahezu keinem Punkt den von Ihnen zugesicherten Bedingungen entsprach. Ohne jeglichen Zwischenbescheid erfuhr ich plötzlich, daß Sie nun nur noch bereit oder in der Lage wären, mir etwa die Hälfte der zuerst genannten Honorarsumme zu zahlen. Ich kann nicht glauben, daß Sie ernsthaft erwarten, ich würde einen solchen Vertrag unterschreiben. Denn abgesehen davon, daß ich die lakonische Arroganz einer solchen Verfahrensweise für unzumutbar halte, bin ich doch der Ansicht, daß Verträge keinen Sinn haben, wenn eine der Seiten der anderen, über vorher getroffene Vereinbarungen hinweg, die Bedingungen kommentarlos diktiert.

Jurek Becker

An Elisabeth Borchers

Berlin, den 8. Juni 1972

Meine Elisabeth,
wenn Du jedesmal, sooft Dir ein suspektes Manuskript auf dem Tisch liegt, solch ein Theater machst, sehe ich für Deine Zukunft schwarz. Natürlich steht Dir die Ziererei wundervoll, dennoch war ich sicher, daß Du dies

weißt: Schreiben ist keine Bitte um mildernde Umstände, da haben die Fetzen zu fliegen, Rücksichten hierbei sind fast immer falsche Rücksichten, und ich verfüge über keinen falschen Hals, in den ich Kritik kriegen könnte, bei Dir schon gar nicht.
Da habe ich also etwas versucht, wovon ich noch nicht abschätzen kann, wie es gelungen ist, Deinen Daumen zieht es nach unten, Reich-Ranicki wird sein Messer wetzen. Oder anders, ein bißchen sicher bin ich mir doch, das Buch wird unsere Leute etwas aufregen, wird sich weit besser verkaufen als der Jakob (hier), das Weniger an Kunstfertigkeit schien mir dem Gegenstand angemessen, vielleicht habe ich auch eine andere Sorte versucht und mir dabei diesen und jenen Zahn ausgebissen. Nur nebenbei – Reich hat Dir eine ungereinigte Fassung gegeben, nicht die letzte, noch manche Schludereien darin sind hoffentlich beseitigt.
Die Schwierigkeit ist, daß ich Dir nicht konkret antworten kann, Bologna, die Herbstproduktion und Deine liebe dumme Zurückhaltung haben Dich vorerst keine einzige beschriftete Kugel abfeuern lassen. Wenn Du es nicht in Deinem nächsten Brief tun willst, dann doch wohl spätestens, wenn wir uns gegenübersitzen und Du das Weiße in meinem Auge siehst. Und nicht zuletzt, ich verspreche Dir, daß ich mich bald ans Auswetzen der Scharte, an die ich nicht ganz glaube, machen werde, nach Filmarbeiten, die in einigen Wochen vorüber sind. Dann bin ich, so Gott will, wieder Euer aller lieber Jurek.
Ich habe keine Ahnung, von was für einer Rechnung Du sprichst, die angeblich zur Regelung ansteht. Im Schrank habe ich beim Aufräumen ein paar Bände Marx-Engels gefunden, ich Schussel, wohin soll ich sie schicken, an Deine Adresse oder an den Verlag?
Die Freude wird groß sein, wenn Du im Sommer kommst, aber vom 15. Juli bis etwa 25. August sind wir alle fort.

Sonst komm, wann Du willst, und wenn es während der Olympiade ist. Kannst Du nicht, laut Verkehrsvertrag, sogar ein paar Tage bei uns übernachten? Im Gästezimmer steht bald ein barockes Himmelbett, mit Engeln an der Decke, die mich an irgendjemand erinnern.

Dein Jurek

An Heinrich Böll

Berlin, 31. Oktober 1972

Lieber Herr Böll,
gestatten Sie einem, zumindest was die Dienstjahre angeht, noch jungen Kollegen, Ihnen anzudeuten, was er bei der Verleihung des Nobelpreises an Sie empfindet. Zuerst einmal die Freude, die vorbehaltlose Zustimmung und das Begreifen der Entscheidung, da gibt es endlich einmal im Kopf kein Aber, wie oft in den letzten Jahren, als dieser eklatanteste aller Literaturpreise nach Gesichtspunkten verliehen wurde, deren wesentlichster nicht immer die Qualität des jeweiligen Autors war. Erstmals seit längerer Zeit ist die diesjährige Preisverleihung, wie mir scheint, keine ›Geste‹ (der und der Erdteil ist dran, oder Nobelpreis statt Tapferkeitsmedaille, oder Korrektur des einseitigen Eindrucks vom Jahr zuvor), sondern sie hat einen Mann getroffen, dessen Werk eine solche Auszeichnung (wie wichtig oder unwichtig sie Ihnen ist) fast nebenbei herausfordert.
Seit ich lesen kann, und das ist noch gar nicht so lange her, freue ich mich auf Ihr nächstes Buch. Sie haben mich gelehrt, welch ein Unterschied zwischen modisch bedingter Faszination und Liebe zu ziehen ist. Es gibt viele Autoren, die mich gepackt haben, weil ihr Stil, ihr Thema oder ihre Wellenlänge so beschaffen waren, daß ihr Buch mir nach allem, was am sagen wir 6. März 1966 auf mich einwirkte,

ungeheuer erschien. Doch ich mußte erfahren, daß die Sache am 17. September schon ganz anders aussah. Gewiß ist es gut, daß solche Bücher da sind, das Erlebnis der Nachhaltigkeit können sie nicht ersetzen.

Und dann, ich danke Ihnen für die Demonstration, was ein Schriftsteller tun kann, wenn er nicht gerade verfaßt. Oder was getan sein muß, bevor er sich zum Verfassen setzt.

Herzliche Grüße
Ihr Jurek Becker

An Konrad Reich

Berlin, den 29. 11. 1972

Lieber Konrad,
hier endlich die ›fünfzehn Zeilen‹, die nicht gerade erschöpfend sind, hoffentlich aber für Deine und meine Zwecke verwendbar. Bei dem Titel »Der Boxer« soll es vorerst bleiben. Abgesehen davon, daß man bei diesem Umfang ohnehin nicht detailliert formulieren kann, habe ich den Aspekt des Ganzen herausgesucht, der für meine Begriffe zum jetzigen Vorweisen am besten geeignet ist.

Ein Mann kommt nach dem Krieg aus dem KZ, von der Sowjetarmee befreit. Außer einem Sohn hat er alles verloren, die Frau, die anderen Kinder, seine Gesundheit, seine Hoffnung und seinen Glauben. Es soll davon die Rede sein, welche Verheerungen solche unwürdigen Umstände anzurichten in der Lage sind, nicht nur am Körper eines Menschen. Wie sein Verhalten von dem erfahrenen Grauen auf lange Zeit bestimmt wird, womöglich für den ganzen Rest seines Lebens. Wie Mißtrauen und Angst ihn erfüllen, ohne daß er in der Lage ist zu erkennen, daß die Ursachen dafür nicht mehr vorhanden sind. Er kommt zu Ansichten und zu Verhaltensweisen, die ohne Kenntnis seiner Historie Verwunderung, wenn nicht Befremden, auslösen könnten. Doch er hat, so meint der Autor, ein Recht darauf, mit all seinen Gründen beurteilt zu werden. Die Frage ist nur, ob er klug und stark genug ist, dieses Recht nicht lebenslang in Anspruch nehmen zu müssen.

Herzliche Grüße
Dein Jurek

Nach dem Zählen kommen zu meiner Verblüffung 15 Zeilen heraus. Dabei bin ich nicht einmal pedantisch. Omen.

An Elisabeth Borchers

Berlin, den 13. Dezember 1972

Liebe Elisabeth,
da zwischen zwei Lachpausen, wie Du völlig korrekt schreibst, notgedrungen gelacht wird, gibt es an Deiner Korrektur nichts auszusetzen. Dennoch freue ich mich darauf, wenn wir uns das nächstemal sehen, mit Dir über den gravierenden Unterschied zwischen Leistung und Fehlleistung zu sprechen, der von uns beiden theoretisch offenbar anerkannt wird, doch scheint es da Meinungsverschiede betreffs des Grenzverlaufs zu geben. Zwischen Nachbarstaaten eine alltägliche Sorge.
Also. Ich sitze an diesem Schreibtisch, habe diese schreckliche Romanseite in der Maschine und wehre mich seit geraumer Zeit gegen diese hübsche übermächtige Redewendung. Wir müssen von vorne anfangen, eben brachte der Postbote Deinen Lachpausenbrief, da leiste ich mir die Erholung von ein paar Zeilen an Dich. In Zukunft werde ich nicht mehr so asketisch leben, ich werde mir öfter Erholungen leisten. Dies Jahr kommst Du nun nicht mehr.

Wer kommt nächstes Jahr. Ich habe einige Lesungen mit der »Irreführung« hinter mir, einmal vor Studenten, zweimal vor Schriftstellern. Der Eindruck war gut, vor allem meiner. (Wobei ich einräume, daß das von Land zu Land verschieden sein kann, vor allem in Ost-West-Richtung, denn es ist ein ziemliches DDR-Buch. Es scheint irgendetwas in den Leuten zu treffen.)
Die haben mich in den PEN gewählt.
Konrad hat mir von seinem vagen Projekt erzählt, mit einer Hinstorff-Equipe durch die BRD zu reisen, Plenzdorf, Fühmann, Fries, ich, er. Dir auch? Ich war dagegen, nicht nur, weil ich nicht gerne in Rudeln auftrete. Ich habe das Gefühl, ich habe ihm genügend Salz in die Suppe getan.
Sind die Marx-Bände angekommen? Denkst Du immer noch so von mir? Hast Du es Unseld nun endlich gesagt? Wie kannst Du noch im Verlag sitzen, wenn die Telephonzentrale nicht mehr besetzt ist? Ziehst Du Dich auch immer schön warm an im Winter?

Dein Jurek

An Günter Kunert

14. 2. 1973

Lieber Günter,
Deine Zeilen sind, in krassem Gegensatz zu allem, was ich bisher von Dir gelesen habe, äußerst dürftig im Informationswert. Leite doch bitte in die Wege, daß ich erfahre, welchen Umfang der Text haben darf (wenigstens das). Es würde telephonisch gehen – 527 50 55.

Beste Grüße
Dein Jurek

An Erich Selbmann

Berlin, den 15. 2. 1973

Werter Genosse Selbmann,
an irgendeinem Tag im Januar 73 erhielt ich von der Aktuellen Kamera einen Anruf, in dem ich gefragt wurde, ob ich bereit wäre, im Rahmen der Aktion ›Schriftsteller helfen Vietnams Kindern‹ einen Beitrag zu leisten. Selbstverständlich sagte ich zu, und wenige Tage darauf wurden die Aufnahmen gemacht. Zur Sendung kamen sie nicht.
Kurze Zeit später erfuhr ich von Kurt Stern, dem Vorsitzenden des erwähnten Komitees, was ich selbst schon vermutet hatte: Schuld an der ›Nicht-Sendung‹ trug der Umstand, daß meine Haare länger sind, als es dem Schönheitsideal des für die Sendung Verantwortlichen entspricht.
In diesem Zusammenhang hätte ich eine Bitte an Sie. Da ich für mein Leben gerne einmal in der Aktuellen Kamera zu sehen sein möchte, fragen Sie doch bitte den zuständigen Redakteur (ich glaube, sein Name ist Birkner), ob er bereit wäre, mich zuzulassen, wenn ich mir die Haare abschneiden ließe. Allerdings muß ich Sie darauf aufmerksam machen, daß ich jüdischer Abstammung bin. Ich nenne Ihnen lieber gleich diesen potentiellen Hinderungsgrund, damit sich nicht wieder im Nachhinein Komplikationen einstellen.

Mit freundlichen Grüßen
Jurek Becker

An Günter Kunert

22. 2. 1973

Lieber Günter,
hier hast Du schnell Text. Du wirst sofort merken, daß meine mahnende Bitte um nähere Details nur einen Sinn hatte: ich wollte genau in Erfahrung bringen, was Du

brauchst, um Dir mit absoluter Sicherheit das Gegenteil davon zu schicken.
Die lange Nummer ist ein Stück aus dem ›Jakob‹. Ich habe es deshalb ausgesucht, weil es mir wie eine beinahe in sich verständliche Geschichte vorkommt. Lieber hätte ich ein Stück aus dem neuen Buch genommen, konnte aber keins finden, das dieser Bedingung entsprach. Vielleicht ist das Ausgesuchte sogar für amerikanische Augen ›interessant‹.
Die ›Endstation‹ ist eine etwa ein Jahr alte Geschichte, die vor Dir noch kein Mensch zu Gesicht bekommen hat. Vielleicht, weil ich bis jetzt klug genug war.
Gib Nachricht

Dein Jurek

An Elisabeth Borchers

Berlin, den 20. März 1973

Liebe Elisabeth,
setz Dich lieber gleich hin, diesmal ein Brief von ungewohnter Art, ich bin stocksauer und werde gleich losschimpfen. Wieviel Schuld Du selbst an meinem Zorn hast, weiß ich nicht, aber einer muß es ja gewesen sein, leider ist das Kind schon in den Brunnen gefallen. Das ist um so bedauerlicher, weil der ganze Ärger mit ein bißchen mehr Sorgfalt und ein bißchen weniger Hektik nicht nötig gewesen wäre.
Also: ich habe das Buch gelesen und 37 Fehler und Ungenauigkeiten darin gefunden (siebenunddreißig). Du hast völlig recht – um Gottes willen! Damit keine Mißverständnisse entstehen, ich meine in keinem einzigen Fall eine der Änderungen, die wir am Telephon besprochen hatten. Es sind einfach Schludereien, Druckfehler oder häufige sinnentstellende falsche Worte (eins von 37 Bei-

spielen: statt »bei näherem Einblick in die Tatsachen« steht bei euch »bei näherem Hinblick in die Tatsachen«). Ich kann auch nicht verstehen, wie es möglich ist, daß ihr einen Umbruch nach Rostock geschickt habt mit dem Vermerk, dies wäre eine von mir durchgesehene Fassung. Denn ich habe diesen Umbruch nie gesehen. So wird leider geschehen, was mir sehr unangenehm ist: bei uns wird eine genaue Ausgabe erscheinen und bei euch eine schluderhafte.

Du wirst sicher Verständnis für meine Wut haben, denn wenn ich mich durchringen würde, die Sache auf die leichte Schulter zu nehmen, dann könnte ich mir gleich einen Beruf suchen, bei dem es auf Worte nicht ankommt. Und keine Frage für mich, hoffentlich auch nicht für euch, daß alle 37 Fehler vor einer möglichen zweiten Auflage beseitigt werden. Wenn Du es für geraten hältst, fordert von mir eine Liste an.

Trotz allem natürlich
Dein Jurek

aber das ist doch Scheiße.

An Hans Richter

Berlin, den 15. Mai 1973

Werter Professor Richter,

mit Interesse habe ich von Ihrem Anliegen gelesen, hier nun meine Antwort. Ich hoffe auf Ihr Verständnis, wenn ich Ihre Fragen nicht numeriert beantworte, lieber in einem Stück. Denn sie sind, wie ich glaube, nicht in jedem Fall so sehr voneinander abgehoben, daß ich bei der Beantwortung jeder einzelnen Wiederholungen vermeiden könnte. Dennoch will ich versuchen, mich nach Möglichkeit an Ihre Reihenfolge zu halten.

Häufig habe ich den Eindruck, daß in unserer Literatur-

wissenschaft (genauer gesagt: in den Äußerungen, die sich in theoretischer Weise auf unsere Literatur beziehen) der Wunsch, es möge eine Kontinuität vorhanden sein, es mögen gerade oder krumme Linien da sein, die sich von der Literatur der DDR zu dem, was man Kulturerbe nennt, verfolgen lassen, zu stark spürbar wird. Es werden Indizien als Beweise angeführt, die für den Leser mitunter nur dann Überzeugungskraft besitzen, wenn er von dem gleichen heftigen Verlangen gepackt ist wie der jeweilige Autor. Über die Gründe solchen Vorgehens bin ich mir nicht ganz im Klaren. Vielleicht sind sie sentimentaler Art, vielleicht entspringen sie einem Gefühl ideologischer oder ästhetischer Verbundenheit, also der berechtigten Achtung vor dem, was den Namen Bleibendes trägt. Und da dieses Bleibende außerhalb jeder Debatte steht (nicht immer zu recht), könnte manchem der Versuch lohnenswert erscheinen, durch das Herstellen von Beziehungen zu ihm die Gewichtigkeit von Zeitgenössischem nachzuweisen.
Sicher trifft es zu, daß ich mich beim Nachdenken über eigene Konzeptionen bewußt mit einzelnen Werken vorgefundener Literatur auseinandersetze. (Wobei dies keine Methode ist, die ich mir zur Norm auferlegt hätte, also keine Bedingung. Es mag in einem Fall zutreffen und im anderen nicht.) Diese Auseinandersetzung kann sowohl formale wie auch ideologische Motive haben. Es kann durchaus geschehen, daß ich nach einer bestimmten Lektüre ein Projekt verwerfe. Weil ich darin das Meiste von dem, was ich mir vorgenommen hatte zu schreiben, in einer Weise verarbeitet finde, die mir optimal vorkommt und die eigene Äußerungen dazu überflüssig erscheinen läßt. Doch dies hat nichts Deprimierendes, eher bin ich dann froh, einer müßigen, langwierigen Arbeit entronnen zu sein, deren Resultat ohnehin kein »Original« gewesen wäre. Natürlich kann ich, auch nach beendeter Arbeit, nie

sicher sein, daß es nicht doch irgendwo Bücher gibt, die mir mein eigenes überflüssig erscheinen lassen würden, denn meine Lektüre ist mehr oder minder zufällig und hat leider enge Grenzen. Aber mit dieser Gefahr muß ein Schriftsteller wohl leben.

Sie fragen, ob ich fremde Arbeiten zur Negation nutze. Ja, aber in einem Sinne, den ich erläutern möchte. Ich glaube nicht, daß ich mich je der Mühe unterziehen würde, ein Buch zu verfassen, das ich als Polemik gegen ein anderes bestimmtes Buch verstanden wissen will. Wenn Polemik in einem Buch (und ich befürworte polemische Literatur), dann solche gegen Ansichten, die sich vielleicht in einem bestimmten Buch finden, die aber darüberhinaus in einem erheblich größeren Wirklichkeitsbereich nachweisbar sein müssen. Gegen Ansichten also, die mir angriffswürdig scheinen und in mehr als einem anderen Buch eine Rolle spielen.

Wie vermutlich jeder Mensch, bin ich bestimmten Künstlern besonders zugetan. (Ich kann auch Namen nennen, obschon ich nicht glaube, daß dies irgendetwas erhellt. Thomas Mann, Stefan Zweig, Böll, Salinger, Bauern-Breughel, die französischen Impressionisten, Dali, Bach, Monteverdi, Miles Davis, die Beatles.) Doch es geschieht, daß solche Vorlieben wechseln, daß ich also von Moden abhängig bin, von Moden um mich herum und von Moden in mir. Ich halte mich für einen naiven Leser, ich will damit sagen, ich lese ein Buch nicht deshalb, um dem Autor auf die Finger zu sehen, um hinter seine Schliche zu kommen und seinen Geheimnissen nachzuspüren. Mein Verhältnis zu Literatur ist somit häufig ein unreflektiertes, daher kann ich auch keine Angaben machen, in welchem Maße Begegnungen mit anderen Autoren meine eigene Arbeit beeinflussen. Sicher geschieht dies, aber ich fühle keinen Drang in mir, solche Einflüsse durchzurechnen. Ich glaube auch kaum, daß ich, wollte ich es versuchen, zu einem halbwegs klaren Resultat kommen würde. Reflexionsversuche gibt es, soweit ich es beurteilen kann, nie in der Arbeit, nie bisher schriftlich, in Gesprächen selbstverständlich und fast täglich.

Es wäre anmaßend, wollte ein Schriftsteller behaupten, seine Arbeit wäre das eine, bisherige Literatur ein anderes, dicke Mauern dazwischen, nur spärlich durchbrochen von einigen Sympathien, doch im Wesentlichen schöpfe er nur aus seiner Einmaligkeit. Anregungen, die sich zu zähen Einflüssen auswachsen können, sind vorhanden. Und doch ist es fast unmöglich, auf die Frage zu antworten: Was haben Sie von ihnen gelernt? Da alle Schriftsteller, die ich schätze oder liebe, von der Warte unserer Weltanschauung aus als »fortschrittlich« bezeichnet werden können (und ich glaube nicht, daß es sich dabei um einen Zufall handelt), erledigt sich die Frage nach ideologischen Affinitäten von selbst. Wenn ich also davon ausgehe, daß es keinen Schriftsteller gibt, der meine Ansichten und mein Weltbild so beeinflußt hat wie Marx, bleiben, wenn es um literarische Einflüsse geht, diskussionswürdig: die Methode, der Bildausschnitt, das Handwerk. Und da muß ich gestehen, daß mir viele Lehrer schon die gegensätzlichsten Lektionen erteilt haben, ohne daß ich Gründe gefunden hätte, an der Stichhaltigkeit ihres Vorgehens zu zweifeln. Bei einem kommt es mir imposant oder erregend vor, daß er alle Rührseligkeit links liegen läßt, daß er Beweise mit den Mitteln scharfer Logik führt und mich immer wieder zwingt, ein denkendes Wesen zu sein. Und ein anderer taucht mich in einen See von Emotionen, führt mich zu Gefühlen, von denen ich nichts geahnt habe, dieser Lermontow macht mich auf eine Weise reich, die ich nicht erklären kann und der ich vorher mißtraut habe. Nicht, daß ich am Denken gehindert werden sollte, aber es kommt eine Komponente hinzu, die sich der Mathematik entzieht.

Dies ist ein Beispiel von vielen denkbaren. Zwischen solchen Gegensätzen, die nicht immer nur scheinbar sind, muß ich mich zurechtfinden, und ich versuche es gerne. Wie aber soll ich die Tradition, der ich mich verbunden fühle, begrifflich bestimmen? In ihr stecken Wahrhaftigkeit, Streitbarkeit, Liebe und Haß, Optimismus und Wehmut, auch Mut, auch viel Zauberei.

Mit den besten Wünschen für Ihre Arbeit
Jurek Becker

An Konrad Reich

Berlin, den 25. Mai 1973

Lieber Konrad,
hier der versprochene Text, ich habe schon etwas mehr, möchte es aber mit dem Vorliegenden vorerst bewenden lassen. Nicht aus Gründen der Geheimhaltung (vor wem?), sondern weil ich die Seiten bis hierher für ziemlich fertig halte, die anderen aber noch nicht.
Hoffentlich bist Du nicht zu sehr enttäuscht, lieber angetan und zufrieden, es ist ja immer ein seltsamer Augenblick, wenn so ein Ding aus dem Schatten der Vermutungen ins helle Licht des angeblich Fertigen tritt.
Einen Urlaub sollst Du haben, der Dich randvoll mit Energien auflädt, und was Du neben dem Urlaub aufschreibst, soll uns alle vor Neid platzen lassen.

Dein Jurek

Gruß von Rieke auch, und danke für die Bilder

An Elisabeth Borchers

Berlin, den 6. Juli 1973

Liebe Elisabeth,
nichts Bestimmtes, nur ein Lebenszeichen. Ich sitze Tag für Tag, Du weißt woran, die Arbeit geht nicht so zügig voran, wie ich es mir erträumt habe, aber auch nicht deprimierend langsam, ich würde meinen normal. Vor kurzer Zeit hatte ich ein Gespräch mit Konrad über den »Fortgang der story«, und ich fürchte fast, ich habe ihm mehr darüber erzählt, als ich wußte. Aber daran wird niemand sterben. Ich bin wild entschlossen, das Manuskript im ersten Halbjahr 74 zu beenden, falls der ungefähre Umfang stimmt, den ich mir bis jetzt vorstelle.
Deinen Brief, die Druckfehler in der »Irreführung« betreffend, habe ich gelesen, somit auch Deine gehässigen (zivilstrafrechtlich verfolgbaren! Aber ich verzichte großzügig darauf) Auslassungen über ihr Entstehen. Hier ein Kuß von mir dafür, im Übrigen stelle ich ab sofort jede weitere Kommunikation darüber ein.
Schreib mir bei Gelegenheit, wie das Buch geht, was die zweite Auflage macht (oder die dritte oder vierte, frag ich Größenwahnsinniger), und veranlasse bitte Deine Leute, daß sie mir immer brav Belegexemplare schicken, ich werde sie los. Hier ist das Buch keine zwei Tage nach Erscheinen restlos weg (15 000), beim »Jakob« haben 10 000 drei Jahre gebraucht. Ich sage das nur.
Euer Zeitungsausschnittdienst funktioniert hervorragend, oder hast Du auch hier, wie nahezu überall, Deine Finger drin? Jedenfalls erhielt ich vor wenigen Tagen eine gewaltige Anzahl von Rezensionen. Als besonders aufmerksam empfand ich, daß die Kritik von Raddatz (als einzige) in vierfacher Ausführung vertreten war. Das nenn ich Service.
Lach bitte nicht, ich trage mich mit dem Gedanken, einen Brief an Raddatz zu schreiben. Keineswegs um zurück-

zupoltern oder als angeschossener Büffel (das glaubst Du mir doch?), sondern weil ich ihn ernstnehme und mir einige seiner Judizien durch den Kopf gehen. Ich werde den Brief aber nicht eher schreiben, bevor ich von Dir (als Kennerin der landesüblichen Bräuche) höre, daß es nicht ganz und gar unmöglich ist, so zu verfahren. Übrigens, eine Kritik, die durchaus nicht eindeutig positiv ist, die ich aber für genau und stichhaltig ansehe, ist die im »Kölner Stadt-Anzeiger« vom 19./20. Mai, von einem Jürgen Jakobs. Deshalb, weil, im Unterschied zu Raddatz, darin nicht der Versuch unternommen wird, das Buch von der Umgebung, in der es geschrieben ist, zu trennen.
Allerdings muß ich Dir gestehen, daß mich alle Kritiken, ob jubelnde oder verurteilende, kaltlassen, nicht beeindrucken. O.K., ich denke über sie nach, aber für meine Arbeit spielen sie absolut keine Rolle. Ich weiß nicht, ob das gut oder schlecht ist, ob das an Naturell, Charakter, Arroganz oder sonstwas liegt, ich weiß nur – es ist so.
Ich stecke so in der Arbeit, daß ich keine Lust habe, Urlaub zu machen. Die Familie ist sauer, uns muß da etwas einfallen. Undeutlich habe ich in Erinnerung, daß Du irgendwann im Sommer nach Berlin kommen wolltest. That's right? Wenn ja, laß bald hören, daß wir uns nicht versäumen.
Zum Schluß, das hat man oft, eine Bitte. Jemand hat mir erzählt, daß Salcia Landmann in der »Welt am Sonntag« ein Buch rezensiert hat, in dem vom »Jakob« die Rede ist. Es muß die Nummer vom Sonntag 1. Juli oder vom 24. Juni sein, die Sache würde mich interessieren. Aber wenn nicht, kein Beinbruch.

Grüße, Küsse
Jurek

An Uwe Johnson

Berlin, 26. Juli 1973

Lieber Uwe Johnson,
da habt Ihr eine wirklich hervorragende Idee gehabt, Sie und Frisch. Bisher noch entfernt davon zu wissen, welche die mir gemäßeste Art ist, mich mitzuteilen, bin ich mir doch darüber im Klaren, daß es sich dabei um Malerei und dergleichen auf keinen Fall handelt. Bei Ihnen beiden verhält sich die Sache sicher anders. Dazu gratuliere ich Ihnen von Herzen und gestehe unumwunden, daß ich Neid darüber empfinde, andererseits aber meine ich, daß es Unrecht ist, mich so heftig darunter leiden zu lassen. Soll ich mich vielleicht freuen, daß Sie keine Granitblöcke verschickt und mich nicht aufgefordert haben, dem Jubilar einen in Stein gehauenen Geburtstagsgruß zu fertigen?
Auch nach gründlichstem Rechnen stehe ich, was Ihren Vorschlag angeht, vor dieser berühmten Cholera-Typhus-Alternative: Zum einen steht es mir frei, mich auszuschließen und für einen gehalten zu werden, der aus Faulheit, Arroganz oder warum immer nicht einmal zu einem so runden Geburtstag und so weiter. Andererseits bin ich, und das nur bei äußerster Anstrengung, in der Lage, ein Produkt zu liefern, das sich selbst in meinen anspruchslosen Augen lächerlich ausnimmt, das jeden Betrachter zu dem Urteil herausfordert, ich hätte mir wenigstens bei einem so seltenen Anlaß ein wenig Mühe geben können. Sollten Sie eine dritte Möglichkeit wissen, so bitte ich dringlich, mir dies keine Sekunde zu verschweigen.
Ansonsten bedanke ich mich mit großer Verspätung für die freundliche Aufnahme bei Ihnen, für diesen Abend vorgetäuschter Meinungsverschiedenheiten. Herzliche Grüße, grüßen Sie bitte auch Ihre Frau und die Tochter mit den großen klugen Augen. Wenn Sie einmal in dieser Gegend sind, Sie wissen, ich würde mich freuen.

Ihr Jurek Becker

An Stefan Heym

29. August 1973

Lieber Herr Heym,
es freut mich, daß Sie bei Ihrer Anthologie an mich gedacht haben, aber leider muß ich einen Offenbarungseid leisten: ich habe nichts. In keiner Tasche und in keiner Schublade, und die wenigen Storys, die ich als ganz junger Mann schrieb, sind mir mittlerweile peinlich.
Seien Sie also nicht sauer, und lassen Sie mir die Hoffnung, daß ich Sie in den nächsten Wochen mit Ihrer Frau begrüßen darf (es handelt sich hierbei um eine de facto Einladung).

Mit herzlichen Grüßen
Ihr Jurek Becker

An Thomas Schröder

Berlin, den 14. Oktober 1973

Lieber Herr Schröder,
seien Sie bitte nicht böse auf mich, wenn das ganze Resultat der Warterei eine Absage ist. Ich habe den »Gefilten Fisch« brav gelesen (das heißt, die Absage war nicht vorgefaßt) und bin zu dem Schluß gekommen, daß mich das Buch nicht sonderlich interessiert. Es scheint mir von einem Mann geschrieben, der es gewohnt ist, daß seine Zuhörer andächtig lauschend dasitzen, die Hände im Schoß, draußen ist eklig stürmisches Wetter, aber hier drinnen im Zimmer, wo erzählt wird, knistert das Feuerchen anheimelnd im Kamin. So ein Zuhörer mag ich nicht sein. Und dann kommt es mir vor, als wäre das Buch, trotz einiger fraglos schöner Stellen, einer bestimmten Art von Altersweisheit entsprungen, der ich ein wenig mißtraue.
Jetzt können Sie natürlich sagen – schreib das auf, es wäre eine Möglichkeit von Kritik. Vielleicht, aber diese Bezie-

hung zwischen Buch und mir ist eine so lockere und lapidare, daß es sich nicht lohnt. Und noch ein Grund, für den Sie vielleicht Verständnis aufbringen: ich habe keine Lust, zu einer Art Fachmann für Semitisches zu avancieren. Mein »Jakob« war kein Programm sondern eine Geschichte, die mir, mehr oder weniger zufällig, eingefallen ist.
Sie verstehen sicher alles richtig, also daß es sich bei alldem nicht um prinzipielle Bedenken handelt, eine Rezension für Ihr Magazin zu schreiben. Nur, an diesem konkreten Objekt wäre kein Sie und mich befriedigendes Resultat zu erwarten.

Mit herzlichen Grüßen
Jurek Becker

An Fritz-Rudolf Fries

Berlin, 16. 1. 1974

Lieber Herr Fries,
gestern, auf einer Sitzung des Berliner Verbandsvorstandes, konnte ich nun endlich erledigen, was seit langem zwischen uns besprochen war. Ich schicke Ihnen den Aufnahmeantrag, wenn Sie ihn abgeben (was durchaus über mich möglich ist), gehören dazu: Lebenslauf, 2 Bürgschaften (davon mindestens eine von einem Mitglied des Verbandes) und 2 Fotos.
Es bestehen keinerlei Bedenken dagegen, daß Sie Mitglied des Berliner Verbandes werden, Frankfurt muß durchaus nicht sein. Übrigens waren alle, die davon hörten, arg darüber verwundert, daß Sie nicht bereits Mitglied des Verbandes sind, ich hätte vermutlich sogar Wetten gewinnen können.

Auf bald, mit herzlichen Grüßen, auch an Ihre Frau
Jurek Becker

An Konrad Reich

Berlin, 7. März 1974

Lieber Konrad,
hier das Nes-Buch, Gott gebe, daß es nicht stimmt und das fertige Buch mehr ist. Natürlich können Deine gewieften Werbemanager noch daran herumfummeln, das ist eine Blankovollmacht.

> Dargestellt wird das Schicksal eines Mannes, vom Ende des Krieges bis in die Gegenwart. Er wurde aus einem KZ befreit und begann, voller Depressionen und psychischen Schäden, sich ein neues Leben einzurichten. Es geht um die Erfolge und Schiffbrüche, die er dabei erringt oder erleidet, denn er kann nicht von Null anfangen, wie ein Neugeborenes, sondern nur auf der Summe seiner bitteren Erfahrungen.
> Erzählt wird in der Form von Interviews, die dieser Mann heute einem Ich-Erzähler gibt, sich erinnernd, kommentierend, auch auf konkrete Fragen antwortend. Dabei versucht der Erzähler, in Bereiche vorzudringen, über die sein Partner am liebsten schweigen möchte.

Mehr weiß ich nicht, höchstens im Buch selbst, aber es wird für Deine Zwecke hoffentlich reichen. In unerschütterlicher Liebe

Dein Jurek

An Joachim Seyppel

29. 3. 1974

Werter Herr Seyppel,
wie sehr mich Ihr Interesse freut, so kann ich doch nicht glauben, daß Sie im Ernst vermuten, mit diesen wenigen und ganz gewiß nicht sonderlich tiefsinnigen Zeilen Einfluß auf meine Arbeit zu nehmen. Damit Sie mich nicht falsch verstehen: ich meine nicht, daß damit Ihre Möglichkeiten erschöpft wären. Ich meine nur, daß Sie, wenn Sie

ernstlich einen Film in diese oder jene Richtung hin bewegen wollen, sich einer größeren Mühe unterziehen müßten, als mir einen Brief zu schreiben, aus dem ich kaum mehr ersehen kann, als daß Sie der Absender sind.

Mit bestem Gruß
Jurek Becker

An Elisabeth Borchers

24. April 1974

Liebe Elisabeth,
gleich zu Anfang will ich Dir einen neuerlichen Beweis meiner sagenhaften Gerechtigkeit liefern: ich erkenne, daß unser langes Schweigen ein bilaterales ist, woraufhin ich mich sofort hinsetze und meinen Anteil an Schuld (ca. 49%) tilge.
Wenn auch nicht Dir, so habe ich doch die ganze Zeit über geschrieben, bald wirst Du sehen. Im Mai, denke ich, ist das Ding fertig, dann werde ich in einer Weise faulenzen, die ich mir heute noch gar nicht vorstellen kann. Konrad hat mir gesagt, Ihr hättet während der Messe darüber gesprochen, daß Suhrkamp das Buch im Herbstprogramm 75 bringen wird (vorausgesetzt natürlich, das Ding erweist sich nicht als Unding, aber das wär ja noch schöner). Herbst wohl deshalb, weil Hinstorff im Frühjahr kommen will, und weil unsere Polygraphie eine Katze im Sack ist, und weil eine ähnlich verwirrende Reihenfolge wie bei der Irreführung vermieden werden soll.
Ich weiß nicht, ob Du vor oder nach der Messe in Berlin warst, ich war, wie Du vielleicht von Deinen Spionen gehört hast, während dieser Zeit in Holland. Es ist nett gewesen. Sieht man Dich wieder? Oder hungerst Du neuerdings deine Opfer aus?

Bis gleich
Dein Jurek

An Günter Schulz

Berlin, 24. April 1974

Lieber Dr. Schulz,
mit großer Verspätung, die Sie sich bitte damit erklären, daß ich mit Haut und Haaren über einem Buch sitze, melde ich mich nun doch noch. Ihre freundliche Karte aus Nazareth hat mich an eine Schuld erinnert. Und zwar daran, daß ich mich herzlich für den angenehmen Aufenthalt in Bremen zu bedanken habe, an dem Sie ja nicht ganz ohne Anteil waren. Sollten Sie in absehbarer Zeit wieder einmal in unseren Gefilden auftauchen – und da Sie ein reisefreudiger Mensch sind, halte ich das für wahrscheinlich –, so würde ich mich ebenso wie meine Frau freuen, Sie bei uns zu begrüßen. Anruf genügt.

Herzliche Grüße
Ihr Jurek Becker

Grüßen Sie bitte auch Herrn Stoltzenberg und seine Frau von mir.

An Elisabeth Borchers

25. Juli 1974

Liebe Elisabeth,
vielleicht wird dies ein ganz schön oder ein ganz häßlich langer Brief. Die Hoffnung, Dich noch vor dem Urlaub zu sehen, hat sich ja zerschlagen. Ich habe mehrmals versucht, Dich anzurufen, zweimal hat sich niemand bei Dir gemeldet, mehrere Male ist keine Verbindung zustandegekommen. Wie ich von Konrad höre, klingst Du am Telephon deprimiert, ich wollte das selbst prüfen. Wie ich von Konrad höre, scheucht Dich Unseld über die Maßen. Oft schon habe ich angefangen, mit Dir darüber zu reden, ich hatte immer den Eindruck, man kann mit Dir nicht darüber reden, aber man muß. Im Moment scheinst Du

mir den Kopf in den Sand zu stecken, in Sand, den Du Arbeit nennst, und ich fürchte fast, Du bist Dir über diese schwerwiegende Verwechslung nicht im Klaren. Verlaß Dich darauf, daß dies ein Thema zwischen uns bleibt.
Bis vor kurzem habe ich gehofft, Dich während des Urlaubs in der Schweiz zu sehen. Doch da wir nicht fahren (die Gründe sind so lang und langweilig, daß ich sie Dir lieber bei Gelegenheit erzähle), wird auch daraus nichts werden. Wir machen jetzt unseren Urlaub am Schwarzen Meer. Wir fliegen am 31. Juli nach Bulgarien und kommen am 1. September zurück. Im Moment meine wichtigste Frage an Dich: Siehst Du eine Möglichkeit, im Laufe des September für ein paar Tage nach Berlin zu kommen?
Ich konnte mich, wie Du inzwischen gehört oder nicht gehört hast, mit Hinstorff bisher nicht über mein Boxer-Manuskript einigen. Die Gründe verschweige ich Dir vorläufig, jedenfalls haben sie mich verunsichert. Sie wollen Änderungen, die ich gewiß vornehmen könnte, ich weiß nur nicht, ob es gut wäre. Und solange ich das nicht weiß, kann ich ja schlecht ändern. Daher habe ich mich entschlossen, nichts daran zu tun, bevor ich Deine Meinung kenne. Erstens weil Du ein kluges Mädchen bist, zweitens – wozu ist ein Lektor schließlich da?, drittens weil Du mir ebenso gehörst wie Unseld, und viertens, weil ich es bis heute nicht für ausgeschlossen halte, daß es so etwas Ähnliches wie DDR-Augen gibt, die Du gewiß nicht hast.
Wenn Du im September kommen würdest, könntest du hier lesen. (Dem Verlag gegenüber wäre dies wohl mit Leichtigkeit und Recht als Dienstreise zu deklarieren.) Wenn nicht, gibt es zwei Möglichkeiten. Zum einen könnte ich Dir das Manuskript über einen Freund zukommen lassen, zum zweiten fahre ich im Herbst vermutlich für ein paar Tage nach Österreich, und bei der Gelegenheit. Um das Lesen kommst Du also nicht herum, Dir bleibt nur die Wahl zwischen Verfahrensweisen.

Nach meiner Rückkehr wird also ein Brief von Dir hier liegen, in dem steht, wie wir zueinanderkommen. Bleib bis dahin der alte Schatz, hab schöne Ferien, laß Unseld auch einmal Kopfschmerzen haben, und sei gedrückt und geküßt

Dein Jurek

An Günter Schulz

Berlin, 25. Juli 1974

Lieber Dr. Schulz,
als erstes herzlichen Dank für Ihre Mitteilungen und vor allem für Ihre hübschen Karten von schönen Winkeln der Erde.
Im Moment habe ich keine Vorschläge für den Bremer Literaturpreis zu unterbreiten. Von den Büchern, deren Titel Sie mir mitgeteilt haben, kenne ich kein einziges. Wenn Sie mir die Bücher schicken wollen, dann am besten an meinen Verlag, dieser Weg ist der sicherste. Die Adresse ist: Hinstorff-Verlag, 25 Rostock-DDR, Kröpeliner Straße 25.
Was den Termin einer Jury-Sitzung im Laufe des Herbst angeht, so habe ich keine besonderen Wünsche. Schreiben Sie mir den Termin rechtzeitig, am besten fünf oder sechs Wochen vorher, ich werde dann versuchen zu kommen.

Herzliche Grüße für Sie und Ihre Familie
Ihr Jurek Becker

An Marianne und Max Frisch

Berlin, 26. Juli 1974

Liebe Marianne, lieber Max,
zuerst die vielen Grüße und Umarmungen loswerden.
Als das äußere Ereignis eingetreten war, trugen wir schon ein wenig mürrische Gesichter. Das eigentlich Verdrießliche daran war ja nicht, daß die Visa nicht erteilt wurden (obwohl eine Zusage aus dem ZK bereits vorlag), sondern daß die Ablehnung erst nach sieben Wochen und somit unmittelbar vor der geplanten Reise erfolgte. Wie ich höre, ist die Entscheidung im Büro Kurt Hager gefallen, was wiederum so komisch ist, daß die Verstimmung gleich kleiner wird. Im gleichen Büro, in dem ich mich kurze Zeit vorher in der Angelegenheit Biermann gemeldet habe. Aber ich räume ein – dies kann leicht ein Zusammenhang sein, der nur in meinem verärgerten Kopf existiert.
Was tun wir also? Wir haben uns ein Häuschen in Bulgarien gemietet, angeblich direkt am Schwarzen Meer. Wir fliegen am 31. Juli und kommen am 1. September zurück. Ganz gern wäre ich mit dem Auto gefahren, aber da das neue erst eine Woche alt ist, traue ich ihm noch nicht über den Weg.
Ihr ahnt nicht, welch bitterer Kelch an euch vorübergegangen ist. Es gibt erhebliche Meinungsverschiedenheiten zwischen dem Verlag und mir über mein neues Buch. Ich war wild entschlossen, die ganze Familie Frisch als Instanz anzurufen, der ganze Urlaub wäre somit eine böse Schufterei geworden. Ihr hättet lesen müssen, argumentieren und mir eure Meinungen schonend beibringen, dies alles hat uns eine weitsichtige Behörde erspart. Vor allem euch.
Aber ernsthaft, schlimm ist gar nichts, ärgerlich nur die lange Pause mit euch. Große Freude wird sein, wenn bei unserer Rückkehr ein Brief von euch daliegt, am Ende gar mit der Nachricht, wann ihr uns wieder besucht.

Euer Jurek + Rieke

An Wolfgang Mertz

Berlin, 3. September 1974

Sehr geehrter Herr Mertz,

ich will ehrlich sein: Vor etwa sechs Wochen erhielt ich einen Brief vom Hinstorff-Verlag, in dem mir Herr Konrad Reich Ihr Anliegen mitteilte. Da seit geraumer Zeit eine Anthologie-Seuche in unserem Land zu grassieren scheint – fast täglich erhalte ich eine langweilige Einladung –, habe ich den Brief weggeworfen und bin in die Ferien gefahren. Nun komme ich zurück, finde Ihren Brief, denke jetzt, es ist doch interessant und will es versuchen. Allerdings weiß ich Ihre Fragestellung kaum mehr, ich erinnere mich nur noch, daß es darum ging, was Thomas Mann mir bedeutet, welches seiner Werke mir das liebste ist und welches seiner Werke ich jungen Leuten am dringlichsten empfehlen würde. Hoffentlich erinnere ich mich nicht falsch.

Kaum hatte ich lesen gelernt, mit elf oder zwölf Jahren, waren Bücher von Thomas Mann Bestandteil meiner Lektüre. Dies ist nicht etwa auf die Anleitung kultivierter Erwachsener oder auf einen angeborenen guten Geschmack zurückzuführen, sondern einfach darauf, daß unter den Büchern, die mir zufällig zugänglich waren in unserer Wohnung, sich auch einige von Thomas Mann befanden.

Später, als ich zum zweitenmal las, plagte mich der Verdacht, viel zu früh an Thomas Mann geraten zu sein, über meinen Kinderkopf hinweggelesen, Manns Bücher zwar mühsam entziffert, jedoch nicht im Entferntesten in Besitz genommen zu haben. Wenn es auch richtig ist, daß ich damals so gut wie nichts verstand, glaube ich heute nicht mehr an dieses zu früh. Ich halte es vielmehr für wahrscheinlich, daß aus dem zu frühen Lesen ein Gewinn entstanden ist, trotz aller »Überforderung«, den ich nicht näher bezeichnen kann. Auf keinen Fall möchte ich heute ein Kind gewesen sein, dessen Lektüre nach landesüblichen pädagogischen Kriterien ausgewählt wurde.

Das Geständnis, Thomas Mann zu lieben, ist gewiß nicht sonderlich originell. Welches seiner Bücher am meisten, darauf fällt mir die Antwort schwer. Ich sage jetzt »Der Erwählte«, aber schon kommen mir die meisten anderen seiner Werke ungerecht behandelt vor, benachteiligt.

Denen, die gerade zu lesen beginnen, würde ich das nächste Buch Manns, das sie erwischen können, am ehesten empfehlen. Man hört oft behaupten, daß vornehmlich »leichte Lektüre« sich eigne, Leser zu ködern, und wenn derlei stimmt, dann weiß ich bei Thomas Mann kein Stückchen Speck. Oder ich behaupte einfach das genaue Gegenteil, ich sage, man kann, was man will, von Mann nehmen, es ist alles auf verblüffende Weise leicht, also frei von Langeweile und gedankenreich, folglich auch amüsant. Das Vergnügen an Anstrengungen ist unvergleichlich, vielleicht das einzige, das diesen Namen verdient. Und wer darauf verzichtet, der stirbt zwar nicht daran, höchstens ein bißchen.

Nun bleibt mir nur die Hoffnung, lieber Herr Mertz, daß Ihre Mühe mit mir und meine mit dem wenigen Text nicht unnütz gewesen sind.

Mit besten Grüßen
Ihr Jurek Becker

An Günter Schulz

Berlin, 31. 10. 1974

Lieber Dr. Schulz,
leider werde ich am 7. November nicht an der Jury-Sitzung in Bremen teilnehmen. Doch das ist für die Entscheidung, die zur Debatte steht, keineswegs von Nachteil, denn ich

kenne kein einziges der Bücher, die auf der Vorschlagsliste stehen. Ich wäre also ohnehin ein stummer Juror.
Dennoch bin ich sicher, daß es Ihnen wie im Vorjahr gelingen wird, ein profundes Urteil zu fällen.
Grüßen Sie bitte die Herren der Jury von mir, insbesondere die Herren Stoltzenberg und Wunberg.

Mit herzlichen Grüßen
Jurek Becker

An Elisabeth Borchers

Berlin, 26. 11. 1974

Liebe Elisabeth,
auch wenn es angesichts unseres Verhältnisses, das ich heute mal mit LAUT UND HERZLICH umschreibe (für das LAUT bin sicher ich zuständig), ein wenig spröde klingt: ich habe das Gefühl, daß ich Dir für Deine Mühe mit dem »Boxer« und für die anschließende Aktion dankbarer sein müßte, als es beim letztenmal wohl geklungen hat. Geradezu absurd, wenn in unserem Gespräch die Frage, ob ich »betroffen« sein könnte, irgendeine Rolle gespielt hat. Du hast gewiß nichts damit zu tun, wenn mir im Alter von 37 Jahren zum erstenmal in meinem Leben ein Lektor das sagt, was ein Lektor mir zu sagen hat. Es sind nicht nur ein paar Buchstaben: danke.
Mit Konrad habe ich bisher nur telephoniert, in zwei Tagen kommt er nach Berlin, dann berede ich mit ihm alles. Ich denke, das Buch ist nicht vor Mitte nächsten Jahres fertig. Wenn Du das Manuskript durchgesiebt hast, schikke es bitte nach Rostock, so kommt es sicherer an.
Mit Amerika ist inzwischen alles in Ordnung gebracht. Die Aufbau-Leute haben mir geschrieben, daß der Vertrag mit Harcourt Brace Jovanovich unter Dach und Fach ist.

Bis gleich und liebe Grüße
Dein Jurek

An Elisabeth Borchers

23. Dezember 1974

Liebe Elisabeth,
in allem hast Du recht, schicke das elende Ding gleich über Hinstorff an mich, ich mach das schon. Irgendwie.
Siegfried Unseld habe ich inzwischen geantwortet auf seine Frage nach m e i n e n d r e i Brecht-Gedichten. »Morgendliche Rede an den Baum Griehn« (Hauspostille), »Die Käuferin« und »Lob des Zweifels« (beide Band V der 6-bändigen Brecht-Gedichte bei Aufbau).
Ich arbeite inzwischen wieder, bin sehr dabei, alle sagen, ich wäre mufflig und maulfaul. Grüße, Weihnachten, Neues Jahr, Glück, Gesundheit, Küsse (hoffentlich nichts vergessen)

Dein Jurek

An Jaap Walvis

4. 9. 1975

Lieber Jaapi,
alles der Reihe nach. 1. Wegen der Einladung nach Leipzig konnte ich mit Krause noch nicht sprechen, weil er erst in diesen Tagen aus dem Urlaub zurückkommt. Aber ich bin ganz sicher, daß das in Ordnung geht. Das Festival ist Ende November.
2. Wie ich inzwischen erfahren habe, fahre ich nicht nach Wien. Deswegen halte ich es auch für sehr sehr unwahrscheinlich, daß wir uns dort treffen.
3. Den »Boxer« werde ich noch im Monat September dem Verlag übergeben. Sobald der Vertrag zwischen Bruna und Hinstorff gemacht ist, kannst Du mit dem Übersetzen anfangen. Ich denke, Anfang 76, wenn die Bruna-Leute sich beeilen. Gerrit und Rosi waren bei mir. Weil ich ein ziemlich feiger Hund bin, habe ich mich sehr vorsichtig aus-

gedrückt, aber ich glaube, Gerrit hat verstanden. Und wenn nicht Gerrit, dann bestimmt Rosi.

Viele Grüße für Dich, zwei Küsse für Monique und einen Klaps für Birre

An Günter Herburger

6. Oktober 1975

Lieber Günter Herburger,
das Buch sollte ganz ganz bestimmt keine Aufforderung sein, es endlich zu lesen (ich halte es nicht für sehr gut, habe aber leider kein besseres), ich hatte nur gehofft, Sie in Düsseldorf zu treffen, und als Sie nicht vorhanden waren, dachte ich: Dann wenigstens dieses Lebenszeichen.
Hin und wieder höre ich ein paar Worte über Sie, wenige und verschiedene, gelesen habe ich ein wenig mehr, den »Jesus in Osaka« und Birne-Geschichten. Ganz schön wäre es schon, wenn wir mal reden könnten. Im vorigen Jahr, als diese Bremer Sache war, hatte ich mit Ihnen als dem letzten Preisträger gerechnet, ich hatte sogar gedacht: Wenn Herburger ihn bekommen und genommen hat, ist das eine seriöse Angelegenheit. Ich glaube aber, daß Sie nicht meinetwegen nicht nach Bremen gekommen sind.
Keine Frage, daß Sie, sobald Sie in die Nähe kommen, herzlich eingeladen sind, Anruf genügt (Berlin 527 50 55). Sollte ich in absehbarer Zeit an München rankommen, so werde ich Sie das rechtzeitig wissen lassen. So oder so, ich wünsche Ihnen alles Gute in diesem ekelhaften Kampf mit dem Papierberg, und ich grüße Sie herzlich,

Ihr Jurek Becker

An Richard Zipser

Berlin, 30. Dezember 1975

Lieber Dick,
danke für Deine Grüße aus Wien. Gut zu hören, daß Deine Reise zu uns von Nutzen war, und daß Du mit reicher Beute in Deine Höhle zurückgekehrt bist. Nein, Du kannst nichts für mich tun, außer mich in angenehmer Erinnerung zu behalten. Und Dich wieder bei uns zu melden.
Übrigens – ich lese zur Zeit ein, wie ich meine, ganz außergewöhnliches Buch, »Herzog« von Saul Bellow. Seit langer Zeit hat mich keine Lektüre so fasziniert.

Grüße zum Neuen Jahr für Dich und Deine Frau
Jurek Becker

An Konrad Reich

Berlin, 3. Februar 1976

Lieber Konrad,
wie vereinbart, schicke ich Dir hier eine Abschrift eines Briefes des Aufbau-Verlages an mich. Alles OK? Alles OK. Laß mich bitte zwei Worte verlieren, was ich meinte, als ich am Telephon sagte, wir sollten uns kurz über die Vertragseinzelheiten verständigen, bevor Hinstorff mir ein ausgefülltes Vertragsformular schickt. Bring mir bitte schonend bei, welche meiner Vorstellungen diese unsichtbare Grenze übersteigt. (Deswegen liebe ich Dich ja auch, weil ich so hemmungslos offene Briefe an Dich schicken kann.)
Also:

1. Wäre es ganz gut, wenn die Rechte für *Film, Fernsehen, Dramatisierung*, Hörfunk und Schallplatte bei mir blieben. Alles was mit Drucken zu tun hat für Euch, alles andere für mich.

2. Ist das Verteilungsverhältnis von 80 zu 20 bei Lizenzvergaben ein äußerstes?
3. Was kann ich tun, um über die 15% vom Ladenpreis zu kommen? Gar nichts?

Ich schreibe und frage das so unverfroren, weil ich ja immerhin von den zur Debatte stehenden Zahlen meinen Lebensunterhalt bestreite. Aber wem sage ich das?

Tausend Grüße
Dein Jurek

An Walter Nowojski

Berlin, 21. März 1976

Lieber Walter,
hier das korrigierte Manuskript zurück. Tut mir leid, daß soviel geändert ist, der Verlag hat Mist gemacht und Dir nicht die letzte Fassung geschickt. Also mußte ich viel ändern.
Kürzlich hörte ich vom Zustandekommen der Entscheidung, die Autoren-Umfrage nach dem Buch des Jahres 75 zu verbieten. Du sollst wissen, daß ich traurig darüber bin und daß ich weiß, daß Dich keine Schuld daran trifft.

Beste Grüße
Dein Jurek Becker

An Tilo Medek

1. April 1976

Sehr geehrter Herr Medek,
mit Interesse und einiger Erwartung habe ich Ihre Vignetten gelesen, mit Hoffnungen nicht nur deshalb, weil ich mir viel von der Mitarbeit eines Komponisten an unserem Projekt verspreche, sondern auch, das gestehe ich

gerne, weil Sie mir seit unserer Begegnung sympathisch sind und weil Ihre Urteile und Vorschläge damals mir durchweg bedenkenswert schienen.
Nun lese ich, wie gesagt, die Vignetten, und bin leicht irritiert. Nicht so sehr der akzeptablen Vorschläge wegen, die Sie darin unterbreiten, auch nicht wegen der unsinnigen Anmerkungen, die Ihnen dazwischengeschlüpft sind. Vielmehr macht mir zu schaffen, daß ich etwas zu entdekken glaube, was sich mir bei unserem ersten Gespräch in keiner Weise offenbart hat, nämlich einen spürbaren Hang zu Großmäuligkeit. Möglicherweise verbirgt sich dahinter die häufig anzutreffende und auch verständliche Arroganz, wie sie Handwerksmeister gegenüber Laien gern durchblicken lassen. (Zweifellos bin ich, was Ihr Handwerk betrifft, Laie. Ebenso zweifellos geht es Ihnen in vielen anderen Metiers, meins nur zum Beispiel, nicht besser.) Möglicherweise entspringt sie (diese Großmäuligkeit) Ihrer uneingestandenen Überzeugung, eigentlich doch wohl für Bedeutenderes geschaffen zu sein als dafür, schwindsüchtige Szenarien aus dem Feuer zu reißen. Es wäre mir ein Vergnügen, weitere denkbare Gründe zu nennen, ich versage es mir, weil ich nicht die Spannung vermehren möchte, die dieser Brief ohnehin sicher zur Folge haben wird.
Nur ein Urteil will ich als Fachmann für Aufgeschriebenes noch anfügen: Auf keinen Fall haben Sie bei Ihrer Niederschrift die Vokabeln getroffen, mit deren Hilfe Zusammenarbeit sich in die Wege leiten ließe. Und es täte mir sehr leid, sollte sich daran nichts ändern lassen.

Mit besten Grüßen
Jurek Becker

An Richard Zipser

25. Oktober 1976

Lieber Dick,
vor drei Tagen sind Rike und ich von einer 6-wöchigen Reise zurückgekommen. Wir waren zu Lesungen in 18 Städten Westdeutschlands, in der Schweiz und in Österreich. Und zum Schluß (nur zum Spaß) noch eine Woche in Paris. Bestimmt hast Du unsere Karte aus Wien schon bekommen.
Jetzt sitze ich am Schreibtisch und arbeite mich durch den Berg Post durch, der sich angehäuft hat. Es freut mich, daß Du den »Boxer« endlich bekommen hast, Deinen Vorschlag (S. 13-22) finde ich o. k. Vor allem freut mich aber, daß Dein ganzer Hämorrhoiden-Mist endgültig auskuriert und vorbei zu sein scheint.
Was Du schreibst, klingt aufregend – natürlich wäre es ganz hervorragend, wenn die Sache im Frühjahr 78 klappen würde. Aber darüber können wir ja noch reden, wenn Du im Januar hier bist.

Ich grüße Dich herzlich, auch Rike grüßt Dich
Jurek

In Solothurn in der Schweiz habe ich einen ganzen Abend mit Bichsel gesessen und gesoffen. Ungefähr 10% unserer Zeit haben wir über Dich geredet. Du brauchst Dich also nicht mehr zu verstellen – ich weiß alles über Dich.

Grüß auch Deine Frau
Jurek

An Günter Herburger

25. Oktober 1976

Lieber Günter,
eben komme ich von einer wirklich langen Reise zurück und finde Deinen Brief. Ich will Dich trösten – es gibt Schlimmeres, als zu meiner Lesung nicht erschienen zu sein. Ich weiß das positiv!
Wenn mein Gedächtnis mich nicht trügt, klingen die wenigen Nachrichten, die ich von Dir erhalte, unheimlich überbeansprucht. Hoffentlich irre ich mich, ich bin soeben im Begriffe zu erkunden, wie das Verhältnis von Muße und Produktivität ist.
Sollte ich je wieder nach München kommen, werde ich eigenhändig dafür sorgen, daß Du es erfährst, wie ich umgekehrt auch informiert sein möchte. Wir sollten aber nicht ein so großes Theater darum tun – man weiß, wie hilflos sich oft Leute gegenübersitzen, wenn sie sich nach ungeheuren Bemühungen endlich getroffen haben.

Ich grüße Dich herzlich
Jurek

Wickle das Kind nicht zu fest und notier die Sprüche der Alten.

J.

An das Präsidium des Schriftstellerverbandes der DDR

den 8. November 1976

Sehr geehrte Genossen,
mit Bestürzung habe ich die Nachricht vernommen, das Präsidium des Schriftstellerverbandes habe den Ausschluß von Reiner Kunze aus dem Schriftstellerverband der DDR bestätigt. Da Kunze keine Rassen- oder Kriegshetze betrieben und keine Gewalt verherrlicht hat, da sich in seinen Werken keine faschistische Propaganda findet,

halte ich diesen Ausschluß für willkürlich und protestiere entschieden dagegen. Auch wenn viele von Reiner Kunzes Publikationen und Überzeugungen dem Präsidium bedenklich oder gar verurteilenswert erscheinen mögen, so stellen sie doch keine Rechtfertigung für eine so grobe Repressalie dar.
Ich will nicht verhehlen, daß dieser Ausschluß interpretierbar ist als ein Versuch der Einschüchterung derjenigen Schriftsteller, die in wesentlichen Fragen anders denken als die Mitglieder des Präsidiums des Schriftstellerverbandes der DDR. Ich schreibe diesen Brief also nicht so sehr um Reiner Kunzes willen wie vielmehr in eigener Sache. Für meine Begriffe gibt es nur eine Möglichkeit, diesen fatalen Eindruck (der, wie ich mit Sicherheit weiß, nicht nur mein persönlicher ist) zu beseitigen: den Ausschluß Reiner Kunzes zu revidieren.

Jurek Becker

An Klaus Staeck

12. Januar 1977

Lieber Klaus,
es tut gut, Post solcher Art zu kriegen. Zum einen gefallen mir ja Deine Karten und Plakate tatsächlich sehr, zum zweiten ist es ein hervorragendes Gefühl zu wissen, daß in doch immerhin größerer Entfernung jemand sitzt, dem Vorgänge hierzulande nicht gleichgültig sind. Und zwar auf dieselbe Weise nicht gleichgültig wie einem selbst.
Von hier gibt es eigentlich kaum etwas Neues zu berichten, was die einen für erfreulich halten und die anderen für ein schlechtes Zeichen. Ich selbst bin kein Sterndeuter, ich weiß nur genau, wie es mir geht, gut. Ich habe mich aus dem ganzen miesen Vorgang herauskatapultiert, indem ich heftig zu arbeiten angefangen habe. Ärgerlich, daß

ich nicht schon früher auf diese Idee gekommen bin. Wenn Du in unserer Nähe bist, melde Dich ja – umgekehrt werde ich es auch tun.

Herzliche Grüße Dein
Jurek Becker

An Hans Dieter Mäde

17. Januar 1977

Sehr geehrter Herr Mäde,
am 14. Januar, vor einer Rohschnittvorführung meines Films »Das Versteck«, teilte mir der Leiter der Künstlerischen Arbeitsgruppe »Johannisthal«, Herr Willi Brückner mit, die Studio-Leitung halte einen Exposé-Vertrag für einen von mir vorgeschlagenen Stoff für verfrüht und bestehe zuerst auf einer Skizze. Obschon ich Herrn Brückner meine Meinung hierzu bereits sagte, halte ich es für sinnvoll, Ihnen folgendes zu erklären:
Die Anzahl der Filmszenarien, die ich bisher für die DEFA schrieb, ist nicht unbeträchtlich, erst ein einziges davon entstand auf Grund einer Skizze, und zwar 1967, als ich in diesem Metier und überhaupt noch ein sehr junger Mann war. Ich hoffe, Sie halten es nicht für unbescheiden, wenn ich heute, zehn Jahre später, ein Ansinnen wie das der Direktion als eine Zumutung betrachte.
Es liegt mir gewiß fern zu unterstellen, der Vorschlag der Direktion sei in der Absicht entstanden, mich zu beleidigen; denn nicht jeder Vorschlag, dem fehlender Geschmack anhaftet, stellt eine bewußte Beleidigung dar. Dennoch stelle ich mir natürlich die Frage, warum er gemacht wurde. Die Antwort scheint mir leicht errechenbar: Da ich zu den Unterzeichnern eines Briefes gehöre, der Ihnen nicht unbekannt sein dürfte, hält man es, auf wessen Anweisung auch immer, für ratsam, mir gegenüber bei

Vertragsabschlüssen niedrigste Maßstäbe anzulegen und sie somit nach Möglichkeit überhaupt zu verhindern. Natürlich werden Sie mir entgegenhalten, nichts daran sei wahr, und es handle sich um reine Hirngespinste; Sie werden es tun, obwohl sie genau wie ich wissen, daß keine einzige Repressalie gegen einen der Unterzeichner des bewußten Briefes bisher ohne Tarnung daherkam, und wenn die noch so dürftig und durchscheinend war.
Mit all dem wollte ich eigentlich nur sagen: Weder diesmal noch in Zukunft werde ich mich auf Vereinbarungen einlassen, die darauf abzielen, diskriminierende Bedingungen zu stellen. Selbst wenn ich ein Anfänger wäre, würde ich es als unzumutbar empfinden, wenn eine DEFA-Gruppe eine Arbeit mit mir beginnen wollte, und die Direktion verlangte eine Schriftprobe. Zu keinen anderen als zu meinen bisher günstigsten Bedingungen werde ich einen Vertrag abschließen. Sie können Ihrer vorgesetzten Behörde folglich melden, daß die Rechnung, was mich betrifft, voll aufgegangen ist.

Mit besten Grüßen
Jurek Becker

An die Direktion des Hauses
der Tschechoslowakischen Kultur

19. Januar 1977

Seit längerer Zeit erhalte ich regelmäßig Einladungen zu Veranstaltungen in Ihrem Haus. Ich muß Sie bitten, mir in Zukunft solche Einladungen nicht mehr zuzusenden.
Ich bin, wie Sie vielleicht wissen, Schriftsteller. Schon lange beobachte ich mit großer Sorge, wie Künstler und Kulturschaffende in Ihrem Land Repressalien, Demütigungen und Verfolgungen ausgesetzt sind. Nun, nachdem solche skandalösen Vorgänge einen neuen Höhepunkt erreicht haben, nachdem zum Beispiel mein Kollege Václav Havel

verhaftet worden ist, verspüre ich absolut keine Lust, an Veranstaltungen in Ihrem Haus teilzunehmen. Es sei denn, Sie führen eine öffentliche Diskussion zu diesem Thema durch.

Jurek Becker

An Harry Fauth

7. März 1977

Sehr geehrter Herr Fauth,
im letzten Quartal des Jahres 1976 erschien im Hinstorff-Verlag eine Auflage meines Romans JAKOB DER LÜGNER in Höhe von 15 000 Exemplaren. Die erste Quartalsabrechnung, die ich vom Verlag erhielt, datiert am 5. 1. 1977, besagte, daß 520 der 15 000 Exemplare verkauft worden waren. Zwei Monate später, am 1. März 77, hatte ich eine Unterredung mit Dr. Simon. Auch er bestätigte mir, daß sich das Buch miserabel verkauft. Gleichzeitig teilte er mir mit, daß die Auflage für 1977, über die ich einen schriftlichen Vertrag habe, daraufhin aus dem Verlagsplan gestrichen worden ist.
Zum Teil vor dieser Unterredung, zum Teil erst danach erfuhr ich Folgendes: Das Buch befindet sich so gut wie in keiner Buchhandlung im Angebot. Den Buchhändlern, die Bestellungen aufgegeben haben, wurde von der LKG mitgeteilt, das Buch könne zur Zeit nicht geliefert werden, und es gäbe nach der Buchmesse in Leipzig nähere Auskunft. Oder es wurde, ohne Angabe von Gründen, einfach nicht geliefert.
Die vorstehenden Informationen geben mir Grund zu der Befürchtung, daß die Wahrnehmung meiner Interessen durch den Hinstorff-Verlag nicht mehr gewährleistet ist. Ich sehe mich daher veranlaßt, Ihnen hiermit die Rechte für meinen Roman JAKOB DER LÜGNER aufzukündigen.

Ich denke, daß Sie, selbst wenn meine Informationen falsch sein sollten, unmöglich an den Rechten für ein Buch interessiert sein dürften, das unabsetzbar ist. Also trägt eine Lösung des Vertragsverhältnisses nur zu Ihrer Entlastung bei. Ich bitte Sie daher, mir baldmöglichst die Rückgabe der Rechte zu bestätigen und verbleibe mit freundlichen Grüßen

Jurek Becker

An den Schriftstellerverband der DDR

4. April 1977

Seit ich mit fünf anderen Kollegen aus dem Berliner Bezirksvorstand des Schriftstellerverbandes ausgeschlossen worden bin, sind fast vier Monate vergangen. Das ist keine sehr lange Zeit, aber doch Zeit genug, Positionen zu überprüfen, Beschlüsse zu bedenken oder von Emotionen abzulassen.

Am 31. März ist ein neuer Bezirksvorstand gewählt worden. Ich hatte die Hoffnung – wenn auch, wie ich zugeben muß, eine nicht allzu große –, daß die Vollversammlung den einen oder anderen der sechs Ausschlüsse rückgängig machen, zumindest kritisieren würde. Das ist nicht nur nicht geschehen, sondern es hat sich gezeigt, daß die große Mehrheit der Anwesenden bereit war, zu den Vorgängen des vorigen Jahres einfach zu schweigen. Es scheint, so fürchte ich, gelungen zu sein, eine Atmosphäre der Apathie zu erzeugen, in der diejenigen Kollegen, die es hin und wieder wagen, freimütig ihre kritische Meinung zu äußern, als Abweichler oder gar als Provokateure abgestempelt sind. Das ist ein schlimmer Zustand.

Durch den neugewählten Vorstand fühle ich mich nicht repräsentiert, noch glaube ich ernstlich, daß er meine Interessen vertritt. Ich sehe daher keinen vernünftigen

Grund, länger in einem Verband Mitglied zu sein, der sich fast einmütig einen solchen Vorstand wählt, und erkläre hiermit meinen Austritt.

An Harry Fauth

25. April 1977

Sehr geehrter Herr Fauth,
es sind schon mehrere Wochen über den Termin hinaus vergangen, bis zu dem Sie mir eine schriftliche Äußerung, die Rechte von JAKOB DER LÜGNER betreffend, zugesagt haben. Ich bitte Sie eindringlich, dies so bald wie möglich nachzuholen, da ich mich sonst genötigt sehe, die Sache einem Anwalt zu übergeben. Ich bitte Sie auch, bei Ihrer Antwort zu bedenken, daß eine Auseinandersetzung vor Gericht, wie immer sie ausgehen mag, eine recht peinliche Angelegenheit wäre; denn es wäre doch gewiß nicht möglich, sie geheimzuhalten.
Ich hoffe sehr auf eine baldige Antwort und grüße Sie freundlich –

Jurek Becker

An Harry Fauth

9. Mai 1977

Sehr geehrter Herr Fauth,
ich danke Ihnen für die diesmal prompte Reaktion auf mein Anliegen. Ich versichere Ihnen nocheinmal, daß mich Umstände, für die der Verlag nach meiner Überzeugung keine Verantwortung trägt, zu meinem Schritt veranlaßt haben, daß ich also letzten Endes in der Art aller Ungerechten handle. Ich sehe das wohl und weiß dennoch keinen anderen Weg.

Heute habe ich das ziemlich sichere Gefühl, daß ich etwa Mitte JUNI mit dem Manuskript meines neuen Buches fertig sein werde. Gemäß unserer Verabredung werde ich mich dann sofort bei Ihnen oder bei Dr. Simon melden. Bis dahin meine besten Grüße

Jurek Becker

An Horst von Tümpling

[o. D.]

Lieber Horst von Tümpling,
Dein Brief erstaunt mich, da er mir wie ein unangemessen heftiger Sprechversuch auf eine kleine Information hin zu sein scheint. Es stimmt, daß ich aus dem Schriftstellerverband ausgetreten bin; doch ist alles, was Du an Vermutungen daran knüpfst durch nichts gerechtfertigt. Im übrigen kann ich mich absolut nicht daran erinnern, in einem Telefongespräch mit Dir Klage über meine Situation geführt zu haben.
Ich habe durchaus nicht die Absicht, mich zurückzuziehen oder – wie Deine Formulierung lautet – den Schritt in die Verzweiflung zu tun. Ich komme mir sehr gut bei Kräften vor, und ich werde mich auch weiterhin zu allem äußern, wozu ich mich zu äußern für richtig halte; allerdings wird dies auf dem Umweg über Literatur geschehen und nicht in Briefen.

Mit freundlichen Grüßen

An Margarete Mende

[o. D.]

Sehr geehrte Frau Mende,
Sie schreiben, Sie seien neugierig zu erfahren, wie ich dazu komme zu behaupten, wir lebten in der DDR in einer Art Kriegskommunismus. Ich will versuchen, es zu erklären: Der Begriff Kriegskommunismus bedeutet seinem Wesen nach, daß der jeweilige Staat gezwungen ist, und zwar auf Grund einer Bedrohung von außen gezwungen ist, Freiheiten und Grundrechte seiner Bürger im Interesse des Ganzen zu beschneiden. Das bedeutet, er, der Staat fühlt sich dazu gedrängt, die Aspekte der Diktatur besonders hervorzukehren. Nichts anderes geschieht in der DDR, nur mit dem Unterschied, daß die Bedrohung von außen nur zu einem Teil real ist, zu einem anderen, sehr großen Teil aber nur als Ausrede dient, als Vorwand, eben die Bewegungs- und Meinungsfreiheit der Bürger einzuschränken. Und in diesem und nur in diesem Sinne, so meinte ich in dem Interview, herrsche bei uns in der DDR eine Art Kriegskommunismus.
Sie schreiben, daß Sie es früher nie geglaubt hätten, selbst einmal in einem so guten Staat zu leben. Dieser Satz rührt mich, das will ich Ihnen gestehen, und ich begreife wohl, daß ein großer Teil Ihrer Zufriedenheit daher kommt. Doch ist meine Lage anders. Ich kenne den antifaschistischen Kampf nicht aus eigenem Erleben, ich bin in diesem Land aufgewachsen und erzogen, unter unseren Bedingungen. Alle Überzeugungen und Wünsche und Hoffnungen sind mir hier eingepflanzt worden. Und diese Überzeugungen und Hoffnungen bringen mich zu dem Schluß: Ich hätte nie geglaubt, fast 30 Jahre nach Gründung der DDR in einem so schlechten sozialistischen Staat zu leben. Und damit will ich mich nicht abfinden.

Mit besten Grüßen
Jurek Becker

An Klaus Höpcke

Berlin, 19. 9. 1977

Sehr geehrter Herr Höpcke,
seit ich nach unserem Gespräch am 13. September wieder in meinem Zimmer bin, beschäftigt mich eine Frage: wie es kommt, daß mir ein Brief überreicht wird, obwohl der Absender doch weiß, daß ich ihm zehn Minuten später gegenübersitzen werde, und daß er mir dann alles, was in dem Brief geschrieben steht, selbst sagen kann. Die einzige Erklärung, die ich sehe, läßt es mir geboten scheinen, mich ebenfalls schriftlich in dieser Angelegenheit zu äußern.
In Ihrem Schreiben nennen Sie mich einen Wortbrüchigen. Abgesehen davon, daß mich ein so grober Name gewiß nicht freut, versuche ich vergeblich zu ergründen, welches denn das Wort war, das ich Ihnen gegeben habe, und ich kann und kann es nicht finden. Daß ich Ihnen an der Ostsee dem Sinne nach sagte, neben den im »Spiegel« von mir formulierten Meinungsverschiedenheiten gäbe es selbstverständlich viele Punkte, in denen ich mich diesem Staat sehr verbunden fühle – das können Sie doch nicht allen Ernstes als ein Versprechen aufgefaßt haben, mich niemals wieder zu den anderen Punkten zu äußern?
Ich kann gut verstehen, daß Sie mit meinen in der »Frankfurter Rundschau« dargelegten Ansichten nicht einverstanden sind; da Sie die Kulturpolitik unseres Staates mit zu tragen und zu vertreten haben, ich sie aber in manchen Punkten für verfehlt halte, ist ja eben diese Differenz der Standpunkte ein Gegenstand meiner Äußerungen gewesen. Ich bitte Sie aber, nicht den Anschein zu erwecken, als hätte ich mich Ihnen gegenüber zu irgendeiner Art von Stillschweigen verpflichtet und dann mein Wort gebrochen. Im Gegenteil bin ich der Ansicht, daß Meinungsverschiedenheiten unbedingt öffentlich ausgetragen werden müssen, auch und gerade in einem Staat wie dem unseren.

Ich gebe Ihnen recht, wenn Sie mir entgegenhalten, westliche Zeitungen gehörten schließlich nicht zu unserer Öffentlichkeit; doch solange es in dieser Öffentlichkeit absolut keine Möglichkeit gibt, Ansichten wie die meinen zu artikulieren, erscheint mir eine solche – wie auch ich zugebe – bedenkliche Methode besser zu sein als die, ganz und gar zu verstummen.

Ich möchte Ihnen nicht verschweigen, daß ich den Ton Ihres Briefes und einige Formulierungen darin für bedrohlich halte. Ihre Behauptung, ich hätte mich mit meinem »verleumderischen Treiben gegen unsere Gesellschaftsordnung und ihre Organe« der »von der Carter-Administration ausgehenden verschärften psychologischen Kriegführung gegen den Sozialismus an-, ja eingepaßt« – eine solche Behauptung ist nicht weit entfernt von dem Vorwurf, ich sei ein Agent. Ich verfüge über genug Phantasie, mir vorzustellen, welche Konsequenzen ein solcher Vorwurf nach sich ziehen könnte, zumal die jüngsten Monate ja nicht eben arm an Demonstrationen in dieser Hinsicht waren. Gleichzeitig will ich Ihnen aber versichern, daß ich Drohungen für ein ungeeignetes Mittel halte, um Meinungsverschiedenheiten aus der Welt zu schaffen.

Während unseres Gesprächs am 13. September, das der Übergabe Ihres Briefes folgte, sagte ich Ihnen, ich wollte mich nach dem »Frankfurter Rundschau«-Interview bis auf weiteres nicht mehr in westlichen Massenmedien äußern. Diese Zusage möchte ich hiermit zurücknehmen. Nicht etwa deswegen, weil ich ein neues Interview verabredet hätte oder eins zu geben beabsichtigte, sondern weil es mir, nachdem ich die Angelegenheit gründlich durchdacht habe, unangenehm ist, in einem solchen Wort zu stehen. Es ist mir um so unangenehmer, da ich erleben mußte, wie Sie mich auch dann als wortbrüchig bezeichnet haben, als es überhaupt kein Versprechen gab.

Ich hoffe sehr, daß Sie, auch wenn Sie meine Ansichten nicht teilen, Verständnis für die Überlegungen aufbringen, die zu diesem Brief geführt haben.

Mit besten Grüßen
Jurek Becker

An Horst Pehnert

Berlin, 19. 9. 1977

Sehr geehrter Herr Pehnert,
gewiß werden Sie es verstehen, daß ich am Schicksal des Films »Das Versteck« nicht uninteressiert bin. Leider hat es bis heute keine der Personen, die über diese Schicksal zu befinden haben, für der Mühe wert gehalten, mich in irgendeiner Weise zu unterrichten. Darüber beklage ich mich. Ich richte diesen Brief an Sie, um endlich zu erfahren, wie die Dinge um unseren Film stehen. Ich bin der Ansicht, daß ich zu dem Personenkreis gehöre, dem eine solche Information nicht länger vorenthalten werden sollte.

Mit freundlichen Grüßen
Jurek Becker

An Helene Ritzerfeld

Berlin, 20. 9. 1977

Sehr geehrte Frau Ritzerfeld,
wie vereinbart, übersende ich Ihnen hiermit alle die Verträge, die für »Jakob der Lügner« mit Verlagen des westlichen Auslands abgeschlossen wurden. Ausgenommen hiervon sind: der Vertrag mit Luchterhand, der vor über einem Jahr erloschen ist, und der Vertrag mit Suhrkamp, der durch unsere neue Vereinbarung ja wohl aufgehoben sein dürfte.
Des weiteren bitte ich Sie zu berücksichtigen, was Frau

Borchers Ihnen sicher schon ausgerichtet hat: Vor meiner Reise nach Frankfurt habe ich Hinstorff ausdrücklich genehmigt, einen Lizenzvertrag über »Jakob der Lügner« mit einem israelischen Verlag abzuschließen. Dummerweise habe ich vergessen, Sie bei unserem Gespräch davon zu informieren. Reißen Sie mir bitte nicht gleich den Kopf ab.

Ich grüße Sie herzlich und freue mich auf ein Wiedersehen

Ihr Jurek Becker

An Gretchen und Jacques Klein

[o. D.]

Liebes Gretchen, lieber Jacques,

vielen Dank für Euren Brief, er war eine Überraschung, eine Freude und irgendwie auch eine Beruhigung. Ich schreibe diesen Brief mit der Maschine, damit Euch nicht dasselbe passiert wie mir bei Eurem Brief: Ich finde, wenn man einen Brief schon nicht versteht, muß man ihn wenigstens lesen können.

Die Umgebung von Bonn mußte Euch gefallen, das war klar. Wenn das Provisorium für Euch aufhört, dann fängt das Leben an, aber irgendwie ist Leben immer ein Provisorium, findet Ihr nicht auch?

Ich lese, was Jacques jetzt für eine Arbeit hat, wo ich doch nie daran gezweifelt habe, daß er bei der Bonner US-Botschaft beschäftigt sein wird. Aber was tust Du, Gretchen? Wirst Du wieder einer Beschäftigung nachgehen können, was ist mit Deiner Dissertation?

Ich bin ganz sicher, daß wir uns wiedersehen, ich würde große Wetten darauf abschließen. Natürlich weiß ich nicht, wann. Meine Reise in die Bundesrepublik war ganz gut, ich bin fast zur selben Zeit nach Hause gefahren, als Ihr in den Westen gegangen seid. Vor allem habe ich in

Frankfurt mit meiner Lektorin gearbeitet und nur wenige Lesungen gehabt. Das Zitat von Kurt Hager, das Ihr im »Neuen Deutschland« gelesen habt, stammt nicht aus meinem Buch, sondern aus einem Interview, das ich Anfang September für die »Frankfurter Rundschau« gegeben habe. Mein Buch ist jetzt endgültig in der DDR verboten und wird bald bei Suhrkamp in Frankfurt erscheinen. Wir werden sehen. Jedenfalls bin ich fröhlich, daß Ihr das nur wißt.

Über die nächste Zukunft kann ich nicht viel sagen, das werdet Ihr verstehen. Ich habe jetzt die definitive Einladung des Oberlin College in Ohio. Ich habe die Absicht, von Februar bis August 78 in die USA zu fahren. Es wäre gut, wenn ich Euch einmal vorher sehen könnte, vielleicht klappt es.

Ich grüße Euch und Maja und Christian und umarme Euch und freue mich, Euch bald zu sehen

Jurek

An Klaus Höpcke

Berlin, 3. 10. 1977

Sehr geehrter Herr Höpcke,

Briefen haftet leicht der Geruch von Überflüssigem an, wenn nichts in ihnen enthalten ist, was der Empfänger nicht ohnehin schon weiß oder sich denken kann. Fassen Sie diesen Satz bitte als Selbstkritik auf und nicht nur als Vorhaltung. Also will ich, meiner Erkenntnis folgend, versuchen, Sie nicht mit Bekanntem zu langweilen, sondern nur solche Bemerkungen zu Ihrem Brief vom 26. 9. zu machen, die Sie, wenn mein Gedächtnis mich nicht trügt, noch nicht aus meinem Munde kennen.

1. Sie mahnen mich, eine Forderung nicht mit einer Drohung zu verwechseln. Sie fragen: »Wozu, Jurek Becker, benötigen Sie die Verdrehung?« (Eine Frage, die ich auch

schon wieder als bedrohlich empfinde, das nur nebenbei.)
Ich überlege: Welchen Sinn hat eine Forderung, zumal eine »mit allem Nachdruck« gestellte, wenn nicht Maßnahmen für den Fall ihrer Nicht-Erfüllung vorgesehen sind? Das ist doch sonst nicht die Art, in der eine Exekutive ihre Forderungen anzumelden pflegt. Wenn hinter einer Forderung absolut nichts anderes steht als der Wunsch, man möge sich nach ihr richten, dann könnte man sie auch eine Bitte nennen. Dann könnte ich zum Beispiel Sie bitten oder von Ihnen fordern, doch eine bessere Kulturpolitik zu machen, mit nicht größerer Aussicht auf Erfolg, als Ihre Forderung an mich haben wird.
2. Sie äußern Unverständnis darüber, daß ich in meinem Brief auf Ihre ausführlichen Überlegungen zu meinem Buchmanuskript nicht eingegangen bin. Für diese Ihre Überlegungen, deren Mühe mich beschämt, danke ich Ihnen aufrichtig. Ich versichere Ihnen, daß ich nicht zu meinem Gespräch mit den Hinstorff-Leuten gegangen bin, ohne sie genauestens erwogen zu haben. Sie laufen in allen Details auf die Konstatierung verschiedener ideologischer Positionen hinaus, und die streite ich gar nicht ab. Eben diese Unterschiede vorzuweisen, das ist mir an dem Manuskript ja so wichtig.
Was das Gespräch mit Hinstorffs Verlagsleiter und Cheflektor betrifft, dessen Ergebnis Sie, wie ich Ihren Zeilen entnehme, als enttäuschend empfinden: Für mich war es auch enttäuschend, sehr. Es setzte den Schlußpunkt unter eine Arbeit, mit der ich große Hoffnungen verband. In Zukunft werde ich mich nicht mehr an Gesprächen beteiligen, von deren Resultat abhängt, ob ein Buch von mir erscheinen darf oder nicht. Anders formuliert, möchte ein solches Gespräch entscheiden, ob ich Schriftsteller bin oder nicht. Da ich diese Frage für entschieden halte, sehe ich keinen Sinn darin, sie immer wieder zu erörtern.

3. Ein Satz aus Ihrem Brief: »Um Stillschweigen oder Nichtstillschweigen ging und geht es überhaupt nicht, sondern um die den wirklichen Verhältnissen widersprechende Substanz Ihrer Äußerungen ...«
Wie können Sie nur sagen, daß es um Schweigen oder Nichtschweigen nicht geht? Es geht mir so sehr darum, daß ich gerade diese Frage für existenziell halte. Denn ich bin in unserem Land zu Stillschweigen verurteilt, auch wenn es für Sie darum nicht geht, auch wenn Sie diese Einzelheit als nebensächlich empfinden mögen.
Sie schreiben: ... die den wirklichen Verhältnissen widersprechende Substanz meiner Äußerungen ... Gerade das streite ich ab. Ich komme mir wahrheitsliebend vor, und diejenigen, deren Wort ausreicht, mich von öffentlicher Äußerung auszuschließen, scheinen mir die Tatsachen zu verdrehen. Wie könnte ich mich damit abfinden, wenn über meinen Kopf hinweg bestimmt wird, welche Behauptungen als wahr zugelassen sind und welche nicht?
4. Sie zitieren die Charakterisierung, mit der Herr Hager mich in seiner Ansprache vor dem Kongreß des Kulturbundes versieht. Wie Sie sich denken werden, habe ich das Interview für die »Frankfurter Rundschau« nicht gegeben, um Herrn Hager eine Freude zu bereiten. Die Tatsache, daß er meine Ansichten als lebensfremd oder voreingenommen bezeichnet, kommt für mich also kaum überraschend; denn ich kritisiere eben die Verhältnisse, die er in seinem Referat »eine sozialistische Demokratie, eine Demokratie der Werktätigen, des am Aufbau der neuen sozialistischen Gesellschaft wirkenden, seine Macht ausübenden Volkes« nennt.
So wie ich Herrn Hager nicht im geringsten das Recht absprechen will, meine Äußerungen zu verurteilen, so muß ich mich über die Folgen solcher Verurteilung beklagen, denn sie sind fatal für mich. Ich bin sicher, daß Herrn Hagers Worte bei der Leitung des Hinstorff Verlages bin-

nen weniger Tage zu einem erstaunlichen Wandel der Ansichten geführt haben. Anders kann ich es mir nicht erklären, daß Herr Fauth und Herr Simon, nachdem sie mir vor einiger Zeit die Zusage gegeben haben, mein neues Buch im Frühjahr 1978 zu publizieren, denselben Text jetzt »objektiv schädlich« nennen und es nicht mehr verantworten können, ihn zur Erteilung der Druckgenehmigung dem Zensor vorzulegen.
Ich wünschte, eine kritische Äußerung von mir hätte auch nur ein Zehntel solch rasanter Folgen.
Sie grüßen mich am Ende Ihres Briefes in tiefer Sorge. Das ist eine Sorge, die mich berührt, das will ich Ihnen gestehen, von der ich aber fürchte, daß sie ins Leere schlägt. Ob ich mich nicht selbst zuständig fühle, fragen Sie, zur Überwindung der Kollision zwischen mir und unserer Republik auch selbst etwas zu tun. Abgesehen davon, daß mir nicht klar ist, was sie mit dem Wort »auch« meinen, und abgesehen davon, daß mir die Kontrahenten des Streits nicht richtig bezeichnet zu sein scheinen: die Republik und ich – muß ich Ihre Frage bejahen. Natürlich fühle ich mich dafür zuständig. Aber was soll ich denn anderes tun, als die Wahrheit zu sagen, so laut ich kann, oder, da selbstverständlich auch ich keinen Besitzanspruch auf Wahrheit geltend machen kann, das zu sagen, was ich für Wahrheit halte.

Mit besten Grüßen
Jurek Becker

An Elisabeth Borchers

Berlin, 10. 10. 1977

Liebes Lieschen,
zuerst das Dringende: wie denk ich gern an Dich und möchte Dich angucken und Dir Käseauflauf holen und mich wehren gegen das, was Du mit meinen schönen Sätzen tust. Weißt Du, daß ich Dir sehr dankbar bin?
Nun habe ich mein letztes Wort im Manuskript gesprochen, das aber kein Machtwort war, Du wirst es sehen, wenn Du jemals wieder hineinsiehst. Ich bin jetzt fertig damit, fertig, fertig. Von nun an setzt die Ungeduld ein, es in der Hand halten zu wollen als ein hergestelltes Ding. Heute, am Montag, finde ich alles wohlgeordnet darin und richtig, so wie es dort steht. Dieser Wankelmut.
Dann will ich wissen, wozu Du ins Krankenhaus gehst. Schreib es Helge und denk nicht, daß Zurückhaltung und Ziererei dasselbe sind. (Nur ganz nebenbei: Ich bin auf du und du und enger befreundet mit den allerbesten Ärzten hier.)
Und dann: Ich glaube, ich muß jetzt langsam in Bewegung setzen, was ich so lange vor mir hergeschoben habe. Die Luft wird mir allmählich knapp in diesem Zwischenraum, der doch kein dauernder Aufenthaltsort sein kann.
Grüß alle von mir, den Claus, Unseld, die freundlichen Leute im Verlag und Marcel Reich, und Dich küsse ich,

Dein Jurek

An Horst Pehnert

Berlin, 13. 10. 1977

Sehr geehrter Herr Pehnert,
ich muß ein Mißverständnis aufklären: Natürlich hat Frank Beyer mich darüber informiert, was das Resultat Ihrer gemeinsamen Aussprache gewesen ist. Demzufolge

war nichts entschieden und alles in der Schwebe, und immer kamen die Worte »eventuell« und »möglicherweise« vor, und genau das reicht mir nicht, und deswegen habe ich meinen Brief an Sie geschrieben. Ich möchte von Ihnen wissen – und zwar auf eine Weise, auf die ich mich berufen kann –, ob der Film »Das Versteck« aufgeführt wird oder nicht, und wenn ja, wann dies geschehen wird. Mir das mitzuteilen, so meine ich, müßte auch ohne eine Aussprache möglich sein.

Ich will Ihnen nicht vorenthalten, daß ich in dem Falle, daß die Entscheidung zuungunsten einer Aufführung des Films fallen sollte, die Rechte an dem Drehbuch von der DEFA zurückverlangen werde, um anderweitig darüber zu verfügen. Denn ich bin nicht der Meinung, daß eine Filmgesellschaft einen Vertrag dann erfüllt hat, wenn Sie das fertige Produkt der Öffentlichkeit vorenthält.

Mit besten Grüßen
Jurek Becker

An das Postzollamt Berlin

Berlin, 29.10.1977

Während einer Reise in die Bundesrepublik im September dieses Jahres bat ich den Leiter des Luchterhand Verlages in Darmstadt, Herrn Dr. Altenhein, mir das Buch DER BUTT von Günter Grass zu schicken. Am 24. 10. erhielt ich von der Zollverwaltung der DDR, Postzollamt Berlin, die Benachrichtigung, das Buch sei eingezogen worden, weil es ein »verbotener Gegenstand« sei. Die »Benachrichtigung über eine Teileinziehung« hat die Nummer B 035033 und ist vom 20. 10. 77 datiert.

Hierzu möchte ich Ihnen folgendes mitteilen:

Ich habe nicht die Absicht, eine solche Einziehung, die ich als willkürlich und unverschämt empfinde, widerstandslos hinzunehmen. Glauben Sie ernsthaft, ich werde mir von irgendeinem Zollbeamten vorschreiben lassen, welche Bücher ich zu lesen habe und welche nicht? Völlig abgesehen davon, daß ich Schriftsteller bin und eine Art von Lektüre brauche, die sich von der von Zöllnern unterscheidet, meine ich, daß Sie mit einer solchen Maßnahme Feindschaft säen und die Atmosphäre im Lande vergiften. Ich verlange von Ihnen die umgehende Übersendung meines Eigentums an meine Adresse: Jurek Becker, Dirschauer Straße 12, 1034 Berlin. Ich mache Sie darauf aufmerksam, daß ich andernfalls diesen Vorgang an die Öffentlichkeit bringen werde. Denn es sind mir schon viele Postsendungen beschlagnahmt worden, immer habe ich dazu geschwiegen. Doch nun, so finde ich, ist das erträgliche Maß überschritten.

Jurek Becker

An Harry Fauth

Berlin, den 7. November 1977

Sehr geehrter Herr Fauth,

vor kurzem erhielt ich vom Hinstorff Verlag die Abrechnung für das III. Quartal 1977. Diese Abrechnung besagt, daß von meinem Buch IRREFÜHRUNG DER BEHÖRDEN im III. Quartal 1977 genau 25 Exemplare in der ganzen DDR verkauft worden sind. Hierzu möchte ich einige Bemerkungen machen.

Ich bin überzeugt davon, daß es sich bei dieser Verkaufszahl um den strafrechtlichen Tatbestand eines Betruges handelt. Ich zweifle nicht daran, daß der Hinstorff Verlag nichts damit zu tun hat, doch verlange ich von meinem Verlag, daß er mich vor solchen betrügerischen Terrorakten schützt. Ich mache Sie darauf aufmerksam, daß ich im Falle der Wiederholung einer solchen Ungeheuerlichkeit dem Hinstorff Verlag die Rechte für alle meine Titel entziehen werde; denn dann muß ich mir einen besseren Verlag suchen, einen der nicht so tut, als sähe er die Sabotage nicht, die an einem seiner Autoren geübt wird.

Hochachtungsvoll
Jurek Becker

An Hans-Joachim Hoffmann

Berlin, 7. November 1977

Sehr geehrter Herr Minister,
seit geraumer Zeit lebe ich in Umständen, die mir von Tag zu Tag mißlicher erscheinen, unter denen ich nicht arbeiten kann und denen ich nicht länger ausgesetzt sein möchte. Ich halte es daher für eine naheliegende Lösung, die DDR zu verlassen.
Ich beantrage, daß mir ein Visum erteilt wird, das mir die Möglichkeit läßt, mich bis zum Jahre 1979 außerhalb der DDR aufzuhalten. Unter anderem will ich diese Frist nutzen, um ein Buch zu schreiben. Eingebettet in diese Zeit wäre ein Aufenthalt in den USA, wohin ich eine Berufung an das Oberlin-College in Ohio erhalten habe. Unverzichtbar für mich, im Falle der Erteilung eines solchen Visums, wäre es, daß ich innerhalb dieser Zeit beliebig oft in die DDR einreisen darf. Denn ich habe zwei Kinder hier, die ich hin und wieder sehen muß. Ich möchte zum 1. Dezember 1977 ausreisen dürfen.
Nach Ablauf des Visums, vielleicht auch früher, müßte es, so stelle ich mir vor, in einem Gespräch (mit wem auch immer) zu einer endgültigen Klärung darüber kommen, was weiter zu geschehen hat. Denn selbstverständlich sehe ich in einem solchen Verfahren keine endgültige Lösung; nur ein Provisorium, das dazu dienen könnte, aus einer festgefahrenen Situation herauszukommen.

Hochachtungsvoll
Jurek Becker

An Harry Fauth

Berlin, den 13. 11. 1977

Sehr geehrter Herr Fauth,
die Zahlen, die Sie mir in Ihrem Brief nennen, sind für mich höchst geheimnisvoll. Und, um ehrlich zu sein, sie interessieren mich auch nicht besonders. Die Zahlen, von denen in der Abrechnung für das III. Quartal 1977 die Rede ist, sind da viel deutlicher und faßbarer. Sie besagen, daß von einem Bestand von 450 Exemplaren in den Monaten Juli, August und September 25 Stück verkauft wurden, ein Rest von 425 also nicht abgesetzt werden konnte. Nicht mehr und nicht weniger, und das ist mir deutlich genug.
Da ich weiß, daß das Buch in so gut wie keiner Buchhandlung der DDR zu haben ist, der Verlag mir aber andererseits per Abrechnung quasi mitteilt, es finde keine Käufer, bin ich empört. Und ich finde, zu Recht. Mit dem »Jakob« verhält es sich übrigens ganz ähnlich. Wenn meine Bücher schon nicht an den Mann zu bringen sind, dann will ich sie wenigstens in den Buchhandlungen herumliegen sehen. Wie die von Gotsche zum Beispiel oder von Seeger.
Ich habe mir ausgerechnet, daß bei einem Verkauf von 25 Exemplaren pro Quartal ein Bestand von 425 Stück für über vier Jahre ausreicht. Und ich habe das Gefühl, daß mir genau das auch offeriert werden soll, solange ich mich nicht dagegen wehre. Aber das tue ich.
Den Begriff »Exportreserve« habe ich in Zusammenhang mit meinen Büchern noch nie gehört. Ich bin, anders als Sie es vermuten, an einer solchen Reserve absolut nicht interessiert. Denn ich bin es seit je her gewohnt, daß meine Bücher per Lizenzvergabe ins Ausland verkauft werden. Damit will ich auch in Zukunft zufrieden sein.
Im Übrigen: Ihr Brief bestärkt mich in meiner Vermutung, daß die Verkaufszahlen für die »Irreführung« manipuliert

sind. Anders ist es mir unerklärlich, daß im einen Quartal fast 9000 Bücher verkauft werden, im anderen 25 (also so gut wie gar keins) und im Oktober wieder (nach meinem bösen Brief) der ganze Rest.
Um es nocheinmal zu wiederholen: Ich behaupte mit keinem Wort, daß der Hinstorff Verlag das Geringste damit zu tun hat. Nur wünsche ich mir von dem Verlag, bei dem ich mich wohlfühlen soll, daß auch ihm ein solches Verfahren spanisch vorkommt. Ein klein wenig verlange ich es sogar von ihm.

Mit besten Grüßen
Jurek Becker

An Hans Altenhein

13. 11. 1977

Lieber Dr. Altenhein,
der Vollständigkeit und der Fairness halber muß ich Ihnen nun auch dies mitteilen: Ich habe einen recht zornigen Brief an den Zoll der "DDR geschrieben, worauf ein Wunder geschah. Wenige Tage später klingelte es an der Tür, und zwei Zollbeamte überreichten mir die beiden zuvor beschlagnahmten Bücher, den »Butt« und den »Palast der blütenweißen Stinktiere«. Man kann also sagen, Ihre Sendung sei wohlbehalten bei mir eingetroffen. Ich bedanke mich nocheinmal sehr dafür, im »Butt« bin ich schon ganz und gar untergetaucht.

Mit herzlichen Grüßen

An Helen Wolff

14. Dezember 1977

Sehr geehrte Frau Wolff,
hiermit bestätige ich Ihnen, daß die Auslandsrechte für mein Buch »Jacob the Liar« vom Aufbau-Verlag in Berlin an den Suhrkamp Verlag übergegangen sind.
Mitte Februar 78 werde ich für etwa zehn Tage in New York sein. Ich werde mich dann bei Ihnen melden, und es wäre schön – sofern Sie Zeit und Lust haben –, wenn wir uns in dieser Zeit einmal sehen könnten.

Mit herzlichen Grüßen
Jurek Becker

An Tosia und Marcel Reich-Ranicki

Berlin, 21. 12. 1977

Liebe Frau, lieber Herr Reich-Ranicki,
es existieren natürlich noch viel mehr Busch-Aufnahmen, aber die sind zur Zeit vergriffen. Auf alle Fälle werde ich den Vorgang weiter im Auge behalten.
Nachdem ich Ihr Verhältnis zum Auto beobachten durfte, verehrter Herr (es ist ein völlig unerotisches), scheint es mir geboten, Sie darauf hinzuweisen, daß Sie vor dem Abspielen der <u>kleinen</u> Platten die Geschwindigkeit des Plattenspielers auf 45 Umdrehungen pro Minute (45 U/min) stellen müssen.
Ich grüße Sie von ganzem Herzen und freue mich auf unsere nächste Begegnung

Jurek Becker

An Richard Zipser

Berlin, 11. Januar 1978

Lieber Dick,
danke für Deine Karte. Deiner Bitte, Fotos nach Oberlin zu schicken, kann ich leider nicht entsprechen, ich habe keine. Die Bücher von Suhrkamp sind inzwischen hoffentlich bei Euch eingetroffen. Morgen gehe ich zur US-Botschaft und hole mir das Visum, es ist alles OK.
Das Wichtigste: Ich werde ein paar Tage später als vorgesehen in Oberlin ankommen. Zuerst wollte ich am 10. Februar fliegen, dann etwa eine Woche in New York sein und ungefähr am 17. bei Euch. Nun habe ich aber am 13. Februar eine Sendung im Fernsehen, ein live-Interview von 1 Stunde (!). Ich werde so erst am 15. Februar fliegen und also auch 5 Tage später als vorgesehen in Oberlin sein. Ich rufe Dich gleich von NY an.

Grüße
Jurek

An Rieke Becker

Oberlin, 27. 2. 1978

Liebe gute Rieke,
ich fange allmählich an, hier in Oberlin das zu tun, was man w o h n e n nennt. Ich arbeite auch, damit meine ich: ich schreibe. Der Job ist kinderleicht, denn sie sind alle Kindsköpfe. Dabei ganz lieb.
Morgen kaufe ich mir ein Auto. Zuerst wollte ich nicht, aber ich komme einfach nicht ohne aus. Es ist nicht teuer, und ich kanns, wenn es so lange hält, hinterher wieder verkaufen. Je größer, um so billiger.
Jetzt schon hätte ich Riesenlust, mit euch zu sitzen und zu erzählen. Dabei stehen mir die b e d e u t e n d e n Erlebnisse hoffentlich noch bevor. Oberlin ist eine kleine Stadt mit

einem kleinen Park in der Mitte, in dem es von Eichhörnchen wimmelt. Man ist sehr freundlich zu mir, jeden Tag muß ich Einladungen ausschlagen. Zum erstenmal im Leben habe ich ein BÜRO, mit meinem Namen draußen an der Tür.

Du schreibst mir doch mal? Rede Dich bloß nicht mit dieser doofen Ausrede raus, daß Du Werktätige bist. Ich auch, und ich schreibe dabei den ganzen Tag. Ich will informiert werden, in welchem Stadium sich eure keramischen Pläne befinden. Hoffentlich geht alles zweimal so gut, wie ihr es euch denkt. Habt ihr das Zeug allmählich zusammen?

Zu Helge sei ruhig unverschämt, und verkneif Dir keinen Wunsch. Du triffst ihn mit nichts unvorbereitet. Ich habe inzwischen so viele Vokabeln gelernt, daß ich sie schon alle durcheinanderbringe. Aber ich glaube, ich werde mit mehr Englisch zurückkommen, als ich tragen kann. Ich melde mich bald wieder. Küß die Kinder von mir und sag ihnen, daß ich Sehnsucht nach ihnen habe.

Sei umarmt, Jurek

Und grüß Andreas.

An Siegfried Unseld

27. FEB. 1978

Lieber Herr Unseld,

zuallererst will ich sagen, was eine kleine Schande ist: Auf der ganzen Welt ist es wohl Brauch, daß als erster der Davongefahrene ein Zeichen gibt, nicht der Daheimgebliebene. Nun ist es umgekehrt gekommen, meine Saumseligkeit ist Schuld daran, wir müssen damit weiterleben.

Danke für die guten Wünsche in Ihrem Brief und für die guten Nachrichten darin. In einem Punkt will ich Sie schnell beruhigen, obwohl Ihre Unruhe sicher auch so erträglich ist: Dieser Moment, da ich mich in Oberlin hinsetzte und mir die Frage stellte, wozu eigentlich ich hier bin, ist nie gewesen. Vielleicht kommt er noch, doch sehe ich ihm gelassen entgegen. Ich habe versucht, mir im Vorhinein ein Bild von meinem hiesigen Aufenthalt zu machen, und das Schicksal hat es so gefügt, daß dieses Bild recht richtig war. Das passiert mir öfter. Was ich hier tue: Mit Studenten Colloquien führen über allerhand; mit Studenten, die im übrigen nicht allzu schwer an ihrem Wissen über deutsche Literatur schleppen müssen, was ja alles andere als eine Schande ist; mit Studenten, die zum Großteil liebenswerte Kindergemüter haben und durchaus so sind, daß man sich in ihrer Nähe nicht zu graulen braucht.

Und dann schreibe ich, wie ich es mir vorgenommen hatte, an Geschichten, die helfen sollen, einige Zeit nach meiner Rückkehr Ihren und meinen Ruhm zu mehren. Die Sache läßt sich so gut an, daß wir hoffen dürfen.

Ihre Nachricht, daß Sie Ende April nach Washington kommen, erinnert mich an unser Vorhaben. Es müßte mit dem Teufel zugehen, wenn es nicht gelingen sollte, uns an irgendeinem schönen Tag und Ort in diesem Land zu treffen.

Ich grüße Sie herzlich,

Ihr Jurek Becker

An Burgel Zeeh

27. FEB. 1978

Liebe gute beste Burgel Zeeh,

danke für den neuen Becker. Irgendwie ist das ja ein erotischer Augenblick, wenn man so ein Ding zum erstenmal in der Hand hält, doch, doch. Und dann dieses Grün!

Es geht mir sehr gut, wie Ihnen. Woher ich das weiß? Irgendwie sind Sie ein Typ, wie soll ich sagen, man kann sich einfach nicht vorstellen, daß es Ihnen nicht gut gehen könnte. Vielleicht ist das ein hartes Los?
Sind Sie so lieb und schicken mir ein Bücherpaket hier an die College-Adresse? Vielleicht acht Stück von diesem und noch acht von meinen übrigen Werken. Auch wenn Sie's nicht glauben, die sind hier ganz wild drauf.
Seien Sie herzlich gegrüßt, und ich lasse mich hängen, wenn ich je diese Flasche Piccolo vergesse.

Ihr Jurek B.

An Max Frisch

5. März 1978

Lieber Max,
seit drei Wochen bin ich jetzt in Amerika, allmählich vergesse ich die lästige Frage, was ich hier eigentlich soll für eine so lange Zeit. Und da ich darin geübt bin, von einem Extrem ins andere zu fallen, fange ich an, mir einzureden, daß ich im Grunde genau am richtigen Ort hier bin, daß ich es gar nicht besser treffen konnte. Im Ernst aber: Die Abgeschiedenheit hier tut mir wohl, das hätte ich vor noch gar nicht so langer Zeit für ausgeschlossen gehalten. Immer habe ich Aufregungen und Turbulenz gesucht, und auf einmal freue ich mich über Ruhe. Sicher ist das nicht nur ein gutes Zeichen. Aber ich rede mich damit heraus, daß ich aus Europa einen Kopf voll Durcheinander mitgebracht habe, und daß Oberlin ein guter Platz ist, mit dem Sortieren anzufangen.
Gern würde ich mit Dir sitzen und Dir das letzte Jahr erklären und dabei vielleicht selbst ein bißchen davon verstehen. Ich frage mich oft jetzt, ob ich manches nur deshalb tue, weil ich nun einmal damit angefangen habe. Je-

denfalls ist die Zukunft bis heute ein ungewisses Loch für mich, aber das muß ja nicht unbedingt tragisch sein. Ich arbeite, ich komme nicht schlecht damit voran, zuerst in West-Berlin, und jetzt auch hier, wie es scheint. Das macht mich zufrieden. Ich rede andauernd von mir, sieh es mir bitte nach, so wie ich es tue.
Rieke geht es sehr gut. Hundertmal hat sie mir gesagt, ich soll Dich von ihr grüßen, aber wie konnte ich die Grüße loswerden. Sie will Keramikarbeiten machen, sie hat damit schon angefangen. Vom kommenden Semester an will sie an der Hochschule für Bildende Kunst studieren. Das wirft mich um, alleine dafür liebe ich sie. Wie bei fast jeder Gelegenheit, so packt mich auch hierbei ein schlechtes Gewissen, das zu Hilfsbereitschaft erstarrt ist. Doch immerhin habe ich ja einen gehörigen Anteil daran, daß sie in der Vergangenheit k e i n e Keramikarbeiten gemacht hat. Unlängst habe ich einen mehrere Zentner schweren Keramikofen über die Grenze geschmuggelt, vielleicht wird das einmal Weltliteratur. Das Verhältnis zwischen Rieke und mir ist sehr gut, und ich freue mich von Herzen darüber. Es ist so gut, daß ich mir die Frage stelle, warum wir uns nicht schon vor zehn Jahren haben scheiden lassen. Nachdem die Aufregung des Trennungsvorganges lange vorüber ist, können wir ruhig und freundlich und anteilnehmend miteinander umgehen, wie es uns schon lange nicht mehr gelungen ist. Und auch deshalb freue ich mich so darüber, weil es für die Kinder nicht ganz ohne Bedeutung ist. Liebe Grüße von Rieke also.
Ich wünsche mir sehr, daß es Dir gut geht. Wie nah hast Du schon bis an Dein nächstes Buch herangelebt? Ich wünsche mir, es wäre sehr dicht. Ich wünsche Dir Glück.

Dein Jurek

An Elisabeth Borchers

7. März 1978

Liebes Lieschen,
zuerst zu der Frage von Konrad: die Film-Rechte der »Irreführung« liegen bei mir, Hinstorff hat nichts damit zu tun. Ein Drehbuch würde ich unter keinen Umständen schreiben. Die Genehmigung würde ich von manchem abhängig machen, worüber sich von Amerika aus nicht reden läßt. Dieser Mensch muß sich also gedulden, bis ich zurück bin. Punkt und Ende. (Du merkst schon, gar so scharf bin ich nicht.)
Ich wünschte Dir, es ginge Dir so gut wie mir. Die Leute machen mir Spaß, nicht mir als Zuschauer, sondern mir als Teilnehmer. Ich gehe schwimmen, halte Kolloquien, hab ne Freundin, hab ne Wohnung, hab mir n Auto gekauft, weiß nicht wohin vor Einladungen, und vor allem schreibe ich jeden Tag vier Stunden. Ist das nicht gut? Und das aus Europa mitgebrachte Durcheinander in meinem Kopf legt sich allmählich, wenn ich auch noch nicht weiß wohin. Die erste Geschichte auf amerikanischem Boden ist fertig, und wie üblich werde ich sie einige Wochen lang für umwerfend halten.
Gib mir bald gute Nachricht über mein Buch, ich melde mich bald wieder. Ich küsse Dich

Jurek

Herzliche Grüße für Konrad

An Rieke Becker, Nikolaus Becker, Leonard Becker und Andreas Lehmberg

14. März 1978

Gute Rieke, süßer Lonni, schlauer Nicki, was schreib ich bloß bei Andreas?
Vorn paar Tagen den Brief von Dir gekriegt, große Freude. War sogar ne zivile Zeit unterwegs. Hoffentlich geht es umgekehrt auch so. Ich führe genau Buch, das hier ist meine fünfte Post an Euch: 3 Karten, 2 Briefe. Über Keramik war bis jetzt noch kein Wort. Ich will sofort wissen, wenn sich mit diesem verfluchten Ofen was getan hat. Daß Du (Rieke) den Job in Rahnsdorf gekriegt hast, finde ich groß. Versuch einfach, so zu tun, als könntest Du nach ½6 sowieso nicht mehr schlafen.
Verschweigt mir nichts, ich muß hier alles wissen. Die Adresse auf dem Brief war ein großer Quatsch. Sie muß heißen:
OBERLIN COLLEGE
GERMAN DEPARTMENT
JUREK BECKER
OBERLIN, OHIO 44074
USA
Die Arbeit geht mir so gut von der Hand, daß ich recht zufrieden bin, das Schreiben meine ich. Ich arbeite viel, eigentlich den ganzen Tag. Ob Ihr es glaubt oder nicht, die Studenten stehen auf mir, nicht weniger die Studentinnen. Ich muß viel Charakterstärke beweisen. Dick Zipser will dauernd Ratschläge von mir haben. Ich rate ihm immer, daß er aufhören soll, so eine trübe Tasse zu sein, aber er richtet sich nicht danach.
Ich habe eine Sozialversicherungskarte, zahle Steuern, bin Mitglied in einem Automobil-Club, bin im Telefonbuch eingetragen und besitze ein eigenes Bankkonto. Man könnte sagen, der Krebs bildet Metastasen, aber das

muß alles sein. Ich werde es euch erklären, wenn wir wieder Tee trinken.
Ich gehe oft schwimmen, die Halle ist gleich übern Damm. Amerika ist so sauber, daß ich den ganzen Tag nach Chlor aufstoße. Mitte Mai etwa geht die Reiserei los. Dann braucht ihr nicht mehr zu schreiben, weil ich dann keine Adresse mehr habe.
Benimmt sich Helge anständig? Noch einmal: Seid unverschämt bis zum Gehtnichtmehr. Alle Mann, der hält was aus.
In Amerika fragt dich alle paar Minuten einer, wie es dir geht. Und wenn du dann anfängst, es ihm zu erklären, denkt er, du bist verrückt geworden. So ungefähr ist das hier.

Umarmungen, Küsse, Grüße, Sehnsucht
Jurek

An Fritz J. Raddatz

17. März 1978

Lieber Herr Raddatz,
wie bei nahezu allen Ihren Rezensionen, weiß ich auch gegen die Besprechung der Schlaflosen Tage so gut wie nichts einzuwenden. Ich hoffe von Herzen, Sie mögen mit der Bemerkung recht haben, es sei mein bisher schwächstes Buch.
Nur eins kann ich Ihnen unmöglich durchgehen lassen: das Bild. Ich bin seit über zwei Jahren Nichtraucher und unmäßig stolz darauf. Da man von der ZEIT die größte Aktualität gewohnt ist, wird jetzt jeder Bekannte, der mich dort sieht, sofort an Rückfall denken. Und so weit, meine ich, sollte eine Rezension nicht gehen.

Mit besten Grüßen
Jurek Becker

An Nikolaus Becker

24. März 1978

Lieber Nicki,
ich muß ja nicht immer an die olle Mutter schreiben. Es kommt mir schon ganz schön verflucht lange vor, wie lange wir uns nicht mehr gesehen haben. Wenn ich wieder zu Hause bin, müssen wir achtgeben, daß wir uns nicht so doll in die Arme fallen, daß wir uns irgendwas brechen.
Der Ort, an dem ich hier bin, ist ein kleiner Ort mit sehr vielen Studenten. Die sind unglaublich fleißig, und das steckt irgendwie an. Jedenfalls arbeite ich viel, das heißt ich schreibe. Ich hoffe sehr, daß Du bei dem Wort FLEISSIG diesen Brief nicht in den Papierkorb geworfen hast. Sehr gut.
Morgen fangen hier Ferien an, für eine Woche. Ich habe mir ein Auto gekauft, mit dem fahre ich ein bißchen rum. Da ich weiß, wie Dich sowas interessiert: das Auto ist ein Ford-Pinto, Baujahr 73. Die Karre ist so verrostet, daß sie jeden Tag 5 Pfund an Gewicht verliert. Spart man wenigstens Benzin. Die Geschwindigkeit spielt keine Rolle, denn überall in Amerika gibt es eine strenge Geschwindigkeitsbegrenzung von 55 Meilen pro Stunde, das sind etwa 90 km/h. Und das macht Baby allemal.
Ich will die ganzen frommen Sprüche weglassen, daß Du für die Schule was tun sollst und Dir'n bißchen Mühe geben und nicht so faul sein und Lonnie und so. Aber das alles sollst Du natürlich. Und manchmal an mich denken. Ich freue mich so auf Euch alle, daß mir manchmal ganz ungerecht durch den Kopf geht: Scheißamerika.
Wenn man sich hier mit dem Finger an die Stirn tippt, bedeutet das: Der ist intelligent. Wer zeigen will, daß der andere bescheuert ist, der muß den Finger an die Schläfe halten und ihn hin und her drehen. Im Fernsehen gibt es ununterbrochen Reklame, von früh um 5 bis nachts um 2, und dazwischen, aber nur wenn man Glück hat,

einen Film. Meistens aber Quiz für Idioten: War de Gaulle ein Zigarettenfabrikant, ein kanadischer Eishockeyspieler oder ein französischer Politiker?
Bald glucken wir wieder zusammen. Grüß Deine Freundin, wenn Du eine hast, und sei umarmt von

Deinem Papa Jurek

Gib den anderen Brief der Mutter.

An Rieke Becker

24. MÄRZ 1978

Liebe Rieke,
ich wünsche mir sehr, daß dieser Brief Dich zum Geburtstag erreicht, denn dann ist es ein Geburtstagsbrief, und den wollte ich eigentlich schreiben. Dir alles, was Du schon längst weißt, wünschen, Dir gratulieren, Glück herbeischwatzen, sowas eben.
Was ich in letzter Zeit von zu Hause höre, klingt nicht gar so gut. Die Höpcke-Rede in Leipzig, aber ich höre es nur von Leuten, die es von Leuten gehört haben und so weiter. Mit den Nachrichten ist es hier eine Katastrophe. Europäische Zeitungen gibt es nicht, und in den hiesigen kommt das Wort Europa nur in Zusammenhang mit Erdbeben oder Börsennachrichten vor. Jedenfalls: Hoffentlich sind die dort geäußerten Worte nicht der Anfang von etwas viel Weitergehendem, was mich betrifft.
Was mit meinem neuen Buch inzwischen in Westdeutschland passiert ist, weiß ich nicht. Ich habe Suhrkamp den strengen Auftrag erteilt, mir keine Rezensionen zu schikken und mir nichts darüber zu schreiben. Die denken, ich bin verrückt, dabei meine ich es nur ernst mit etwas Ruhe. Jedenfalls sorgt Herr Höpcke für eine Reklame, wie Suhrkamp sie nie bezahlen könnte (vorausgesetzt, die Leute haben mir nichts Falsches erzählt).

Jetzt fahre ich, wie schon angekündigt, für eine Ferienwoche nach Virginia, morgen früh. Ich bin seltsam wenig neugierig. Ich glaube, ich habe mich noch nicht richtig beruhigt, aber die Aufregung klingt ab.
Grüß unsere Freunde von mir, ich kann doch nicht soviel schreiben. Grüß herzlich Andreas. Lonni kriegt natürlich auch noch einen Brief, wenn ich zurück bin.
Sei umarmt, und hab ein herrliches letztes Jahr, bevor Du 40 bist. Ich weiß, wie das ist, mein letztes vor 40 ist mir nicht so gut gelungen. Machs besser.

Jurek

An Rieke Becker

4. April 1978

Liebe gute Rieke,
so sehe ich in Amerika aus. Nachdem das Plakat hier überall hängt, nennen mich die Studenten entweder Jurek Frankenstein oder: Jurek der Schreckliche. Aber das ist Kunst, und mit den Folgen will der Künstler nichts zu tun haben.
Daß es mit der Keramik langsam geht, ist nicht so gut, aber denke an den Ausspruch einer Person aus einem meiner vielen Bücher: »Lieber langsam vorwärts als schnell zurück.« Du hast, in Zusammenhang mit Deiner Keramik, Deine Kamikadse-Mentalität erwähnt. Vielleicht braucht man in Deinem neuen Beruf eine KERAMIKADSE-Mentalität? Jedenfalls bin ich zuversichtlich, daß Du inzwischen wenigstens diesen Scheißofen hast. Helge, der faule Hund, schreibt nicht, und wenn ich ihn anrufe, denkt er, die Firma will kontrollieren, ob er zu Hause ist, und hebt nicht ab. Und Dich anzurufen kostet viel Zeit.
Ich bin zurück von meinem Trip, der ulkig war, ich küsse Euch bis zum nächstenmal und freue mich auf bald.

Jurek

An Inge und Stefan Heym

4. April 1978

Ihr Unvergleichlichen,
obschon in Eurem Brief kein Wort davon steht, habe ich doch ganz deutlich darin gelesen: Du mit Deinen Scheißpostkarten, schreib doch mal einen richtigen Brief! Und recht habt Ihr, und daher tu ichs.
Der Zustand, in dem Ihr scheinbar seid – ein bißchen deprimiert, ein bißchen fröhlich – ist ein Allerweltszustand, wer wäre nicht in ihm? Ich zumindest kenne keinen anderen, weder jetzt noch früher. Sicher, was Inge über den Sohn schreibt, klingt nicht gar so gut. Vermutlich hat er versucht, härter zu scheinen, als er ist; und nun ist sein Vorrat an Kernigkeit erschöpft. Kann man verstehen. Ein Trost ist, daß seine anderthalb Jahre so und so vergehen, und so vielleicht ein bißchen leichter als anderswo.
Jedenfalls, Post von Euch zu kriegen tut gut. Ich fühle mich nicht schlecht hier, was sicher damit zu tun hat, daß die Zeit hier überschaubar ist. Was danach wird, erfüllt mich natürlich mit Unruhe, doch ich zwinge mich zu der Überzeugung, daß Veränderungen ohne Unruhe keine Veränderungen sind. Noch nie wäre ich so gerne ein Prophet gewesen wie jetzt. So aber müssen wirs abwarten.
Ich komme mit einiger Arbeit voran. Ich schreibe Geschichten, und vielleicht wird sich am Ende sogar herausstellen, daß ich es kann. Herumgefahren bin ich auch schon, sagen wir – kreuz, quer noch nicht. Aber bis Juli ist der Kalender voll.
Gestern habe ich eine Broschüre in die Hand bekommen: Beiträge zu einer Biographie. Zu Stefans Geburtstag 1973. Bisher kannte ich ihn nur inwendig, doch jetzt lerne ich ihn auswendig. Und wenn Ihr diesen Brief lest, ist der Mensch schon 65.

Geburtstagsgruß:
Hundertzwanzig sollst Du werden. Und wissen, daß ich Dich liebe. Und daß ich gerne noch ein paar Freunde wie Dich hätte, aber woher nehmen? Und daß Du mir wichtiger bist, als ich es Dir wohl je gesagt habe.
Aus der Ferne geht sowas eben besser. Ich umarme Euch,

Jurek

An Marianne und Günter Kunert

4. April 1978

Ihr lieben Kunerts,
in einer Umgebung, die voll von eher unauffälligen Annehmlichkeiten ist, bedeutet Euer Brief ein Ereignis. Danke. Oberlin ist ein Ort, an dem sich nichts so gut tun läßt wie arbeiten. Und so arbeite ich, denn ich feiere die Feste, wie sie fallen. Natürlich, hin und wieder gebe ich mich auch anderen Verrichtungen hin, nur eben: das Resultat ist nie vergleichbar mit ein paar Stunden Schreibtisch. (Ich sehe Euch beide lächeln, mit Eurer schönen dicken Ehe.)
Entschuldigt einen seriös gemeinten Absatz: Vermutlich ist die Art von Ruhe, in die ich hier gefallen bin, gut für mich. Irgendwie fange ich an, das Durcheinander in meinen Plänen zu ordnen, und von den tausend einander widersprechenden Absichten die wenigen herauszufinden, bei denen ich unbedingt bleiben möchte. Anders: Der Aufenthalt hier hilft mir, aus dem Affekt herauszufinden. Wie kann das schlecht sein?
Natürlich bin ich schon dann und wann aus Oberlin rausgekommen, später erzähle ich es Euch genauer. Wie soll ich sagen: Amerika ist eigentlich so, wie ich es mir immer vorgestellt hatte, doch auf eine Art, die unerwartet kommt. Ich hoffe, es gelingt mir frühzeitig, die Rolle des gelangweilten Besserwissers aufzugeben und dafür

ein bißchen Staunen reinzukriegen, was doch fürs Vergnügtsein so wichtig ist.
Vor etwa zwei Wochen war Mr. Leslie Willson aus Texas hier. Er hat mich zu einem Kurs eingeladen, den seine Uni in Neu Mexico macht, im Sommer. Vielleicht tu ichs. Willson hat mich auch nach Euch gefragt. Ich habe ihm ein wenig erzählt und dann behauptet, Ihr hättet mich beauftragt, ihn zu grüßen. Vielleicht stimmt das? Mich haben so viele Personen beauftragt, so viele Personen zu grüßen, daß kein Durchkommen mehr ist. Daher grüße ich jeden, den ich treffe, der jemanden kennt, den ich kenne.
Was soll ich noch schreiben. Daß ich alles richtig mache, wißt Ihr; daß ich Euch liebe, wißt Ihr; daß die Dinge manchmal unseren und manchmal ihren Gang gehen, ist auch ein alter Hut. Der Brief ist eben zu Ende.

Ich umarme und drücke Euch,
Jurek

An Erika Hinckel

Oberlin, 5. April 1978

Liebe Frau Hinckel,
Sie werden sich denken können, daß es nicht ganz einfach für mich ist, Ihnen einen Brief zu schreiben, der nichts als ein Behelf sein soll, um eine lange Abwesenheit zu überbrücken; denn ob ich will oder nicht – Sie sind eben nicht nur die Frau Dr. Hinckel, eine fast schon alte Bekannte, sondern auch die Frau Zentralkomitee. So kommt es mir nicht wenig merkwürdig vor, Ihnen mitzuteilen, wie es hier so ist und wie es mir geht und wie es um den Frühling steht. Doch nun sitze ich da und werde es tun, nicht nur, weil wir es gleichsam so verabredet hatten, sondern vor allem, weil ich es möchte.
Der Aufenthalt hier ist angenehm. Oberlin ist ein stiller

Ort, an dem sich gut arbeiten läßt, und das nutze ich aus. Ich schreibe an kurzen Geschichten, mit denen ich bald ein Buch füllen möchte, wie ich es Ihnen wohl schon sagte. Meine eigentliche Arbeit hier im College betrachte ich, zumindest vom zeitlichen Aufwand her, eher als Nebenbeschäftigung. Sie besteht darin, daß ich einmal wöchentlich mit den Studenten ein Colloquium abhalte. Die Themen dabei sind verschieden, wir sprechen über meine Geschichten oder über Amerika oder über die verschiedenen Anwendungsmöglichkeiten des Konjunktivs oder über die Zukunft der Menschheit, und das ist noch lange nicht alles.
Von Amerika habe ich noch nicht viel gesehen, und ich kann es bisher nicht richtig packen. Vielleicht stimmt, was Peter Bichsel in seinen Kindergeschichten schrieb: daß es Amerika überhaupt nicht gibt. Ich will versuchen, es nachzuprüfen. Bis jetzt habe ich eine brauchbare Beobachtung gemacht, von der ich berichten werde, wenn man mich nach der Rückkehr fragt, wie Amerika eigentlich ist. Auf einem großen Reklameschild, neben einer Autobahn in Virginia, habe ich gelesen: »Antiquitäten – gebraucht und neu!«
In den hiesigen Zeitungen kommt das Wort Europa nur höchst selten vor, und wenn, dann meist in Zusammenhang mit Überschwemmungen, Flugzeugabstürzen oder der Ölpest. Da sich in der DDR nichts dergleichen zugetragen zu haben scheint, sind meine Informationen überaus dürftig. Ein paar Briefe, ein paar Telephongespräche. Die zwei einzigen Nachrichten von Bedeutung, die bis zu mir gelangten, klangen nicht gut. Die eine handelte von Werner Lamberz, die ist schlimm.
Über die andere möchte ich ein paar Sätze verlieren. Dabei muß ich betonen, daß ich nicht genau weiß, wie gut oder wie richtig ich informiert worden bin, und nur darauf kann ich mich beziehen. Ich hörte, daß anläßlich der Leip-

ziger Messe Herr Klaus Höpcke über mein letztes Buch gesprochen hat. Ich hörte, er habe gesagt, ich hätte ein Buch über die midlifecrisis geschrieben, über die Vorläufigkeit des Sozialismus (klingt wie Vergänglichkeit), und ich hätte auch die Berechtigung unserer Staatsgrenze in Frage gestellt. All dies seien Probleme, die in der DDR nicht zur Debatte ständen.
Ich will mich in diesem Brief nicht lang und breit über den Inhalt solcher Bemerkungen äußern. Im Grunde hat Höpcke genau das getan, was zu verhindern ich Sie bei unserer letzten Begegnung gebeten habe. Ich bin der Ansicht, daß es einem Minister durchaus freisteht, sich öffentlich über ein Buch eines DDR-Autors zu äußern, das der Öffentlichkeit zugänglich ist, und zwar der seines eigenen Landes. In einem solchen Fall kann jeder, dem die Bemerkungen des Ministers nicht ganz geheuer vorkommen, das Buch kaufen, es lesen und zu seiner eigenen Meinung kommen. Öffentliche Kritik aber an einem Buch zu üben, das verboten ist, dazu noch eine Kritik, die mit Unwahrheiten operiert, halte ich für infam. Ich werde mich genau über Höpckes Äußerungen informieren, und ich werde mich dagegen zur Wehr setzen, ich weiß leider keinen anderen Weg.
Liebe Frau Hinckel, es ist gewiß nicht gut, daß ich in einem Brief an Sie, der eher wie eine Ansichtskarte sein sollte, über solche unangenehmen Dinge schreibe. Aber wem soll ich es sonst sagen, und der Ärger ist doch wirklich und nicht erfunden, und irgendwie steht Ihre Arbeit doch damit in einem Zusammenhang. Ich wünschte mir sehr, daß die Meinungsverschiedenheit in einem oder in vielen freundschaftlichen Gesprächen aufgeweicht oder gar beseitigt werden könnte. Aber ich fange an zu verstehen, daß das wohl kaum so geht.
Jedenfalls werde ich mich bei Ihnen melden, sobald ich zurück bin. Das wird voraussichtlich in der zweiten Juli-

Hälfte sein oder Anfang August. Sollten Sie dann in den Urlaub gefahren sein, so hinterlassen Sie bitte eine Nachricht für mich, wann ich Sie wieder antreffen werde.

Ich grüße Sie sehr herzlich

An Burgel Zeeh

13. April 1978

Liebe Burgel Zeeh,
daß wir Ihre Frage hinter uns haben: meine hiesige Telephonnummer ist (216) 775 8655 (Büro, zum erstenmal im Leben hab ich ein Büro!) und (216) 775 5701 (zu Hause). Wenn Sie anrufen, denken Sie bitte an den Zeitunterschied – hier ist es sechs Stunden FRÜHER. Fast jede Nacht wekken mich irgendwelche Trottel aus Europa, die zwar an die sechs Stunden denken, bloß in die verkehrte Richtung. Vom 3. bis zum 5. Mai bin ich wohl hier in Oberlin (das ist etwa 20 Meilen von Cleveland entfernt). Nur nebenbei: Wenn Siegfried Unseld es will, kann er einen Tag oder länger nach Oberlin kommen. Ich würde ihn mit dem Auto von Cleveland abholen, und in Oberlin gibt es das berühmte Oberlin-Inn. Ich weiß nicht, ob es für Euch irgendwie von Bedeutung ist: Am 7. Mai will Dirk Sager vom ZDF hierherkommen und ein Interview mit mir machen. Das zu Terminen.

Das Frühjahr in Ohio ist eine mittlere Katastrophe. Zu den Sonnenfleckchen darin gehören Ihre Grüße. Es geht hier so so. Ich arbeite viel, und das läuft auf Schreiben hinaus. Die vielen häßlichen Studentinnen von Oberlin sind sehr freundlich zu mir, und die wenigen hübschen sind okkupiert und unter strengster Bewachung. Also ein Klima hier, das in gewissem Sinne der Literatur förderlich ist, in einem anderen Sinne aber nicht.

Bis Mitte Mai werde ich hier sein. Dann fahre ich an verschiedene Universitäten, und dann eine Weile im Land umher, es gibt reichlich Verabredungen für diese Zeit. Ab Mitte Juli oder so (das denke ich jedenfalls jetzt) wird mich einer der beiden deutschen Staaten wieder ertragen müssen. Auf meinem Feuer aber kocht jetzt schon ein ziemlich großer Topf voll Sehnsucht, und Sie sind eine feine Zutat mittendrin.

Ganz herzliche Grüße, und ich umarme Sie auch ein züchtiges Bißchen
Ihr Jurek Becker

An Elisabeth Borchers

20. April 1978

Na schön, dann schreibe ich Dir eben wieder

Liebe Elisabeth,
ich hoffe sehr, es geht mir gut zu Hause. Den Teufel werde ich tun und Dir die Postkarte erklären. Um am Ende so mickrig dazustehen wie Du nach Deinem Brief, das fehlte noch. (Doch Deine Zähne fletschen und Dich mit Deiner Nase beben sehen vor Empörung, das möchte ich schon gerne.)
Ich werde bis Mitte Mai hier sein. Zwischendurch mache ich kleine Reisen, genauer: kurze. Um zu lesen und befragt zu werden von Leuten, die gar nicht so dumm sind. Gestern war ich in St. Louis für zwei Tage, in zwei Tagen fliege ich nach Chicago für drei Tage. Was solltest Du noch wissen von mir? Daß der »Stern« hierherkommt, um über die Colloquien zu berichten, die ich mache? Daß ich bald in New Mexico sein werde? Daß das ZDF herkommt, um ein Interview zu machen? Daß ich bald in Kalifornien sein werde? Daß meine Stunden hier oft sehr gut sind? Daß ich schon ein paar Geschichten geschrieben habe? Daß ich Dich eigentlich noch liebe, dochdochdoch.

Und schreib mir mal, wie es mit dem Buch so geht, schließlich hast Du – ungebeten – damit angefangen. Ich hör ja schon auf.

Dein Jurek

An Helene Ritzerfeld

Apr. 26, 1978

Liebe Frau Ritzerfeld,
Sie halten mich ganz schön in Trab, und mein Glück dabei ist, daß ich einer bin, der es liebt, in Trab gehalten zu werden.
Ihrem letzten Brief entnehme ich, daß Sie meine Antwort auf Ihre Frage, eine Vergabe der Fernsehrechte der »Schlaflosen Tage« betreffend, nicht erhalten haben. Noch einmal das Wichtigste also: Sagen Sie bitte den Fernsehleuten, ich möchte selbst mit ihnen darüber sprechen, sobald ich zurück bin. Das wird wohl Ende Juli sein. Denn es gibt viele Fragen dabei, die brieflich unmöglich zu klären sind.
Was einen Vorabdruck einiger Short-Storys angeht, so warten Sie mit einer Antwort bitte auch, bis ich zurück bin. Denn ich habe noch keine Meinung dazu, inwieweit die bisher beendeten Geschichten wirklich fertig sind. Und es wäre nicht gut, wenn eine Fassung, die ich als unvollkommen empfinde, vorab veröffentlicht würde. Dieser Meinung sind Sie doch sicher auch?
Halten Sie mich nur getrost weiter in Trab, und lassen Sie es sich sehr sehr gut gehen.

Herzlich
Ihr Jurek Becker

An Rieke Becker

9. Mai 1978

Liebe liebe Rieke,
Dirk Sager war beauftragt, Dir diesen Brief zu geben, was er nach menschlichem Ermessen nun auch getan hat. Zu unser aller Erstaunen bin ich VIP genug, nach Amerika verfolgt zu werden. Nicht nur vom ZDF, auch STERN war hier. Es ist in die Wege geleitet, daß Ihr ein paar Exemplare bekommt.
Briefe werden nicht mehr geschrieben, nur noch Karten, denn ich bin jetzt bald unterwegs, ON THE ROAD. Schenk dem Lonni zum Geburtstag von mir, was er sich wünscht. Ich werde Anfang Juli oder Ende Juni zurücksein. Ich liebe Euch schrecklich.

Jurek

An Richard Zipser

Berlin, den 11. August 1978

Lieber Dick,
inzwischen habe ich mich ein bißchen eingelebt, und das NORMALE Leben geht wieder los. Viel Arbeit, natürlich, was sonst.
Danke für Deinen Brief, er ist gestern gekommen. Ich habe einen Scheck an das German Department geschickt, für alle Telephonrechnungen zusammen, die noch ausstehen. Sag das bitte nocheinmal der Ann, und grüß sie von mir. Grüß überhaupt alle von mir, ich habe mich in Oberlin sehr wohl gefühlt, und ich habe auch Heimweh. Oder Fernweh, ich weiß nicht.
Daß Dein Urlaub ein voller Erfolg war, freut mich natürlich. Ich werde mich hüten, Dir Ratschläge zu geben, aber Du bist ja selbst schlau genug, alles richtig zu tun.
Die Sendung über Oberlin ist inzwischen gesendet wor-

den. Ich habe eine Aufzeichnung gesehen. Der unbestrittene Höhepunkt warst Du. Nicht nur, weil Du so intelligent gesprochen hast, sondern weil Du so schön warst. Ich umarme Dich, bis gleich,

Dein Jurek

An Wolf Biermann

25. Oktober 1978

Lieber Wolf,
ich will Dir nur sagen, daß ich Dir nicht zu sagen brauche, wie sehr ich mich über Deinen Brief freue. Tut schon gut, sowas mal zu hören, vor allem von so einem notorisch mäkligen Hund wie Dir.
Das Problem ist nur: Jetzt kann ich Dir gar nicht unbefangen schreiben, wie ich Deine neue Schallplatte finde. Weil es leicht wie eine Retourkutsche klingen könnte, wie: eine Hand wäscht die andere. Aber du ahnst wohl schon, wie ich sie finde. Ich erzähle es Dir genau, wenn ich in Hamburg bin, am 9. und 10. November. Hoffentlich bist Du dann auch da und hast viel Zeit. Und mach Dir mal keine Sorgen, wie Deine Platten und meine Bücher dort hinkommen.

Zwei Küsse für Dich und sieben für Tine
Dein Jurek

An Helene Ritzerfeld

Berlin, 16. November 1978

Liebe Frau Ritzerfeld,
unlängst erfuhr ich von Hinstorff, daß der Vertrag über den »Jakob« mit einem israelischen Verlag abgeschlossen wurde. Den Namen habe ich vergessen, ist aber auch nicht

so wichtig. Irgendwelche Verpflichtungen erwachsen für mich nicht daraus. Sie können mit den »Schlaflosen Tagen« verfahren, wie Sie es für richtig halten.
Ich wünsche sehr, daß es Ihnen gut geht, grüße Sie herzlich und werde Sie gewiß bald wiedersehen,

Ihr Jurek Becker

An Jaap Walvis

22. Dezember 1978

Lieber Japie,
vor wenigen Tagen habe ich Deine Karte an Rieke gelesen, und sofort hat mich ein schlechtes Gewissen gepackt. Das schlechte Gewissen hat es überhaupt leicht mit mir. Aber ich weiß, es ist Scheiße, daß ich mich so lange nicht gemeldet habe. Meine Ausrede: Von dem einen Jahr war ich sechs Monate in Amerika (von dort habe ich doch Lebenszeichen gegeben?) und drei Monate auf kleinen und größeren Reisen. Irgendwie ist mir das Leben jetzt über dem Kopf zusammengeschlagen. Oder genauer: Ich lebe eigentlich gar nicht, sondern ich schreibe nur ein Buch. So schlecht ist das auch wieder nicht, denn Weltliteratur schreibt sich nicht von alleine, irgendeiner muß es schließlich tun, und die meiste Arbeit bleibt an uns Juden hängen, wie üblich.
Meine Adresse in West-Berlin steht auf dem Kuvert. Vielleicht (ich weiß es wirklich nicht) habe ich mal Zeit, im nächsten Jahr für ein paar Tage nach Amsterdam zu kommen. Mit meiner Freundin, gerechter Gott! Ich weiß nicht. Jedenfalls will ich das Buch zu Ende schreiben. Es hängt viel davon ab für mich, zum Beispiel ob ich weiter in der DDR leben werde. Ich will ja.
Ich hoffe sehr, daß es Euch gut geht. Daß Monique immer noch so geduldig ist, daß Japie nicht mehr so klug ist, daß

Birre nicht schon dreimal geschieden ist. Wenn Ihr über Berlin kommt – und Ihr kommt doch jede Woche über Berlin – müßtet Ihr verrückt sein, wenn Ihr Euch nicht meldet. Rieke weiß immer, wo ich bin, und sie hat immer meine aktuelle Telefonnummer. Ich küsse Euch

Jurek

Grüß Gerrit (und Rosi?)

An Helene Ritzerfeld

Berlin, den 13. 3. 1979

Liebe Frau Ritzerfeld,
eben von einer Reise zurückgekommen, finde ich Ihren Brief vom 28. Februar, enthaltend die Befürchtung, eine Erzählung von mir könnte in einer Hoffmann und Campe-Anthologie erscheinen. Diese Befürchtung ist unbegründet, denn ich werde hierzu meine Einwilligung nicht geben; und die Rechte liegen natürlich bei mir (und bald wohl bei Ihnen). Kein Grund zu Sorge also.
Bei dieser Gelegenheit will ich noch von etwas anderem sprechen: Ich war gerade in England und Schottland und habe dort an mehreren Universitäten gelesen. Viel hatte ich dabei mit Germanisten zu tun. In erschreckender Einmütigkeit waren sie alle der Ansicht, daß es sich bei der JAKOB DER LÜGNER-Ausgabe, die bei Harcourt Brace Jovanovich in New York erschienen ist (ich glaube 1974), um eine miserable, geradezu unverständlich schlechte Übersetzung handelt. Daher bitte ich Sie zu prüfen, wie die Rechtslage ist: ob es möglich wäre, einen englischen Verleger zu finden, der eine neue Übersetzung herausbringt. Es würde mich sehr freuen, wenn das zu machen wäre, denn der englische Sprachraum ist mir ein sehr wichtiger.

Ich grüße Sie sehr herzlich und werde Sie gewiß bald wiedersehen

Ihr Jurek Becker

An Hermann Josef Barth

Berlin, den 13. 3. 1979

Sehr geehrter Herr Barth,
für Ihre Anthologie mit Kurzgeschichten, die im ZEIT-magazin erschienen sind, kann ich Ihnen leider keine Genehmigung zum Abdruck meiner Story OHIO BEI NACHT geben. Ich habe diese Geschichte für einen Erzählband vorgesehen, der in absehbarer Zeit wohl bei Hinstorff in Rostock und bei Suhrkamp erscheinen wird. Herr Zimmer war, so meine ich, von Anfang an darüber informiert, daß ich an einem solchen Buch arbeite und daß die Geschichte dazugehört.

Mit besten Grüßen
Jurek Becker

An Fritz J. Raddatz

Berlin, 5. April 1979

Lieber Herr Raddatz,
danke für Ihre Einladung, leider kann ich sie nicht annehmen. Das Buch, an dem ich zur Zeit sitze, ist mir über dem Kopf zusammengeschlagen, und ich will da gar nicht raus, bevor es fertig ist. Ich rede mir ein, es wäre besonders wichtig für mich, und so abwegig ist das gar nicht.
Eine Arbeit über die »Toten Seelen« aber – ein Buch, das ich, wenn ich mich recht entsinne, liebe – kostet mich zuviel Zwischenzeit. Ich soll ja keine Jugenderinnerungen darüber schreiben, also müßte ich Zeit verbrauchen, die ich einfach jetzt nicht habe. Das verstehen Sie.
Bei der Gelegenheit: Sollten Sie, solange ich noch hier bin,

nach West-Berlin kommen, dann ist meine Telefonnummer 323 69 91. Ich würde mich ziemlich freuen.

Herzlich
Jurek Becker

An Erich Honecker

Berlin, den 16. 5. 1979

Sehr geehrter Herr Staatsratsvorsitzender,
mit wachsender Sorge verfolgen wir die Entwicklung unserer Kulturpolitik. Immer häufiger wird versucht, engagierte, kritische Schriftsteller zu diffamieren, mundtot zu machen oder, wie unseren Kollegen Stefan Heym, strafrechtlich zu verfolgen. Der öffentliche Meinungsstreit findet nicht statt.
Durch die Koppelung von Zensur und Strafgesetzen soll das Erscheinen kritischer Werke verhindert werden.
Wir sind der Auffassung, daß der Sozialismus sich vor aller Öffentlichkeit vollzieht; er ist keine Geheime Verschlußsache. Über seine Erfolge und Niederlagen, das heißt, über unsere Erfahrungen zu schreiben, halten wir für unsere Pflicht und unser Recht.
Wir sind gegen die willkürliche Anwendung von Gesetzen; Probleme unserer Kulturpolitik sind mit Strafverfahren nicht zu lösen. Und wenn ein Schriftsteller sich öffentlich die Frage gefallen lassen muß (siehe »Sonntag« 19/79), warum er eigentlich noch in der DDR bleiben wolle, halten wir das für einen unerträglichen Zustand.
Wir bitten Sie, sich unserer Sorge anzunehmen.

Hochachtungsvoll!

gez. Kurt Bartsch, Jurek Becker, Adolf Endler, Erich Loest, Klaus Poche, Klaus Schlesinger, Dieter Schubert, Martin Stade

An Siegfried Unseld

Berlin, den 22. Mai 1979

Lieber Siegfried Unseld,
vor weniger Zeit ist im Suhrkamp Verlag eine Anzahl Taschenbücher erschienen, worunter sich auch mein »Boxer« befand. Wenn ich mir die Werbung dafür in der Presse ansehe, finde ich dieses Buch sorgsam ausgespart. Worüber ich mich nun beklage, ist folgendes: Abgesehen davon, daß Bücher nicht unbedingt sich von selbst verkaufen, was Sie viel besser noch wissen als ich, ist dieses Weglassen eines Buches in der Werbung ein deutliches Zeichen der Minderschätzung seines Autors gegenüber den anderen Autoren, den immer wieder genannten. Das bleibt auch nicht unbemerkt, denn an die es gerichtet ist, die lesen solche Nebeninformationen sehr wohl; außerdem wird Werbung ja getrieben, um bemerkt zu werden. Sollte dieser mein Eindruck, daß bei Suhrkamp meine Bücher nicht für sonderlich erwähnenswert gehalten werden – wofür das Beispiel unübersehbar spricht – zu recht bestehen, dann muß man sich etwas einfallen lassen, und man sollte nicht allzu lange damit warten. Sollte er aber auf einem Irrtum beruhen, so genügt es mir keineswegs, in einem Brief versichert zu bekommen, wie sehr ich mich täusche. Sondern ich muß dann darauf bestehen, von meinem Verlag auch nach außen hin so behandelt zu werden wie die Autoren, für die seine Wertschätzung so offenkundig ist.

Mit besten Grüßen
Jurek Becker

An Burgel Zeeh

27. August 1979

Liebste Burgel Zeeh,
es ist sicher nicht leicht für einen Verlag, mit zwei Autoren namens J. Becker zu leben. Aber irgendwie muß sich damit fertigwerden lassen. Ich für meinen Teil erteile Euch hiermit die Genehmigung, alle an J. Becker adressierten Briefe entweder zu öffnen oder wegzuwerfen. In beiden Fällen wären Verwechslungen ausgeschlossen, und wenn Euch Jürgen Becker dieselbe Genehmigung gibt, dann ist dieses schlimme Problem geklärt.
Wie Sie an diesem Brief sehen, bin ich aus Norwegen zurück. Ihr Pilz-Buch war uns doch noch eine große Hilfe: Gleich nach unserer Rückkehr haben wir in einem Gemüseladen ein Kilo Pilze gekauft und jeden einzelnen anhand des Buches geprüft. Sie waren alle genießbar.
Mitte Oktober komme ich also nach Frankfurt, bis dahin umarme ich Sie auf dem Papier

Ihr Jurek Becker

An Richard Zipser

Berlin, 22. September 1979

Lieber Dick,
danke für Deinen Brief, es steht ja viel drin. Die Geschichte mit der New German Critique regt Dich offenbar mehr auf, als sie mich aufregen kann. Wahrscheinlich liegt es daran, daß Du schon so lange der Überzeugung bist, Amerika ist ein demokratisches Land, ich nicht. Das ist aber ganz in Ordnung so – ich habe umgekehrt ja auch viele Jahre fest geglaubt, die DDR sei ein demokratisches Land, und Du nicht. Es ist nicht schön, daß wir uns beide geirrt haben, aber wir sind alt genug, damit fertig zu werden.

In dieser Woche beende ich die Arbeit an dem Buch. Dann kriegen es der Hinstorff Verlag und der Suhrkamp Verlag gleichzeitig – Deine »grapevine« hat also nicht exakt funktioniert. Und danach erst will ich entscheiden, was weiter wird (übrigens habe ich das, wie Du weißt, nicht alleine zu entscheiden). Das ist auch der Grund dafür, warum ich Leslie Willson geschrieben habe, daß ich nicht nach Austin komme – die Situation ist mir einfach zu unübersichtlich. Mich jetzt für Austin im nächsten Jahr zu entscheiden, das wäre so, als würde ich mich für den Abend mit einem Mädchen verabreden, obwohl am Nachmittag eine Gerichtsverhandlung gegen mich angesetzt ist (die so oder so ausgehen kann).
Was soll ich Dir erzählen? Hannah ist bei mir, wie Du richtig gehört hast; das ist schlecht für Oberlin, aber sehr gut für mich. Rieke und den Jungs und Andreas geht es gut. Maria geht es gut, Willy geht es gut, aber Maria und Willy geht es nicht gut!!!(!) Kunert habe ich einige Zeit nicht gesehen, habe aber gehört, daß er bald mit Marianne und allen Katzen in den Westen (in den Norden) ziehen wird. Und wie geht es mir selbst? Sobald ich das weiß, wirst Du von mir hören.

Liebe Grüße, auch von Hannah
Dein Jurek

An Walter Jens

Berlin, 15. November 1979

Lieber Herr Jens,
daß ich Ihnen jetzt erst antworte, liegt daran, daß Ihr Brief an eine Adresse gerichtet war, bei der es sich vermutlich um einen Übermittlungsfehler handelt. Nun aber hat die tüchtige Post mich gefunden.
Ich will gerne versuchen, Ihrer Bitte zu entsprechen. Das

ist eine Zusage, und doch wieder nicht. Denn es muß sich erst erweisen, ob mir zu dem Thema, das Sie stellen, etwas einfällt, das mir zum Aufschreiben gut genug ist. Da ich zur Zeit nicht allzu beschäftigt bin, außer mit der Regelung biographischer Angelegenheiten, will ich mich bald an die Arbeit machen. Ich werde Sie umgehend über das Resultat informieren, sofern ich je zu einem kommen sollte.

Herzliche Grüße,
Jurek Becker

An den Minister für Kultur der DDR,
Hans-Joachim Hoffmann

Ende des Jahres 1977 wurde mir, auf meine Bitte hin, die Möglichkeit eingeräumt, mich zwei Jahre außerhalb der DDR aufzuhalten und zu arbeiten. Ich schrieb damals, daß solche Regelung ein Provisorium ist, und daß nach Ablauf der Frist eine Festlegung für die Dauer getroffen werden muß. Diese Zeit ist nun herangekommen.
Um es gleich zu sagen: bei diesem Brief handelt es sich um einen Antrag, die DDR für lange Zeit zu verlassen. Es haben für mich die Schwierigkeiten, hier zu leben, während der vergangenen zwei Jahre nicht abgenommen, sondern sie sind, wie mir scheint, erheblich angewachsen. Es gibt Gesetze inzwischen, die mich zu einem Straftäter stempeln, es sei denn, ich wäre bereit, jedes von ihnen einzuhalten; und dazu bin ich entschieden nicht bereit. Da ich sehe, daß kaum Aussicht auf die Abschaffung solcher Gesetze besteht, da ich andererseits natürlich sehe, daß man mich nicht von der Einhaltung der Gesetze unseres Landes entbinden kann, weiß ich keinen anderen Ausweg. In der DDR zu leben, würde für mich bedeuten,

genau diese erwähnten Schwierigkeiten zu einem Gegenstand meiner literarischen Arbeit zu machen; denn fast alles andere erschiene mir im Vergleich dazu unwichtig. Das würde, unausweichlich, zu einer noch schärferen Konfrontation führen. Davor fürchte ich mich. Die Bundesrepublik dagegen oder Westeuropa halte ich nicht für die geeigneten Plätze, von denen aus Kritik an den DDR-Verhältnissen geübt werden sollte; es gibt dort genügend eigenes Kritikwürdige. Mit anderen Worten also – ich habe die Hoffnung verloren, Einfluß auf die Entwicklung innerhalb der DDR nehmen zu können. Doch das war in der Vergangenheit die Basis und die wichtigste Motivation meiner Arbeit.

Ich bitte darum, mir den Auszug aus der DDR zu genehmigen. Ich möchte einige Möbel und einigen Hausrat mitnehmen dürfen, es ist nicht allzuviel. Da ich zwei Söhne hier habe, möchte ich die Möglichkeit behalten, sie von Zeit zu Zeit besuchen zu dürfen, da es umgekehrt ja nicht geht.

Berlin, den 28. November 1979

Jurek Becker

An Walter Jens

Berlin, 23. 1. 1980

Lieber Herr Jens,

hier nun das eher kleine Resultat einer ziemlich großen Mühe. Ich bin neugierig auf Ihr Buch, vor allem jetzt, seit ich vermuten muß, die Anderen könnten das eigentlich Wichtige herausgefunden haben, das mir verborgengeblieben ist.

Herzliche Grüße
Ihr Jurek Becker

An Helene Ritzerfeld

Berlin, 1. 2. 1980

Liebe Frau Ritzerfeld,
danke sehr für die Rezensionen aus England. Ich habe sie mit Interesse gelesen, brauche sie aber nicht für meine Unterlagen. Daher schicke ich sie Ihnen, wie sie es wünschen, zurück.
Bei der Gelegenheit: Wahrscheinlich hat Ihnen Frau Zeeh schon gesagt, daß mein Mehrwertsteuersatz, wie ich erst kürzlich erfahren habe, 6,5% beträgt.

Herzliche Grüße und auf bald,
Ihr Jurek Becker

An Elisabeth Borchers

Berlin, den 10. 2. 1980

Liebes Lieschen,
so lange habe ich mich nicht gemeldet, weil ich die ganze Zeit unterwegs war, in Angelegenheiten des Müßiggangs. Nun aber eile ich. Du siehst, daß ich, wenn ich mir an Dir ein Beispiel genommen hätte, viel rigoroser im Text hätte herumstreichen müssen; aber ich bin ein scheuer Lektor. Sag bitte dem Unseld, daß ich inzwischen eine Wohnung habe. Und schicke mir bitte den Kritiker-Text zurück, der Dir am Ende nicht gefällt. Und behalt mich.

Dein Jurek

An Elisabeth Borchers

Berlin, 20. März 1980

Liebe Elisabeth,
hier also der korrigierte Umbruch. Noch einmal zu der Inhaltsangabe: ich möchte sie doch vorn haben. Es stimmt nicht, was Du mir über dieses ungeschriebene Gesetz ge-

sagt hast, mein Bücherschrank ist voll von Gegenbeispielen (auch von Suhrkampbüchern), bei denen die Inhaltsangabe vor den Texten steht. Und zwar bei Erzählungen eines Autors.
Ganz wichtig ist mir, daß der Text auf Seite 187 eine eigene Seite bekommt. Wie kommt dieser Setzer dazu, ihn einfach auf eine halbvolle Seite mitdraufzuklatschen?
Weiterhin gefällt mir nicht, daß diejenigen Texte, die keine eigene Überschrift haben (sondern mit drei großgedruckten Worten anfangen) ganz oben auf der Seite anfangen. Gerade die müßten doch deutlich abgesetzt sein, sonst ist das Bild verwirrend. Ich möchte unbedingt, daß sie mindestens vier Zeilen tiefer anfangen. Es handelt sich dabei um drei Texte: PERSONEN, WENN AUCH NUR EINE MEINUNG und AUS HEITEREM HIMMEL.
Natürlich weiß ich, daß Du nicht der Setzer bist und nichts dafür kannst (dafür!), aber gib das doch bitte so dringlich weiter, wie ich es Dir schreibe. Du bist doch meine einzige Adresse.
Jetzt küsse ich Dich flink und fahr nach Spanien, Du kriegst auch bald ne Karte.

Dein Jurek

P.S.
Das ist ein Liebesbrief, dem man es nur schwer ansieht.

P.P.S.
Jetzt habe ich auch noch diese ganzen Hurenkinder (über die Hannah sich halb totlacht) abgetrieben. Vielleicht hab ich das sehr sorgfältig gemacht.

Derselbe Jurek

An die Redaktion der Zeitschrift »Titanic«

[o. D.]

Sehr geehrte Damen und Herren,
im Februar oder März abonnierte ich Ihre Zeitschrift »Titanic«. Ich kreuzte damals, auf dem jedem Heft beigelegten Vordruck, das Buch an, das Sie jedem Abonnenten als Geschenk versprechen, ich habe inzwischen vergessen welches. Leider stellte sich heraus, daß es sich nur um einen ärmlichen Werbetrick handelte, denn außer einer Rechnung habe ich nichts von Ihnen geschickt gekriegt.
Ich hatte die Sache schon verdrängt, bis ich im letzten Heft wieder ein Buch sah, das mich interessiert, das Buch »Titanic«. Wenn Ihr Gewissen Sie plagen sollte, was ich wohl hoffe, aber kaum erwarte, dann lösen Sie Ihr Versprechen mit großer Verspätung ein, indem Sie es an obengenannte Adresse schicken.

Freundlichst

An Monique und Jaap Walvis

7. 5. 1980

Liebste Monique, bester Japie,
jetzt, da ich Eure Umzugs-Karte bekommen habe, fällt mir ein, daß wir vor ungefähr zwei Monaten verabredet waren. Und wer ist nicht gekommen? Ihr. Nicht-Kommen ist keine Kunst, das kann jeder.
Ihr seid also umgezogen. Warum? Ich habe ein bißchen nachgedacht, und mir fallen viele mögliche Gründe für den Umzug ein. Einer davon ist es bestimmt, ich weiß nur nicht, welcher.
1. Birre hat geheiratet, und sie haben Euch aus der Amsterdamer Wohnung rausgeschmissen?
2. Man hat Japie endlich den Führerschein weggenom-

men, und mit dem Bus ist es von Bussum nach Hilversum nicht so weit? (Ich habe gleich auf der Karte nachgesehen.)
3. Monique ist Direktor einer Schule für verhaltensgestörte Kinder in Bussum geworden?
4. Japie kandidiert für das Parlament, für die konservative Partei, und nur noch in Bussum war ein Platz frei?
5. Japies Mutter hat gesagt, Ihr sollt nach Bussum ziehen?
6. In Bussum gibt es nicht soviel Juden wie in Amsterdam?
7. Euer Haus in Amsterdam ist inzwischen eine Garage?

Ich weiß noch viele andere Gründe, aber ich höre jetzt auf, sonst denkt Ihr noch, ich bin ein Hellseher oder Wunder-Rabbi.

Ich habe große Lust, Euch wiederzusehen, ich weiß im Augenblick nur nicht wie. Hannah ist schon böse, daß wir nie nach Holland waren. Aber sie ist nie lange böse, das ist der wichtigste Unterschied zwischen ihr und Rieke. Ich will Euch wiedersehen, weil ich hören möchte, wie es Euch inzwischen geht; und weil ich Euch erzählen will, wie es mir inzwischen geht; und weil Ihr Hannah noch nicht kennt. Und weil ich Euch wiedersehen möchte. Ich fühle es kommen, es wird bald sein, ich weiß nur noch nicht wann und wie.

Es ist richtig, daß das mein erster Brief seit langer Zeit ist, o.k. Aber er ist zwanzigmal länger als alle Eure Scheißkarten zusammen, damit das klar ist.

Mir geht es, um auch das zu sagen, ganz gut. Die Fremde kann eine hübsche Wohnung sein. Ich arbeite gut, bin gesund, habe noch alle Zähne, meine einzige Krankheit ist die DDR. Das ist zwar ziemlich schlimm, hat mir ein Freund gesagt, aber die Überlebenschancen sind größer als bei Krebs.

Ich umarme Euch alle und habe ein bißchen Sehnsucht
Jurek

An Helene Ritzerfeld

Berlin, 5. Juli 1980

Liebe Frau Ritzerfeld,
über Ihren Brief vom 2. Juli habe ich mich gefreut. Der Adressat für die Rückgabe der englischsprachigen Rechte für den »Jakob« müßte sich ja wohl finden lassen. Nach meiner Ansicht ist es der Suhrkamp Verlag. Denn mit dem habe ich einen Vertrag geschlossen, in dem ihm alle Auslandsrechte übertragen werden, bis auf die DDR und das sozialistische Ausland, wozu Amerika entschieden nicht gehört. Also sollte Frau Wolff Ihnen direkt die Rechte zurückgeben.
Natürlich kann sie auch an mich schreiben, nur schiene mir das wie ein überflüssiger Umweg.

Mit herzlichen Grüßen
Ihr Jurek Becker

An Helmut Koopmann

Berlin, den 4. Oktober 1980

Sehr geehrter Herr Koopmann,
ich danke sehr für Ihren freundlichen Brief und für Ihr Angebot. Ob ich es annehmen kann oder nicht, hängt zum einen von Zeit ab, zum anderen von manchen Details, über die gesprochen werden müßte. Jetzt schon kann ich Ihnen aber sagen, daß es für dieses Jahr keine Möglichkeit mit mir gibt.
Im nächsten Frühjahr habe ich etwas mehr Zeit. Nur möchte ich einige Einzelheiten erfahren, über die in Ihrem Brief, naturgemäß, nichts steht. Grundsätzlich bin ich an Kontakten, Diskussionen und Erfahrungen, wie eine solche Reihe von Veranstaltungen sie mir wahrscheinlich ermöglicht, interessiert. Eine Frage: Ich beginne am 11. Oktober eine sehr lange Lesereise durch die Bundesrepublik,

die mich leider nicht nach Augsburg, aber doch an einigen Tagen in die Nähe führt. Vielleicht ist es möglich, daß wir uns bei dieser Gelegenheit treffen, um das, was mir wichtig vorkommt, noch zu besprechen. Ich gebe Ihnen daher meine Termine in Augsburgs Nähe:
20. Oktober Regensburg
21. Oktober Erlangen
22. Oktober Weiden
23. Oktober Landshut
24. Oktober München
25. Oktober Tegernsee
Am 26. Oktober, einem Sonntag, werde ich wohl auch in Tegernsee sein, es gibt nichts zu tun. Ich könnte vielleicht auch nach Augsburg kommen, ich habe ein Auto bei mir, und meine nächste Lesung am Montag wird in Ulm sein. Geben Sie mir bitte eine schnelle Nachricht, denn ich bin nur noch bis zum 10. Oktober in Berlin. Und achten Sie bitte auf meine neue Adresse. Falls Sie mir erst nach dem 10. 10. schreiben können, erfahren Sie meinen jeweiligen Aufenthaltsort über den Suhrkamp Verlag in Frankfurt.

Mit besten Grüßen
Jurek Becker

An Helmut Koopmann

Berlin, den 8. Dezember 1980

Lieber Professor Koopmann,
sehen Sie mir bitte die Verspätung nach – als ich nach siebenwöchigem Fortsein wieder zu Hause war, wußte ich lange nicht, wo mir der Kopf stand. (Eigentlich weiß ich es bis heute nicht.) Zuerst einmal danke für Ihre Bestätigung, alles darin ist so, wie wir es besprochen hatten. Zu den einzelnen Veranstaltungen mache ich nun die folgenden Vorschläge:
1. Ich werde einen Text aus JAKOB DER LÜGNER lesen.

Danach will ich mit den Studenten über das Thema »Literatur als historischer Informant« sprechen.

2. Ich lese einen Text aus DER BOXER. Die anschließende Diskussion könnte zu dem Thema »Heimat, Heimatlichkeit, Heimatgefühl« stattfinden.
   Als Alternative hierzu eine andere Möglichkeit: Sollten die Studenten bis dahin die Filme »Jakob der Lügner« und »Der Boxer« gesehen haben, und sollte ein Interesse daran bestehen, mit mir über diese Filme oder, generell, über die Problematik von Literaturverfilmungen zu sprechen, so wäre hier eine Gelegenheit.
3. Ich lese einen Text aus SCHLAFLOSE TAGE. Das Thema der anschließenden Diskussion könnte sein: »Über Opportunismus. Ist Anpassung ein Zeichen von schlechtem Charakter?«
4. Ich lese zwei Erzählungen aus NACH DER ERSTEN ZUKUNFT. Danach sprechen wir darüber, ob Perspektive in der Literatur eine Einengung bedeutet.

Das Thema der fünften Veranstaltung möchte ich noch offenhalten. Natürlich könnte es eine Lesung sein, vor Angehörigen verschiedener Fakultäten, mit anschließendem Gespräch über genau das, was das Auditorium will. Das wäre kein Problem, doch hielte ich es für sinnvoll, den Verlauf dieses letzten Abends erst in Augsburg zu projektieren, wenn ich mehr über die Situation weiß, in der ich mit den Studenten sein werde. Sie sollten diesen fünften Abend also auf eine Weise ankündigen, die beide Möglichkeiten offenläßt.

So, ich hoffe nun, Sie haben nichts grundlegend anderes, vor allem nicht viel mehr, erwartet. Antworten Sie mir bitte kurz, dann werden wir im Frühjahr wieder voneinander hören. Es sei denn, Sie tauchen vorher in Berlin auf, dann würde ich mich über Ihren Anruf freuen.

Mit herzlichen Grüßen
Jurek Becker

An Helene Ritzerfeld

23. 1. 1981

Liebe Frau Ritzerfeld,
ich bin mit dem von Ihnen erwähnten Copyrightvermerk einverstanden. Welche Teilung des Erlöses Sie Frau Vennewitz anbieten sollten, kann ich nicht sagen. Das wissen Sie besser als ich, und ich will mit Ihrem Vorschlag blind einverstanden sein. Halten Sie Frau Vennewitz nicht zu knapp, denn ich möchte sie mir gern wohlgesonnen halten.
Mit herzlichen Grüßen für heute

Ihr Jurek Becker

An Toni und Elke

[o. D.]

Liebe Toni, liebe Elke,
entschuldigt bitte, daß ich euch nicht einzeln schreibe, denn bisher kann ich euch gar nicht auseinanderhalten, ich kenne euch ja nur von den zwei kleinen Briefen. Dafür will ich mich herzlich bedanken, es freut mich, wenn ich euch mit dem Buch erfreut habe.
Inzwischen bin ich längst wieder gesund, nur ist ein anderes Unglück über mich gekommen: entweder bin ich verreist, oder ich kann vor Arbeit nicht aus den Augen gucken. Aber ich bin überzeugt davon, daß Frau Weigmann und ich einen Termin finden werden, an dem wir zueinanderkommen. Glaubt bitte nicht, daß ihr mir zu wenig wärt, nur weil ihr zwei seid. Aber eins kann ich euch jetzt sagen, bevor ich euch näher kenne: Wie gerne ich euch helfen möchte, so genau weiß ich doch, daß es niemanden gibt, der euch so kräftig helfen könnte wie ihr selbst. Und niemanden, der euch so schaden kann. Immer wenn ich in einer beschissenen Situation war (und das war

ich öfter, als ihr denkt), hat mir diese Überzeugung geholfen, mehr als alles andere. Natürlich kann man sich fallenlassen und darauf warten, daß die anderen sich um einen kümmern, daß die anderen einen aus dem Dreck ziehen. Aber eine solche Hilfe ist – wie wichtig sie auch sein mag – doch nur die halbe Hilfe. Und nach meiner Überzeugung ist es auch die unwichtigere Hälfte der Hilfe. Die wichtigere ist die, die man sich selbst gibt. Nur durch den eigenen Willen und durch eigene Aktivität wird man ein selbstbewußter Mensch, der über die nächsten zehn Minuten hinaus denken kann und Verantwortung für sich selber spürt.
Ihr seid gewiß in einer komplizierten Lage. Sie wird viel komplizierter, wenn ihr euch aufgebt. Und sie wird leichter, wenn ihr euch das vornehmt und das tut, was eurer Überzeugung nach richtig ist. Und ihr solltet gute Vorsätze nicht deswegen fassen und zu verwirklichen versuchen, weil andere es so wollen – das würde nicht viel nützen. Nur die Vorsätze werden euch helfen, die wirklich euren Wünschen und Hoffnungen entsprechen, und auch die Überzeugung, daß niemand sonst sie verwirklichen kann als ihr selbst.
Für jemand, der euch noch nie gesehen hat, habe ich sicher lange genug geschwätzt. Ich verabschiede mich, wünsche euch gute Nerven und einen bärenstarken Willen und grüße Euch herzlich

Euer Jurek Becker

An Ulrike und Richard Zipser

27. 8. 1981

Liebe Ulrike, lieber Dick,
wenn Ihr Euch einbildet, Eure Karte hätte mich überrascht, dann irrt Ihr Euch gewaltig. Trotzdem stehe ich da und habe keine Ahnung, was man lieben Menschen

schreibt, die gerade geheiratet haben; seit langer Zeit schreibe ich, wenn an Paare, immer an solche, die sich gerade haben scheiden lassen, das kann ich inzwischen sehr gut.
Ihr kennt vielleicht diesen albernen Spruch von G. B. Shaw: Die Ehe ist eine Einrichtung zum gemeinsamen Tragen von Sorgen, die man ohne die Ehe nicht hätte.
Und jetzt mein Wunsch: Ich wünsche von Herzen, es möge Euch der Beweis gelingen, daß einen solchen Satz nur jemand schreiben kann, der wohl viel von Witzen versteht, aber wenig von einer Ehe. Und von einer, wie Ihr sie führen werdet, schon gar nichts.
Alles Gute für Euch, viel Frieden, ein bißchen Streit (vergeßt das bloß nicht), Tonnen von Spaß und keine Angst vor 1984.

Grüße und Umarmungen von
Eurem Jurek

Alles das natürlich auch von Hannah – ausnahmsweise ist sie einmal ganz meiner Meinung. J.

An Wolf Biermann

Berlin, 4. 9. 1981

Lieber Wolf,
um es Dir gleich zu sagen: eigentlich finde ich es obermies von mir, diesen Brief zu schreiben. Nie habe ich Dir geschrieben, wenn es was zu loben gab, und hätte so viel Gelegenheiten dazu gehabt; nie habe ich geschrieben, nachdem ich Wahnsinnslieder von Dir gehört, nie, nachdem ich die schönsten Gedichte von Dir gelesen hatte. Und jetzt finde ich etwas zu meckern, und schon setz ich mich hin und schreib. Eins aber muß klar sein, Du weißt es, trotzdem will ich es sagen, für alle Fälle: ich

schreibe den Brief nicht etwa, um Vorwürfe loszuwerden, sondern weil ich Dich liebe.
Zuerst habe ich den Artikel im Spiegel gelesen, den gehässigen, und war sofort davon überzeugt, daß dort jemand eine alte Wut auf Dich von der Kette ließ, an allen Tatsachen vorbei, daß er Dir Schläge geben wollte, von denen er nur wünschte, Du hättest sie verdient. Dann erst kaufte ich mir die Zeit (ich brauche dafür schon seit langem einen besonderen Grund), las das corpus delicti und sah gottlob, daß ich mit meiner Vermutung recht gehabt hatte. Trotzdem war der Artikel natürlich eine Katastrophe; in dieser Sekunde erst wird mir klar, daß ich nur deswegen schreibe, um von Dir bestätigt zu kriegen, daß Du derselben Ansicht bist.
Jede Meinung, die Du darin vertrittst (so viele sind es ja gar nicht), habe ich selbst schon geäußert, außer der einen vielleicht, daß Präsident Reagan sanft ist. Doch einem Journalisten, der unser Gespräch veröffentlichen will, habe ich das eben nicht gesagt, und ich glaube nicht, daß das mit Doppelzüngigkeit zu tun hat. Eher damit, daß ich bestimmte Wirkungen erzielen oder vermeiden möchte. Auch mit Schamhaftigkeit hat es zu tun (bei mir, aber das muß kein Vorteil sein). Jedenfalls kommt es mir unglaublich vor, daß Raddatz eben den Eindruck erwecken möchte, den dieser Artikel erweckt – Beine hochnehmen, sich nicht mehr abplacken, die Idioten da oben ihren eigenen Dreck machen lassen, sich um die eigene schöne Seele kümmern. Abgesehen davon, daß der Artikel sich liest wie vom Volontär einer Frauenzeitschrift geschrieben, dazu süffisant, verschmockt, geschmacklos und sprachlächerlich – wie kannst Du Dich denn als einen darstellen lassen, der endlich aus seinen Jugendillusionen aufgetaucht ist und zu sich selber findet? Während ich las, hatte ich unentwegt das Gefühl, Raddatz hätte sich lieber mit Dir hingelegt als über Dich geschrieben. Ich kann ja

nun wirklich verstehen, daß er sich in Dich verliebt hat, aber Du mußt da aufpassen.
Enttäuschung, Ernüchterung und Angst sind wohl ein riesiges Thema, eins für Gedichte, Geschichten, Lieder, doch niemals eins für solche Interviews mit Raddatz, denn sofort kriegen sie da die Farbe der Wehleidigkeit. Leider handelt der Artikel von Dir, nicht von Raddatz. Ich kann mir nicht vorstellen, daß Dir aus denselben Gründen weh ums Herz ist wie ihm; und wenn es doch dieselben sind, dann habt ihr bestimmt verschiedene Methoden, darüber hinwegzukommen. Oder hast Du etwa aufgegeben? Wenn ja, dann teile es mir bitte umgehend mit, weil ich doch dann einen anderen brauche, mit dem ich Rücken an Rücken
Grüß Tine von mir, küsse die Zwillinge, die ich noch nie gesehen habe, auch den Großen, sei umarmt

Dein Jurek

An Joachim Seyppel

5. 10. 1981

Lieber Joachim Seyppel,
an der Anthologie, zu der Sie mich freundlich einladen, möchte ich mich nicht beteiligen. Die Gründe hierfür sind verschieden, es würde nichts ändern, wenn ich Sie Ihnen erklärte. Nur einer davon ist, daß eine Teilnahme (für die ich erst einen Beitrag schreiben müßte) mich von der Arbeit abhalten würde, über der ich gerade brüte und die mir wichtig ist.
Mit freundlichen Grüßen

Jurek Becker

An Anton Regenberg

Berlin, den 12. Oktober 1981

Sehr geehrter Herr Regenberg,
danke für Ihre freundliche Einladung. In diesem Jahr, vor oder nach meinem Vortrag vor dem niederländischen PEN, ist die Zeit zu kurz, um nach Brüssel zu kommen. Doch im nächsten Frühjahr ist das anders. Ich bin gern bereit, im Anschluß an die Lesungen in den Niederlanden, wohl im April 82, zu einer oder zwei Lesungen zu Ihnen nach Belgien zu kommen. Allerdings müßten die Termine so abgestimmt sein, daß keine tote Zeit dazwischenliegt. Sie werden die Termine gewiß von Frau Dittrich erfahren. Setzen Sie sich doch bitte danach nocheinmal mit mir in Verbindung, damit wir zu einer festen Absprache kommen können.

Mit besten Grüßen
Jurek Becker

An Günter Grass

9. Dezember 1981

Lieber Günter,
hier schnell das wenige Zeug, das ich zu der Sache habe. Ich stelle mir vor, daß Du, Albertz und ich unterschreiben. Albertz will noch mit dem Landesbischof sprechen (ich glaube Kruse?), der wäre der vierte.
Man sollte noch überlegen, ob man den Brief nur an diesen Richter schickt (der sich ein wenig ärgern und ihn dann wegschmeißen könnte), oder ob man ihn veröffentlicht. Das haben natürlich die zu entscheiden, die ihn unterschreiben, hoffentlich auch Du.
Ich habe über den Brief mit einem Anwalt gesprochen – juristische Unrichtigkeiten enthält er nicht.

Herzlich, bis Sonntag
Dein Jurek

An Wilhelm Engelken

Berlin, den 17. 12. 1981

Werter Herr Engelken,
kürzlich erfuhren wir von Ihrem Urteilsspruch, mit dem Sie einen Lehrer bestraften, weil er die Ehre der NPD verletzt habe. Der Lehrer hatte in einem Leserbrief an eine Zeitung den Ruf von Teilnehmern einer NPD-Kundgebung »Rotfront verrecke!« dahingehend interpretiert, eine solche Parole könne man als Forderung nach neuen Konzentrationslagern deuten. Darin erblickten Sie eine strafbare Handlung und nannten den Lehrer einen Überzeugungstäter.

Sie sollen wissen, daß wir ein solches Urteil nicht nur für unverständlich halten, sondern für eine empörende Verkündung von Unrecht als Recht. Natürlich sagt dieser Lehrer die Wahrheit. Wie anders wollen Sie denn die Forderung nach Vernichtung einer Gruppe von Menschen deuten? Ist es Ihrer Aufmerksamkeit entgangen, welche Konsequenzen solche Parolen schon einmal nach sich zogen? Täglich finden sich Veröffentlichungen in NPD-Zeitungen, werden auf NPD-Versammlungen Reden gehalten, die die Ziele dieser Partei deutlich machen. Sie aber stellen sich schützend vor sie, indem Sie die gerechte Empörung darüber bestrafen.

Wir halten es für alarmierend, mit welcher Einäugigkeit und Ignoranz Urteile im Namen des Volkes verkündet werden dürfen. Entscheidungen wie die Ihre tragen dazu bei, das Ansehen der Bundesrepublik Deutschland zu beschädigen und die deutsche Justiz in ein Licht zu rücken, aus dem sie sechsunddreißig Jahre nach der faschistischen Barbarei unbedingt herauskommen sollte.

i.A. Heinrich Albertz
i.A. Jurek Becker
i.A. Günter Grass

An Anton Regenberg

Berlin, den 17. 12. 1981

Sehr geehrter Herr Regenberg,
nun steht also der Termin der Lesungen in den Niederlanden fest, und ich bin bereit, im unmittelbaren Anschluß daran zu Ihnen nach Belgien zu kommen. Die Zeit, in der mir dies möglich wäre, liegt zwischen dem 4. und dem 9. Mai. Innerhalb dieser sechs Tage können Sie beliebig viele Veranstaltungen mit mir in die Wege leiten, ich bin ein kräftiger Bursche. Länger kann ich leider nicht bleiben, da ich am 10. Mai eine Verpflichtung in der Bundesrepublik habe.
Sie fragen freundlicherweise nach meinen Bedingungen und Wünschen. Ich denke, es ist nicht unbescheiden, wenn Sie für meine Unterkunft und für die Fahrtkosten Sorge tragen und mir pro Veranstaltung ein Honorar bieten, das etwa fünfhundert Mark entspricht. Ich habe vor, aus meinem Erzählungsbuch »Nach der ersten Zukunft« zu lesen, ebenso aus einem Buch, das, wie ich sehr hoffe, zum Zeitpunkt meiner Reise gerade beendet sein wird. Sollte es zu einer Veranstaltung in der Europa-Schule kommen, bin ich natürlich auch bereit, aus »Jakob der Lügner« zu lesen.

Mit besten Grüßen
Jurek Becker

An Günter Grass

Berlin, 18. 12. 1981

Lieber Günter,
hier ein Durchschlag des Briefes, den ich an Richter Engelken geschickt habe. Dazu habe ich ihm auf einen Zettel geschrieben, daß mit selber Post eine Kopie des Briefes an das »Stader Tageblatt« und an das »Buxtehuder Tageblatt« gegangen ist. So.

Ansonsten fand ich in meinem Auto eine zerrauchte Pfeife, die Dir gehören muß. Und ich fand auch Reaktion bei Leuten, Fernsehen und Presse, die mich glauben lassen, daß die Schriftstellersache nicht unnütz gewesen ist. Ganz nebenbei – Du bist mir in diesen zwei Tagen nähergekommen.

Umarmung, Dein Jurek

Küß Ute

An die Kundendienstabteilung
der Apparatewerke Metz

Berlin, den 19. 12. 1981

Sehr geehrte Damen oder Herren,
die Firma WEGERT aus Berlin schickte mein Blitzgerät MEKABLITZ zu einer Reparatur zu Ihnen ein. Durch einen Stoß hatte sich der Steckschuh verbogen, ansonsten war das Gerät völlig in Ordnung. Als ich es gestern abholte, betrug die Rechnung DM 87.–, es waren mehrere Teile ausgewechselt, der Akku und selbst die vordere Abdeckplatte. Ich war empört und wollte diese Summe nicht zahlen, doch zeigte man mir auf dem Auftrag einen Satz, den ich unbedacht unterschrieben hatte: daß ich Sie ermächtige, Reparaturen bis zu DM 100 ohne meine Zustimmung auszuführen. Ich kann also nichts machen.
Dennoch möchte ich Sie zweierlei wissen lassen: Zum einen, daß mir dieses Verfahren wie eine verfeinerte Form von Straßenräuberei vorkommt. Zum anderen, daß ich mir niemals wieder ein Gerät der Firma Metz kaufen würde; denn es könnte ja etwas daran kaputt gehen.
Übrigens ist Ihre Reparatur-Nummer 25091, falls Sie die Sache überprüfen möchten.

Mit freundlichen Grüßen
Jurek Becker

An Klaus Wagenbach

Berlin, 9. 1. 1982

Lieber Herr Wagenbach,
für Ihre Einladung, beim nächsten »Tintenfisch« mitzumachen, bedanke ich mich sehr. Leider wird wohl nichts daraus werden, denn ich stecke tief in der Arbeit an einem Buch. Sie können gewiß nicht lange genug auf mich warten, aber das ist ja auch kein großes Unglück.
Ich weiß nicht, ob es Gesetz bei »Tintenfischs« ist, nur Unveröffentlichtes zu veröffentlichen. Sollte das nicht so sein, dann halte ich es für möglich, daß in meinem Erzählungsbuch »Nach der ersten Zukunft« von 1980 ein Text ist, der Ihre Forderungen mit Ach und Krach erfüllt. In diesem Falle rufen Sie mich doch einfach an (785 67 14), das geht dann schneller.

Schönste Grüße
Jurek Becker

An Wieland Herzfelde

Berlin, 13. 1. 1982

Lieber Wieland,
ich danke Dir herzlich für das Grosz-Buch, das Du mir geschickt hast. Es ist ein großartiges Buch, aber das bin ich ja nicht anders gewohnt von Büchern, an denen Du beteiligt bist.
Ich wünsche Dir für das neue Jahr Gesundheit und Kraft und lauter Frieden.

Mit vielen Grüßen
Jurek Becker

An Joachim Seyppel

Berlin, 20. 1. 1982

Lieber Herr Seyppel,
schon einmal schrieb ich Ihnen, daß ich mich an Ihrer Anthologie nicht beteiligen möchte. Daran hat sich nichts geändert. Auch an Ihrem Treffen in Marburg möchte ich nicht teilnehmen. Ich sehe keinen besonderen Sinn darin, wenn ehemalige DDR-Autoren in größeren Ansammlungen auftreten.

Mit freundlichen Grüßen
Jurek Becker

Übrigens interessiert es mich, warum Erich Loest immer nur über Sie an mich herantritt. Ich würde gern einmal mit ihm selbst zu tun haben. J. B.

An Siegfried Unseld

2. 2. 1982

Lieber Siegfried,
Dein Besuch war ein erfreulicher Zwischenfall in diesen Wochen, in denen die einzigen Ereignisse für mich an meinem Schreibtisch stattzufinden pflegen. Er hat mir, außer zu ein paar angenehmen Stunden, zu einer Erkenntnis verholfen, die ich Dir nicht verschweigen möchte. Sie wiederzugeben, ist allerdings ein wenig umständlich.
Mit meinen eigenen Augen habe ich beobachtet, wie Du einen Wein, ohne das Etikett auf der Flasche zu sehen, einigermaßen richtig einordnen konntest. Diese Beobachtung ist nicht so unwichtig, wie Du vielleicht glaubst; denn durch sie habe ich erfahren, welch ungeheuerliche Lügen über Dich, liebster Siegfried, verbreitet werden. Eine in Frankfurt lebende ältere, männliche Person hält sich etwas darauf zugute, dann und wann eine Geschichte

zu erzählen, er nennt sie eine Anekdote, die folgendermaßen geht:
Du habest einmal eine Dame eingeladen, die jung, geschmackvoll und hinreißend gewesen sein soll. Es sei Dir gelungen, einen glänzenden Eindruck auf sie zu machen, wie, das übersteige des Erzählers Vorstellungskraft. Jedenfalls habest Du es geschafft. Am Abend seid Ihr zwei dann in ein feines Restaurant gegangen, wo Du mit einem Schlage alle Deine Bemühungen zunichte gemacht hättest. Wie? Indem Du beim Kellner »eine Flasche von dem teuersten Wein, den Sie haben« bestellt haben sollst. Da sei es, wie man sich denken kann, mit der jungen Dame Essig gewesen.
Lieber Siegfried, Du glaubst ja nicht, wie sehr es mich beruhigt, aus eigenem Erleben beurteilen zu können, daß an der Geschichte kein wahres Wort ist. Gehofft habe ich es schon lange, doch nun weiß ich es. Ich werde ihr entgegentreten, wo immer sich mir Gelegenheit dazu bietet.
Allein schon deswegen wäre Dein Besuch ein voller Erfolg gewesen, aber es kamen noch die ganzen anderen Annehmlichkeiten hinzu.

Sei herzlich gegrüßt, auf bald
Dein Jurek

An Martin Gregor-Dellin

18. 2. 1982

Lieber Herr Gregor-Dellin,
natürlich habe ich nichts dagegen einzuwenden, in Ihrer Anthologie vertreten zu sein. Die Auswahl, die mir zur Verfügung steht, ist nicht allzu üppig: alle nennenswerten kürzeren Prosatexte, die ich je geschrieben habe, finden sich in dem Band »Nach der ersten Zukunft«, der im

Herbst 80 bei Suhrkamp erschienen ist. Daraus müßte es also etwas sein. Sie haben es versäumt, mir mitzuteilen, wie lang solch ein Text sein darf. Wenn Sie zehn Seiten für zumutbar halten, schlage ich die Erzählung »Der Verdächtige« vor, wenn zwanzig »Die beliebteste Familiengeschichte«.

Sie fragen, wie ich über eine PEN-Mitgliedschaft denke. Bis heute bin ich Mitglied des PEN der DDR, zumindest ist mir nichts Gegenteiliges zu Ohren gekommen, wenn ich auch jahrelang an keiner Veranstaltung teilgenommen habe. Die Beiträge zahle ich jedenfalls hübsch. Sind Mitgliedschaften in zwei verschiedenen PEN-Zentren möglich? Ich weiß darüber nichts. Wenn ja, das heißt, wenn ich Mitglied des PEN Bundesrepublik werden könnte, ohne das PEN DDR verlassen zu müssen, sehe ich keinen Hinderungsgrund, zumindest keinen, der bei mir läge.

Mit herzlichen Grüßen
Jurek Becker

An Anton Regenberg

2. März 1982

Sehr geehrter Herr Regenberg,
mit Ihren Terminvorschlägen bin ich einverstanden und danke für Ihre Mühe. Ich bin, da die Entfernungen nicht allzu groß sind, auch zwischendurch strapazierbar, für das Interview etwa oder für mögliche andere Verpflichtungen. Ruhe werde ich hinterher haben, machen Sie sich da also keine Sorgen.

Auf Ihren Brief vom 28. Januar habe ich deshalb nicht geantwortet, weil ich glaubte, Frau Dittrich aus Amsterdam hätte Ihnen mitgeteilt, woraus ich zu lesen vorhabe. Also: Ich möchte aus einem Buch mit Erzählungen lesen, die 1980 bei Suhrkamp unter dem Titel »Nach der ersten

Zukunft« erschienen sind. Auf einer Station der Reise, ich habe vergessen wo, sind Schüler auf meinen »Jakob der Lügner« vorbereitet; dort werde ich selbstverständlich daraus lesen. Erfahrungsgemäß kommt es nach den Lesungen zu Diskussionen, die sich zum Teil auf den gelesenen Text beziehen, zum Teil aber auch politischer Art sind. Dagegen ist nichts einzuwenden. Einen Titel für die Veranstaltungen mit mir weiß ich aber nicht.
Sie fragen auch, an welchem Tag ich Ihr Gästezimmer zu räumen gedenke. Das hängt von Folgendem ab: Ich habe gehört, daß an jedem Wochenende in Antwerpen ein großartiger Markt abgehalten wird. Leider weiß ich nicht, ob am Sonnabend oder am Sonntag. Ist der Markt am Sonnabend, so werde ich Ihr Gästezimmer am Sonnabendmorgen räumen. Findet der Markt aber am Sonntag statt, so müßte ich es bis Sonntag früh in Anspruch nehmen.
Ich hoffe sehr, daß ich Ihre Fragen zur Zufriedenheit beantworten konnte. Ich freue mich auf den Besuch in Belgien.

Mit schönsten Grüßen
Jurek Becker

An Karlheinz Fingerhut

15. März 1982

Sehr geehrter Herr Fingerhut,
danke für Ihren Brief und für die freundliche Einladung, an Ihrem Kafka-Heft mitzuarbeiten. Ich erinnere mich gut an den Abend in Marbach und auch daran, daß ein paar Worte über Kafka gefallen sind; an die allerdings sehr dunkel.
Was Ihr Projekt betrifft: ich kann Ihnen im Augenblick nicht fest zusagen. Ich stecke tief in einer Arbeit, die mich wohl bis zum frühen Herbst beschäftigen wird und die ich

nicht unterbrechen möchte. Wenn Sie Lust haben, mich im Herbst nocheinmal zu »mahnen«, dann könnte ich Ihnen definitiv antworten.
Mit besten Wünschen für das Gelingen Ihres Vorhabens und schönsten Grüßen

Jurek Becker

An Melitta Heilmann

[o. D.]

Sehr geehrte Frau Heilmann,
ich kann nach Ihrem Brief nicht mit Gewißheit sagen, ob ich zu der Familie Becker gehöre, von der Sie sprechen. Ich erinnere mich auch nicht daran, ob die Straße, in der ich wohnte, Targowastraße hieß. Aber ich will Ihnen gerne einige Angaben machen.
Ich bin im September 37 in Lodz geboren. Meine Eltern waren Juden, der Vater hieß Mieczyslaw, die Mutter Annette (auch Hanna gerufen). Mein Vater arbeitete in einer Textilfabrik, die »Etingon« hieß, wenn ich mich recht erinnere. Mit Beginn des Krieges kamen wir alle in das Ghetto. Meine Mutter starb 45 im KZ, der Vater ist 1972 in Berlin gestorben.
Ich hoffe sehr, daß Sie mit diesen Angaben etwas anfangen können und grüße Sie bestens

An Helene Ritzerfeld

5. 6. 1982

Liebe Frau Ritzerfeld,
bevor Elisabeth Borchers in Urlaub fuhr, mahnte sie mich, ihr meine Vertragswünsche für ALLER WELT FREUND zu nennen; denn da das Buch im Herbst erscheint und bereits

in der Herstellung ist, sollte ja wohl ein Vertrag geschlossen werden. Ich habe ihr geantwortet, ich würde mit Herrn Unseld, den ich am nächsten Tag in Berlin traf, darüber sprechen. Aus manchen Gründen, von denen einer meine Schusseligkeit ist, kam es nicht dazu.
Also nenne ich Ihnen der Einfachheit halber meine Wünsche:

1. Die Rechte für Film und Fernsehen wünsche ich zu behalten.
2. Des weiteren möchte ich, daß die Rechte für die DDR und das sozialistische Ausland bei mir bleiben.
3. Als Vorauszahlung wünsche ich 35 000.– DM.

In der Hoffnung, daß all dies sich regeln läßt, bleibe ich mit herzlichen Grüßen

Ihr Jurek Becker

An Max Frisch

8. Juni 1982

Lieber Max,
ich könnte behaupten, daß wir uns deshalb so selten sehen, weil wir so weit auseinander wohnen. Aber es hat auch dann nicht viel häufiger geklappt, als wir näher beieinander lebten. Dieser Brief kündigt nicht etwa einen Besuch an. Ich habe vor wenigen Stunden Dein Buch BLAUBART zu Ende gelesen, darum schreibe ich Dir. Ich habe mich Dir noch nie so nah gefühlt wie bei diesem Buch. Es hat mir solchen Eindruck gemacht, daß ich Lust habe, überschwenglich zu werden; nur etwas Geheimnisvolles hält mich davon ab.
Einmal hast Du mir ein Spiel beigebracht, das ich nicht vergessen kann – das allerletzte Wort in einem Buch zu deuten. Ich lese letzte Wörter seitdem mit Argusaugen, die Lockerheit ist hin. Ebenso schreibe ich sie. Bei Büchern,

die ich kenne, habe ich oft geprüft, wie verräterisch dieses Wort ist, besser – wie aufschlußreich. Eine Weile habe ich anstelle des einen Wortes den letzten Satz genommen. Aus Faulheit. Es ging auch so, es ging sogar viel leichter. Bis ich merkte, daß nicht nur weniger Mühe aufgewendet werden mußte, sondern daß auch das Resultat unpräziser wurde. Präziser wurde es erst wieder, wenn ich anstelle des letzten Satzes das letzte halbe Buch beguckte. Also zurück zum letzten Wort, oder es hörte auf, ein gutes Spiel zu sein.

Mir kam beim Lesen dieses Buches der Gedanke, es bestehe aus lauter letzten Wörtern. Andauernd hört es auf, andauernd fehlt so viel, um das Spiel in Schwung zu halten. Und dann das tatsächlich letzte Wort.

Ich will Dir nur sagen, wie es mich tröstet, daß aus dieser Grausigkeit solch ein Text werden kann. Daß sie so nützlich gewesen ist. Und noch etwas: Ich bin in tausend Angelegenheiten verwickelt, die mir wichtig vorkommen und ehrenwert und unaufschiebbar, immer das Große und Ganze vor Augen. Auf einmal der Verdacht, die andere Mühe könnte viel lohnender sein, der Versuch, zu solch einem Wort zu gelangen. Daß es nicht ausgeschlossen ist, das wurde mir gerade vorgeführt.

Ich umarme Dich und grüße Dich herzlich
Jurek

An Siegfried Unseld

11. Juni 1982

Lieber Siegfried,

ich will Dir nicht verhehlen, daß Dein Brief mich geärgert hat. Denn ich habe nicht daran gezweifelt, daß Du meinem Anliegen wie einer Selbstverständlichkeit entsprechen würdest. Um die Vorauszahlung habe ich nicht aus

Not gebeten, sondern aus einem Grund, den ich Dir sofort erklären will: Wenn Suhrkamp ein Buch von mir an einem 1. Juli verkauft, dann kriege ich von Euch das Geld dafür frühestens Ende Februar des darauffolgenden Jahres, das heißt mit achtmonatiger Verspätung. So ist es bisher immer gewesen, und ich dachte, es wäre nur gerecht, diese Last zumindest für ein Buch umzukehren. Die Vorauszahlung, die ich verlangte, entspricht einer Auflage von etwa 10 000 Exemplaren, das kam mir maßvoll vor.
Ich werde mich über diese Sache nicht mit Dir streiten, es gibt größere Probleme. Aber warum sollte ich herunterschlucken, daß Deine Ablehnung mir knickrig vorkommt? Du schreibst, die Situation des Verlages lasse eine solche Zahlung nicht zu. Was ich über diese Situation höre – auch von Dir –, klingt merkwürdig anders.
Erledigt.

Schönste Grüße
Dein Jurek

An Siegfried Unseld

25. Juni 1982

Lieber Siegfried,
es tut mir leid, Dich zum zweitenmal innerhalb kurzer Zeit mit einer Sache behelligen zu müssen, die nicht gerade angenehm ist. Folgendes hat sich zugetragen:
Vor wenigen Tagen erhielt ich die Suhrkamp Programmvorschau 1982/2. Auf der Frontseite sind die Fotos derjenigen zwölf Autoren zu sehen, die der Verlag als seine wichtigsten für den Programmzeitraum empfiehlt und vorstellt. Mein Foto ist nicht darunter.
Ich will Dir dazu mitteilen, daß ich eine solche Demütigung nicht stillschweigend einstecken werde. Denn es kränkt mich sehr, sozusagen auf dem Plakat keinen Platz zu finden und im Vorspann, unter der Rubrik ›Ferner

wirkten mit‹, aufgezählt zu werden. Daher muß ich zwei Forderungen stellen. Zum einen verlange ich eine Erklärung, aus welchem Grunde so und nicht anders verfahren wurde. Ich verlange auch zu erfahren, wessen Entscheidung der Sache zugrunde liegt. Elisabeth sagte mir am Telephon, es handle sich um einen unerklärlichen Vorfall. Doch eine solche Auskunft regt mich nur mehr auf; sie deutet an, daß ich nicht nur für zweitrangig gehalten werde, sondern auch für einen Idioten.
Meine zweite Forderung ist die: Das Verschwinden von der Titelseite ist ja nicht nur ein ideeller Vorgang, sondern es hat durchaus materielle Folgen. Es ist ein Signal für Buchhändler, Redaktionen und auch für die Vertreter, daß der Verlag mein Buch nicht zu seinen wesentlichen und aussichtsreichen zählt. Also haben Anstrengungen unternommen zu werden, die diesen Schaden, sofern das möglich ist, gering halten. Ich verlange von Suhrkamp, daß außergewöhnliche Werbemaßnahmen für mein kommendes Buch ergriffen werden, die erheblich über das hinausgehen, was normalerweise dafür getan worden wäre. Und ich verlange, daß diese Maßnahmen schriftlich mit mir vereinbart werden.
Wenn es Dir nicht möglich ist, lieber Siegfried, auf meine Forderungen einzugehen, tritt für mich eine komplizierte Situation ein. Ich muß dann mein Verhältnis zu einem Verlag neu bedenken, bei dem es mir, nach fünf mehr oder weniger erfolgreichen Büchern, nicht gelungen ist, auf die Vorderseiten der Werbebroschüren vorzudringen. Ich will zuletzt nur noch anfügen, daß diese Prügel mich aus einer Richtung getroffen haben, aus der ich es niemals erwartet hätte, nach der hin ich also ungeschützt war. Eine solche Unvorsichtigkeit werde ich nicht zum zweitenmal begehen.

Mit schönsten Grüßen
Dein Jurek

An Elisabeth Borchers

29. 6. 1982

Liebe Elisabeth,
trotz Fußballweltmeisterschaft und einer Aufregung, die ebenso unnütz wie heftig ist, habe ich mein Korrektur-Soll vorfristig erfüllt.
Hier noch zwei Bemerkungen dazu: An manchen Stellen, wo ein Absatz sichtbar sein müßte, geht die Schrift bis zum Zeilenrand. Sie müßte nach Möglichkeit etwas eingerückt werden, ich habe die Stellen grün markiert.
Dann wünschte ich mir noch die Zahlen über den einzelnen Kapiteln etwas größer.
Am Ende des Buches fehlt, beim »Boxer« und bei den »Schlaflosen Tagen«, der Hinweis auf die Nummer als Suhrkamp Taschenbuch, so wie es zuvor bei der »Irreführung« geschah.
Ansonsten lies bei guter Laune, laß alle Fünfe gerade sein und melde Dich bald.

Grüße Jurek

An Volker Hage

11. Juli 1982

Lieber Herr Hage,
hier nun, nach hoffentlich zumutbarer Frist, mein Fragebogen. Ich mußte ihn leider abschreiben, weil ich voreilig Antworten ins Original gekritzelt habe, die ich dann doch nicht geben mochte.
Nicht verschweigen will ich Ihnen, daß ich mir bei manchen der Antworten bis jetzt nicht im Klaren bin, ob es sich um die wahrhaft meinigen handelt, oder ob ich sie nur niederschrieb, weil sie mir ganz gut so auf dem Papier gefallen. Alles in allem sind sie wohl nicht sehr bemerkenswert, sicher haben Sie auch diesen Eindruck. Sollten

Sie es daher für richtig halten, diesen Fragebogen nicht abzudrucken, so finden Sie mein volles Verständnis.

Mit herzlichen Grüßen
Ihr Jurek Becker

An Heinz Wetzel

12. November 1982

Sehr geehrter Herr Wetzel,
danke für Ihre freundliche Einladung, sie ist eine der grünen Inselchen in diesem ziemlich großen See der Eintönigkeit. Ich antworte Ihnen deshalb erst jetzt, weil ich eben von einer längeren Reise zurückkomme (die reine Eintönigkeit) und Ihren Brief nun finde.
Also: April ist in Ordnung, und ich habe wieder Lust auf Amerika, und das Thema ist okay, und ich war noch nie in Kanada, nur einmal auf der falschen Seite der Niagara-Fälle. Vor fast zwei Jahren bin ich zum letztenmal in dieser Richtung gewesen, an der USC in Los Angeles. Und in diesem Jahr habe ich in Austin schon zugesagt und dann, in irgendeiner Panik, wieder abgesagt; falls Sie Professor Leslie Willson aus Austin kennen, wird er Ihnen sicher eine lange Geschichte über meine Unzuverlässigkeit erzählen.
Was für einen Text nimmt man? Natürlich bin ich am letzten Buch immer am meisten interessiert, »Aller Welt Freund« ginge also, so gesehen. Eine andere Möglichkeit wäre »Schlaflose Tage«, »Literature and Moral Philosophy« sind geradezu die Story dieses Buches. Auch gibt es das auf englisch, »Harcourt, Brace, Jovanovich«, in einer guten Übersetzung, wie ich höre. Es ginge auch »Jakob der Lügner«, auch »Harcourt, Brace«, doch schlechte Übersetzung. Jetzt, da ich darüber nachdenke, kommt es mir vor, als hätte ich nie zu einem anderen Thema geschrieben. Nicht auszudenken.

Suchen also Sie aus. Sie müßten mir nur, nachdem Sie gewählt haben, genauer mitteilen, zu welchem Thema ich reden soll. Ein Vortrag in englischer Sprache wird sich leicht machen lassen, denn meine Frau ist Amerikanerin und wird ihn mir vorher übersetzen. Doch spätestens bei der Diskussion werden Sie merken, wie heldenhaft es von mir ist, mich auf dieses Unternehmen einzulassen.
Schreiben Sie mir bitte auch bald genaueres über die Zeit, denn, man glaubt es kaum, es gibt jetzt schon Termine, die abgesagt werden müssen.

Mit herzlichen Grüßen
Jurek Becker

An Heinz Wetzel

Berlin, den 9. 12. 1982

Lieber Herr Wetzel,
Ihre Antwort kam schneller als meine, und alle Angaben darin sind so präzise, wie man es von Nord-Amerika nicht anders gewohnt ist. Nein, nein, Sie müssen keiner etwaigen Panik bei mir vorbeugen, ich bin da ziemlich resistent; ich habe mich längst daran gewöhnt, mit wenig Fähigkeiten gut auszukommen. Und hilflos blicken kann ich phantastisch. Also: Von mir aus geht alles in Ordnung, und ich bin geneigt, unsere Angelegenheit als fest vereinbart anzusehen. Der Einfachheit halber gehe ich jetzt, beamtisch, Punkt für Punkt durch, was an Informationen notwendig ist.

1. Zum Thema wird mir schon etwas einfallen (das geschieht in der Regel spät, dann aber prompt), und ich werde Ihnen mein »position paper« bis zum 15. März schicken. Versprochen.
2. Mit den Begleitumständen, das heißt mit den Themen, über die drumherum referiert werden soll, bin ich ein-

verstanden. Interessant kann die Sache ohnehin nicht nach Plan werden, sondern nur live.

3. Was das Goethe-Institut und eventuelle Lesungen betrifft: Zuerst möchte ich so lange in Toronto bleiben, wie Sie es für unsere Sache für nötig halten. Danach kann ich gern einige Lesungen machen, allerdings möchte ich das nur in Kanada tun. Kanada ist mir für zwei oder drei Wochen groß genug. Die USA will ich diesmal links liegen lassen, ich werde kein US-Visum beantragen. Bis Ende des Monats April habe ich Zeit, am 4. Mai muß ich wieder in Frankfurt sein. In diesem Zeitraum, können Sie dem Goethe-Menschen sagen, läßt sich etwas arrangieren.
4. Sobald feststeht, welches die letzte Station einer solchen Lesereise ist, müßte ich schnell Bescheid kriegen. Denn für Apex-Flüge muß ziemlich lange vorher (wohl mindestens einen Monat) angegeben werden, von wo und wann der Rückflug angetreten werden soll.

Zum Schluß eine etwas lästige Bitte: Da ich zur Zeit Stadtschreiber von Bergen-Enkheim bin (was immer das ist; wenn Sie wollen, kann ich es Ihnen später erklären), halte ich mich viel dort auf. Wenn es Nachrichten gibt, die mich schnell erreichen müssen, wäre es praktisch, sie in zweifacher Ausfertigung zu schicken. Nach Berlin und nach:

Stadtschreiberhaus
An der Oberpforte
6000 Frankfurt – Bergen Enkheim

Meine Telephonnummer in Berlin ist 030-78 567 14 und in Bergen Enkheim 06194-217 20.

So. Ich hoffe, es ist alles gesagt, was auf der anderen Seite gewußt werden muß. Es bleibt die Vorfreude.

Herzliche Grüße
Ihr Jurek Becker

An Helga Warsen

3. 1. 1983

Liebe Pfarrerin,
herzlichen Dank für Ihre Grüße, ich habe sie beide gelesen. Auch ich erinnere mich genau an diesen einen kurzen Abend in Recklinghausen. War es überhaupt Recklinghausen – ich war damals auf einer elend langen Lesereise und bringe die Bilder durcheinander. Aber Sie weiß ich genau, immerhin sind Sie die einzige Pfarrerin, mit der ich je gesprochen habe. Gern hätte ich das noch länger getan, aber Sie mußten ja weg.
Auch für die Einladung, Sie in Haltern zu besuche, danke ich sehr. Nur – wann komme ich nach Haltern? Da ist es vielleicht wahrscheinlicher, daß der Weg Sie einmal nach Frankfurt führt, wo ich im Prinzip bis zum Sommer bleibe. Und mich mindestens so sehr über Ihren Besuch freuen würde, wie Sie es umgekehrt behaupten. Mit einem Bibelspruch am Ende kann ich leider nicht aufwarten, allzu deutlich ist da Ihre Überlegenheit.
Seien Sie, mit Ihren sehr hellen Augen, sehr herzlich gegrüßt.

Jurek Becker

An Heinz Wetzel

26. 1. 1983

Lieber Herr Wetzel,
französisch spreche ich nicht, das kann ich reinen Gewissens sagen. Und eine Veranstaltung, bei der ich deutsch lese und spreche und ein Dolmetscher das Ganze übersetzt, stelle ich mir grauenvoll vor. Ich werde also auf Montreal verzichten müssen, wenn sich dort nicht ein deutsch- oder englischsprachiges Auditorium auftreiben lassen sollte. Es wäre kein Grund, sich graue Haare wachsen zu lassen.

Die Termine, die Sie mir nennen, sind mir angenehm, auch die Länge des Gesamtaufenthalts. Auch mein Plan war es, spätestens Anfang Mai wieder zu Hause (was immer das bedeutet) zu sein. Und daß die Reise schön gemächlich verlaufen wird, wie es aussieht, trifft auch meinen Geschmack.
Ich freue mich schon auf die ganze Geschichte und habe im Moment keine Schreibmaschine hier, auf der ich das alles tippen könnte.

Herzliche Grüße und auf bald
Jurek Becker

An Helga Warsen

18. 2. 1983

Liebe Helga Warsen,
Ihr Brief hat mich merkwürdig gefreut. Als ich das bemerkte, habe ich ihn durchsucht, nach den Informationen, die mein gutes Gefühl ausgelöst haben könnten. Aber ich habe sie nicht gefunden. Die Freude kam daher, daß Sie mir eigentlich gar nichts mitteilen, sondern eben nur einen Brief schicken wollten. Danke.
Aber Sie kommen vielleicht auf Ideen – ich und Pfarrer! Ich bin geradezu das Gegenteil von einfühlsam, und höchstens am Schreibtisch gelingt mir da hin und wieder eine Täuschung. Kaum wäre ich Pfarrer, schon würde es in der Gemeinde von Atheisten nur so wimmeln – das traue ich mir allerdings zu.
Meine Erinnerung an Sie hat sich festgefahren, ich sehe Ihr Gesicht nicht mehr, ich habe nur noch eine sehr, sehr helle Person im Gedächtnis. Eben habe ich auf der Karte nachgeschaut, Bad Soden liegt ja geradezu um die Ecke. Wenn Sie nicht nur fünf Minuten dort bleiben, müßte es mit dem Teufel zugehen, wenn sich nicht etwas mit uns einrichten ließe. Ich habe vor, um Pfingsten herum hierzusein. Sie

können mich rechtzeitig anrufen (06194/21720), Sie können mir aber auch Ihre Nummer schicken, Anruf kommt prompt. Mit einem Wort, ich habe Lust, Sie zu treffen. Ach, vielleicht überwinden Sie sich und lesen doch den JAKOB. Er hat nichts mit Lagerakten zu tun, weder von Maidanek noch von sonstwo, darum geht es ja gerade! Ich habe versucht, ein komisches oder fröhliches Buch zu schreiben, vor vierzehn Jahren habe ich mich das getraut. Ein Lustspiel im Ghetto, kann man sich das vorstellen! Schluß, vielen Dank für das bunte Heft. Es sieht aus, als käme es von Ihnen.

Herzliche Grüße
Jurek Becker

An Heinz Wetzel

23. Februar 1983

Lieber Herr Wetzel,
ich hoffe sehr, daß Sie die Mitteilung, die ich Ihnen zu machen vorhabe, nicht als allzu sehr verabredungswidrig ansehen und auch nicht als Beweis für meine Unzuverlässigkeit. Es geht um das, was Sie in einem Brief position paper genannt haben. Und es geht um meinen Entschluß, es Ihnen nicht zu schicken. (Ich habe es fertig, es wird gerade übersetzt, das ist nicht das Problem.) Es geht einfach darum, daß ich kein Wissenschaftler bin, daß mir daher eine Diskussion, in der die anderen Teilnehmer von meinen Ansichten oder Einwänden nicht überrascht sind, schwer vorstellbar ist, zumindest öde erschiene. Auch ich möchte diese Überraschung nicht missen, ich möchte nicht zu einer Veranstaltung fahren, bei der alle Standpunkte im Vorhinein bekannt sind und nur noch gesagt werden müssen. Erwarten Sie aber nach diesen Worten nicht etwa, daß ich mit besonderen Überraschungen aufzuwarten hätte.

Sie schreiben, der Sinn des Austauschs bestehe darin, daß der Intelligenzgrad dessen, was wir sagen, nicht allzu sehr von unserer Schlagfertigkeit abhängt. Unter diesem Gesichtspunkt müßte gerade ich für den Austausch sein, denn mit meiner englischen Schlagfertigkeit wird es nicht sehr weit her sein, das kann ich Ihnen versprechen. Ich glaube aber, daß das Nicht-kennen der ›Gegenpositionen‹ mir zu einem Wachsein während der Veranstaltung verhilft, das ich sonst zu Hause lassen würde. Sonst würde ich mir ja zu Hause die besten Argumente zusammenlegen, sie auswendig lernen und sie, wenn mir das Wort erteilt wird, aufsagen wie ein schlechter Schauspieler. So sollten wohl Artikel und Aufsätze geschrieben werden, fundiert, gründlich, doch eine Diskussion lebt, sehen Sie mir den belehrenden Ton nach, auch von Spontaneität.
Im übrigen werde ich Ihrem Rat folgen und zu Beginn ausschließlich über die Gründe sprechen, warum der Widerstand im JAKOB unter den Tisch gefallen ist. Ihre Vermutung, ich wüßte keine, hat mich zu sehr gereizt.
In der kommenden Woche verreise ich für einige Zeit. Wenn ich, Mitte März, aus Wien zurück sein werde, werde ich Sie anrufen. Erschrecken Sie mich dann bitte nicht mit zu viel Zorn über das Ausbleiben meines position papers. (Eben fällt mir noch ein, daß mir bis jetzt noch immer eine Ausrede eingefallen ist, wenn der Veranstalter eines Kongresses, Colloquiums, Symposiums vorher mein Manuskript sehen wollte. Vielleicht handelt es sich um eine DDR-bedingte Allergie.)

Mit herzlichen Grüßen
Ihr Jurek Becker

Übrigens liegen bis heute noch keine Flugtickets für mich da. Nur weil Sie vor Wochen schrieben, die wären schon hier.
J.B.

An Karlheinz Fingerhut

15. 3. 1983

Sehr geehrter Herr Fingerhut,
jetzt haben Sie's geschafft, ich schicke Ihnen etwas, was man ein Statement zu Kafka nennen könnte. Schicken Sie mir bitte ein Exemplar dessen, worin es abgedruckt wird. Ich möchte auch gern wissen, in welchem Zusammenhang das steht. Antworten Sie mir bitte an diese Adresse

J.B.
Stadtschreiberhaus
6 Frankfurt 60

Ich werde dort bis Mitte August etwa sein.
Schönste Grüße, hoffentlich sind Sie nicht gar zu enttäuscht.

Jurek Becker

An Heinz Wetzel

2. Mai 1983

Lieber Herr Wetzel,
ich hatte eine gute Nase, als ich Ihrer Einladung folgte – es war ein angenehmer Aufenthalt, er hat Spaß gemacht, ich bin umsorgt worden wie ein Junges. Haben Sie nocheinmal vielen Dank dafür.
Grüßen Sie bitte alle herzlich und glauben Sie mir um Himmels willen, daß ich mich sehr freuen würde, wenn Sie einmal über Berlin kämen.

Herzlich
Ihr Jurek Becker

Das letzte Flugticket liegt bei. Schicken Sie bitte den oder die Scheck(s) an die Frankfurter Adresse. Danke. J. B.

An Fritz J. Raddatz

11. 5. 1983

Lieber Herr Raddatz,

mit der Art und Weise der Veröffentlichung dieser Römerberg-Rede bin ich gar nicht einverstanden. Ich weiß zwar, daß mich nach jeder Veröffentlichung Unzufriedenheit befällt, und nicht das will ich Ihnen anlasten. Aber die Lektorierung paßt mir nicht. Schließlich haben Sie nicht die Katze im Sack gekauft, auch habe ich Ihnen den Text nicht aufgedrängt. Wahrscheinlich haben Sie versucht, mich übers Wochenende anzurufen, und ich war nicht erreichbar. Dann hätten Sie die Rede nicht zu drucken brauchen, und kein Mensch wäre Ihnen böse gewesen.

Mit freundlichen Grüßen
Ihr Jurek Becker

An Claudia Guderian

11. 9. 1983

Liebe Claudia,

grad komme ich von einer kleinen Reise nach Hause, finde eine knappe Million Briefe, darunter Deinen. Ich bin also gerade beim Briefebeantworten. Zuerst: Von Akademie-Stipendien weiß ich nichts, kann Dir daher auch keinen Rat geben.

Ich werde eine ganze Weile brauchen, um langsam wieder mit dem Leben hier anfangen zu können. Sobald sich das anläßt, wird auch Hörspiel gelesen. Du hörst dann von mir, hoffentlich Gutes. Bis dahin gönn mir ein bißchen mehr Ruhe, als ich jetzt habe. Ich fühle mich ziemlich umzingelt und gejagt, darum, nur darum, so kurz.

Herzliche Grüße
Jurek

An Heinz Wetzel

5. Oktober 1983

Lieber Herr Wetzel,
so lange hat es gedauert, bis ich mit Franz Fühmann zusammengekommen bin. Aber der kleine Prinz vergißt nie etwas (oder sagen wir – er vergißt nicht alles).
Ich bin nun wieder in Berlin, fort von Frankfurt, und versuche, mich in ein geregeltes Leben zu fügen. Es fällt mir eigentlich leicht, und das ärgert mich. Ich sitze an einem Buch – woran sonst –, ich glaube, ich habe Ihnen Andeutungen gemacht. Den ganzen Monat April (84) werde ich an der Cornell University im Staate NY sein. Vielleicht sieht man sich dann einmal; zumindest kommt es mir nicht abwegig vor, ein solches Vorhaben ins Auge zu fassen.
Ich denke oft an Toronto, also an Euch, denn es war ein schöner, merkwürdig stiller und sauberer Aufenthalt (ich mag das letzte Adjektiv nicht erklären), zum Sich-Erinnern wie geschaffen.
Seien Sie umarmt, und vergessen Sie nicht, Ihre liebe Frau und die Kinder, besonders das eine, herzlich von mir zu grüßen.

Ihr Jurek Becker

An Leonard Becker

7. 11. 1983

Lieber Lonni,
ich schreibe Dir aus einer merkwürdigen Empfindung heraus: Vor wenigen Tagen haben wir im Wintergarten in Mahlsdorf zusamengesessen, Du hast mir etwas über Deine Situation erzählt, über das Unbefriedigende daran, und ich habe Dir Ratschläge gegeben. Auf der Rückfahrt dachte ich darüber nach, und mir kam in den Sinn: Was

weißt du denn über sein Leben? Du kennst ihn doch im Grunde kaum, du kennst ihn aus der Erinnerung, aber das ist gar nicht mehr er. Du kennst ihn von Besuchen, vom Sitzen in Kaffees und Restaurants, da ist man nur zu einem kleinen Teil man selbst.

Das etwa ging mir durch den Sinn. Ob diese Vermutungen ganz und gar stimmen und ob man eine große Geschichte daraus machen sollte, das ist eine zweite Frage – ich will Dir nur nicht verschweigen, daß diese Gedanken mir kamen. Daß unsere Beziehung dünner geworden ist, als sie es einmal war, daran ist ja kein Zweifel. Nur sehe ich mir andere Beziehungen zwischen zwanzigjährigen Söhnen (ich weiß übrigens, daß Du erst neunzehn bist) und ihren Vätern an, und ich sehe so gut wie keine, die mir ideal vorkäme oder mit der ich die unsere auch nur zu tauschen wünschte. Das beruhigt mich, aber, ehrlich gesagt, nur für kurze Zeit. Weil ich natürlich den Gedanken nicht loswerde, was geschehen wäre, wenn wir, ich meine Rieke und mich, uns nicht hätten scheiden lassen, wenn ich heute noch in Deiner unmittelbaren Nähe leben würde, und so weiter. Mit den Eltern zu leben bedeutet viel für Kinder, da bin ich sicher; weniger die Einflüsse und die Ratschläge und die Ermahnungen, denen die Kinder dann regelmäßig ausgesetzt sind, sondern eine bestimmte Atmosphäre, die mit Wärme und mit Sicherheit zu tun hat. Nun gut, es ist gekommen, wie's gekommen ist, kein Grund zum Jammern, aber ein paar Gedanken muß man sich irgendwann ja schließlich machen, wie unangenehme Folgen auszuschließen oder möglichst klein zu halten sind.

Du weißt, daß ich Dich für einen ungewöhnlich intelligenten und scharfsinnigen und klugen Kerl halte, und wenn Du es noch nicht wußtest, dann weißt Du es eben jetzt. (Nur nebenbei – besonders hat mir immer gefallen, daß Du ein weiches Herz hast, also voll Mitleid bist. Das hat mit Gerechtigkeitssinn zu tun, beides ist untrennbar

miteinander verbunden.) Vor einiger Zeit hatte ich den Eindruck, daß Du auch selbstbewußt warst, daß Du diese Deine Eigenschaften nicht verkanntest und sicher warst, daß sie schon noch zur Blüte kommen würden. Und wenn ich diesen Burschen mit dem vergleiche, der neulich im Wintergarten mit mir geredet hat, dann kommt es mir vor, als sei die Sicherheit (die man auch Zuversicht nennen kann) nicht mehr da.
Ich glaube nicht, daß es ein bestimmtes Ereignis gegeben hat, bei dem Deine Zuversicht draufgegangen wäre (all das und das Folgende nur unter der Voraussetzung, daß meine Beobachtung richtig ist). Viel eher wird es wohl so sein, daß sie sich im Leben Tag für Tag, im oft ereignislosen Alltag aufgebraucht hat. Du hast sie einfach vergessen. Und Du hast das vergessen, um dessentwillen Du einmal zuversichtlich gewesen bist. Und das heißt nichts anderes, als daß Du unter Deinen Möglichkeiten lebst.
Ich will Dich mit Ratschlägen verschonen. Wahrscheinlich bestand mein größter Fehler im Verhältnis zu Dir darin, daß ich Dich so lange und so oft mit Ratschlägen eingedeckt habe, bis Du glaubtest, das Beste, was man mit Ratschlägen tun könne, sei, sich ihnen zu verweigern. Und das, obwohl aller Wahrscheinlichkeit nach ein paar ganz vernünftige darunter waren. Die Mühe war einfach zu groß, sie aus dem großen Ratschlägehaufen (an dem ja noch andere Personen mitgebaut haben, besonders eine ganz bestimmte) herauszusuchen. In diesem Brief also soll von Ratschlägen keine Rede sein.
Ich will Dir nur ein wenig über mich erzählen, und dann höre ich auf. Ich erinnere mich gut an die Zeit, als ich so alt war wie Du heute; es scheint mir erst kürzlich gewesen zu sein, dabei ist es für Dich das ganze Leben. Ich war damals bei der Armee und unglücklich. Ich hatte mich für ein Germanistikstudium gleich nach dem Abitur beworben und war abgelehnt worden. Man sagte mir, ich könne

meine Chancen erhöhen, indem ich freiwillig zur Armee ging. Mein Vater verfluchte mich, als ich es tatsächlich machte; er glaubte, mich mit Beziehungen irgendwie doch in das Studium schieben zu können, aber das schien mir noch schlimmer zu sein als die zwei Jahre bei der Armee (die damals im übrigen in anderem Ansehen bei mir stand [zu recht wohl] als heute). Jedenfalls war ich schrecklich unglücklich, eine Mädchengeschichte war mir auch schiefgelaufen. Es war die Zeit, als ich mich zu fragen begann, was ich überhaupt mit mir anfangen wollte. Ich bin überzeugt davon, daß die meisten Menschen nicht etwa deshalb unglücklich oder (um ein nicht gar so pathetisches Wort zu gebrauchen) unzufrieden sind, weil sie keinen Weg finden, um ihre Wünsche zu erfüllen, sondern weil sie ihre Wünsche nicht kennen. Klar, immer schwirren da ein paar Bedürfnisse herum, meistens solche, die man mit Geld befriedigen könnte, wenn man es hätte; die halten die meisten dann für ihre Wünsche. Wenn sich einer davon mal befriedigen läßt, sind sie froh, aber bald wundern sie sich, wie kurz die Freude ist, wie klein, wie schnell sie sich verbraucht. Also, ich fing an zu überlegen, ob die Unzufriedenheit, von der ich randvoll war, vor allem mit den Umständen, denen ich ausgesetzt war, erklärt werden konnte, oder ob sie vor allem daran lag, wie ich mich verhielt, was für Ansprüche ich stellte, und zwar an mich selbst, wie ich lebte. Ich sah mir gut meine Bekannten an (Freunde hatte ich damals keine), die meisten von ihnen so unzufrieden wie ich. Sie ließen sich treiben, wie ich. Sie lebten, als hätten sie eine unumstößliche Devise: Solange sich in meinen Lebensumständen nichts ändert, bin ich eben unglücklich. Ist ja nicht meine Schuld. – Und meinen Schreck kannst Du Dir vorstellen, als ich im Handumdrehen herausfand, daß ich einer von diesen Trotteln war.

Heute habe ich wahrscheinlich gut reden, ich habe mich ja

an den eigenen Haaren aus diesem Moor herausgezogen. Aber schließlich habe ich es ja getan, ICH, niemand sonst. Es gab keine besonders günstigen Umstände (ich finde, daß ich sogar ziemlich ungünstige vorfand), und ich sehe keinen Grund, das meinem Sohn, den ich immerhin liebe, zu verschweigen. Ich habe herausgefunden, daß es nur eine einzige Art von langanhaltender, zuverlässiger Zufriedenheit gibt: sich etwas abzuverlangen, Erwartungen an sich selbst zu stellen und diese zu erfüllen. Einen Plan zu machen und den in die Tat umzusetzen. Zumindest ist das bei ernstzunehmenden Leuten so, und ich halte Dich für einen davon. Mit anderen Worten heißt das, daß die Zufriedenheit, von der ich spreche, immer nur das Resultat einer ziemlichen Mühe und Anstrengung ist, daß man sie vor allem daran erkennt, daß sie einem nicht in den Schoß fällt. Natürlich kann man auch einen dummen Plan ins Auge fassen, man kann sich etwas Unsinniges vornehmen. Davor schützt einen nichts als die eigene Intelligenz, da habe ich bei Dir keine allzu großen Befürchtungen.
Jeder Mensch ist sich wichtig, deshalb möchte er, daß etwas Gutes mit ihm geschieht. Was aber ist auf die Dauer etwas Gutes? Ich habe damals für mich herausgefunden, daß es etwas Gutes wäre, zu schreiben und sich dabei zu erschöpfen. Die Mühe, die das bereitet, oft auch die Mühsal und die Qual, gehören unbedingt dazu; nur durch sie hindurch führt der Weg zu der Zufriedenheit, von der ich spreche. Und ich bin sicher, daß es keinen anderen gibt.
Mit keinem Wort will ich sagen, daß Du zu denselben Schlußfolgerungen kommen müßtest wie ich. Mach Dir getrost ein anderes Bild von Dir, als ich es mir damals von mir gemacht habe. Aber mach Dir eins! Ich war ein wenig erschrocken, als mir diese Gleichgültigkeit an Dir auffiel, eine Lustlosigkeit, die den Eindruck erweckte, als stochertest Du in Deinen Tagen und Wochen und Jahren ein bißchen herum und lebtest gar nicht richtig. Dabei ist ja nicht

etwa alles vorbei, sondern es hat noch gar nicht richtig angefangen.
Und der Brief nicht etwa deshalb, weil ich fände, Du müßtest jetzt endlich wissen, was Du willst, und endlich losmarschieren. Aber allmählich darüber nachdenken, das solltest Du schon. Ich fürchte, man kann mit der Zeit, und erstaunlich schnell sogar, selbst das Nachdenken verlernen, obwohl ich diese Gefahr bei Dir noch nicht für akut halte (ehrlich). Ich möchte Dir nur ein bißchen Mut machen, Dir ein wenig Rückenwind geben und, wo's möglich ist, meine Papahilfe anbieten, die nicht zufällig ganz am Ende steht.

Ein seltsamer Vater mit Namen Jurek.

An Claudia Guderian

7. 11. 1983

Liebe Claudia,
endlich habe ich das Hörspiel gelesen, und um es kurz zu machen: ich bin beeindruckt. Ein wenig wird die Wucht des Eindrucks dadurch gemildert, daß ich es von Dir nicht anders erwartet hatte. Wenn Du mich jetzt fragst (und das tust Du ja), warum ich denn das Ding so lange liegen ließ, wenn ich so sicher war, davon beeindruckt zu sein, dann senke ich verlegen den Blick.
Ich habe einige Striche gemacht, wenige, und ein paar Randnotizen. Berücksichtige sie, oder auch nicht, oder lieber doch. Ich halte das Hörspiel für total sendefähig, und es wimmelt von schönen Stellen. Wenn Du Sätze findest, die Dir überflüssig vorkommen, dann streiche sie; denn es muß nicht so lang sein, wie es ist. Und wenn Du wünschst, daß ich es für Dich bei einem Sender unterzubringen versuche, dann gib Zeichen.

Sei herzlich gegrüßt
Jurek

An Claudia Guderian

23. 11. 1983

Liebe Claudia,
Du fragst mich Fragen, die ich unmöglich beantworten kann. Ich werde mich hüten, Dir zu raten, daß Du Dich in eine freiberufliche Existenz stürzen sollst. Die Chancen, da durchzukommen, halte ich für minimal und für immer weiter abnehmend.
Es ist ein Irrtum von Dir, ich könnte, wie Du schreibst, »einen besseren Preis herauspokern oder ein früheres Sendedatum«. Um nichts dergleichen werde ich mich bemühen. Ich kann, und das tue ich heute noch oder morgen, Dein Manuskript an einen Hörspielmenschen vom WDR schicken und es mit meinem Urteil (das, wie Du weißt, sehr gut ist) versehen. Das sind zwei sehr verschiedene Dinge. Bist Du wirklich so behämmert zu glauben, ich würde mit dem über Deine Vertragsbedingungen feilschen?
Natürlich kann ich, wenn es Dir wichtig ist, mir Kurzgeschichten von Dir ansehen. Lektorieren werde ich sie nicht. Es kostet zu viel Mühe, mich um zwei Schriftsteller-Karrieren zu kümmern – um eine so vielversprechend beginnende und um eine, die sich rapide ihrem Ende nähert.
Übrigens: als ich zu schreiben anfing, hätte ich lieber einen Besen gefressen, als mich darum zu kümmern, was irgendwelche andere davon hielten. Aber das ist keine Regel.

Herzlichst Jurek

An Hans Altenhein

23. 11. 1983

Lieber Herr Altenhein,
die Bitte, mit der ich mich an Sie wende, ist ein wenig merkwürdig und vielleicht zu kompliziert, um erfüllt werden zu können. Trotzdem: Ein Freund von mir, der Regisseur Frank Beyer (der zuletzt Kants »Aufenthalt« verfilmt hat) möchte Anna Seghers' Roman ›TRANSIT‹ zu einem Film verarbeiten. Gestern hat er mir sein Leid geklagt, daß es ihm trotz monatelanger Korrespondenz rund um die halbe Welt nicht gelungen ist herauszufinden, wo sich die Rechte dafür befinden (die Filmrechte natürlich) und wie sie erworben werden können.
Nun bin ich auf die Idee verfallen, Sie bzw. Ihren Verlag bzw. Ihre Rechtsabteilung in dieser Frage für kompetent zu halten. Vielleicht also können Sie helfen. Falls nicht, dann ist dieser Brief auf alle Fälle gut dazu, Ihnen und Ihrer Frau herzliche Grüße zu übermitteln.

Ihr Jurek Becker

An Burgel Zeeh

[o. D.]

Allerliebste Burgel,
obwohl ich nicht behaupten kann, es gäbe nichts Schöneres, als von Dir gemahnt zu werden, ist mir doch jeder Anlaß willkommen, der Dich dazu bringt, meiner zu gedenken. Burgel: in dem Chor der Stimmen, die dem Verleger aus Eurem Buch heraus zujubilieren, wird mein Bariton fehlen. Ich kann mir denken, daß dieser Verlust für Euch kaum zu verkraften ist, dennoch komme ich nicht umhin, ihn Euch zuzufügen. Ich weiß, wovon ich spreche: Ich habe mich, voll guten Willens, hingesetzt und habe versucht, mein Scherflein hinzuschreiben – vergeblich.

Alles was aufs Papier kam, war so scheußlich, daß es jedes Glückwunschbuch verdorben hätte, dazu noch meine gute Meinung von mir. Ich muß Dich bitten, Burgelchen, die Nachricht wie ein Mann zu tragen.
Unter ökonomischen Gesichtspunkten ist das natürlich sehr ungeschickt von mir. Denn anstatt meine Geburtstagsschuld sozusagen in Naturalien zu tilgen (wozu Ihr mir so reichlich Gelegenheit geboten hattet), muß ich nun für ein Geschenk blechen, und mein Atem geht jetzt schon schneller bei diesem Gedanken, auch wenn noch ein knappes Jahr Zeit ist.
Jedenfalls sei Du umarmt und gedrückt (den Überdruck verwende bitte für Werner). Habt schöne Feiertage und ein irrsinnig wahnsinniges neues Jahr. Ich werde am 13., 14., 15. Januar das nächstemal in Frankfurt sein, da müßte es doch mit dem Teufel zugehen, wenn wir nicht zueinander…

Bis dahin
Dein Jurek

An Günter Kunert

1. 1. 1984

Liebster Günter,
Zuerst: hab um Himmels willen das schönste und beste Jahr, das man sich vorstellen kann. Auch für Marianne wünsche ich eine solche Regelung.
Dann: ich will Dir zur Kenntnis geben, daß ich Dich hin und wieder sehe, wenn auch an einem Ort, von dem ich Dich gern ferngehalten hätte. Kreienhoop. Zugute halte ich Dir, daß Du wahrscheinlich nicht geahnt hast, worauf Du Dich da einließest. Drei Sendungen habe ich bisher gesehen, jedesmal sind talentlose und öde Texte verlesen worden; immer haben sie Diskussionen ausgelöst, wie

man sie sich peinlicher nicht vorstellen kann. Dir ist deutlich anzusehen, daß Du Dich zum Teufel wünschst (oder bilde ich mir das nur ein?). Es kommt mir vor, als trügest Du das Mitgefangen-Mitgehangen-Gesicht. Jedenfalls sind die Szenen in diesem Haus (es ist doch Kempowskis?) eine Inkarnation dessen, was ich mir unter Literaturbetrieb vorstelle; und ein Ansporn, keine Mühe zu scheuen, um sich davon fernzuhalten.
Dann: diese Sache mit der Friedensbibliothek. Mensch, Günter, ich kenne kein Friedensbuch. Oder andersrum – alle Bücher, auf die ich fliege, sind irgendwie Friedensbücher. Ich wüßte nicht, wie ich da auswählen sollte, außer in totaler Beliebigkeit. Stell Dir vor, ich würde Arno Schmidts ›Gelehrtenrepublik‹ als Friedensbuch vorstellen. Alle würden doch denken, ich hätte mir vorgenommen, Dein Unternehmen durch den Kakao zu ziehen. Und nichts wollte ich weniger.
Endlich: Mitte Januar bin ich für zwei Tage in Bergen-Enkheim, am 14. und 15. Ich muß Dir nicht sagen, wie es wäre, wenn wir uns dort begegneten. Falls Ihr nicht da seid, muß ich mich eben auf das ungewisse nächste Mal freuen.

Herzliche Grüße für Euch beide, in Liebe
Jurek

P. S.:
Hattest Du mir nicht gesagt, Du hättest Fotos bestellt, auf denen festgehalten ist, wie ich Dich vom Hocker hebe?

An Heinz Ludwig Arnold

29. 1. 1984

Lieber Herr Arnold,
danke für Ihren Brief, danke für die freundliche Einladung, danke für die »Sozialgeschichte...«. Es ist ein (von außen) so umfängliches Ding, das Buch, daß ich es nicht so eben aufschlagen und mich damit hinsetzen könnte. Ein so dickes Buch muß es sich gefallenlassen, vom Leser als Projekt angesehen zu werden; seine Zeit wird kommen, ist aber noch nicht da.
Es müßte mit dem Teufel zugehen, wenn ich nicht irgendwann nach Göttingen käme. So viele Wege führen mitten durch Göttingen, einer davon bestimmt also auch hin. Sobald ich eine genauere Ahnung habe, hören Sie von mir. Bis dahin herzliche Grüße, auch an die Christiane, und auch von Christine

Ihr Jurek Becker

An Peter Härtling

27. 7. 1984

Lieber Peter,
Kunert hat gesagt, daß ich das so machen soll, und wenn der etwas sagt, ist es gewöhnlich richtig (außer es bezieht sich auf die Zukunft). Ich hoffe, es geht Dir glänzend, ich hoffe, wir sehen uns im Oktober in Darmstadt. Wenn Du zur Tagung kommst, hätte ich einen triftigen Grund, daran teilzunehmen.

Herzliche Grüße
Jurek

An Siegfried Unseld

12. November 1984

Lieber Siegfried,
das einzige Buch von mir, das bisher spanisch zu lesen ist, ist ›Jakob‹. Möglicherweise ist ein anderes in Arbeit, das weiß Frau Ritzerfeld besser als ich. Einen Text eigens schreiben kann ich nicht: von Phantasieproblemen abgesehen, sitze ich zur Zeit über einem Buch, zu Deinem Lobe. Die Arbeit daran wird weit über den Redaktionsschluß Eures Almanachs hinaus dauern, und unterbrochen werden will sie nicht. Falls ein Auszug aus dem übersetzten Roman für die Almanach-Zwecke nicht taugt, sollte mich der Lektor einmal anrufen: Ich könnte ihm dann einen kurzen Text nennen, aus einem Erzählungsband. Der hätte allerdings genauso wenig mit Spanien zu tun wie jede sonstige Zeile, die ich bisher geschrieben habe. Und alle Fotos, auf denen ich mit Flamencotänzerinnen zu sehen war, sind von aufgebrachten Freundinnen, zu Recht, vernichtet worden.

Herzliche Grüße
Dein Jurek

An Gottfried Honnefelder

28. 11. 1984

Lieber Herr Honnefelder,
ich habe nicht den kleinsten Zweifel, daß Sie schon die rechte Entscheidung treffen werden, ob und wann eine Taschenbuchausgabe von was auch immer erscheinen soll. Ich hoffe sehr, Sie in diesem Leben doch noch einmal zu sehen und grüße Sie herzlich

Ihr Jurek Becker

An Gottfried Honnefelder

30. 11. 1984

Lieber Herr Honnefelder,
da können Sie mal sehen, wie ich Briefe lese! Eben erst fällt mir ein, daß die Taschenbuchausgabe von »Nach der ersten Zukunft«, die Sie mir fürs nächste Jahr vorschlagen, schon im vorigen Jahr erschienen ist. Da denke ich, Sie hätten eigentlich den Titel »Aller Welt Freund« gemeint. Sollte ich mit dieser Vermutung richtig liegen, dann gilt auch dafür jedes Wort, das ich im vorigen Brief geschrieben habe.

Herzlich
Ihr Jurek Becker

An Siegfried Unseld

2. 1. 1985

Lieber Siegfried,
zur Veranstaltung für Uwe Johnson kann ich nicht nach Frankfurt kommen; ich werde gerade dann in Rom sein, wo ich zu einem Vortrag eingeladen bin, das ist schon seit einiger Zeit so verabredet.
Es ist die einzige Unterbrechung, die einzige Reise, die ich mir vor dem Fertigstellen des Buches, an dem ich arbeite, zugestehe. Wenn ich mich nicht im Stich lasse, wird es Mitte des Jahres fertig sein. Auf diesem, kleinen, Umweg denke ich also beinahe jeden Tag an Dich.
Sei herzlich gegrüßt und mit allem Guten fürs Neue Jahr bewünscht,

Dein Jurek

An Susan M. Johnson

[o. D.]

Liebe Susan,
so schlimm war der Winter gar nicht. Wir haben viel in der warmen Wohnung gesessen und viel gelesen und viel geredet und nur durchs Fernsehen die große Kälte zur Kenntnis genommen.
Die Angaben, die ich Ihnen zur Entstehung der einzelnen Geschichten aus ›Nach der ersten Zukunft‹ geben kann, sind ziemlich dürr. Alle diese Geschichten sind zwischen 1977 und 1980 geschrieben worden, ein Teil davon in Oberlin, Ohio. Die Reihenfolge weiß ich aber nicht mehr. Nur zwei der Geschichten sind veröffentlicht worden, bevor das Buch erschienen ist. Die Erzählung ›Der Ring und all das andere‹ 1978 in der ›Frankfurter Allgemeinen Zeitung‹ (FAZ) und ›Ohio bei Nacht‹ 1979 in der ›Zeit‹. Alle anderen Geschichten sind 1980 in dem Buch zum erstenmal erschienen. Das ist alles.
Ich habe bisher vergessen, mich für die beiden Cassetten bei Ihnen zu bedanken: manches davon war wirklich komisch. Ich hoffe, es geht Ihnen gut, ich hoffe Ihr Baby wird immer dicker und schöner. Und natürlich wünsche ich Ihrer Arbeit mit mir ein gutes Ende.

Herzliche Grüße, auch von Christine
Ihr Jurek Becker

An Martin Mooij

2. 4. 1985

Lieber Martin Mooij,
im August werde ich aller Voraussicht nach zu Hause sein, so daß Ihr Freund Yeh Chun Chan mich besuchen kann. Es wäre aber gut, wenn Sie mir rechtzeitig mitteilen, ob er auch nach Berlin kommt, damit er nicht vor verschlosse-

ner Tür steht. Seinem Begleitbrief entnehme ich, daß er sich in Augsburg aufhalten wird. An der dortigen Universität hatte ich vor einigen Jahren eine Gastprofessur, so daß wir uns zumindest über Augsburg unterhalten könnten; denn meine Kenntnisse der chinesischen Literatur sind so beschaffen, daß sie kleiner nicht sein könnten.

Mit besten Grüßen

An Gerhard Dette

2. April 1985

Lieber Herr Dette,
an der Frühjahrstagung in Heidelberg kann ich, es ist mir mittlerweile peinlich, schon wieder nicht teilnehmen, somit auch nicht an der Sitzung der Sprach-Kommission. Ich sitze über einem Buch. Im Mai, so denke und hoffe ich, werde ich nicht weit vom Ende sein, und es würde mir das Herz brechen (sagen wir: beinahe), mich in einem solchen Augenblick davonzumachen. Haben Sie bitte Verständnis dafür, und wenn nicht, dann üben Sie bitte Nachsicht. Ich fürchte sogar, daß es mir nicht selten in der Zukunft auch so gehen wird, aber dieses Risiko ist Ihnen bei der Zuwahl von texteproduzierenden Mitgliedern ja wohl bekannt.
Jedenfalls bin ich sicher, daß ich zur Herbsttagung in Darmstadt bin, wie es sich gehört.

Mit herzlichen Grüßen, auch für Herrn Heckmann
Jurek Becker

An Lore Harsch-Niemeyer

14. 5. 1985

Liebe Lore,
wenn Du schon Hemmungen hast, mir zu sagen, daß Dir mein Text gefällt, was für Hemmungen muß ich da erst haben, Dir zu antworten, daß mich das freut (damit meine ich natürlich nicht Deine Hemmungen, sondern Deine Zustimmung). Daher mache ich Dir den Vorschlag, den Umfang unserer gegenseitigen Hemmungen auf ein unumgängliches Mindestmaß abzubauen.

Innerhalb der Fan-Post, die mich bisher erreicht hat, nimmt Dein Brief einen ganz außergewöhnlichen Platz ein: er ist nicht nur der mit Abstand freundlichste, sondern auch der einzige. So viel dazu.

Ich habe vor, im Herbst mit dem Buch fertig zu sein, das kommt mir realistisch vor. Erscheinen wird es also im Frühjahr 86, bis dahin müssen wir beide mit unserer Ungeduld irgendwie fertig werden. Christine wird, wenn mein Plan aufgeht, einen großen Anteil daran haben: zum einen wird sie sich Satz für Satz angehört und kommentiert haben (was sicher nicht immer ein Vergnügen ist), zum andern wird sie in diesem Sommer keinen Urlaub mit mir haben. Bei der Frage, ob das zu erwartende Resultat einen solchen Aufwand rechtfertigt, wird mir ganz mulmig.

Aber nach so viel Unfug wenigstens einen ernsthaften Satz: ich hoffe, es geht Euch allen gut und Dir immer besser. Hier bei uns sieht es ziemlich gut aus, wofür Deine Tochter eine gewisse Verantwortung trägt.

Herzliche Grüße, auch für Robert und Tilman
Jurek

An Dieter Finnern

2. Juni 1985

Sehr geehrter Herr Finnern,
für Ihre Weigerung, mit mir zu sprechen, habe ich einiges Verständnis. Ich bin ziemlich gut mit den Spielregeln der Zensur vertraut und weiß, daß derjenige, der diese nicht eben ehrenhafte Arbeit zu verrichten hat, sich ungern dem Zensierten zum Gespräch stellt. Denn es fehlen ihm ja die Argumente, er hat nur ein einziges: Nein.
Ich schreibe diesen Brief nicht, um Sie von etwas zu überzeugen. Ich bin nur verwundert und ein wenig erschrokken darüber, wie kleinkariert und hinterwäldlerisch die politische Zensur in Ihrer Abteilung sich gebärdet. Offenbar gehen Sie von der Überzeugung aus, unterhaltend könne nur etwas sein, das nicht im geringsten die Probleme der Welt berührt, in der wir leben. Gewiß schwebt Ihnen ein Programm vor, das fröhlich, gedankenleer und seicht ist, und Erfolge liegen ja auch schon vor. Tut mir leid, ich habe mich in der Tür geirrt.

Mit besten Grüßen
Jurek Becker

An Monique und Jaap Walvis

9. 6. 1985

Schönste Monique, bester Japie,
seid ein bißchen vorsichtiger beim Schreiben solcher Postkarten, sonst kommen wir eines Tages noch wirklich. Neulich haben Christine und ich uns hingesetzt und uns darüber unterhalten, ob Ihr uns wirklich und ehrlich bei Euch haben wollt. Wir sind zu dem Schluß gekommen: Ja, sie wollen uns wirklich. Das war vielleicht ein gutes Gefühl!
Ach, Ihr Lieben, die gottverdammte Arbeit. Ich werde im

ganzen Sommer nicht eine Sekunde verreisen, weil ich an einem Buch sitze und Angst habe, daß ich vergesse, wie es weitergeht, wenn ich unterbreche. Dafür wird Christine ein bißchen herumfahren und mir erzählen, was in der Welt so vor sich geht.
Nach diesem Buch wird alles natürlich anders. Ich schwöre, daß ich bei nächster Gelegenheit (vielleicht im Frühjahr) nach Bussum komme. Denn wenn Ihr glaubt, Ihr wollt uns lieber sehen als wir Euch, dann irrt Ihr Euch ganz schön.

Eine große Anzahl von Umarmungen
von Jurek + Christine

An Sibylle Stöcker

8. 7. 1985

Liebe Frau Stöcker,
mein ganzes Mitgefühl für Sie, weil Sie sich so eine Arbeit aufgeladen haben. Und ich fürchte, ich kann Ihnen nicht helfen. Wie Sie richtig bemerken, liegt meine Arbeit am JAKOB achtzehn Jahre zurück, und ich habe das Bündel an Motiven, die zu ihr führten, nicht mehr in der Hand. Nur eins weiß ich: Vergangenheitsbewältigung ist für mich nie ein Motiv gewesen, zumal ich nicht weiß, was dieses eigenartige Wort bedeutet. Wenn das Buch mit Vergangenheit zu tun hatte, dann nur insoweit, als ich ein Unbehagen dabei empfand, wie die Vergangenheit in meiner Umgebung behandelt, durchforscht, verdrängt oder mystifiziert wurde. Vor allem aber hatte ich gegenwärtige Motive; denn wenn die nicht vorhanden wären, wüßte ich nicht, wozu man einen Roman schreiben sollte.

Schönste Grüße Ihr

An Fred Strohmaier

6. 11. 1985

Lieber Herr Strohmaier,
für Ihre freundliche Einladung vielen Dank. Es braucht schon einen gehörigen Grund, um sie auszuschlagen, aber den habe ich: ich will im nächsten Frühjahr nämlich heiraten (natürlich nicht alleine). Den Termin weiß ich noch nicht, aber Sie werden gewiß verstehen, daß ich mir, und zwar in weitem Umkreis, den Rücken freihalten möchte.
Für die Jubiläumsfeier wünsche ich Ihnen den rauschendsten Erfolg; Sie wissen, daß ich mich immer wohl bei Ihnen gefühlt habe, auch daß ich zu diesem Anlaß gern gekommen wäre. Es ist in diesem Falle ein Sieg des Familiären über das Gesellschaftliche.
Aller Voraussicht nach erscheint im nächsten Herbst wieder ein Buch von mir, ein Roman; gewiß werde ich eine Lesereise unternehmen, auf der ich, falls Sie mich haben wollen, sehr gern nach Regensburg komme.

Herzliche Grüße, auch für Ihre Frau,
Ihr Jurek Becker

An Anatol Gotfryd

25. November 1985

Lieber Herr Gotfryd,
es war etwas vorlaut, als ich Ihnen sagte, ich hätte von diesem Büchlein zwei Exemplare und würde Ihnen eins davon schicken; aber es kommt sicher öfter vor, daß man vor einem Zahnarzt den Mund zu weit aufreißt.
Egal, wenn Sie die Kraft haben, meine peinlichen Eintragungen zu übersehen, werden Sie hoffentlich Spaß daran haben. Für Ihre Schachrunde fühle ich mich noch nicht ganz fit: Ihr Gesicht hatte eine gar zu selbstbewußten

Ausdruck, als Sie mich dazu eingeladen haben. Also trainiere ich lieber noch ein paar Tage.

Herzliche Grüße
Ihr Jurek Becker

An Manfred Wolter

25. 11. 1985

Lieber Manfred Wolter,
zuerst meinen herzlichen Dank für Ihre Einladung. Aber: meines Wissens habe ich noch nichts zum Thema »Mitte des Lebens« geschrieben. Ich mache deswegen die Einschränkung ›meines Wissens‹, weil ich zuverlässig weiß, daß es auch andere Ansichten darüber gibt. So erinnere ich mich an eine Äußerung von Herrn Höpcke, der in irgendeinem Interview vor vielen Jahren sagte, mein Buch »Schlaflose Tage« handle in erster Linie von der midlifecrisis und sei darum für die DDR uninteressant. Wenn Sie also Lust haben, sehen Sie es sich doch einmal an, ob ein Ausschnitt daraus in Ihren Kram paßt. Und Ihre Forderung, daß der Text in der DDR noch nicht veröffentlicht sein sollte, hätte dieser ja auch erfüllt.
Eine andere Idee: In meinem Erzählungsbuch »Nach der ersten Zukunft« gibt es einen Text mit dem Titel »Ansprache vor dem Kongreß der Unbedingt Zukunftsfrohen«. Mit viel gutem Willen ließe sich sagen, daß er in entfernter Beziehung zu Ihrem Thema stände. Aber auch hier gleich eine Einschränkung: der Hinstorff Verlag unternimmt zur Zeit Anstrengungen, diese Erzählungen herauszugeben, hat mir aber gleich gesagt, daß gerade dieser Text unmöglich darin enthalten sein könne.
Sie sehen also – Probleme wohin man sieht. Und weitere Möglichkeiten fallen mir nicht ein. Sollten Sie, lieber Herr Wolter, die beiden Vorschläge prüfen wollen und Schwie-

rigkeiten haben, an die (bei Suhrkamp erschienenen) Bücher heranzukommen, und wenn es weiterhin möglich oder gar erwünscht ist, daß ich sie Ihnen schicke, so lassen Sie es mich wissen.

Schönste Grüße
Ihr Jurek Becker

An Manfred Wolter

4. 12. 1985

Lieber Manfred Wolter,
mit Ihrem Vorschlag, den Text »Aus heiterem Himmel« in Ihre Anthologie aufzunehmen, bin ich einverstanden, nicht mit der Aufnahme der »New Yorker Woche«. Betrachten wir das also als geklärt.
Die Abdruckrechte liegen bei mir, nicht bei Suhrkamp, Sie brauchen also keine Devisen. Schreiben Sie mir doch bitte bei Gelegenheit, wann die Anthologie erscheinen soll und welche Autoren daran beteiligt sein werden.

Mit besten Grüßen
Jurek Becker

An Horst Simon

4. 12. 1985

Lieber Horst,
hier also das (dem Umfange nach) nicht unerhebliche Resultat zweier stiller Jahre. Ich hoffe sehr, es möge Euch den Jahreswechsel nicht verderben, wenn das nicht zu unbescheiden ist. Übrigens: Zu meiner Verblüffung erhielt ich vor wenigen Tagen einen Brief von Elisabeth Borchers, in dem sie mir schrieb, Max Walter Schulz hätte sie wegen eines Vorabdrucks dieses Romans in ›Sinn und Form‹ ge-

fragt. Ich habe ihm geschrieben, daß ich dieser Tage das Manuskript an Hinstorff schicke, und daß, wenn es zu einer Einigung kommt, die Vorabdruckrechte natürlich bei Euch liegen würden. Sachen gibt's!
Für ›Sinn und Form‹ schönsten Dank. Grüß bitte Frau Prignitz herzlich von mir, und sag ihr doch, daß ich auf ihren Eindruck von dieser Sache gespannter bin als auf beinahe alles andere. (Selbst könnte ich ihr das nie sagen.) Gib mir doch bitte ein Zeichen, wenn die Sendung bei Euch eingetroffen ist.

Herzliche Grüße
Jurek

An Elisabeth Borchers

10. 12. 1985

Liebste Elisabeth,
die kleine Verzögerung entschuldige bitte damit, daß es so schwer ist, für ein Manuskript dieses Kalibers die geeignete Verpackung zu finden.

Ersterbend vor Neugier
Dein Jurek

An Klaus Staeck

[o. D.]

Lieber Klaus,
schönsten Dank für Dein Büchlein. Eigentlich müßte ich mich für das Foto beklagen, aber was sollen da erst die anderen sagen! Mit einem Wort: es ist alles in Ordnung so. Nur in einem Punkt muß ich Dich korrigieren. Der zweite Satz des Textes, in dem Du die wenigen Höhepunkte meines bisherigen Lebens so präzise zusammenfaßt, besagt, ich hätte Empfänge der Ständigen Vertretung der BRD in

der DDR besucht. Stell Dir vor: ich bin nie zu einem dieser Empfänge gewesen. Die Wahrheit ist vielmehr, daß ich mich immer ein wenig vor diesem Haus gefürchtet habe. Und in seine Nähe gekommen bin ich immer nur dann, wenn ich in Biermanns Wohnung gegangen bin. Wenn ›Staeckbriefe‹ eine Zeitung wäre, wäre also eine Gegendarstellung fällig.

Herzlich
Dein Jurek

An Jaap Walvis

20. 1. 1986

Lieber Japie,
zuerst will ich Dir einen Vorschlag machen. Noch nie habe ich eine Zeile von Dir bekommen, die nicht auf eine Postkarte geschrieben gewesen wäre, so als gäbe es in Holland kein Papier. Deshalb der Vorschlag: schreib doch in Zukunft alles gleich hinten auf die Briefmarke, dann brauchst Du nicht einmal mehr zu lecken.
Auf diesen Brief mußtest Du deshalb so lange warten, weil wir verreist waren. Nach Tenerifa, man glaubt es nicht. Krug hat uns mitgeschleift. Er hat dort ein Grundstück gekauft und wollte unbedingt, daß wir uns auch eins kaufen und ein Haus bauen. Das Resultat der Sache ist, daß Krug sein Grundstück wieder verkauft hat. Du weißt, daß man sich auf mich verlassen kann.
Du schreibst, daß Ihr zu Schnells Geburtstag nach Berlin kommen und am 6., 7. und 8. März bei uns wohnen wollt. Geht nicht. Ich weiß selbst, daß man einen sehr guten Grund braucht, um so etwas zu sagen, aber diesen Grund habe ich: Wir wollen heiraten. Im März. Genaues Datum weiß ich leider noch nicht. Hängt von einer Sache ab, die ich Dir bei Gelegenheit selbst erzählen werde. Jedenfalls kann es sein, daß wir genau an einem dieser Tage heiraten,

und dann wollen wir Dich nicht in unserer Wohnung haben! In ungefähr zehn Tagen weiß ich den genauen Termin, dann schicke ich Euch die Einladung, und ich nehme an, daß Ihr es nicht wagen werdet, nicht zu kommen. Mein ganzes Leben würde ich Euch dann vorwerfen: Aha, aber zu Schnells Geburtstag wolltet Ihr kommen! Mein Gott, alles ist furchtbar kompliziert. Ich mache jetzt Schluß, denn ich muß die Hochzeit vorbereiten. Es ist nicht gerade leicht, ein Bräutigam zu sein, doch Christine hilft mir dabei, so gut sie kann.

Ich umarme Dich und küsse Monique
Dein Jurek

An Günter Grass

24. 1. 1986

Lieber Günter,
nur dürftig haben die Zeitungen über den PEN-Kongress in New York berichtet, zumindest diejenigen, die ich lese. Zwei der wenigen Nachrichten haben mir dennoch großen Eindruck gemacht. Zum einen handelt es sich um die beschämenden Äußerungen von Leuten, die immerhin einmal Autoren ganz guter Bücher waren. Zum anderen ist es die Rolle, die Du auf diesem Kongress gespielt hast. Ich habe das Bedürfnis, Dir zu schreiben, daß Dein Auftreten bewundernswert und mutig gewesen ist, und das ich längst nicht der einzige bin, dem vor Hochachtung der Mund offensteht.

Herzliche Grüße, auch an Ute,
Jurek

Übrigens würden wir schon irgendwie damit fertigwerden, wenn Ihr Euch mal bei einem Eurer Millionen Berlin-Besuche bei uns melden würdet. J.

An Heinz Galinski

6. 3. 1986

Sehr geehrter Herr Galinski,
vor wenigen Tagen erhielt ich den beiliegenden Brief. Zuerst habe ich ihn, wie Sie sehen können, weggeworfen, dann überwog mein Ärger. Ich habe in Ihrer Gemeinde angerufen, wo man mir den Rat gab, den Brief an Ihr Büro zu schicken, wo geprüft werden soll, ob weitere Schritte sinnvoll seien. Das bitte ich Sie nun zu tun.
Sollten Sie der Meinung sein, es lohne nicht, sich weiter mit der Sache abzugeben, dann werfen Sie den Wisch einfach weg. Sollten Sie aber zu der Auffassung kommen, eine Anzeige sei sinnvoll und aussichtsreich, so bin ich gern dazu bereit.

Mit freundlichen Grüßen
Jurek Becker

An Gottfried Honnefelder

17. 3. 1986

Lieber Herr Honnefelder,
für Ihre Glückwünsche zur Hochzeit meinen herzlichsten Dank. Nicht allein Sie haben meine Frau nur kurz kennengelernt, sondern umgekehrt meine Frau auch Sie; sie beklagte sich bei mir darüber, so als wäre ich verantwortlich für alles, bei dem sie zu kurzgekommen ist. Im Verlauf meiner Ehe werde ich das ändern müssen.
Daß Siegfried Unseld begeistert von unserer Feier zurückgekommen ist, freut mich. Die Idee, die er nach Frankfurt zurückgebracht hat, scheint mir allerdings nicht gar so glänzend zu sein. Ich verrate Ihnen wohl kein Geheimnis, wenn ich sage, daß mein ›Liebling-Kreuzberg‹ weniger das Resultat einer künstlerischen Betätigung als vielmehr das eines aufflackernden Erwerbssinns ist. Auch wenn

mich die überwiegend positive Resonanz nicht eben ärgert, so bin ich doch nicht sonderlich stolz auf diese Arbeit. Zumindest halte ich sie nicht für so rühmenswert, daß ich sie auch noch dokumentiert sehen möchte. Es würde mich sehr wundern, wenn ich ausgerechnet bei Suhrkamp kein Verständnis dafür finden sollte.
Da ich, wegen einer bevorstehenden Veröffentlichung, in nächster Zeit in Frankfurt sein werde, werde ich es mir nicht nehmen lassen, Sie aufzusuchen und diesen Gedankenaustausch mit Ihnen zu vertiefen. Bis dahin grüße ich Sie herzlich,

Ihr Jurek Becker

An Marcel Reich-Ranicki

21. 3. 1986

Lieber Marcel,
um die Wahrheit zu sagen – gern schick ich die Sache nicht. Als Du bei Elisabeths Geburtstag die Kassette angefordert hast, habe ich gleich zu hoffen angefangen, Du würdest es wieder vergessen. Aber Du vergißt ja nie etwas: von Elisabeth höre ich, daß Du Dich nach dem Verbleib Deiner Bestellung erkundigst. In Gottes Namen also.
Ich bitte Dich nur, beim Ansehen der Kassette zu bedenken, daß es sich bei diesen Filmchen weniger um das Resultat ernsthafter Arbeit als um einen Ausbruch von Erwerbssinn handelt. Und nicht einmal dazu wäre ich fähig gewesen, wenn nicht Krug mich an den Haaren in die Fernsehmaschine hineingezogen hätte. Die Filmfirma hat mir eine Kassette mit den ersten fünf Folgen geschickt, ich habe nicht nachgezählt.
Ich danke Dir sehr für Dein Hochzeitstelegramm und für den prächtigen Strauß der FAZ-Literaturleute. Herzliche Grüße für euch beide, auch von Christine

Dein Jurek

An Elisabeth Borchers

14. 4. 1986

Liebstes Lieschen,
hier die unterschriebenen Verträge zurück. Ich will Dir nicht verhehlen, daß ich zornig bin (um Himmels willen nicht auf Dich, Du Süßeste!). Ich habe mir die Konsequenzen ausgemalt, wenn ich nicht unterschriebe, mir graut vor dem Streit, und so viel käme ja nicht dabei heraus. Aber atemberaubend knickerig finde ich dieses Verhalten schon. Und das Argument, ›die Hunderttausend gelten für alle‹, ist ein Witz, von welcher seiner vier Seiten man es auch betrachtet.
Egal, Dich umarme ich

Dein Jurek

An Elisabeth Borchers

5. Mai 1986

Liebe Liese,
bin ich nun endlich fertig? Ich habe alles aufgegessen, das Geschirr weggestellt und den Tisch abgewischt – Du kannst es nachprüfen.
Deine neuen Änderungsvorschläge haben mir Arbeit gemacht, aber das war ja das Gute daran. Wenn es anders wäre, könnte ich meine Bücher ja gleich von Dir schreiben lassen. Welch ein Einfall!
Jedenfalls würde es mir rührselig vorkommen, wenn ich es unternehmen würde, Dir den Grad meiner Dankbarkeit zu beschreiben, – das muß vorerst genügen.

Es umarmt Dich
Dein Jurek

An Siegfried Unseld

14. Juni 1986

Lieber Siegfried,
der Schrank, den wir uns zur Hochzeit von Dir geschenkt haben, steht seit zwei Tagen auf seinem Platz. Nie hätten wir gedacht, wie ein Möbelstück das Leben zweier Menschen verändern kann: Es ist der geschenkteste und prächtigste Schrank, von dem wir je gehört haben, und alle Dinge haben plötzlich ihren Platz. Jedesmal wenn wir uns ankleiden (und das geschieht beinahe täglich), müssen wir nun in Dankbarkeit an Dich denken. Hoffentlich wird Dir das mit der Zeit nicht zuviel.

Es umarmen und grüßen Dich herzlich
Jurek + Christine

An Horst Simon

15. Juni 1986

Lieber Horst,
hier endlich der versprochene Umbruch (so heißt das doch?). Ich habe noch eine Kopie gefunden, in der ich nichts getan habe. Das hat den Vorteil, daß sie sauber ist, doch auch den Nachteil, daß sie um ein ganzes Stück sich von der definitiven Fassung unterscheidet. Erst im September, wenn das Buch da ist, kann ich Euch die ganze Wahrheit zeigen. Allerdings sind die Unterschiede nicht beängstigend groß, zumindest nicht um ein Stück, das Einfluß auf die Druckgenehmigung haben könnte.
In wenigen Tagen fahre ich in Urlaub und werde für fünf Wochen nicht erreichbar sein. Eben kommt mir die Idee: vielleicht sehen wir uns zur Buchmesse in Frankfurt? Ich werde mir jedenfalls nach dem Hinstorff-Stand die Augen aussehen.
Eine kleine Bitte noch, die loszuwerden ich schon ein

paarmal vergessen habe. Es geht um meine Post; schickt doch bitte nur die Post an meine hiesige Adresse, in der es darum geht, Informationen mitzuteilen, also im wesentlichen Briefe. Pakete mit Belegexemplaren oder Abrechnungen schickt aber bitte weiterhin nach Mahlsdorf, denn dort brauche ich sie.

Voll Neugier auf das Erzählungsbuch, auf das ich mich sehr freue, mit vielen herzlichen Grüßen

Jurek

An Hans Wagener

19. Juni 1986

Sehr geehrter Herr Wagener,

für Ihre freundliche Einladung meinen herzlichen Dank. Um es gleich zu sagen: Während der Zeit vom 1. Oktober 86 bis 15. Juni 87 kann ich leider nicht zu Ihnen nach Los Angeles kommen. Das hat nicht etwa damit zu tun, daß ich so sehr mit Terminen überhäuft wäre, als vielmehr damit, daß ich eine termingebundene Arbeit fürs Fernsehen übernommen habe, die mit größter Mühe bis zum Sommer 87 zu erledigen sein wird.

Sollte Ihr schmeichelhaftes Interesse an mir ein über den genannten Zeitraum hinausgehendes sein, so wäre ich gern bereit, während des darauffolgenden akademischen Jahres an Ihre Universität zu kommen. Dafür könnte man auch schon bald einen Termin vereinbaren (damit sich nicht neue Verpflichtungen dazwischenschieben). Geben Sie mir doch bitte eine kurze Nachricht, ob Ihnen das akzeptabel erscheint. In diesem Fall wäre ich Ihnen auch dankbar, wenn Sie mir andeuteten, was von mir während solcher zwei Wochen erwartet wird.

Mit freundlichen Grüßen
Jurek Becker

An Jaap und Monique Walvis

4. 7. 1986

Liebster Japie (mindestens so liebe Monique),
habt Ihr schon gewußt, daß ich so viel Geld verdiene, daß ich mir eigenes Briefpapier leisten kann? Also: ich verzeihe Japie. Wer Gelegenheit hat, 3 Stunden Fernsehen über Ost- und Westberlin zu machen, der müßte verrückt sein, stattdessen ein Buch von mir zu übersetzen. Aber ich habe eine Bitte: Kann Japie drauf achten, daß van Gennep einen vernünftigen Übersetzer nimmt? (Also nicht Gerrit.) Entschuldige, daß ich Dich damit belästige, aber ich habe keinen anderen Verwandten in Holland.
Ja, ich habe gesehen, daß Du (Japie) neulich müde warst. Weil ich aber selbst müde war, habe ich nicht groß darüber geredet. Und auf Zypern war ich schon, Ihr könnt mir also nicht sehr damit imponieren. Ein Rat, der wahrscheinlich zu spät kommt: der türkische Teil von Zypern ist leerer, schöner und billiger.
Denkst Du vielleicht, wir lieben Euch beide nicht? Christine unterschreibt nur deshalb nicht, weil sie jetzt nicht zu Hause ist. Wenn sie zu Hause wäre, hätte ich keine Zeit gehabt, diesen Brief zu schreiben.

Umarmungen von Jurek

An Helene Ritzerfeld

13. 10. 1986

Liebe Frau Ritzerfeld,
ich erlaube mir, Sie an ein kleines Gespräch während der Frankfurter Messe zu erinnern: Wären Sie wohl so freundlich und teilten mir in einem kurzen Brief mit, daß die Rechte an »Bronsteins Kindern« für die DDR und das sozialistische Ausland weiterhin mir gehören? Vor dieser

Nachricht kann ich nämlich keinen Vertrag mit dem Hinstorff Verlag in der DDR unterschreiben.
Ansonsten hoffe ich, daß die Lizenzvergabe so weitergeht, wie sie sich während der Messe angelassen hat. Und vor allem hoffe ich, daß die Pause bis zu unserem nächsten Treffen nicht wieder so lang wird wie die letzte.

Mit herzlichen Grüßen
Ihr Jurek Becker

An Christine Becker

13. 10. 1986

Liebste,
ich sitze abends, im Hotelzimmer, am Schreibtisch, um meinen Minneauftrag zu erledigen. Über dem Schreibtisch hängt ein Spiegel, so daß ich Deinen Liebsten ständig vor mir habe. Er sieht ein bißchen müde aus.
Ach, ich kann Dir ja nur Mitteilungen machen, die Dir nichts Neues sagen: daß ich das Auto leicht gefunden habe; daß die Lesung gut war; daß Reagan ein Arschloch ist; daß Dortmund eine grau-graue Stadt ist. Ach ja, und daß ich Dich liebe.

Jurek

An Christine Becker

Göttingen, 14. 10. 1986

Mein Schätzchen,
eigentlich wollte ich Dir diesen Brief aus einem Café schreiben; ich hatte mir das hübsch vorgestellt – ein großes leeres helles Ding, ich in der entferntesten Ecke, Papier, Buch und Earl Grey vor mir. Und was ist passiert? Ich habe bei anderthalb Stunden Spazieren nicht ein einziges

Café gefunden. So sieht nämlich die Wahrheit über Göttingen aus! Wenn ich noch einmal einen sagen höre: Göttingen, die Stadt der Kaffeehäuser und Konditoreien – der kann was erleben!
Also sitze ich wieder in einem Hotelzimmer (Nr. 131), erwarte Deinen Anruf, habe mir Tee aufs Zimmer bringen lassen und esse Obst. Und schreibe wie befohlen, daß ich Dich liebe. Das Hübscheste, was ich beim Spazieren in der Stadt gesehen habe, war ein Plakat für meine Lesung, über dem geschrieben stand: Ausverkauft.

So geht es Deinem
Jurek

An Wulf Segebrecht

3. November 1986

Sehr geehrter Herr Segebrecht,
für Ihre freundliche und ehrenvolle Einladung meinen herzlichen Dank. Um es jedoch gleich zu sagen: Aus der Sache im Sommersemester kann leider nichts werden. Ich habe eine termingebundene Arbeit übernommen, die mich bis weit ins nächste Jahr hinein beschäftigen wird, und die ich, wenn überhaupt, erst so spät zu Ende bringen werde, daß es für Ihre Zwecke zu spät ist.
Das ist ärgerlich, denn ich hätte durchaus Lust, auf Ihren Vorschlag einzugehen. Wenn Ihre Disposition und Ihr Interesse es zulassen, könnte man ins Auge fassen, die Angelegenheit um ein Jahr hinauszuschieben. Und sollte es Ihnen möglich sein, sich bald dazu zu äußern, das heißt in nicht allzu ferner Zukunft, wäre es nur günstig: Es könnten sich dann keine weiteren Arbeiten mehr dazwischenschieben.

Mit freundlichen Grüßen
Jurek Becker

An Rüdiger Söhnen

4. November 1986

Sehr geehrter Herr Söhnen,
eben komme ich von der Lesereise zurück und finde Ihren langen Brief. Nachdem ich schon in Konstanz von Ihrer Frau erfahren habe, daß Sie Richter sind (während der Diskussion wußte ich es ja nicht), wundert er mich nicht. Ich verstehe gut, daß Sie das Unternehmen, dem Sie angehören – die bundesdeutsche Justiz –, verteidigen; niemandem kann es angenehm sein, an einer fragwürdigen Sache beteiligt zu sein. Dennoch bestehe ich nicht nur auf meinem in Konstanz geäußerten Urteil, sondern ich bin mir bewußt, daß es im Grunde viel zu gelinde und zaghaft ausgefallen ist: angesichts einer erschrockenen Zuhörerschaft, die ja nicht gekommen war, um sich in erster Linie meine Ansichten über Rechtsprechung anzuhören.
Ein wenig klingt aus Ihrem Brief heraus, Sie hätten sich meinen Konstanzer Bemerkungen nur wegen der Zurückhaltung, die Gastgebern zusteht, nicht entgegengestellt. Dazu kann ich natürlich nichts sagen, bis auf das eine: daß ich kaum eine der von Ihnen im Brief geäußerten Ansichten für einleuchtend halte.
Nie habe ich behauptet, das autoritäre Gehabe von Richtern sei ein Beweis für deren faschistische Überzeugungen. Es gibt keine spezifische Eigenschaft, die den Faschisten ausmacht – Faschismus ist ein System von Eigenschaften und Überzeugungen. Eine dieser Eigenschaften ist es wohl, Faschisten, die gemordet haben oder mittelbar an Morden beteiligt gewesen sind, vor Strafe zu bewahren. Sie schreiben, daß Sie höchstens ein Drittel Ihrer Kollegen mit dem Attribut ›autoritär‹ belegen würden. Für Sie ist das offenbar ein Grund zur Beruhigung, ich dagegen glaube, daß eine Justiz, deren Personage zu einem Drittel aus autoritären Richtern oder Staatsanwälten besteht, getrost autoritärer Tendenz beschuldigt wer-

den darf. In diesem Zusammenhang gelingt Ihnen eine aufschlußreiche Bemerkung: Sie schreiben, daß Sie wohl ein Drittel Ihrer Kollegen so einschätzen würden und fügen in Klammern hinzu: ... Wenn auch nicht so nennen ... Warum nicht? Weil es unter beamteten Juristen sich nicht geziemt, negative Entwicklungen in den eigenen Reihen beim Namen zu nennen?

Sie schreiben, das autoritäre Gehabe habe mit Bequemlichkeit zu tun, mit Faulheit, mit der Unfähigkeit, sich in andere hineinzuversetzen. Ich aber sage, daß die Fähigkeit, sich in andere hineinzuversetzen, in der Regel eine Person als Richter oder Staatsanwalt in der Bundesrepublik disqualifiziert (außer wenn es um Verkehrsdelikte, um Vergewaltigung oder um Gesetzesübertretungen aus rechtsradikaler Gesinnung geht: da können Täter mit Verständnis rechnen).

Nebenbei gesagt: Woher wissen Sie, daß ich die Aussage, in der DDR lebe noch etwas von nationalsozialistischer Herrschaftstechnik, für absurd halte? Ich kann nicht verstehen, wie Sie im einen Satz bestreiten, daß Juristen in der Bundesrepublik durch Anpassung Karriere machen, im nächsten aber zugeben, daß Justizämter als Belohnung für parteipolitisches Engagement vergeben werden. Diese Anpassung muß so gut wie immer eine rechte Anpassung sein, für Anpassung an die Grünen etwa ist noch kein Richter befördert worden. Sicher macht auch mal ein SPD-Sympathisant Karriere, das Verhältnis aber schätze ich auf zehn zu eins, abgesehen davon, daß auch der SPD anhängende Richter erzkonservativ sein können und es ja auch regelmäßig sind, während progressive und reformfreudige CDU-Richter ein Wunschtraum bleiben.

Sie schreiben: Es mag auch einzelne Versuche dieser Art gegeben haben (der Schonung von NS-Verbrechern durch Juristen), aber eine Tendenz mit statistisch interessanten Auswirkungen: nein. – Diese Ihre Äußerung kommt mir

geradezu absurd vor, und ich kann sie mir nur durch konsequentes und nimmermüdes Die-Augen-verschließen vor der Wirklichkeit erklären, oder durch die berühmte partielle Blindheit, wie sie bei Schönfärbern oft anzutreffen ist, die sich gern Liberale nennen. Zuerst einmal ist von Hunderten von NS-Verbrechen überhaupt nur eins zur Anklage gelangt; und dann war von Hunderten von Anklagen wahrscheinlich weniger als eine erfolgreich. Und das nennen Sie eine Tendenz ohne statistisch interessante Auswirkungen! Zufällig sind im SPIEGEL der letzten Woche (Nr. 44) zwei Artikel zu diesem Thema erschienen, die ich Ihrer Aufmerksamkeit empfehle; der eine handelt von der Schließung der Akten über die Verbrechen des Volksgerichtshofs, der andere von den gescheiterten Bemühungen, Angehörige eines mordenden Polizeibataillons zur Rechenschaft zu ziehen.
Der Umstand, daß Sie so selbstgefällige und abwegige Behauptungen aufstellen, obwohl Sie, wie ich Ihrem Brief entnehme, seit zwanzig Jahren in juristischen Diensten stehen, läßt nur eine von zwei Schlußfolgerungen zu: daß Sie entweder einer derer sind, denen eine papierene Wirklichkeit genügt und die zu deren Überprüfung keine ›wirkliche‹ Wirklichkeit brauchen, oder daß Sie Ihre Wahrnehmungsfähigkeit genau in dem Maße eingebüßt haben, wie es ein Fortkommen in Ihrem Beruf verlangt.
Sie scheuen sich nicht zu schreiben, in der Bundesrepublik würden NS-Täter deswegen milde bestraft, weil durchweg a l l e Strafen sich am Niederstmöglichen orientieren. Das können Sie eigentlich nicht im Ernst meinen. Erstens wurden und werden NS-Täter in aller Regel nicht milde bestraft, sondern überhaupt nicht; zweitens würde ich gerne wissen, wie um Himmels willen Sie darauf kommen, daß die Strafen für eher links motivierte Verbrechen es sich am Niederstmöglichen orientieren. Dieser Staat hat es sich von seinem Beginn an (der wesentlich durch Leute wie

Globke, Vialon, Oberländer, Filbinger geprägt wurde) zur Aufgabe gemacht, Kommunismus-Verdächtige mit aller nur möglichen Schärfe zu drangsalieren; und die absurden Gesetze und Ausführungsbestimmungen, die er sich in seiner künstlich geschürten Terrorismushysterie zugelegt hat, sind nur ein Indiz dafür. Ich halte den zu vier- oder fünfmal lebenslänglich verurteilten Boock oder den zu lebenslänglich verurteilten Peter Paul Zahl für kleine Fische, wenn ich sie mit den Massenmördern vergleiche, die, nur weil sie rechte Mörder sind, in den Genuß Ihrer Milde kommen.

Für geradezu empörend halte ich Ihre Äußerung, NS-Täter könnten auch deshalb unbehelligt bleiben, weil das Ziel der Resozialisierung bei ihnen schon erreicht sei. Es kommt mir so vor, als würden Sie dem Leid, das Millionen von Opfern angetan wurde, noch den Hohn hinzufügen. Sie, diese Äußerung, entspricht genau der Mentalität, die Schreibtischverbrechern schon immer einen Bonus eingeräumt hat und sie eigentlich sogar mit Sympathie betrachtet. Diejenigen, die die Befehle zum Töten erteilt haben, leben zumeist in sozial gesicherten Verhältnissen (in der Bundesrepublik!). Und wenn es den Angehörigen von Erschießungskommandos gelingt, Karrieren zu machen (in der Bundesrepublik gelingt ihnen das in aller Regel), dann ist das in Ihren Augen ein Grund für Milde.

Die Sache dauert mir jetzt zu lange, ich habe keine Lust mehr, auf die weiteren Geschmacklosigkeiten und Unbedachtheiten Ihres Briefes Punkt für Punkt einzugehen. Ich vermute ja, daß Sie den Brief nicht deswegen geschrieben haben, um mich herauszufordern. Wie Sie aber glauben konnten, mit einer solchen Anhäufung von Verdrehungen und Gemeinplätzen mich von meinen – wie Sie meinen – irrigen Ansichten abzubringen, ist doch eine interessante Frage.

Mit besten Grüßen

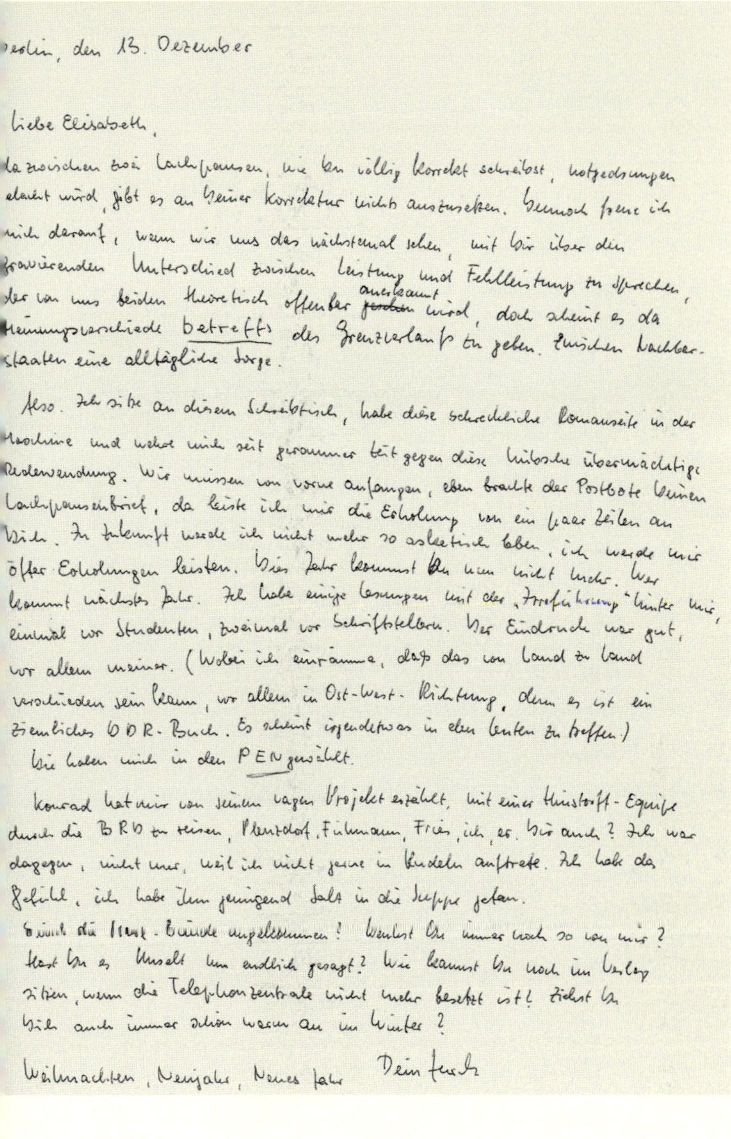

[B]erlin, den 13. Dezember

Liebe Elisabeth,

da zwischen zwei Lachpausen, wie Du völlig korrekt schreibst, notgedrungen [er]klärt wird, gibt es an Deiner Korrektur nichts auszusetzen. Dennoch freue ich mich darauf, wenn wir uns das nächstemal sehen, mit Dir über den gravierenden Unterschied zwischen Leistung und Fehlleistung zu sprechen, der von uns beiden theoretisch offenbar ~~geteilt~~ anerkannt wird, doch scheint es da Meinungsverschiede <u>betreffs</u> des Grenzverlaufs zu geben. Zwischen Nachbarstaaten eine alltägliche Sorge.

Also. Ich sitze an diesem Schreibtisch, habe diese schreckliche Romanseite in der Maschine und wehre mich seit geraumer Zeit gegen diese hübsche übermächtige Redewendung. Wir müssen von vorne anfangen, eben brachte der Postbote Deinen Lachpausenbrief, da leiste ich mir die Erholung von ein paar Zeilen an Dich. In Zukunft werde ich nicht mehr so asketisch leben, ich werde mir öfter Erholungen leisten. Dies Jahr kommst Du nun nicht mehr. Wer kommt nächstes Jahr. Ich habe einige Lesungen mit der „Irreführung" hinter mir, einmal vor Studenten, zweimal vor Schriftstellern. Der Eindruck war gut, vor allem meiner. (Wobei ich einräume, daß das von Land zu Land verschieden sein kann, vor allem in Ost-West-Richtung, denn es ist ein ziemliches DDR-Buch. Es scheint irgendetwas in eben Leuten zu treffen.)
Sie haben mich in den <u>PEN</u> gewählt.

Konrad hat mir von seinem vagen Projekt erzählt, mit einer Hinstorff-Equipe durch die BRD zu reisen, Plenzdorf, Fühmann, Fries, ich, er. Dir auch? Ich war dagegen, nicht nur, weil ich nicht gerne in Rudeln auftrete. Ich habe das Gefühl, ich habe Ihm genügend Salz in die Suppe getan.
Sind die Herz-Bände angekommen? Denkst Du immer noch so von mir? Hast Du es Unseld nun endlich gesagt? Wie kannst Du noch im Verlag sitzen, wenn die Telephonzentrale nicht mehr besetzt ist? Ziehst Du Dich auch immer schön warm an im Winter?

Weihnachten, Neujahr, Neues Jahr   Dein Jurek

Handschriftlicher Brief von Jurek Becker an Elisabeth Borchers.

An den
Minister für Kultur der
Deutschen Demokratischen Republik

Berlin, 7. November 1977

Sehr geehrter Herr Minister,

Seit geraumer Zeit lebe ich in Umständen, die mir von Tag zu Tag mißlicher erscheinen, unter denen ich nicht arbeiten kann und denen ich nicht länger ausgesetzt sein möchte. Ich halte es daher für eine naheliegende Lösung, die DDR zu verlassen.

Ich beantrage , daß mir ein Visum erteilt wird, das mir die Möglichkeit läßt, mich bis zum Jahre 1979 außerhalb der DDR aufzuhalten. Unter anderem will ich diese Frist nutzen, um ein Buch zu schreiben. Eingebettet in diese Zeit wäre ein Aufenthalt in den USA, wohin ich eine Berufung an das Oberlin-College in Ohio erhalten habe. Unverzichtbar für mich, im Falle der Erteilung eines solchen Visums, wäre es, daß ich innerhalb dieser Zeit beliebig oft in die DDR einreisen darf. Denn ich habe zwei Kinder hier, die ich hin und wieder sehen muß. Ich möchte zum 1. Dezember 1977 ausreisen dürfen.

Nach Ablauf des Visums, vielleicht auch früher, müßte es, so stelle ich mir vor, in einem Gespräch (mit wem auch immer) zu einer endgültigen Klärung darüber kommen, was weiter zu geschehen hat. Denn selbstverständlich sehe ich in einem solchen Verfahren keine endgültige Lösung; nur ein Provisorium, das dazu dienen könnte, aus einer festgefahrenen Situation herauszukommen.

Hochachtungsvoll

Jurek Becker

Durchschlag eines maschinenschriftlichen Briefes von Jurek Becker an Hans-Joachim Hoffmann.

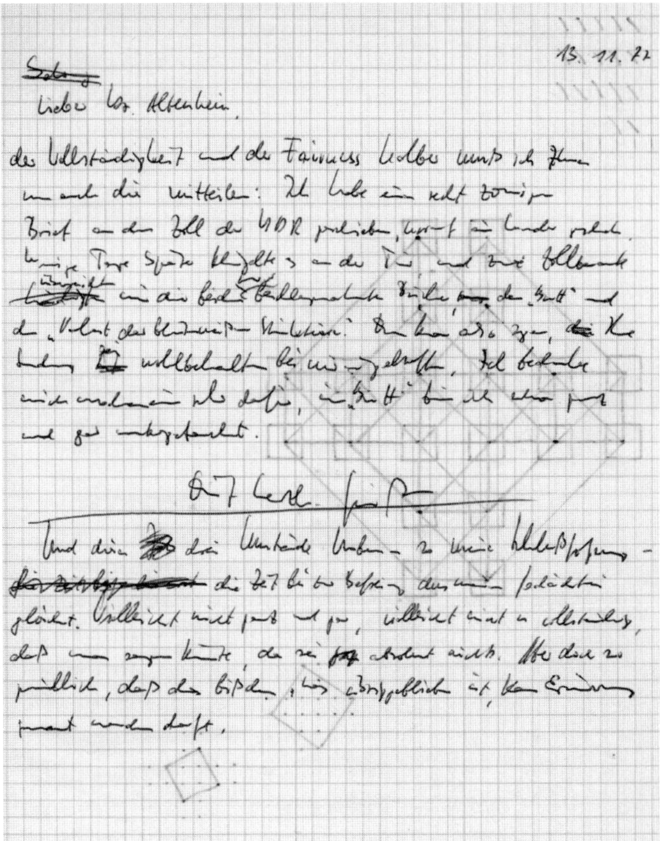

Konzept für einen Brief an Hans Altenhein. Darunter: Ausschnitt aus dem Konzept für den Aufsatz »Mein Judentum«.

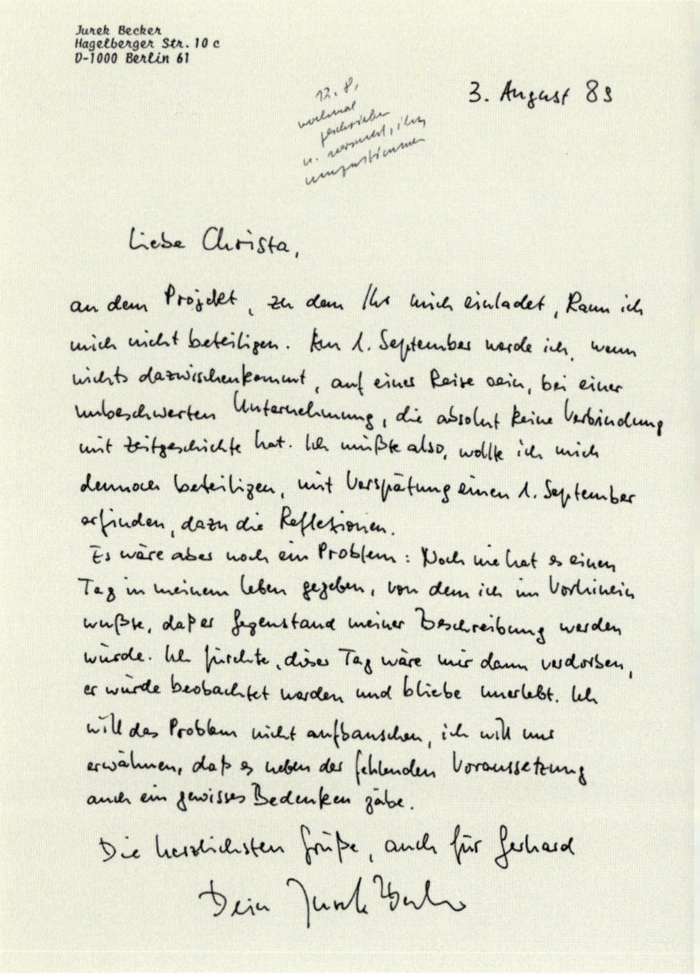

Jurek Becker
Hagelberger Str. 10 c
D-1000 Berlin 61

12. 8.
nochmal
geschrieben
u. versucht, ihn
umzustimmen

3. August 83

Liebe Christa,

an dem Projekt, zu dem Ihr mich einladet, kann ich mich nicht beteiligen. Am 1. September werde ich, wenn nichts dazwischenkommt, auf einer Reise sein, bei einer unbeschwerten Unternehmung, die absolut keine Verbindung mit Zeitgeschichte hat. Ich müßte also, wollte ich mich dennoch beteiligen, mit Verspätung einen 1. September erfinden, dazu die Reflexionen.

Es wäre aber noch ein Problem: Noch nie hat es einen Tag in meinem Leben gegeben, von dem ich im Vorhinein wußte, daß er Gegenstand meiner Beschreibung werden würde. Ich fürchte, dieser Tag wäre mir dann verdorben, er würde beobachtet werden und bliebe unerlebt. Ich will das Problem nicht aufbauschen, ich will nur erwähnen, daß es neben der fehlenden Voraussetzung auch ein gewisses Bedenken gäbe.

Die herzlichsten Grüße, auch für Gerhard

Dein Jurek Becker

Handschriftlicher Brief von Jurek Becker an Christa Wolf mit einer Notiz von Christa Wolf.

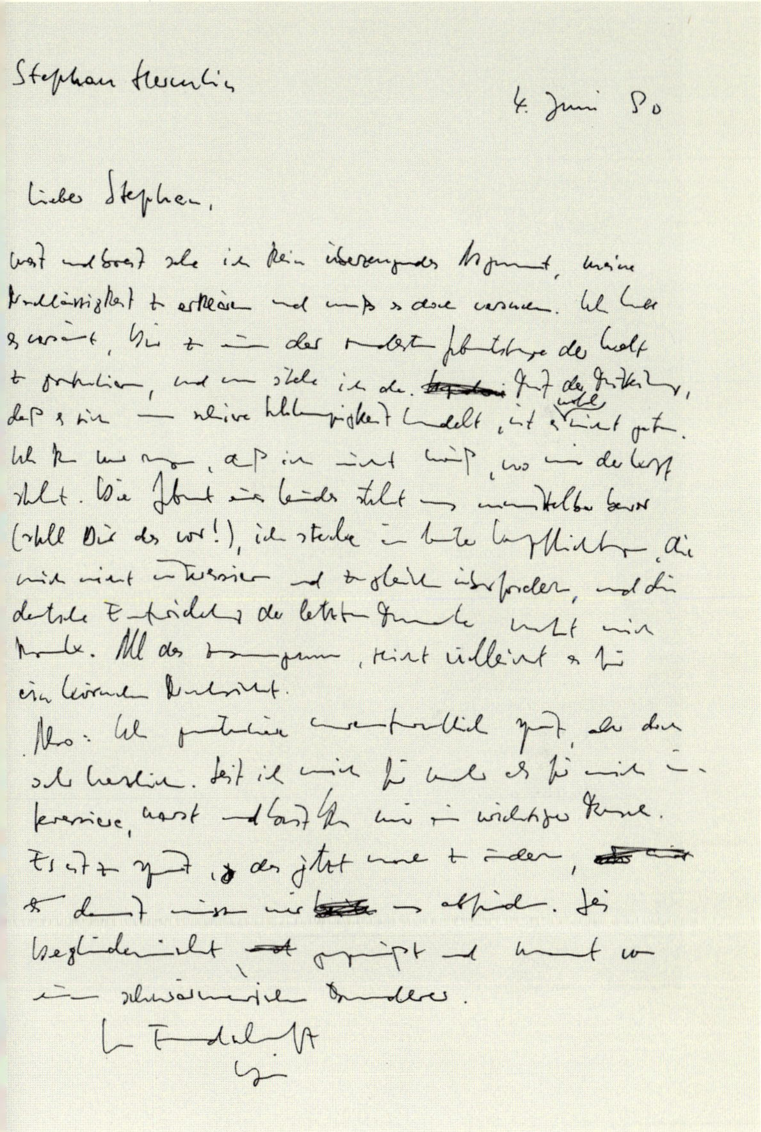
Stephan Hermlin

4. Juni 90

Liebes Stephan,

Konzept für einen Brief an Stephan Hermlin.

Jurek Becker 1968.

Jurek und Rieke Becker.

Nikolaus und Leonard Becker.

Jurek Becker 1976.
Foto: Cornelius Meffert, stern/Picture Press Hamburg.

Stefan Heym und Jurek Becker.

Jurek Becker 1978 in Oberlin, Ohio.

Jurek Becker 1982.
Foto: Alexander Beck, Frankfurt am Main.

Jurek Becker 1983 in Bergen-Enkheim.
Foto: Dörte Nielsen, Frankfurt am Main.

Christine Becker, Jurek Becker und Siegfried Unseld 1986.

Foto: Jürgen F. v. Wille, Köln.

Jurek Becker mit seinem Sohn Jonathan 1990.

Jurek Becker 1986.
Foto: Isolde Ohlbaum, München.

Berlin 1997.
Foto: Herlinde Koelbl, Neuried.

12. November 1986

Lieber Jurek

die Aktion mit Deinen FAN-Postkarten war ganz schön gewaltig.
Erst mal kam die:

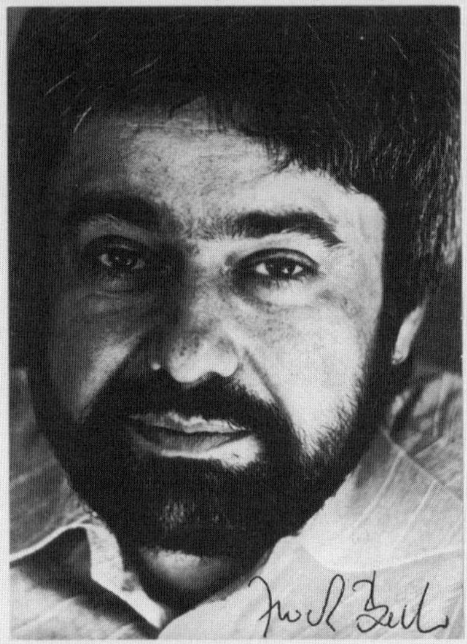

Sie überraschte mich und ich dachte mir schon: die hat er ja bereits unterschrieben. Von denen gibts aber zusätzlich nur noch vier.Willste die haben? Kriegstse. Separat.

Dann habe ich weiter nachgeforscht, und dann kam die:

Maschinenschriftlicher Brief von Burgel Zeeh an Jurek Becker, mit aufgeklebten Autogrammkarten.

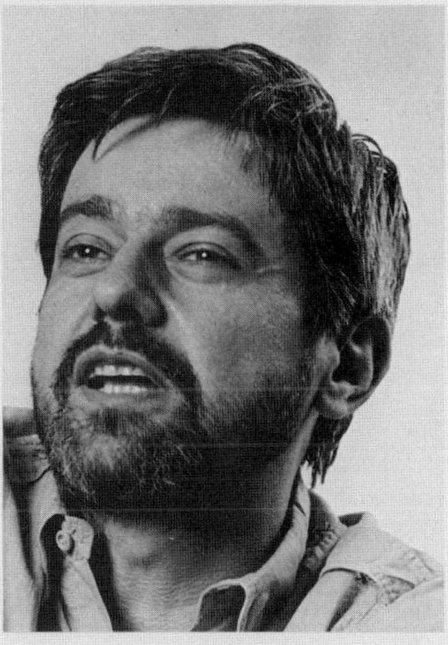

Ich finde übrigens: eine ausnehmend gute Reklame für Deinen Zahnarzt (hoffentlich hast Du einen) .
Reichen 25? Ist eh der Rest! Separat.

So, dann war endlich Frau Mörler aus der Taschenbuch-Vertreter-Sitzung erreichbar und sie konnte meine Ungeduld in Grenzen halten, weil ich mich eben aufregen wollte, daß BRONSTEINS KINDER da nicht drauf sind. Sie gab mir dann den Rest dieser anderen letzten und schönsten Karte. Ich kann gut verstehen, daß Du damit viele viele viele Wünsche befriedigen kannst. Auf das Beste:

Und gestern fand ich dann noch dazu das, was ich Dir immer schon mal verehren wollte:
einen Stift, der goldisch schreibt.
Ich stell mir vor, damit signierst Du jetzt in der Vorweihnachtszeit Deine Karten. Weiterer Kommentare enthalte ich mich.
(Bitte lies exakt die Anweisung, damit das Gold auch fließt).

Mir steht die Arbeit am Halse, nur deshalb kann ich es mir leisten, Dir einen solchen aufwendigen Brief zu schreiben. Aber es mußte mal was anderes sein an diesem trüben Morgen. Die Karten kommen getrennt mit Stift. Hier in diesem Brief liegen alle meine Wünsche und Grüße, in die selbstverständlich Christine eingeschlossen ist.

Ob Du mir zum Zeichen Deiner Zuneigung eine golden-unterschriebene FAN-Postkarte zurückschickst. Ich bin doch auch ein FAN von Dir!

Seid umarmt,

Angel.

An Fritz J. Raddatz

24. 11. 1986

Lieber Herr Raddatz,
mit solchem Pech muß ich mich nun herumschlagen: solange ich Bücher schreibe, die Ihre Mißbilligung verdienen, schickt Suhrkamp sie Ihnen regelmäßig. Kaum aber unterläuft mir eines, bei dem das anders ist, schon stehen Sie nicht mehr auf der Lieferliste. Und so viel Bücher schreibt man auch wieder nicht!
Ihr Zeichen der Zustimmung hat mich sehr gefreut. Ich weiß gar nicht, was Sie zur Zeit tun und wo Sie stecken. Mit Sicherheit sind Sie häufiger in Berlin als ich in Hamburg; sollten Sie einmal eine Stunde hier Zeit haben und sich melden, dann würden Sie staunen, wie freudig ich aus allen Wolken fiele. Hoffentlich geht es Ihnen gut.

Herzliche Grüße, auch von Christine
Ihr Jurek Becker

An die Polizei Delmenhorst

[o. D.]

Die umseitige Schilderung einer Verkehrssituation vom 30. 10. 86 erscheint mir sehr subjektiv gefärbt zu sein und entspricht nicht den Tatsachen.
Es hatte sich auf der Landstraße nach Nordenham eine ziemlich lange Kolonne gebildet, an deren Spitze ein LKW fuhr. Ich fuhr etwa 6 Kilometer am Ende dieser Kolonne, wahrscheinlich mehr. Niemand machte Anstalten zu überholen, obwohl der LKW nicht schneller als 50 km/h fuhr, die Sicht sehr gut war und nur wenig Gegenverkehr herrschte. Das lag meines Erachtens daran, daß der PKW unmittelbar hinter dem LKW ein Funkwagen war, der offenbar viel Zeit hatte; jedenfalls wagte niemand,

ihn zu überholen. Natürlich ist es das gute Recht eines Funkstreifenwagens, so langsam zu fahren, wie er will, und niemand kann von ihm verlangen, einen LKW zu überholen. Doch hat er meines Erachtens so viel Abstand zwischen sich und dem vorausfahrenden LKW zu lassen, daß andere ihn überholen können.
Die Straße dort war schnurgerade, und ich konnte den Gegenverkehr sehr gut einblicken. (Es geschieht so gut wie nie auf einer bundesdeutschen Landstraße, daß bis zum Horizont kein Gegenverkehr ist.) Ich fuhr also mindestens sechs Kilometer in dieser Kolonne und begann dann mit dem Überholen. Es war durchaus keine gefährliche Situation, ich machte den Winker rechts heraus, ich wollte zwischen LKW und Funkwagen mich einordnen, um den Gegenverkehr, der sich näherte, nicht zu behindern. Wenn die beiden Polizisten beschreiben, sie hätten zum vorausfahrenden LKW ständig den Sicherheitsabstand eingehalten, dann meinen sie wahrscheinlich damit, sie seien vier oder fünf Meter hinter ihm gefahren; das war auch genug bei der langsamen Geschwindigkeit. Als ich mich aber dazwischenschieben wollte, hatte ich das Gefühl, daß sie die Lücke eher kleiner als größer machten. Wenn es also irgendeine Gefährdung gegeben haben sollte, dann war sie auf das unfreundliche und eher rücksichtslose Verhalten der Polizisten zurückzuführen.
Ich möchte hinzufügen, daß sich eine Beifahrerin in meinem Wagen befand, die diese Schilderung bestätigen wird.

An Burgel Zeeh

27. 11. 1986

Liebste Burgel,
ich bin weit davon entfernt, Dir etwas mitteilen zu müssen (ich meine etwas Verlagliches oder Geschäftliches), ich will nur ein paar Sekunden Deine Hand halten. Dein letzter Brief, der von Verehrer-Postkarten handelte, hat mich geradezu überwältigt, und als ich ihn Christine zeigte, sind ihr beinah die Tränen gekommen. Weißt Du, daß Du eine große Künstlerin bist? Ich kann einschätzen, wie schwer es ist, einen Ulkbrief, einen Hallobrief und einen Informierbrief zu schreiben, und zwar auf eine Weise, daß hinter allem ein Streichelbrief sichtbar wird. Ich fürchte, mir gelingt das nie so gut, daher will ich Dir plump und deutlich sagen, wie geehrt ich mich fühle.
Jedenfalls sind die ersten Fans schon bedient worden. Immer wenn ich den Goldstift in die Hand nehme, denke ich an Dich. Also werde ich ihn nicht allzu häufig benutzen, damit er lange hält.

Umarmungen von
Jurek

An Walter D. Wetzels

3. Dezember 1986

Sehr geehrter Herr Wetzels,
Ihre Einladung ist sehr schmeichelhaft für mich, und ich danke Ihnen dafür. Ich fühle mich um so geehrter, da ich mich erinnere, vor Jahren schon einmal von Ihrer Universität eingeladen worden zu sein und Ihnen gewiß Schwierigkeiten bereitet zu haben, indem ich einer Zusage eine Absage folgen ließ. Es freut mich sehr, daß Sie mir offenbar vergeben haben.
Um es gleich zu sagen: Ihre Einladung interessiert mich,

und ich möchte sie gern annehmen. Sie haben eine einflußreiche Lobby in meiner Frau, die es danach drängt, für eine etwas längere Zeit in den Vereinigten Staaten zu leben. Ich fürchte, einem solchen Druck werde ich auf Dauer nicht standhalten können.

Der einzige Zeitraum, der für mich in Frage kommt, wäre der Herbst 1987; doch muß ich gleich eine Einschränkung machen: ich könnte nicht Ende August zu Ihnen kommen, wie Sie es wünschen, sondern erst Mitte September. Mein Aufenthalt würde sich also um etwa zwei Wochen reduzieren. (Ich kann Ihnen getrost auch den Grund dafür nennen: Ich arbeite an einer größeren Sache fürs Fernsehen, an einer Serie. Der Drehbeginn, der jetzt schon feststeht, ist Anfang September. Erfahrungsgemäß gibt es bis zur letzten Sekunde noch an den Drehbüchern zu arbeiten, meist noch darüber hinaus. Daher wäre es unverantwortlich, eine Reise nach Texas vor dem 15. September anzukündigen. Danach aber sehe ich keine Probleme.)

Im Augenblick könnte ich Ihnen noch nicht sagen, zu welchen Themen ich Seminare veranstalten würde, große Schwierigkeiten sehe ich darin aber nicht. Es wäre freundlich von Ihnen, wenn Sie mir kurz mitteilten, welches die Themen der drei oder vier letzten ›Visiting Writer‹ gewesen sind. Ich könnte mir dann aussuchen, ob ich diesen Themen weit aus dem Wege gehe oder ob ich an sie anknüpfe. Und bitte teilen Sie mir auch kurz mit, ob die Erwartung existiert, daß ein Teil der Veranstaltungen in englischer Sprache durchgeführt wird (oder Gott behüte! alle).

Sie haben dem Bisherigen gewiß entnommen, daß ich, wenn ich denn zu Ihnen nach Austin käme, zusammen mit meiner Frau auftauchen würde. Da drei Monate ein nicht unerhebliches Stück unseres Lebens sind, interessiert uns die Frage, wie wir bei Ihnen wohnen können. Selbstverständlich würde ich mir eine Arbeit mitbringen,

und die Wohnsituation müßte so sein, daß sich auch arbeiten ließe. Und da ich aus zuverlässiger Quelle weiß, daß es sich bei Texas um ein ziemlich großes Stück Land handelt, habe ich auch die Frage, ob Ihr Department uns behilflich sein könnte, zu einem Auto zu kommen.
Auch wenn dies alles ein wenig übertrieben gründlich klingen sollte, zumal zu einem so frühen Zeitpunkt, bitte ich Sie um Verständnis: solche Fragen stellt Ihnen einer, der sich am sichersten zu Hause fühlt und der sich nur selten in der unübersichtlichen wilden Welt herumtreibt.
In Erwartung Ihrer Antwort und mit herzlichen Grüßen

Ihr Jurek Becker

An Reinhart Hoffmeister

21. 12. 1986

Lieber Herr Hoffmeister,
auch wenn es Sie verwundern sollte – mein Schlaf ist in aller Regel traumlos. Also müßte ich das, was ich für Sie schreiben sollte, nicht in meinen Träumen zusammensuchen, sondern es mir aus den Fingern saugen. Das können Sie nicht wollen. Und die wenigen Male, da sich in meinen Träumen doch etwas tut, handelt es sich um Vorgänge, die aber auch nicht das geringste mit dem gewünschten Thema zu tun haben. Im Ernst: es ärgert mich, daß bei fast jedem Frühstück meine Frau mir von ihren Träumen der letzten Nacht erzählt, ich aber dann dasitzen muß als einer, der nichts zu berichten hat.

Herzliche Grüße

An Leila Vennewitz

9. Januar 1987

Liebe Frau Vennewitz,
vor wenigen Tagen hörte ich von Suhrkamp, daß Sie mein Buch ›Bronsteins Kinder‹ übersetzen werden. Ich halte das für eine günstige Gelegenheit, Ihnen zu sagen, daß ich mich sehr darüber freue. Natürlich laufe ich Gefahr, daß in dieser Konstellation manche der Meinung sein werden, die Übersetzung sei dem Original überlegen; aber mit dieser Gefahr läßt sich gut leben. Jedenfalls wünsche ich Ihnen alles Gute bei der elenden Arbeit. Und sollte Ihnen einmal der Verdacht kommen, ich könnte irgendwie hilfreich dabei sein, so zögern Sie nicht, es mir zu sagen oder zu schreiben.
Mit herzlichen Grüßen und den besten Wünschen für 87

Ihr Jurek Becker

An Walter D. Wetzels

13. Januar 1987

Sehr geehrter Herr Wetzels,
Ihr freundlicher Brief von Mitte Dezember hat mich doch beruhigt, so daß ich all das, was zu klären ist (Wohnung, Auto), für kein großes Problem mehr halte.
Ihre Frage nach meinem Seminartitel habe ich nicht übersehen. Es gibt einen sehr simplen Grund, warum ich ihn nicht sofort genannt habe: ich weiß ihn noch nicht.
Da ich, wie Sie wohl wissen, ja kein Germanist bin, möchte ich auch in meinen Seminaren nicht so tun, als wäre ich einer. Ich will keine Veranstaltung versuchen, wie es sie wahrscheinlich zu Dutzenden an Ihrer Universität gibt, und zwar von Professionals gemacht, eben von Germanisten. Es erscheint mir sinnvoller, mich in einem solchen Seminar einem Schriftsteller anzunähern, und zwar wie ein Schriftsteller.

So hätte ich zum Beispiel Lust, mit interessierten Studenten Texte von Arno Schmidt zu lesen und zu besprechen. Ich bin ziemlich sicher, daß es bei Ihnen nicht allzu viele Veranstaltungen über Schmidt gegeben hat, wahrscheinlich in den ganzen USA nicht. (Stimmt das?) Da von diesem Autor große Faszination für mich ausgeht (ich halte ihn für einen der großen deutschen Autoren der Neuzeit), würde es mir wohl Freude machen und Gewinn bringen, für ein Semester in seinen Texten zu versinken. Ein Problem, das ich dabei sehe: Ich weiß nicht, wie gut die Studenten deutsch verstehen. Es wäre sicher kompliziert, mit Anglistik-Studenten des vierten Semesters in Deutschland etwa ›Finnegans Wake‹ zu besprechen.
Da Sie besser abschätzen können, wie es um die Sprachkenntnisse der mich erwartenden Studenten steht, bitte ich Sie hierbei um einen Rat. Wenn Sie mir sagen, diese Kenntnisse seien für die Lektüre Arno Schmidts groß genug, würdc ich sofort zu überlegen anfangen, welches diejenigen seiner Texte und Bücher sind, die ich zum Gegenstand von Seminaren machen wollte. Und natürlich könnte ich bei dieser Auswahl darauf achten, daß es sich nicht um seine kompliziertesten handelt.

Mit herzlichen Grüßen, auch für Leslie Willson,
Ihr Jurek Becker

An Walter D. Wetzels

3. Februar 1987

Sehr geehrter Herr Wetzels,
natürlich werde ich Ihren Rat, Arno Schmidt betreffend, befolgen, es wird also kein Arno-Schmidt-Seminar geben. Den anderen Teil Ihrer Anregung (über verschiedene experimentelle Nachkriegsschriftsteller mit den Studenten zu sprechen) kann ich allerdings nicht in die Tat umsetzen:

Zum einen habe ich mich nie sonderlich für experimentelle Literatur interessiert und habe auch keine nennenswerte Beziehung dazu, zum anderen scheint mir Arno Schmidt alles andere als ein experimenteller Autor zu sein, und eine Behandlung seiner Arbeiten in solchem Kontext käme mir wie eine Diskriminierung vor.
Daher muß ich nun ein bißchen überlegen und kann nicht sofort mit einem Gegenvorschlag aufwarten, wie ein anderes Thema meiner Seminare jetzt lauten könnte. Der Grund ist einfach: Ich bin ja kein Dozent, der verschiedene Fachgebiete hat und, je nach Bedarf, das geeignetste davon vorführen kann. Ich muß selbst erst herausfinden, womit ich Lust habe, mich während dieses Semesters intensiver zu beschäftigen, und im Moment weiß ich es noch nicht. Übrigens ist die Frage, wie sehr ich einen Autor oder eine Gruppe von Autoren mag, nicht das Kriterium; wichtiger als Sympathie ist doch wohl, für wie ergiebig ich es halte, mit Studenten über ein bestimmtes Stück Literatur zu sprechen und zu arbeiten. Geben Sie mir bitte noch ein wenig Zeit.

Mit herzlichen Grüßen
Ihr Jurek Becker

An Fritz J. Raddatz

4. 2. 1987

Lieber Herr Raddatz,
hier nun das kleine Resultat einer nicht unerheblichen Mühe. Ich hoffe zum einen, daß der Text rechtzeitig genug kommt, zum anderen, daß er den Rahmen Ihrer Erwartungen nicht nach unten hin sprengt.
Nach dieser Erfahrung wage ich zu behaupten, daß die Schilderung meines Verhältnisses zu Bildern nicht eben zu meinen Stärken gehört.

Egal. Bei dem Bild handelt es sich um ein Poster des Guggenheim Museums New York von 1982. Dort hängt auch das Original. Wenn Sie eine Abbildung nicht anderweitig beschaffen können, geben Sie Bescheid, dann schicke ich Ihnen natürlich meine.
Alles Gute für dieses Projekt und darüberhinaus,
und herzliche Grüße

Ihr Jurek Becker

An Volker Hage

23. 2. 1987

Lieber Herr Hage,
natürlich kann ich mich nicht daran erinnern, die Sache mit dem Abdruck des Interviews vereinbart zu haben. Aber bestimmt liegt das an meiner Fähigkeit zu vergessen und zu verdrängen, worin ich es zu einiger Meisterschaft gebracht habe, wie meine Frau Ihnen bestätigen kann. Das geht so weit, daß ich mich an die meisten Äußerungen in dem Interview nicht erinnern kann; und wenn das Manuskript nicht von einer so ehrenwerten Instanz wie Ihnen gekommen wäre, hätte ich glatt behauptet: Das habe ich nie gesagt.
Jedenfalls habe ich es so zurechtgemacht, wie es mit vertretbarem Aufwand möglich war. Ich hoffe, es kommt noch zurecht für Ihre Zwecke,
und ich grüße Sie herzlich.

Ihr Jurek Becker

An Leslie Willson

3. März 1987

Lieber Leslie Willson,
über Ihren Brief habe ich mich sehr gefreut. Ich fühlte mich sofort an ein gutes Verhältnis erinnert, das ich fast schon vergessen hatte. Nun wird es also weitergehen.
Zuerst das Wichtigste: Ich fühle mit Ihnen, ich kann Ihre wochenlange Lähmung, wie Sie schreiben, sehr gut verstehen. Solch ein Zufalls-Unglück muß unbegreiflich sein, und ich stelle mir vor, wie man nur langsam zu erkennen bereit ist, daß es nicht rückgängig gemacht werden kann. Nehmen Sie mein Beileid, es möge Ihnen einen Millimeter weiter helfen.
Ich habe zur Zeit ein kleines Problem mit meinem Besuch in Austin: Ich schrieb Professor Wetzels, daß ich gerne ein Arno-Schmidt-Seminar machen wollte, fragte ihn aber um Rat, wie es mit den Deutsch-Kenntnissen der Studenten sei, die mich erwarteten. Er antwortete, ich solle mir da keine übertriebenen Hoffnungen machen, das sei doch sprachlich ein wenig zu anspruchsvoll. Nun wird es also kein Arno-Schmidt-Seminar geben, ich muß mir etwas anderes einfallen lassen, weiß aber noch nicht was. Aber keine Angst, mir wird garantiert die Erleuchtung kommen; ich muß nur ein Thema finden, das nicht nur die Studenten ein Semester lang interessiert, sondern auch mich.
Ihre Einladung nach Albuquerque für Anfang Oktober freut mich sehr. Natürlich können wir beide dort »auftreten«. Zu ›Jakob der Lügner‹ und Melvin Kornfeld sehe ich aber Probleme. Zum einen lebt Kornfeld, soviel ich weiß, in Israel. Zum anderen, und das ist wichtiger: Ich habe von allen gehört, daß es sich um eine katastrophal schlechte und dumme Übersetzung handelt. Ich möchte Ihnen daher einen anderen Vorschlag machen: Mein Buch ›Schlaflose Tage‹ ist von Leila Vennewitz übersetzt. Ich

glaube, sie ist eine ungewöhnlich gute Übersetzerin, und ich habe großes Vertrauen zu ihr. Aus dem Erzählungsband ›Nach der ersten Zukunft‹ hat sie eine sehr lange Erzählung übersetzt – »The Wall«. Diese Story ist 1983 im Heft 6 der Zeitschrift GRANTA erschienen. (Ganz nebenbei, ich könnte mir auch vorstellen, daß Ihr diese Geschichte in DIMENSION nachdruckt, ich glaube, sie ist ziemlich gelungen.) Und drittens – Leila Vennewitz übersetzt zur Zeit meinen neuesten Roman ›Bronsteins Kinder‹ für Harcourt Brace Jovanovich. Ich halte es also für denkbar, daß Sie anstelle von Kornfeld Frau Vennewitz einladen. (Hier ihre Adresse: 401-710 Chilco Street, Vancouver, B.C., Canada V6G 2P9.)
Übrigens habe ich selbst Frau Vennewitz noch nie gesehen. Natürlich würde ich mich freuen, wenn Sie meinem Vorschlag folgen. Aber ich würde mich auch freuen, wenn Sie genau das machen, was Sie für richtig halten, und, ich will damit zufrieden sein. Teilen Sie mir also bei Gelegenheit mit, was aus der Sache wird.
Für heute grüße ich Sie herzlich. Nehmen Sie auch Grüße von meiner Frau Christine entgegen, die sich genau wie ich auf Austin freut und der ich von Ihnen erzählt habe, nur Gutes –

Ihr Jurek Becker

An Leila Vennewitz

9. März 1987

Liebe Frau Vennewitz,
im Herbst dieses Jahres werde ich wahrscheinlich für einige Monate an der Universität von Austin in Texas sein. Nun hat mir vor kurzer Zeit ein Professor von dort, der zufällig im Vorstand der ata (American Translators Association) sitzt, eine Einladung geschickt, im Oktober 87

an einer Veranstaltung der a t a in Albuquerque teilzunehmen; ich soll dort, schreibt er, mit dem Übersetzer von ›Jacob the Liar‹ auf dem Podium über Probleme von Übersetzungen sprechen. Ich habe ihm geantwortet, daß ich das nicht tun werde, weil dieser Übersetzer eine Pflaume ist. Und ich habe geschrieben, daß ich gern käme, wenn man Sie einladen würde. Nun bin ich neugierig, was aus der Sache wird: ob er will, und vor allem ob S i e wollen. Und ich kann mich wie im Kino zurücklehnen und zusehen, welchen Verlauf die spannende Geschichte nimmt.
Ihre Fragen sind, hoffe ich, ausreichend beantwortet. Wenn es keine größeren Probleme gibt, weiß ich nicht, was passieren sollte, um ein gutes Ende zu verhindern.
Grüßen Sie bitte Ihren Mann von mir und seien Sie selbst herzlich gegrüßt

Ihr Jurek Becker

An Geoffrey Mulligan

9. März 1987

Sehr geehrter Herr Mulligan,
danke für Ihre Anfrage vom 3. März und für Ihren Katalog. Ich habe Ihren Brief an den Suhrkamp Verlag weitergegeben, der über die Auslands-Rechte meiner Bücher verfügt.
›Jakob der Lügner‹ ist 1975 im New Yorker Verlag ›Harcourt Brace Jovanovich‹ in einer englischen Ausgabe erschienen. Es war absolut kein Erfolg, was natürlich daran liegen könnte, daß es kein besonders gutes Buch ist; allerdings sind viele englischsprachigen Freunde der Meinung, daß es sich um eine ungewöhnlich schlechte, täppische Übersetzung handelt.
Ich habe den Suhrkamp Verlag darum gebeten, sich um

eine neue Übersetzung zu kümmern, und seit einiger Zeit bemüht sich der Verlag wohl auch darum. Da von dem Buch in Amerika seit mindestens sechs Jahren kein Exemplar mehr verkauft worden ist, glaube ich auch, daß die englischen Rechte längst wieder frei sein müßten.
Für den Fall, daß Sie sich für eine Neuausgabe interessieren, wüßte ich eine glänzende Übersetzerin, der mein volles Vertrauen gehört. [Konzeptende]

An Walter D. Wetzels

16. 3. 1987

Lieber Herr Wetzels,
hier der Fragebogen, ich hoffe, er ist hinreichend beantwortet; natürlich konnte ich nur auf die Fragen antworten, die ich verstanden habe.
Für die Entbindung von der Pflicht, schleunigst meinen Seminartitel zu nennen, bin ich Ihnen dankbar. Inzwischen glaube ich aber, daß es ein Seminar sein wird, das sich mit verschiedenen Aspekten der Arbeit der Gruppe 47 beschäftigt.
Noch eine Bitte, wenn auch keine eilige: Ich erinnere mich, daß ich für die Beantragung eines US-Visums eine Einladung brauche, die ordentlich was hermacht. Wären Sie also bitte so freundlich, mir bei Gelegenheit eine solche Einladung der Universität zu schicken.
Das ist alles für heute. Meine herzlichen Grüße

Ihr Jurek Becker

An Heinz Ludwig Arnold

20. 4. 1987

Lieber Lutz,
gerade habe ich nach bescheiden klingenden Worten für die Unverschämtheit gesucht, das Gruppe-47-Buch bei Dir anzumahnen, da brachte es der Briefträger. Und einen Tag später, als ich mich dafür bedanken wollte, brachte er wieder eins. Da bin ich vorsichtig geworden und habe lieber ein paar Tage gewartet, doch nun scheint die Sache tatsächlich vorbei zu sein. Also: Ich danke Dir von Herzen. Ich habe nun ein Geländer, an dem ich mich in Amerika festhalten kann, und Du kannst sicher sein, daß ich es ausgiebig tun werde. (Sobald ein Geländer in der Nähe ist, halte ich mich auch schon daran fest – ist das nicht seltsam?) Auch für Deinen Vortrag über das Sich-Erinnern danke, er liegt nun ganz oben auf dem Stapel der bald zu lesenden Lektüre. Du machst Dir keine Begriffe, wieviel Zeit und Nerven es kostet, zu einem bestimmten Termin das Manuskript für eine bestimmte Fernsehserie abliefern zu müssen. Wenn ich damit fertig bin (im Juli oder nie), wird ein neues Leben vor mir liegen.
Ich will Dir eine aufregende Information nicht vorenthalten, die ich vor ein paar Tagen erhielt. Ein Freund, der im Rufe eines göttlichen Skatspielers steht, erzählte mir: Er habe mit Freunden gespielt und nach einiger Zeit so hoffnungslos schlecht dagestanden, daß sein Renommee in die Binsen zu gehen drohte. Daraufhin habe er sich betrunken, obwohl Alkohol ihm zuwider sei – nur um später den Verlust auf seinen Zustand, der den Mitspielern ja wohl im Gedächtnis bleiben würde, schieben zu können.
Ich will nichts mit dieser Geschichte andeuten, nicht einmal andeutungsweise, ich finde sie nur bemerkenswert.

Die liebsten Grüße für dich und Christiane
von Jurek + Christine

An Wulf Segebrecht

20. Mai 1987

Sehr geehrter Herr Segebrecht,
es ist schon etwas seltsam, eine so freundliche und auch schmeichelhafte Einladung wie die Ihre zum zweitenmal auszuschlagen, doch mir bleibt nichts anderes übrig. Ich werde im kommenden Herbst, bis Februar 88, an verschiedenen amerikanischen Universitäten sein, danach habe ich mich für einige Lesungen verpflichtet; und ich darf ja nicht vergessen, daß ich nicht Vortragsreisender bin, sondern einer, dessen eigentliche Arbeit in seinem Zimmer getan zu werden hat. Es bliebe mir nicht einmal Zeit, die Vorträge auszuarbeiten, die ich bei Ihnen in Bamberg halten würde, wenn ich sie halten könnte. Ach, es ist traurig.
Zürnen Sie einem Autor nicht, der sich etwas viel aufgehalst hat, und nehmen Sie seine herzlichen Grüße entgegen –

Ihr Jurek Becker

An Helmut Müller

23. 5. 1987

Sehr geehrter Herr Müller,
ein altes Papier habe ich von Ihnen nie erhalten. Allerdings glaube ich nicht, daß ich es beschriftet und zurückgeschickt hätte, wenn es angekommen wäre. Wenn ich etwas zu Papier bringen soll, dann brauche ich einen Grund dafür; und der Grund, daß jemand ein beschriftetes Papier von mir haben möchte, reicht bei weitem nicht aus. Auch habe ich keine diesbezügliche ›Botschaft an unsere Zeit‹ bereit, wie Sie sie mir abverlangen möchten.

Mit freundlichen Grüßen
Jurek Becker

An Hans Wagener

2. Juni 1987

Lieber Herr Wagener,
also: Ich bestätige Ihnen hiermit, daß ich in der Zeit vom 10.-23. Januar 88 als »Regents' Lecturer« zu Ihnen an die UCLA kommen werde, und zwar zu den Bedingungen, wie sie in Ihrem Brief vom 20. Mai 1987 dargelegt sind. Ich bitte Sie nur, bald die Zusendung der offiziellen Einladung an mich zu veranlassen; denn ich verreise im Juli für längere Zeit und muß deshalb vorher die Visa-Formalitäten erledigen.

Mit den besten Grüßen
Jurek Becker

An Leila Vennewitz

11. Juni 1987

Liebe Frau Vennewitz,
vor ein paar Tagen hat mich Frau Ritzerfeld angerufen, von einem Telefonat mit Ihnen erzählt und mir mitgeteilt, daß Sie den JAKOB übersetzen wollen. Dieser Brief hat vor allem den Sinn, Ihnen zu sagen, daß ich mich sehr darüber freue. Wenn ich mich nicht verrechnet habe, wird dies nach zwei Romanen und einer ellenlangen Erzählung schon Ihre vierte Übersetzung Beckers sein, und es ist ja wohl klar, daß da langsam der Spaß aufhört. Jedenfalls ist mir ganz befangen zumute, wenn ich bedenke, eine wie lange Zeit Sie sich schon mit mir befassen. Ich kann mir nicht vorstellen, daß das angenehm ist – ich habe da meine Erfahrungen.
Doch außer dem Freudengeschrei habe ich einen zweiten Grund, Ihnen zu schreiben. Frau Ritzerfeld sagte mir auch, daß Sie mit BRONSTEINS KINDERN beinah fertig sind und daß das Manuskript bald an den Verlag geht.

Dazu habe ich eine recht unverfrorene Bitte: Wäre es Ihnen möglich, mir eine Kopie des Manuskripts bis zur ersten Septemberwoche zu schicken? Die Erklärung ist folgende: Ein deutscher Filmproduzent hat eine Option für die Filmrechte erworben. Er hat einen amerikanischen Produzenten für eine Co-Produktion interessiert, doch dort kann man, was Sie nicht wundern wird, nicht deutsch lesen. Der deutsche Produzent wollte eine eigene Übersetzung anfertigen lassen, aber da habe ich protestiert und darum gebeten, daß er wartet, bis es ohnehin eine Übersetzung gibt. Und da ich Mitte September für ziemlich lange Zeit nach Texas fahre, wäre es eine große Hilfe für mich, wenn ich die Angelegenheit vorher klären könnte. Wenn Sie das aber als Zumutung empfinden (was ich ohne jede Erklärung verstehen würde – ich selbst empfinde es eigentlich jetzt schon als eine), werde ich keinen Gedanken mehr daran verlieren.
Ich grüße Sie sehr herzlich und hoffe, daß es noch ein wenig dauern möge, bis Sie genug von mir haben –

Ihr Jurek Becker

An Susan M. Johnson

12. Juni 1987

Liebe Susan Johnson,
Ihr freundlicher Brief hat mich gefreut, auch daß Sie einen Job gefunden haben, daß Ihre Arbeit mit mir erfolgreich beendet ist und daß es Ihnen gutzugehen scheint. Natürlich lese ich auch Ihre Reaktion auf ›Bronsteins Kinder‹ gerne. Ihre Fragen will ich, so gut ich kann, beantworten; aber ich sage Ihnen gleich, daß es nicht allzuviele Antworten sein werden. (Ich hoffe, Sie haben eine Kopie Ihres Briefes an mich. Deswegen wiederhole ich Ihre Fragen hier nicht nocheinmal, sondern schreibe nur die Nummern hin.)

1. Ja, Sie dürfen das Material benutzen, das Sie mit mir aufgenommen haben. Aber nicht als wörtliche Rede, das heißt nicht in Form eines Interviews. Sie können das, was ich gesagt habe, in ihren eigenen Worten als meine Meinung wiedergeben. (Denn das, was man spricht, sieht auf dem Papier furchtbar aus.)
2. Ich betrachte mich nicht im Exil. Ich war nicht gezwungen, die DDR zu verlassen, ich wollte es damals. Übrigens bin ich heute noch Bürger der DDR, und die meisten meiner Bücher werden dort gedruckt. Sie gehören also bestimmt nicht zur Exil-Literatur, was immer das bedeutet. Allerdings weiß ich auch nicht, wie man sich als ostdeutscher oder als westdeutscher Schriftsteller fühlt. Wann hört das eine auf, wann fängt das andere an? Wenn ich mich richtig erinnere, fühle ich mich heute genauso wie vor 10 Jahren, nur etwas älter. Zum letzten Teil der Frage: Nein, ich fühle mich nicht verpflichtet, Geschichten so zu plazieren, daß möglichst viele Leser sich in ihnen wiederfinden. Ich fühle mich höchstens verpflichtet, Bücher so zu schreiben, daß sie meiner Vorstellung von guter Literatur entsprechen (leider gelingt mir das fast nie).
3. Zu diesen Fragen kann ich Ihnen nichts sagen. Nicht, daß ich dazu keine Meinung hätte; doch alles, was ich dazu überlegt habe, ist Teil von »Bronsteins Kindern« geworden. Die meisten Aussagen, die Schriftsteller über ihre eigenen Absichten machen, kommen mir armselig vor.
4. Opportunismus bedeutet im deutschen Sprachgebrauch: Sich anpassen. Also etwas tun, was man selbst nicht unbedingt für richtig hält, wenn man nur einen Vorteil davon hat. Etwas tun aus Angst, aus Feigheit, indem man sich selbst verleugnet. Ich glaube, daß jemand, der lange genug so handelt, jede Identität verliert. Er weiß bald nicht mehr, was seine eigene Mei-

nung ist, ja, er hat keine. Er muß nur noch herausfinden, was andere von ihm hören wollen. Das Wort Opportunismus ist eindeutig negativ.

Sie haben recht – nicht immer wenn in meinen Büchern gelogen wird, handelt es sich um Opportunismus. Dafür gibt es viele andere Motive.

Ich hoffe, ich konnte Ihnen ein wenig behilflich sein. Woher wissen Sie, daß ich im Herbst in Austin sein werde? Das stimmt, ich werde für drei Monate mit Christine dort sein. Aber ehrlich gesagt – ich glaube nicht, daß ich dann nach Pennsylvania kommen kann – ist das nicht schrecklich weit?

Herzliche Grüße

An Leila Vennewitz

18. August 1987

Liebe Frau Vennewitz,
da ich eben von einer kleinen Reise zurückgekehrt bin, komme ich jetzt erst dazu, Ihren Brief zu beantworten. Ich hoffe sehr, es ist nicht zu spät für Ihre Zwecke. Also:

Zu 1) Das ist eindeutig ein Druckfehler, der selbst in der fünften Auflage noch niemandem aufgefallen ist.

Zu 2) Aus dem nachfolgenden Satz (zog sich eine Hose über) geht hervor, daß Werner Klee nackt war. Mit dem Wort furchterregend wollte der Autor auf dezente Weise andeuten (vielleicht auf übertrieben dezente Weise), daß der Bursche, gerade aufgewacht, einen erigierten Penis hatte. Es handelt sich dabei übrigens um ein Phänomen, das, soweit mir bekannt, gerade am Morgen und gerade bei jungen Männern weitverbreitet ist.

Zu 3) Ich gebe Ihnen recht, zumal der Irrtum nicht so grandios ist, daß er um jeden Preis gerettet werden müßte.

Zu 4) Gegen den Vorschlag ›café‹ habe ich nichts einzuwenden; nur müssen Sie bedenken, daß, wie beschrieben, auch ein Billardtisch dort steht. Vielleicht taugt das Wort ›pub‹ etwas. Ich selbst habe in einem Pub schon einmal Kartenspieler gesehen, wenn auch in England.

Ab dem 16. oder 17. September werde ich mit meiner Frau in Austin sein. Die Adresse meiner Wohnung dort weiß ich noch nicht, aber Sie erreichen mich absolut sicher über

THE UNIVERSITY OF TEXAS AT AUSTIN
DEPARTMENT OF GERMANIC LANGUAGES
BATTS HALL
AUSTIN, TEXAS 78712 - 1126 · (512) 471-4123

Ich will noch anfügen, daß ich im Januar 88, also nach meiner Austin-Zeit, für zwei oder drei Wochen in Los Angeles sein werde. Wenn Sie den Winter wieder in Ihrer kalifornischen Wüste verbringen sollten, wäre es vielleicht sogar möglich, daß wir uns einmal begegneten. Allerdings habe ich schon erfahren müssen, daß meine Vorstellungen von amerikanischen Entfernungen mitunter etwas kindlich sind.

Für heute grüße ich Sie sehr herzlich
Ihr Jurek Becker

An Walter D. Wetzels

21. August 1987

Lieber Herr Wetzels,

ich denke, daß es doch allmählich Zeit ist, Ihnen zwei Informationen zu geben, die Sie bisher mit imponierender Kaltblütigkeit nicht angefordert haben. Die erste ist, daß meine Frau und ich am 15. September um 16.05 Uhr, von Dallas kommend, auf dem Flugplatz in Austin landen werden.

Die zweite bezieht sich auf das Thema meiner Seminare; es wird lauten: ›Das Bild der Kriegszeit in der neueren deutschen Literatur‹. Ich habe vor, etwa zehn Romane dieser Thematik mit den Studenten zu besprechen, ostdeutsche wie westdeutsche. Ich stelle mir das so vor, daß ich in der ersten Veranstaltung einige Worte darüber sagen werde, welchen Sinn das Ganze haben soll und welches mir die wichtigsten Aspekte einer solchen Beschäftigung sind. Dann wäre es sinnvoll, fotokopierte Auszüge der zu behandelnden Bücher zu verteilen, und zwar immer für das jeweils nächste Seminar. Die Ausschnitte würde ich aussuchen, und ich vertraue darauf, daß es in Ihrer Abteilung möglich sein wird, diese Ausschnitte zu vervielfältigen, in einer Auflage, die sich nach der Anzahl der zu erwartenden Studenten richtet. Die Studenten, die sich nicht mit Ausschnitten begnügen, sondern das ganze Buch lesen wollen, können das natürlich tun; ich werde zu Beginn die Titel aller der Bücher nennen, dic zu besprechen ich mir vorgenommen habe.
Ich nehme an, daß meine Frau und ich die ersten beiden Tage damit beschäftigt sein werden, eine Bleibe für uns zu suchen und ein Auto aufzutreiben. Es wäre toll, wenn sich eine Hilfsperson dafür finden ließe.
Wir freuen uns beide schon sehr auf Austin und grüßen Sie herzlich –

Ihr Jurek Becker

An Dieter Opper

[o. D.]

Sehr geehrter Herr Opper,
leider ist da nichts, dessen Abdruck ich Ihnen genehmigen könnte. Damals wußte ich buchstäblich bis zum letzen Tag nicht, ob ich ein Visum der DDR für die Reise nach

Bremen erhalte und habe deshalb keine Rede geschrieben. Die Folge davon waren einige dürftig improvisierte Sätze bei der Preisverleihung. In meiner Erinnerung handelte es sich dabei um eine solches Gestammel, daß ich diese Sätze lieber nicht gedruckt sehen möchte. Bitte haben Sie Verständnis dafür.
Erlauben Sie mir auch, bei dieser Gelegenheit selbst eine Frage zu stellen. Vor einigen Jahren war ich zu einer Lesung in Bremen; dabei wurde eine Mikrophon aufgestellt, und mir wurde gesagt, es wäre für eine Aufnahme, für eine Schallplatte, auf der Bremer Literaturpreisträger lesen. Nun habe ich aber nie wieder davon gehört und würde doch gerne wissen, ob es eine solche Platte mit mir gibt. Falls ja, hätte ich auch gerne eine.

Mit freundlichen Grüßen

An Wolfgang Emmerich

30. 8. 1987

Sehr geehrter Herr Emmerich,
wenn ich die Zustimmung gebe, einen Text von mir zu drucken, dann hat dies immer nur einen Grund: daß sich in diesem Text irgendetwas findet, das ich gern veröffentlichen möchte. Auf die beiliegenden Zeilen, die Sie transkribiert und mir geschickt haben, trifft das ganz bestimmt nicht zu. Deshalb will ich Ihnen die Genehmigung, sie zu publizieren, nicht erteilen, auch wenn Sie allem Anschein nach kein Verständnis dafür haben. Üben Sie wenigstens Nachsicht.

Mit besten Grüßen
Jurek Becker

An Leila Vennewitz

22. Sept. 1987

Liebe Frau Vennewitz,
Ihr Brief vom 15. September hat mich sehr gefreut. Was das Lebenszeichen von Herrn Mulligan angeht, so habe ich eine mögliche Erklärung bei der Hand: Unmittelbar vor meiner Abreise aus Berlin schrieb ich ihm einen Brief, darin stand, wie bedauerlich ich es fände, wenn Sie eine andere Übersetzungsarbeit übernähmen, nur weil irgendjemand im Verlag sich mit irgendwelchen Entscheidungen zu viel Zeit läßt. Möglicherweise ist Mulligans Anruf bei Ihnen eine Reaktion auf diesen Brief, vielleicht auch nicht.

Mit dem Bisherigen ist also auch gesagt, daß Ihr letzter Brief mich noch in Berlin erreicht hat. Für die Einladung auf Ihren kalifornischen Wintersitz danke ich herzlich. Haben Sie bitte Verständnis dafür, daß ich es jetzt noch nicht wage, für die Zeit im Dezember oder Januar Verabredungen zu treffen. Natürlich möchte ich Sie unbedingt sehen, halte es aber für einfacher, wenn ich Sie von LA aus anrufe, damit wir kurzfristig etwas vereinbaren können; denn jetzt weiß ich ja noch gar nicht, wann ich wo sein werde, welche Verpflichtungen ich habe und wie alles mit mir so wird. (Kennen Sie das: Oft überlege ich sogar, was aus mir einmal im Leben werden soll? Denn ich halte diese Frage für durchaus noch nicht geklärt.)

Kommen wir zur Geschäfts-Beilage. Ihr Wunsch, sich bei der ›Jakob‹-Übersetzung das englische Copyright mit mir zu teilen, findet mein volles Verständnis, und Sie können sowohl Herrn Mulligan wie auch Frau Ritzerfeld mitteilen (wen immer es angeht), daß ich gegen ein mit Ihnen geteiltes Copyright nichts einzuwenden habe.

Und noch eine zweite Geschäftsangelegenheit: Wissen Sie schon, wann die ›Bronstein‹-Übersetzung auf dem Markt sein wird? Mein Filmproduzent hat mich verdonnert, Ende Januar auf keinen Fall ohne die Übersetzung nach Hause zu kommen. Wenn es bis dahin das Buch noch nicht geben sollte, soll ich Sie noch einmal beknien. Er hat mich auch bevollmächtigt, Ihnen für das Überlassen des Manuskripts tausend Dollar anzubieten. (Sie könnten sich fest darauf verlassen, daß dieses Manuskript an keine Öffentlichkeit kommen würde; es wäre nur dafür bestimmt, daß ein US-Coproduzent und ein Regisseur, die des Deutschen nicht mächtig sind, es lesen könnten.)

Nun muß ich losziehen zur Universität, ich mache hier mit graduate-students ein Seminar zum Thema ›Das Bild des Krieges in der jüngeren deutschen Literatur‹.

Für heute die herzlichsten Grüße, auch von
meiner Frau, auch für Ihren Mann

Ihr Jurek Becker

An Klaus Wagenbach

23. Sept. 1987

Lieber Klaus,

natürlich brauchst Du es mir nicht zu glauben, daß ich ein paarmal nach der Sendung Ottilie angerufen habe, und daß mal sie keine Zeit hatte und ein andermal Manfred und ein andermal ich, und daß ich dann das Projekt irgendwie aus den Augen verloren habe (obwohl die letzte Behauptung ja sehr glaubwürdig klingt). Auch wirst Du es mir nicht abnehmen, daß ich immer noch fest entschlossen bin, die Sache eines schönen Tages zu einem würdigen Abschluß zu bringen.

Jedenfalls bin ich jetzt in Amerika, für ziemlich lange, für ein ganzes Semester. Ich mache an der University of Texas in Austin Seminare mit graduate students. Es ist gar nicht schlecht hier, und ich glaube, wenn ich wieder

nach Hause (!!) fahre, werde ich nicht der verlorenen Zeit nachtrauern.
So: das Bisherige hätte für eine Postkarte genügt, und jetzt erst folgt der eigentliche Grund für diesen Brief. Diese Universität hat ein sogenanntes ›visiting-writer-program‹, seit etwa 20 Jahren, die leisten sich jedes Jahr ein Semester lang einen deutschsprachigen Schriftsteller, der jede Woche drei Stunden lang mit ein paar Studenten so gut wie nichts zu machen braucht, das ist alles an Verpflichtungen, und dafür reichlich Geld bekommt. Vor wenigen Tagen erfuhr ich nun, daß Unseld schon einmal hier gewesen ist und Seminare über (na – worüber schon?) das Thema ›Der Autor und sein Verleger‹ gemacht hat. Und schlagartig fiel mir da ein, daß Du eine ideale Besetzung für diesen Job wärst. Ich halte es für ein Kinderspiel, eine Einladung für Dich in die Wege zu leiten, Du mußt mir nur Bescheid geben, ob Du Lust dazu hättest. Ich werde hier in Austin noch bis Mitte Dezember seine, meine Adresse:

JUREK BECKER
10926 JOLLYVILLEROAD # 1212
AUSTIN, TEXAS 78759, USA
TEL.: (512) 338-0948

Ich weiß ja nicht, ob Dir so eine Idee nicht schwachsinnig vorkommt. Ich weiß nur, daß hier ein angenehmer Platz mit prächtigem Klima ist, daß man von Houston, Dallas, Albuquerque, San Antonio, Santa Fé, dem Golf von Mexico und Mexico selbst umzingelt ist, daß man leicht eine gute Wohnung findet, daß man in Ruhe arbeiten kann (wenn man will), und daß die Leute vom German Department recht angenehm und absolut unaufdringlich sind. Nur mit den Parkplätzen ist es kompliziert.
Lieber Klaus, gib mir Nachricht, was Du von solch einer Idee hältst – wenn Du sie hanebüchen findest, ist sie von einer Sekunde auf die nächste vergessen. Wenn sie Dir aber gefällt, will ich sofort Dein PR-Mann sein, wenn dies

auch, nach meiner Überzeugung, keine allzu schwere Aufgabe wäre.

Herzliche Grüße, auch an Barbara,
auch von Christine
Dein Jurek

An Jaap Walvis

4. Oktober 1987

Lieber Japie,
ach, Japie, es gibt ja schon lange keine Nachrichten mehr, die nur gut oder nur schlecht sind; diese Zeiten sind seit Erfindung der Dialektik (oder der Radio-Jerewan-Witze?) vorbei. Zum Beispiel: So traurig es ist, daß Du bald nicht mehr für die Vara arbeiten kannst, so freue ich mich doch für Dich, daß Du bald nicht mehr für Vara arbeiten mußt.
Es geht uns ganz gut hier, aber nur, weil wir hier zu tun haben. Ich schätze, wenn Du uns besuchen würdest, würdest Du im Umkreis von tausend Kilometern keinen vernünftigen Grund finden, um herzukommen (außer eben uns). Das führt zu einer weiteren Komplikation: weil hier nicht so sehr viel los ist, haben wir fast für jedes Wochenende (wenn ich nicht hier sein und Seminare machen muß) Pläne und Verabredungen – nach Mexico, nach Santa Fé, nach Houston, zum Golf und so weiter. Wenn Du also herkommen willst (für arme Juden eine glatte Verrücktheit), dann freuen wir uns natürlich wie die Wahnsinnigen, aber wir müßten es vorher verabreden, am besten telefonisch, sonst sind wir am Ende nicht hier. Unsere Adresse:

10926, Jollyville Road # 1212
Austin, Texas 78759
USA
Tel: (512) 338-0948

Weil ich erst zwei Wochen hier bin, habe ich meine wichtigste Aufgabe (für Dich eine Einladung zu besorgen) noch nicht erledigt. Aber sie ist nicht vergessen, und ich werde noch hart daran arbeiten.
Was gibt es sonst zu sagen? Bis jetzt sind immer nur die anderen überfallen und ausgeraubt worden, die Wirbelstürme ziehen bis jetzt alle an Austin vorbei, und zu Hause ist es gar nicht so schlecht, wie man immer denkt.

Küsse für Dich und Monique
von Christine und
Jurek

An Siegfried Unseld

27. 10. 1987

Lieber Siegfried,
vier Monate sind doch eine elend lange Zeit (ich meine genau die vier Monate, die Christine und ich alles in allem in Amerika sein werden), trotz aller Annehmlichkeiten. Es ist wohl so, daß jede Zeit, in der es günstigstenfalls zu Annehmlichkeiten kommt, die aber kaum Raum für Gewohnheiten bietet (denn wer nimmt so viel Gepäck auf Reisen mit, daß darin auch Gewohnheiten Platz hätten), erst einmal überstanden sein will.
Ich will nur sagen, daß die kleinen Zeichen, die in würdevollen Abständen von Dir zu uns kommen, uns guttun.

Sei herzlich umarmt von
Jurek + Christine

An Jaap Walvis

4. Nov. 1987

Lieber Jaapie,
nachdem ich einigermaßen gelernt habe, wie man hier überlebt, komme ich endlich dazu, mich um Deine Angelegenheit zu kümmern. Und was macht Gott? ... Es sieht so aus, als hätte ich gleich mit dem ersten Versuch Erfolg. Es gibt hier einen Mann an der Universität, der ist für irgendwelche Beziehungen zwischen USA und Niederlanden zuständig, er heißt Lefevere, auch wenn das nicht sehr friesisch klingt. Sie laden jedes Jahr einen Holländer zu Gastvorlesungen an die Universität ein, bisher waren es drei Schriftsteller (gibt es so viele Schriftsteller in Holland?). Die Hälfte der Kosten bezahlt eine Regierungsstelle in Den Haag, die andere Hälfte die University of Texas. Jedenfalls meint Lefevere, daß es keine Probleme für eine Einladung an Dich geben wird, und er ist froh, daß es nicht immer ein Schriftsteller ist (ich glaube, er kennt keinen mehr). Jedenfalls habe ich ihm Deinen Brief gegeben, und er wird sich mit Dir in Verbindung setzen.

Du weißt, Jaapie, daß ich kein fauler Mensch bin und immer an irgendeinem Projekt arbeite. Hier gibt es keine Projekte. Und so habe ich Gelegenheit, eine vollkommen neue Erfahrung mit mir zu machen: Wenn ich faul bin, dann bin ich FURCHTBAR faul. Das ist gar nicht so schlecht wie es klingt, Christine kann Dir das bestätigen. Natürlich habe ich auch Verpflichtungen: die sind ungefähr so groß, wie ich mir im Kommunismus die Arbeit vorstelle. Du siehst, auch in Amerika bin ich der Zeit weit voraus.

Ich umarme Euch beide
Jurek

An Klaus Wagenbach

19. 11. 1987

Lieber Klaus,
danke für Deine Antwort, für Deine trödelige (ich weiß, was Du denkst: Gerade der!!). Auf eine kurze Formel zusammengefaßt, lautet sie: Wenn Ostern und Pfingsten zusammenfallen, bist Du gern bereit, hierher zu kommen. Ich habe Deine Bedingungen dem Chairman der Fakultät mitgeteilt; er will Dich gerne haben, und nachdem sich sein Schreck gelegt hat, wird er Dir sicher antworten. (Übrigens: Austin ist ziemlich stark. Wenn Christine und ich von hier aufbrechen, wird es bestimmt nicht ohne Tränen abgehen.) Ende Januar oder Anfang Februar sind wir wieder zu Hause. Daß ich Dir dann eine Einladung SCHULDE, werde ich bestimmt nicht vergessen: Ich träume jede zweite Nacht davon.

Herzliche Grüße
Dein Jurek

An Ingrid und Paul Michael Lützeler

25. Nov. 1987

Liebe Lützelers,
da so wichtige Informationen manchmal unter den Tisch zu fallen pflegen, wollen wir es dick und fett unterstreichen: Wir haben uns in St. Louis wohl und bei Ihnen an jenem Abend außergewöhnlich wohl gefühlt. Bis jetzt haben wir uns unter St. Louis einen Bogen und einen Fluß und eine Universität vorgestellt, das ist jetzt anders geworden. Grüßen Sie bitte Andrea und Thilo von uns (an imposing couple), und seien Sie selbst herzlich gegrüßt

Ihre Jurek Becker & Christine Becker

An Burgel Zeeh

1. Dez. 1987

Liebes Burgel,

Du weißt, daß Du nach einer raffinierten und abgefeimten Methode arbeitest: Anstatt ein großes Kuvert zu nehmen, zertrümmerst Du jede Sendung an uns in zehn kleine, so daß an jedem Nachmittag (so spät kommt hier die Post) unser Briefkasten sich in eine Wundertüte verwandelt und ich in eine permanente Briefschuld gestürzt werde, der ich nervlich nicht gewachsen bin. Jedenfalls hast Du geschafft, worauf die Aktion offenbar angelegt war: Wir lieben Dich und können ohne Dich nicht mehr existieren! Die Liebe ist sogar so gewaltig inzwischen, daß sie wohl eine Woche ohne Post von Dir überstehen würde; Du kannst Dir also eine Pause gönnen (natürlich sollst Du nicht). Jedenfalls empfinde ich dank Deinem Schick-Fleiß den traurigen Zustand, in dem sich die Bundesrepublik befindet, so intensiv, als wäre ich dort.

Bei uns gibt es wenig Neues. Vor vier Tagen waren wir ziemlich verkracht, haben uns inzwischen aber schon wieder geküßt. An Thanksgiving waren wir bei Leslie Willson zum Truthahn-Essen eingeladen. Ich war fast die ganze Zeit damit beschäftigt, dem riesigen Schäferhund, der sich mich als Leck-Opfer auserwählt hatte, unter dem Tisch unaufällig so eins vor die Nase zu geben, daß er sich verzog. Leider ist es mir erst beim Dessert gelungen, so daß ich über den Truthahn nichts sagen kann. Aber er wird schon in Ordnung gewesen sein. Dann sollte ich erwähnen, daß wir neuerdings abends mit Middleton (das ist ein ortsansässiger Dichter und Übersetzer, gar nicht so schlecht) einen saufen gehen. Er verträgt ziemlich viel und hat eine Freundin, die Leticia heißt, vier Kinder aus erster Ehe hat, spanische Literatur studiert und Christine sehr gut, mir ganz außerordentlich gut gefällt.

Ach ja: Ich habe Leslie Willson nach der Adresse von

Cindy Jones gefragt. Dabei war mein Gesicht absolut undurchdringlich, ja, ich kann sagen, daß es aussah, als interessiere mich nichts auf der Welt weniger als die Adresse irgendeiner Cindy Jones. Und für alle Fälle hatte ich mir eine Geschichte zurechtgelegt, so daß ich alle Fragen Leslies nach dem Grund meiner Frage zufriedenstellend hätte beantworten können. Aber Leslie fragte nichts, er grinste. Er sagte nur ein Wort, Du weißt welches, es fängt mit U an. Und zwar sagte er es in einem Ton, der jedes Dementi im Keim erstickte. Trotzdem versuchte ich es natürlich, versprochen ist versprochen, aber ich hatte selbst nicht den Eindruck, daß ich sehr gut dabei war. Jedenfalls versprach mir Leslie, sich nach der Adresse zu erkundigen, aber ich glaube, der Hund blockt, verlassen würde ich mich nicht auf ihn.

Als Letztes sollst Du wissen, daß hier der texanische Winter eingezogen ist. Aber welch ein schlapper und dürftiger Winter! Da sollten die sich mal ein Beispiel an unserem deutschen Matsch und Wind und Grau und Kalt nehmen. Aber hier? Wenn Du morgens um 5 aus dem Fenster siehst, liegt ein Hauch von Rauhreif auf Rasen und Autodächern, und wenn Du 10 nach 5 nochmal aus dem Fenster siehst, ist er weg. Das nennen die Winter!

Schluß. Nach diesem für meine Verhältnisse ungewöhnlich geschwätzigen Brief umarmt und liebkost Dich

Jurek

An Joachim Unseld

8. Dezember 1987

Lieber Joachim,

als ich vor zwei Tagen, in Houston im Astrodome, zum erstenmal bei einem Professional-Football-Spiel saß (die Houston Oilers schlugen die San Diego Chargers 33:18),

kam mir heiß ein Versäumnis zu Bewußtsein: daß ich nun geschlagene drei Monate in Texas bin, ohne Dir ein Mal HELLO! geschrieben zu haben. Das will ich hiermit nachdrücklich tun.
In den Seminaren, die ich hier in Austin an der Universität mache, werden sämtliche Regel-Feinheiten so gründlich durchgesprochen, daß ich nach meiner Rückkehr leicht in der Lage wäre, einen Kurs für Football-Regelkunde durchzuführen.
Sei versichert, daß ich mich vor allem für Suhrkamp hier ein wenig erhole; denn es wäre einfach nicht in Ordnung, wenn ich alleiniger Nutznießer all der Kräfte sein sollte, die sich im Laufe der Monate bei mir anhäufen.

Herzlich Grüße, auch von Christine,
Dein Jurek

An Siegfried Unseld

9. 12. 1987

Lieber Siegfried,
als erstes: Dein Brief hätte uns von jeder noch so schlechten Stimmung erlöst, wären wir ihr nur verfallen gewesen. Da dies aber nicht der Fall war, lasen wir ihn bester Laune, aus der am Ende der Lektüre glänzende Laune geworden war. Danke für Dein Lebenszeichen, danke für die Nachrichten, danke für das kleine Schwätzchen und danke für die Offerten (nach Frankfurt oder auf die Virgin Islands zu kommen).
Eine Zeitlang habe ich gemeint, Du setztest Dich mit Deiner (fast doch jährlich aufgesuchten?) Fasten-Klinik einem freiwilligen Druck aus, den zu vermeiden ein gescheiter Mensch eigentlich in der Lage sein sollte. Soeben habe ich die Sache final durchdacht und komme zu einem gegenteiligen Resultat: Die zwei Wochen am Jahresende

(die so furchtbar schon nicht sein werden) verhelfen Dir wahrscheinlich in den 50 übrigen Wochen des Jahres zu einer Art reinen Gewissens, das anders nicht zu haben wäre; Du darfst das Jahr über tun und lassen und trinken und essen, was Du willst, in der beruhigenden Gewissheit, daß nach jeder noch so exzessiv verbrachten Saison ein zweiwöchiges Regulativ wartet, das alle lästigen Folgen ausmerzt. Der Effekt der Klinik besteht also nicht so sehr in verlorenen Pfunden, sondern auch in fortwährender Zuversicht und Ausgeglichenheit (die alle an Dir ja so bewundern), die sonst nicht zu haben wären. Wie konnte ich das so lange nicht erkennen!

Zur Poetik-Vorlesung. Da es mir nie in den Sinn käme, an Mitteilungen in Deinen Briefen zu zweifeln, stehe ich vor einem Rätsel: Wie es möglich ist, daß die Mitglieder der Berufungskommission erstens so plötzlich, zweitens so einstimmig und drittens so begeistert auf mich verfallen konnten. Egal. Da ich ja das Angebot als ernstzunehmende Offerte zu betrachten habe, muß ich auch seriös darauf reagieren:

Wenn ich eine solche Dozentur übernähme, würde sie nie und nimmer von irgendeinem Fernseh-Zirkus handeln, auch wenn sich einige der Professoren gut dabei unterhalten haben sollten. Das Gremium braucht sich also keine Gedanken darüber zu machen, wie das Geld aufzutreiben wäre, mit dem man Manfred Krug für zwei Stunden nach Frankfurt holt. Schwerer wird das Problem zu lösen sein, woher man das Geld holt, mit dem man *mich* bezahlt, denn ich bin kaum billiger zu haben als Krug.

Im Ernst: Mein Jahr 88 ist ziemlich fest verplant. Ich könnte mir allenfalls vorstellen, drei (DREI) Vorlesungen im Januar/Februar 1989 zu halten, die von meinen Ansichten über die Rolle der Literatur im gegenwärtigen Kulturbetrieb handeln würden (das ist nur sehr ungefähr ausgedrückt). Für die Ausarbeitung solcher Vorlesungen

brauchte ich nach meiner Schätzung zwei Monate, von denen ich im Moment allerdings nicht weiß, woher ich sie nehmen sollte. Laß uns ein paar definitive Worte darüber sprechen, sobald ich zurück bin, also Ende Januar.
Für Deine Tage auf den Virgin Islands wünsche ich Dir einen Ausbund an Vergnügen. Dein Vorschlag, Dich dort zu besuchen, und Deine Aufzählung all dessen, was wir dort gemeinsam unternehmen könnten, haben uns um ein Haar dazu gebracht, unsere Hawaii-Reise abzusagen. Aber es wird alles wohl so kommen wie vorgesehen – wir werden Amerika in die Zange nehmen, Du von Osten her und wir von Westen. Laß unsere Sehnsucht aufeinander ruhig noch ein wenig wachsen, wir werden beide den Nutzen davon haben, wenn wir es eines Tages im neuen Jahr dann tatsächlich nicht mehr aushalten.

Sei herzlich gegrüßt und umarmt.
Dein Jurek + Christine

An Burgel und Werner Zeeh

12. 1. 1988

Ihr sehr Lieben,
gestern ist etwas Merkwürdiges passiert: nachdem wir zwei Tage in Los Angeles waren und uns zum erstenmal im German Department der UCLA blicken ließen, wurde uns dort ein recht großes Kuvert ausgehändigt. Es enthielt unter anderem etwa 10 Briefe und Drucksachen von Dir (Burgel), eine umwerfender als die andere. Wir brauchten den ganzen Abend und die folgende Nacht, um uns von der Rührung, die solcher Liebesbeweis ja zwangsläufig nach sich zieht, zu erholen. Nun bin ich halbwegs damit übern Berg und kann schreiben.
Die ersten Tage hier waren ein wenig stressig, weil es mit der Wohnungsbeschaffung nicht ganz so leicht ging, wie

wir uns das gedacht hatten. Darüber sind ungefähr 35 Prozent des Erholungsquantums verlorengegangen, das wir aus Hawaii mitgebracht hatten. Nun aber läuft der Laden wieder. Wir wohnen in Santa Monica, einem Stadtteil von Los Angeles, der ganz hübsch ist. Auf dem Briefumschlag seht Ihr eine Abbildung des Hotels, die, glaubt es oder nicht, einigermaßen ehrlich ist. Uns gehören in dem Turm im Vordergrund 3 Räume und eine Terrasse im obersten Stockwerk, von der aus wir den Pazifik bis etwa zum Horizont überblicken können. Das Hotel ist von der Bausubstanz her super, und wir können es uns nur deshalb für zwei Wochen leisten, weil die ganze Sache – sagen wir mal – ein bißchen runtergekommen ist.
Hawaii war super, und wir haben beschlossen, den Sightseeing-Teil unserer Reise in Los Angeles nicht fortzusetzen. Auch mit dem Einkaufsterror ist allmählich genug, nachher steigt der Dollar wieder, und wir weinen jedem einzelnen nach, den wir ausgegeben haben. Also besinnen wir uns allmählich darauf, daß wir ein junges Ehepaar sind, das einander vollkommen genügt: Wir lesen uns all unsere Wünsche von den Augen ab, und was soll ich Dir sagen – die Erfüllung dieser Wünsche kostet nicht einen Cent.
Sooft wir Zeit haben, denken wir an Euch, und ich werde es Dir beweisen, indem ich Dich in den nächsten Stunden in Liebe anrufe.

Seid umarmt von Jurek + Chrissie

An Heinz Wetzel

29. 1. 1988

Lieber Heinz,
daß ich so lange auf Deinen Brief geschwiegen habe, hat Gründe: Vor zwei Tagen bin ich mit Christine von einer fünfmonatigen (!!) USA-Reise zurückgekommen. Jetzt arbeite ich mich durch einen Postberg hindurch, aus dem ich

glücklicherweise recht früh Deinen Brief herausgefischt habe.
Der Nebel in meinem Kopf (über den ich höre, daß er sich frühestens nach einer Woche Zeitumstellung legt) läßt es nicht zu, daß ich jetzt schon Deinen Artikel lese und vor allem eine Ansicht dazu zum besten gebe. Sobald die Verstandessonne hindurchdringt, werde ich es tun und dann Nachricht geben.
Jetzt bin ich gerade so in der Lage, Dir zu sagen, daß ich drei Monate an der Uni in Austin (Texas) war, dann einen Monat herumgegondelt bin und den letzten Monat in Santa Monica (mit einem bißchen UCLA) verbracht habe. Christine, der es nicht besser geht als mir, fragt eben müde, wem ich schreibe. Ich antworte: Euch. Ich soll Euch herzlich grüßen, und ich schließe mich an, seid beide umarmt.

Euer Jurek

An Fritz J. Raddatz

29. 1. 1988

Lieber Herr Raddatz,
nie würde ich es wagen, Ihnen aus Saumseligkeit oder gar aus Gleichgültigkeit nicht zu antworten. Der Grund, warum ich so lange schweige: Gestern bin ich von einer fünfmonatigen Amerika-Reise zurückgekommen. Und das Beste – die letzten drei Wochen waren wir in Santa Monica, einen Katzensprung vom corpus delicti entfernt. Hundertmal hat man mir dort die Geschichte der Feuchtwanger-Erbschaft erzählt, in hundert Versionen, worunter auch die in Ihrem Brief erwähnte war.
Jedenfalls: jetzt ist es wohl zu spät, meine Unterschrift unter Ihren Aufruf zu setzen? Wenn nicht, lassen Sie es mich bald wissen.

Herzlich
Ihr Jurek Becker

An Volker Hage

31. 1. 1988

Lieber Herr Hage,
hier nun das versprochene Foto. Es ist im Sommer 46 aufgenommen, und wenn das Geburtsdatum in meinem Ausweis stimmt, bin ich darauf fast neun Jahre alt. Das kann doch wohl nicht wahr sein. Übrigens ist meine Frau entzückt von meiner linken Hand auf diesem Bild.

Herzliche Grüße
Ihr Jurek Becker

An Hans Wagener

Berlin, den 5. Februar 1988

Lieber Herr Wagener,
seit anderthalb Wochen sind wir wieder zu Hause, die Koffer sind kaum ausgepackt. Trotzdem hat das Karussell von Terminen und Verpflichtungen, vor dem wir nach Amerika geflohen waren, längst wieder angefangen, sich zu drehen. Es war eine angenehme Zeit bei Ihnen, in der das Verhältnis von Muße und Aufregung seltsam gut abgestimmt war. Das muß auch mit Ihnen zu tun gehabt haben, und dafür danken wir Ihnen beide sehr.
Hoffentlich überstehen Sie die Monate jetzt einigermaßen heil. Die Wahrscheinlichkeit spricht eigentlich dafür, denn so gut wie alle geschiedenen Männer, die ich kenne (einschließlich mir), haben es auch irgendwie geschafft. Ich bin sicher – wenn ich in einiger Zeit wieder nach Los Angeles komme und wir uns unterhalten, wenn ich Sie fragen werde, wie die Sache damals ausgegangen ist, daß Sie dann Mühe haben werden, sich zu erinnern, wovon ich überhaupt spreche. Und daß Sie bestimmt ein Lächeln für die Affäre übrighaben werden.

Seien Sie herzlich gegrüßt, auch von meiner Frau,
Ihr Jurek Becker

An Dorle und Egon Schwarz

[o. D.]

Liebe Frau, lieber Herr Schwarz,
wenn Sie beim Schreiben der Adresse aus der HAGELBERGER eine Hagelburger Straße machen – damit wird die Post hier spielend fertig; wenn Sie allerdings West-Berlin, wo ich wohne, in die GERMAN DEMOCRATIC REPUBLIC verlegen (was übrigens vollkommen logisch ist und, würde es nur wirklich getan, den meisten Beteiligten viel Ärger sparen würde), dann braucht die Post schon ein paar Tage länger. Daher konnte die Freude über Ihren Brief erst gestern bei uns losbrechen, als er endlich, bestimmt nach Prüfung durch die zuständigen Sicherheitsdienste, bei uns ankam.
Danke für Ihr Kompliment über mein Buch, ich bin so verrückt und nehme es für bare Münze. Auf das Ihre warte ich neugierig, wenn ich es doch nur schon hätte. Allerdings denke ich nicht daran, es mit Nachsicht zu lesen, ich will mich freuen dürfen wie ein normaler Mensch. Sie werden das schon aushalten.
Der Abend bei Ihnen war bärenstark (so spricht man hier), und ich hoffe nicht weniger als Sie, daß er der erste einer Reihe gewesen sein möge.

Herzliche Grüße für Sie beide, auch von Christine
Ihr

An Leila Vennewitz

27. 2. 1988

Liebe Frau Vennewitz,
seit einem Monat sind wir wieder zu Hause, und das Wetter, ich kann Ihnen sagen, den Schock haben wir bis heute nicht verwunden. Ihre Mitteilung, daß alles bei Ihnen blüht, macht die Sache für mich auch nicht besser.

Es tut mir leid, daß Sie wegen der Geldüberweisung solche Umstände hatten. Auf alle Fälle kann ich Ihnen versichern, daß ich streng darüber wachen werde, daß Ihre Übersetzung rein informativen Zwecken dient. Sollte irgendwann ein Drehbuchautor diese Übersetzung benutzen wollen, so muß zuvor eine Abmachung mit Ihnen getroffen werden – mein Wort darauf.
Ich habe, sofort nach Erhalt Ihres Briefes, mich hingesetzt und einen ziemlich heftigen Brief an Mr. Mulligan geschrieben. Ich hoffe sehr, daß sein Schreck darüber ausreicht, um diese leidige Vertragsangelegenheit mit Ihnen endlich aus der Welt zu schaffen.
Ansonsten tut es mir immer noch leid, Sie nicht in Amerika getroffen zu haben, und ich muß weiter hoffen.

Herzliche Grüße
Ihr Jurek Becker

An Leila Vennewitz

4. 3. 1988

Liebe Frau Vennewitz,
der beigefügten Skizze können Sie entnehmen, warum ich nicht technischer Zeichner oder gar Architekt geworden bin. Ich hoffe nur, sie reicht aus, Ihr Problem zu lösen. Auch nach meiner Vermutung handelt es sich in der Wohnung um eine ›passage‹, im Häuschen um einen ›hallway‹.
Daß die Sache mit Ihrem Vertrag für ›Jakob der Lügner‹ endlich geklärt ist, freut mich sehr. Hoffentlich war mein Brief an Mr. Mulligan, den ich nach Ihrem vorigen Brief geschrieben habe (und der, rein zeitlich, nichts mit dem Ausstellen des Vertrages zu tun haben kann), nicht zu grob.

Seien Sie herzlich gegrüßt
Ihr Jurek Becker

An Marianna Birnbaum

17. 3. 1988

Liebe Frau Birnbaum,
nach einem flüchtigen Blick in das Manuskript werden Sie verstehen, warum ich mich so geziert habe, als Sie das Wort ›Interview‹ in den Mund nahmen. Eine Woche Arbeit, und das wußte ich vorher. Das Problem ist ja nicht so sehr diese Arbeit, viel schlimmer ist es, sein eigenes Gestammel lesen zu müssen, herausfinden zu müssen, was mit dem Geschwätz gemeint sein könnte und schließlich das Ganze zu halbwegs richtigen Sätzen zu verarbeiten. Das kostet eine Überwindung, die Sie sich nur schwer vorstellen können, auch wenn ich Sie für eine extrem phantasiefähige Interviewerin halte.
Ihr Begleitbrief, der mich erreichte, war herzerwärmend, enthielt aber eine Bemerkung, die alles wieder verdarb: daß Sie das Interview für sehr gelungen halten (so wie es war!). Sie sollten ein Renommé, das Sie sich in meinen Augen geradezu spielend erworben haben, nicht so leichtfertig aufs Spiel setzen. Kein Wort mehr darüber.
Es geht uns gut, und wenn nicht vor uns beiden Arbeiten lägen, die wir lieber hinter uns hätten, könnte es uns sehr gut gehen.
Die Drohung, die Sie ausgestoßen haben (Sie würden mein Froschbild drucken, wenn ich kein anderes schicke), ist nicht so furchtbar, wie Sie denken. Schön, ich schicke Ihnen ein sogenanntes normales Bild mit, aber wenn ich der verantwortliche Redakteur dieser Zeitschrift (welcher?) wäre und zwischen diesen beiden Bildern wählen müßte, dann wüßte ich, wie ich mich zu entscheiden hätte. Hoffentlich schwimmen Sie beide im Glück. Wenn ich aus dem Fenster sehe und die Schneeflocken betrachte, die sich ungefähr in meiner Höhe in Regentropfen verwandeln, müßte mich Wehmut packen, wenn ich zu solchen Gefühlen fähig wäre. Na ja, ein bißchen beneide ich Euch

schon, trotz der Hunde und trotz der kleinen Erdbeben. Suchen Sie sich um Himmels willen eine gute Zeit aus, wenn Sie mit ihrem Mann nach Berlin kommen, denn jeden Nachteil kann ich auch nicht kompensieren.
Die herzlichsten Grüße, auch für Ihren Mann, auch von Christine

Jurek Becker

An Leila Vennewitz

Berlin, 17. März 1988

Liebe Frau Vennewitz,
es läßt sich nun nicht länger übersehen: unser Briefwechsel gewinnt an Zügigkeit. Ich überlege schon, ob es allein daran liegen kann, daß wir so viele gemeinsame Angelegenheiten haben.
Ihre beiden letzten Briefe haben mich in ein Wechselbad von Empfindungen gestürzt, an dem Sie gewiß unschuldig sind: sie kamen in vertauschter Reihenfolge bei mir an. Das heißt, zuerst erhielt ich Ihre Nachricht, es sei nun alles geklärt mit der Übersetzung und dem Verlag. Auch wenn ich nicht wußte, was es da für Probleme gegeben hatte, fühlte ich mich aufs Angenehmste beruhigt. Einige Tage später, gestern, kam dann der Brief, in dem Sie mir Ihr Zerwürfnis mit dem Verlag schildern und die Kopie Ihres Briefes an einen Mr. Michael Kandel schicken.
Auch wenn ich weiß, daß die Sache gewissermaßen veraltet ist, ist mein Blutdruck bei der Lektüre doch spürbar gestiegen. Da ich ein Choleriker bin, nehme ich jede Gelegenheit für eine Aufregung wahr, und nun ärgert es mich zusätzlich, daß die Angelegenheit offenbar ungenutzt verstrichen ist. Schreiben Sie mir doch eine Zeile: Wie zuverlässig ist Ihre Auskunft, daß der Verlag wieder zur Besinnung gekommen ist? Halten Sie es für ratsam, daß ich

einen Brief an den Verlag schreibe? Oder daß ich den Suhrkamp Verlag einschalte?
Ich stehe für jede kriegerische Aktion bereit und grüße Sie herzlich,

Ihr Jurek Becker

An Hans Altenhein

27. März 1988

Lieber Herr Altenhein,
mit meiner Fan-Post verhält es sich etwas anders, als Sie wohl vermuten. Während ich früher pro Monat etwa einen Brief bekam, in dem mein Umgang mit dem Gerundium entweder geprügelt oder gelobt wurde, erfahre ich nun eine andere Art von Resonanz: in jedem der häufiger gewordenen Briefe werde ich um ein Autogramm gebeten, manche wollen gar ein Bild von mir, und kürzlich erst hat mir eine Dame ein Glas mit selbst eingemachter Wurst geschickt.
Kurz und gut, Ihr Zuspruch hat mir die Stolzesröte ins Gesicht getrieben. Es ist sehr angenehm, von jemandem gelobt zu werden, der eindeutig zur Gruppe der Zurechnungsfähigen gehört, und nicht immer nur von den anderen. Ich bewege mich bei dieser Liebling-Sache ja gewissermaßen in Feindesland; ein Lob wie das Ihre macht mir den Rückzug leichter, und zwar ohne das Gefühl, allzusehr ramponiert worden zu sein. Eigentlich will ich nur sagen: Sie sind mein Lieblingsfan.

Herzliche Grüße,
Ihr Jurek Becker

An Horst Dieter Schlosser

19. Mai 1988

Sehr geehrter Herr Professor Schlosser,
dies meine Antwort auf Ihren freundlichen Brief vom 16. Mai 1988: Ich bestätige Ihnen, daß ich zur Übernahme der Gastdozentur Poetik im Sommersemester 1989 bereit bin. Dies will ich zu genau den Bedingungen tun, wie sie in Ihrem erwähnten Brief genannt sind.
Auch ich freue mich auf den Besuch bei Ihnen, und nicht einmal der Umstand, daß ich vorher die Vorlesungen zu schreiben habe, kann meine Erwartungen wesentlich trüben.

Mit besten Grüßen
Jurek Becker

An Richard Zipser

Berlin, den 7. Juni 1988

Lieber Dick,
über Dein Lebenszeichen habe ich mich sehr gefreut. Im vorigen Jahr war ich für längere Zeit in Amerika – in Texas und in Kalifornien. Wenn ich nicht so entsetzlich weit von Delaware gesteckt hätte, wäre ich vorbeigekommen; aber ich war ständig so beschäftigt, daß an eine so lange Reise nicht zu denken war. Jedenfalls freut es mich zu hören, daß es Dir gut geht und daß Du in Delaware zufrieden zu sein scheinst.
Den Fragebogen möchte ich nicht beantworten, und ich will Dir kurz die Gründe dafür nennen. Ganz allgemein scheint es mir, daß die Wissenschaftler an den US-Universitäten (die ich nun von vier ziemlich langen US-Aufenthalten kenne) sich außerordentlich intensiv um die Unterdrückung der Meinungsfreiheit in den sozialistischen Ländern kümmern und merkwürdig uninteressiert an der Unterdrückung der Meinungsfreiheit in ihrem eigenen

Land sind. Das Resultat solcher Forschung, daß nämlich im östlichen Teil der Welt haarsträubende Zustände in dieser Beziehung herrschen, dient regelmäßig als Rechtfertigung für die Verhältnisse in der eigenen Gesellschaft.
Nun begreife ich natürlich, daß einem Germanisten da gewisse Grenzen gesetzt sind; er hat sich nun einmal mehr um die literarischen Zustände im deutschsprachigen Raum zu kümmern als im eigenen Land. Und so gesehen, ist Dein Projekt, das die Literaturzensur in den deutschsprachigen Ländern untersucht, vollkommen in Ordnung. Doch ich sehe ein größeres Problem.
Ich kenne weder Professor Paul Haberland noch Professor Tamara Evans, aber meine Bekanntschaft mit Leslie Willson ist recht intensiv; ja, nach dem Austin-Aufenthalt wage ich die Behauptung, daß wir ein wenig befreundet miteinander sind. Und eines weiß ich: Er steht den Verhältnissen in der Bundesrepublik außerordentlich positiv gegenüber (was sein gutes Recht ist), er hält die BRD für ein zutiefst freiheitliches und demokratisches Land (was sie nicht ist), und er wird aller Wahrscheinlichkeit nach zu dem Schluß kommen, daß Literaturzensur dort eine höchst periphere Erscheinung ist und kaum ins Gewicht fällt (was einfach nicht stimmt).
Dick Zipser dagegen sieht die DDR mit sehr kritischen Augen (was sie zweifellos verdient). Sein Resultat wird wohl sein, daß Zensur in der DDR alltäglich ist und auf ziemlich drastische Weise in die Literaturproduktion eingreift (eine Meinung, die ich unterschreibe). Also verdient sie es, beschrieben und angeprangert zu werden.
Lieber Dick, ich will Dir nicht in Deine Angelegenheiten hineinreden und Dir oder Euch gewiß nichts unterstellen. Ich möchte nur eine Gefahr andeuten, die ich zu sehen meine, und Du kannst mit meinem Gerede anfangen, was Du willst. Am liebsten wäre mir, wenn es sich als grundlos erwiese.

Ich hoffe sehr, daß wir uns in diesem Leben noch einmal sehen, sei herzlich gegrüßt,

Dein Jurek

An Joachim Unseld

1. August 1988

Lieber Joachim,
eben kommen wir aus China zurück und finden Deinen Berlin-Plan. Ein Nutzen, den er mir gleich auf Anhieb gebracht hat: er gefällt mir. Danke.
Wir haben uns fest vorgenommen, am 2. September zum Stadtschreiberfest zu kommen. Solltest Du zu jener Zeit nicht verreist sein, wüßte ich gar nicht, wie sich eine Begegnung vermeiden ließe.
Sei umarmt und herzlich gegrüßt, auch von der Meinen

Jurek

An Leila Vennewitz

3. August 1988

Liebe Frau Vennewitz,
zur Zeit fahre ich ziemlich viel herum und bin mit Dingen beschäftigt, die ganz und gar nicht der Arbeit eines Schriftstellers ähneln. Dann kommt ein Brief wie der Ihre, erinnert mich mit Nachdruck an meinen Beruf, und das ist gut so. Auch daran bin ich erinnert worden, daß Sie sich nun schon so lange und so intensiv mit mir beschäftigen, wie ich es eigentlich niemandem wünschen sollte. Es ist keine Übertreibung, wenn ich sage, daß ein Gefühl gerührter Dankbarkeit mich nicht losläßt.
Zu den Fragen:
S. 98 – ›dunkle Kanäle‹ meint geheime Wege, unbekann-

te Schleusen. Dark passages ist da wohl richtiger als underground passages, denn es ist, wenn ich nicht irre, nicht ganz so eindeutig.

S. 119 – Machen Sie aus den ›gekochten Eiern‹ einfach ›Eier‹. Ich hatte zwar harte Eier im Sinn, aber ich finde, daß ›hard boiled eggs‹ in diesem Zusammenhang übertrieben detailliert klingen würde.

S. 118 – ›kaut auch‹ heißt soviel wie ›kaut sogar‹. Also even.

S. 129 – ›Leonhard‹ ist ein Fehler. Es muß ›Leonard‹ heißen.

S. 144 – Ja, gemeint ist ein Kochtopf.

S. 184 – Nein, Rafael ist nicht already shaking. Er ist erschüttert darüber, wie jemand solchen Blödsinn erzählen kann. Also auch ärgerlich und befremdet, er verdreht sozusagen die Augen.

Im kommenden Winter werde ich bestimmt nicht nach Kalifornien kommen. Ich bedaure es aus einem einzigen Grund.

Herzliche Grüße, auch an Ihren Mann,
Ihr Jurek Becker

An Leila Vennewitz

27. 8. 1988

Liebe Frau Vennewitz,
hier schnell die Antworten auf die Fragen, die Sie mir auf sehr service-freundliche Weise geschickt haben. Ihre Komplimente haben mich ganz verlegen gemacht, und meine Frau (die das Briefgeheimnis für eine Art mittelalterliches Folterwerkzeug hält und es nach Kräften ignoriert) meint, daß ich lange Zeit brauchen werde, um wieder auf den Teppich zu kommen. Ich glaube aber, daß sie

schon dafür sorgen wird. Auf alle Fälle danke ich Ihnen für Ihre freundlichen Worte, ich habe mich sehr darüber gefreut.
Seien Sie herzlich gegrüßt, und richten Sie bitte auch Ihrem Mann Grüße aus –

Ihr Jurek Becker

An Marcel Reich-Ranicki

Den 10. September 1988

Lieber Marcel,
wie Du Dir wohl denken kannst, hat es nie in meiner Absicht gelegen, Dich zu deprimieren, und ich hoffe sehr, daß Dir diese Mitteilung etwas zu gewaltig geraten ist (so wie ich selbst, wenn es darum geht, ein Unbehagen zu formulieren, meistens übertreibe). Was Du in unserem Gespräch am Stadtschreiberhäuschen in Bergen-Enkheim gesagt hast, glaube ich allerdings aufs Wort, und ich hätte nie behaupten sollen, daß Du den Heinrich-Mann-Essay geschrieben hast, um irgendjemandem gefällig zu sein. Dies war eine Dreistigkeit, ein im Durcheinander der Diskussion unbedacht geworfener Stein, sieh es mir bitte nach.
Dennoch glaube ich nicht, daß es sich bei meiner Behauptung, in der Bundesrepublik habe es die Exilliteratur von Anfang an schwer gehabt, um die stupide Wiederholung eines DDR-Klischees handelt. Da hat die DDR schon dümmere Klischees produziert. Du kannst mir noch so lang und breit aufzählen, was alles hier erschienen ist – an der Sache ist was dran. Ich meine ja nicht, Exilliteratur sei verboten oder je verboten gewesen. Ich meine, daß man ihr von Anfang an nicht besonders zugetan war. Oder, um es allgemeiner auszudrücken: Es galt noch nie in der Geschichte der Bundesrepublik als Vorzug, Antifaschist gewesen zu sein, es hat einem nichts als Ärger

gebracht. (Die Kehrseite dieser Medaille ist, daß es noch nie ein großer Makel war, faschistischen Dreck am Stekken zu haben.) Dieser Sachverhalt ist den einen gleichgültig, andere ärgert er (zu denen rechne ich Dich), wieder anderen ist er unerträglich. Was Du eine Forderung nach Preisnachlaß nennst, ist in Wahrheit Sympathie: Ich kann nicht leugnen, daß ich die einen mag und die anderen nicht, daß es soetwas wie Haltung gibt, die mich zwar nicht für ein Buch des jeweiligen Autors einnimmt, wohl aber für seine Person.

Noch einmal, Deine Abneigung gegen viele Texte Heinrich Manns ist zu verstehen, zum Teil beschreibst Du in dem Artikel Vorbehalte, die ich selbst habe. Doch für unzulässig halte ich Deine Schlußfolgerung (die ja auch eine Art Empfehlung ist), es sei nun an der Zeit, sich von diesem Autor zu verabschieden. Sie gehört sich nicht ans Ende des Artikels eines Literaturkritikers, der zufällig auch der einflußreichste Literaturkritiker dieses Landes ist. Zu solchem Resultat mag der Leser Deiner Kritik kommen, und Du kannst nach Kräften dafür sorgen, daß das geschieht; aber es muß s e i n (des Lesers) Resultat sein, nicht das Deine.

Natürlich kannst Du fragen, wo denn geschrieben steht, daß solche Empfehlungen in einer Literaturkritik nicht ausgesprochen werden sollten. Darauf antworte ich, es steht nur hier, in diesem Brief, es ist meine Meinung. Von Proust stammt der Satz, daß ein Buch, in dem die blanke Meinung des Autors zu lesen ist, einem Gegenstande gleicht, an dem noch das Preisschild hängt. Sicher kann das nicht in gleichem Maße für Kritiken gelten, aber ein wenig, so glaube ich, doch.

Bei meinem Gespräch mit Dir und auch bei diesem Brief zehre ich von der Lektüre Deines Artikels, also von einer Erinnerung, die beinah ein Jahr alt ist. Genauer werde ich erst sein können, wenn ich den ganzen Essay gelesen habe.

Heute, am Sonnabend, ist er eingetroffen, ich danke Dir sehr für das Buch. Nur leider fliege ich, verrückt und unbelehrbar, wie Du weißt, morgen ins wilde Korea und werde erst im Oktober wieder zurück sein. Dann wirst Du wieder von mir hören, hoffentlich nicht auf eine Weise, die von neuem Deinen Unmut erregt.

Die herzlichsten Grüße
Jurek

An Leila Vennewitz

30. 9. 1988

Liebe Frau Vennewitz,
hier die letzte kleine Fuhre von Detail-Antworten. Auch mit der Trennung des Textes in Kapitel, so wie Sie es vorschlagen (und ohne Zahlen über den Kapiteln) bin ich einverstanden.
Ich war gerade für einige Wochen in Korea, zu den Olympischen Spielen. Gestern Abend bin ich zurückgekommen, dieser Brief ist das erste, was ich nach der Heimkehr tue. Ich bin noch, wie man hier sagt, noch etwas neben der Kappe. Sehen Sie es mir nach, wenn ich so sachlich bin. Die Berichtigung, das Datum der Ernennung Churchills zum Sir betreffend, finde ich hinreißend.

Herzliche Grüße an Sie beide
Ihr Jurek Becker

An Joachim Preuß

Berlin, den 2. Oktober 1988

Sehr geehrter Herr Preuß,
als ich gefragt wurde, ob ich nicht Lust hätte, für den ›Spiegel‹ nach Seoul zu fahren und ein paar Seiten zu schreiben, kam ich einfach nicht auf die Idee, diese Seiten könnten nicht gedruckt werden. Bei dem Gespräch, das

ich mit Herrn Funk und mit Herrn Röttgen führte, aber auch in Ihrem Brief an mich, wurde eine solche Möglichkeit nicht einmal andeutungsweise erwähnt. Ich hielt es für selbstverständlich, daß, wer mich um einen Artikel bittet, zugleich auch bereit ist, diesen Artikel zu veröffentlichen. Plötzlich verhält sich die Sache anders, und ich kann es kaum glauben.

Ich muß mir Mühe geben, nicht wie jemand zu reagieren, der schimpfend aus einem Raum hinausgeht und die Tür hinter sich zuknallt. Aber ich will auch nicht so tun, als fände ich das Geschehene in Ordnung oder als wäre es mir gleichgültig. Sie sollen wissen, daß ich mich brüskiert fühle. Das Verhalten des ›Spiegel‹ kommt mir grob unhöflich vor, beleidigend; ich bin ja nicht einer Ihrer angestellten Redakteure, die jeden dritten Tag eine Geschichte abzuliefern haben und denen es schon mal passieren kann, daß eine ihrer Arbeiten aktuellen Notwendigkeiten zum Opfer fällt. Wenn Sie bei mir einen Text bestellen (und ich erkläre mich bereit, ihn zu schreiben), dann haben Sie ihn gefälligst auch zu drucken.

Am Telefon hat Herr Röttgen mir wohl ein paar Gründe für die Entscheidung seiner Redaktion genannt, warum mein Manuskript ungedruckt bleibt. Aber, um Ihnen die Wahrheit zu sagen, ich habe nicht hingehört. Es brauste mir in den Ohren, mein Kopf war voll von dem Gedanken: Was erlauben die sich! So denke ich bis zum Augenblick, mehr gibt es dazu kaum zu sagen.

Mit besten Grüßen
Jurek Becker

An Paul Michael Lützeler

17. Oktober 1988

Lieber Herr Lützeler,
danke für Ihren Brief, der, wenn man nur bereit und nicht voller kleinlicher Bedenken wäre, Klarheit in ein Stück Zukunft bringen könnte. Seit Sie bei unserem letzten Besuch unvorsichtigerweise gesagt haben, ich brauchte Ihnen nur rechtzeitig anzusagen, wenn ich Lust hätte, nach St. Louis zu kommen (Christine nimmt sowas schrecklich ernst), arbeitet Christine daran, die Sache auch in die Tat umzusetzen. Hinzu kommt, daß uns hin und wieder die betörenden Lockrufe einer ortsansässigen Sirene erreichen, von Egon Schwarz. Und hinzu kommt, daß wir uns bei Ihnen außergewöhnlich wohl gefühlt haben.
Jetzt die kleinlichen Bedenken. Ich weiß nicht, in welcher Arbeitssituation ich im Frühjahr 90 sein werde. Für wahrscheinlich halte ich, daß ich da ein halbfertiges Buch zu liegen haben werde, das ich für die Reise unterbrechen müßte (was man natürlich tun kann, was ich aber noch nie gemacht habe).
Weiter: Sie schreiben: ein Seminar über Gegenwartsliteratur der 70er und 80er Jahre. Ich habe noch nie darüber nachgedacht und bin nicht sicher, ob die mich so interessiert, daß ich die Nerven für ein Seminar aufbringe. Das kann durchaus sein, ich weiß es nur eben nicht, bevor ich mich ein wenig mit der Frage beschäftigt habe.
Wenn Sie mir also sagen: Keine Panik, wenn Dich das umbringen sollte, dann mach bei Gelegenheit einen aufregenderen Vorschlag – dann bin ich geneigt zu antworten: Liebend gerne kommen wir in der zweiten Hälfte des Frühjahrs 90 zu Ihnen nach St. Louis.

Viele herzliche Grüße, auch an die ganze bunte Familie
Ihr Jurek Becker

An Burgel Zeeh

15. 11. 1988

Liebe Burgel,

eine nervenzerfetzende Woche ist vorbei: Zuerst Frankfurt mit Dir als einziger nennenswerter Annehmlichkeit, dann Köln, wo ich immerhin Telestar (!!!!!) geworden bin (sieh's Dir ruhig diesen Donnerstagabend im Fernsehen an, damit Du mit eigenen Augen siehst, was für eine gute Figur ich neben all diesen Unterhaltungsfuzzis abgebe), schließlich Dresden, wo ich eine Lesung hatte, die ungefähr so schön war wie eine Grenzkontrolle. Und Christine immer dabei, also keine Sekunde Pause. Ach ja, und während dieser Woche mußte ich mich auch über den armen Martin Walser hermachen, auf eine Weise, über die bei Suhrkamp nicht nur gejubelt werden wird. Fair wie ich bin, warte ich noch diese Woche und den Artikel in der ›Zeit‹ ab, bevor ich mich zu Siegfrieds Evangeliar-Angebot äußere. Er soll Gelegenheit haben zu sagen: Nicht mit dem!

Deine Bemutterungen werfen mich immer wieder um: ich kann gar nicht so schnell einen Wunsch äußern, wie Du ihn erfüllst. Hab ich Dir schon mal gesagt, daß mir das überhaupt nicht gleichgültig ist.

Also: Von den Poetik-Dozenten würde ich gern mal einen Blick reinwerfen bei Uwe Johnson, Muschg, Walser (sieh an!) und Hans Mayer. Und, wenn es nicht zu große Mühe macht, bei Jandl.

Das schönste an meiner eigenen Vorlesung, das weiß ich jetzt schon, wird sein, daß ich dann einen gewissen Teil des Suhrkamp-Personals öfter sehe.

Küsse, auch von Christine
Dein Jurek

An Paul Michael Lützeler

Berlin, den 16. Nov. 1988

Lieber Herr Lützeler,
haben Sie schon daran gedacht, daß in der Zeit von Mitte März bis Ende April die Football-Saison längst zuende ist, die Baseball-Saison noch nicht begonnen hat und die Basketball-Saison zwar noch in vollem Gange ist, St. Louis aber keine Profi-Mannschaft hat? Damit habe ich gleichzeitig auch ein paar wichtige Gründe aufgezählt, warum Christine genau in dieser Zeit kommen möchte.
Also: Besiegeln wir's per Deklaration. Ich fühle mich als für die zweite Hälfte des Frühjahrssemesters 90 zu Ihnen nach St. Louis eingeladen. Ich werde, wie in Ihrem Brief beschrieben, pflichtschuldig Seminare abhalten, ich weiß nur noch nicht worüber. Auf alle Fälle werden sie mit deutscher Literatur zwischen 1950 und heute zu tun haben. Und auf alle Fälle nichts mit mir. Irgendwann wird mir der interessante Gesichtspunkt einfallen, und dann schreibe ich Ihnen sofort. Ich hoffe, daß Sie meine Textauswahl nicht zu früh brauchen, denn darin besteht für mich die Hauptarbeit bei der Vorbereitung; und im Moment habe ich deprimierend viel zu tun. Aber nocheinmal, ich werde die mir auferlegten Pflichten getreulich erfüllen, Sie lassen sich auf kein windiges Geschäft ein.
Irgendwann werden Sie mir, wegen des Visums (J-1?), eine offizielle Einladung und dieses Formular schicken müssen, aber das hat noch viel Zeit.
Nehmen Sie mein Mitgefühl wegen George Bush entgegen, das einzig Gute an der Sache scheint mir zu sein, daß Ihnen Dukakis nun erspart bleibt.

Die herzlichsten Grüße, an alle Lützelers –
Ihr Jurek Becker

An Joachim Unseld

18. 11. 1988

Lieber Joachim,
es klappt eben nicht, wenn man sich nach Art der Feiglinge aus einer Sache stehlen will, mit Nichtstun und Schweigen. Immer wird man erwischt und muß reagieren.
Du hast Deine sanfte Mahnung an einen Menschen gerichtet, der eine solch tiefe Abneigung gegen Anthologien hat, daß man sie bald eine Phobie nennen könnte. Sicher gibt es Anthologien, die Zuneigung verdienen (und sicher zählt die von Euch geplante dazu), aber eben nur sehr wenige.
Zum zweiten habe ich zur Zeit verzweifelt viel zu tun. Egal was ich nebenbei schriebe, ich würde es abgelenkt tun, um es möglichst schnell loszuwerden. Bedenke nur, daß Eurem Projekt durch meine Total-Verweigerung sehr, sehr wenig verlorengeht.

Herzliche Grüße
Jurek

An Ingeborg Probst

19. 11. 1988

Liebe Frau Probst,
zuerst und vor allem: herzlichen Dank für die Einladung (das lieber gleich am Anfang, denn sowas vergesse ich immer).
Wie gründlich ich auch überlege – es gibt keinen vernünftigen Grund, warum ich nicht nach Norwegen kommen sollte. Es gibt nur ein paar Wünsche. Der eine wäre, die Sache so früh wie möglich zu machen (damit meine ich: Ende August oder Anfang September, denn soviel ich weiß, wird es in Norwegen dann rapide kälter).

Der andere: ob es möglich wäre, die Lesung in Oslo mit einer in Helsinki zu verbinden, denn dort war ich noch nie, und ich wäre neugierig darauf. Ich wage es, diesen Wunsch zu äußern, weil ich vor einiger Zeit vom Goethe-Institut in Kopenhagen eingeladen wurde; die schrieben, daß es günstig wäre, wenn man eine Lesung dort mit Lesungen in anderen skandinavischen Goethe-Instituten verbinden könnte. (Ich hatte damals keine Zeit und habe abgesagt.)
Ich hoffe sehr, Sie haben sich in Norwegen gut eingelebt und vermissen Houston und die hohe Luftfeuchtigkeit nicht allzu sehr. Gerne erinnere ich mich an den Abend in Ihrem Haus, an die vielen verwunderten neugierigen Menschen dort.

Die schönsten Grüße, auch von meiner Frau
Ihr Jurek Becker

An Leila Vennewitz

24. 11. 1988

Liebe Frau Vennewitz,
wie ein Schneekönig freue ich mich, daß Sie mit der Arbeit am ›Jakob‹ nun fertig sind. Ich gönne Ihnen von Herzen, daß Sie nun für eine Weile Ruhe vor mir haben, Sie haben es sich schwer verdient.
Natürlich würde ich mich über einen Durchschlag Ihrer Übersetzung freuen – weniger um daran zu arbeiten, sondern eher als Trophäe. Leider reicht mein Englisch kaum aus, um nennenswerte Anregungen zu geben.
Ich wünsche Ihnen die schönsten Tage in Ihrem Wüstenort in Kalifornien, und ein wenig beneide ich Sie auch darum. (Gar nicht so wenig.)

Herzliche Grüße, auch an Ihren Mann
Ihr Jurek Becker

An Marcel Reich-Ranicki

29. November 1988

Lieber Marcel,
Deine Reaktion auf den Walser-Artikel in der ›Zeit‹ war mir eine große Freude, wie alles Angenehme, das plötzlich und unerwartet kommt.
Entschuldige, wenn ich mir so viel Zeit gelassen habe, noch ein paar Gedanken zu Deinem Heinrich-Mann-Essay aufzuschreiben; es sind nicht deshalb Monate darüber vergangen, weil ich besonders gründlich sein wollte, sondern weil ich seit Monaten nicht weiß, wo mir der Kopf steht. Ich bin von Plagen umzingelt, Unwichtigkeiten eigentlich, wenn man jede einzeln betrachtet, aber in so großer Zahl, daß sie meine Aufmerksamkeit fressen.
Inzwischen habe ich also den Heinrich-Mann-Essay gelesen. Er ist voll von Einzelheiten, die ich nicht kannte – nebenbei bemerkt, bin ich kein sehr guter Kenner des Werks von Heinrich Mann. Der Artikel hat, so scheint es mir, auf unsere kleine Meinungsverschiedenheit mehr Licht geworfen, doch kein neues. Ich hätte Dir gegenüber ja kein Wort verloren, wenn Du den vorletzten Satz nicht so geschrieben hättest, wie er schließlich da steht. Jedenfalls zeigt mir der Essay, daß Du noch mehr Pfeile im Köcher hattest als die in der FAZ abgeschossenen, und nicht die ungiftigsten. Es ist keine gute Position, die ich da innehabe: einen Autor zu verteidigen, den ich nicht sehr schätze, von dem ich seit mindestens zwanzig Jahren keine Zeile gelesen habe, zu dessen Schutz ich höchstens vorbringen kann, daß er es nicht verdient hat, so derb auf den Kopf geschlagen zu kriegen, wie Du es getan hast. All die Entgleisungen, die Du ihm ankreidest, hat er sich ja zuschulden kommen lassen.
Ich will Dir einen Eindruck nicht verschweigen, den ich nach der Lektüre hatte und der mich wunderte: wie Du das enorm umfangreiche Werk dieses Schriftstellers so ge-

nau nach Fehlleistungen durchharken konntest! Welch eine detektivische Energie dazu gehört, all die Unschönheiten zu registrieren, und das über Jahre oder gar Jahrzehnte hinweg; denn ich nehme an, daß Du die vielen tausend Seiten nicht hintereinander weg gelesen haben wirst, eigens für den Essay. Oder ist es bei Heinrich Mann am Ende tatsächlich so einfach: wo man eines seiner Bücher aufschlägt – eine Entgleisung?

Ich habe auch den in Deinem Thomas-Mann-Buch folgenden Aufsatz ›Der König und der Gegenkönig‹ gelesen. Darin scheinst Du mir Heinrich gegenüber viel milder gestimmt, auch wenn niemand sagen kann, Du übersähest dort seine Schwächen. Doch es kommt mir vor, als gäbe es noch einen spürbaren Respekt, ein unübersehbares Quantum an Hochachtung, das sich in den zwei Jahren zwischen den beiden Aufsätzen verflüchtigt haben muß. Vielleicht warst Du in ›König und Gegenkönig‹ aber auch in der Position, Heinrich Mann vor den zum Teil unverdienten Angriffen eines Übermächtigen in Schutz nehmen zu müssen.

Wie Du sicher schon gesehen hast, habe ich diesem Brief die Fotokopie eines Gedichts von Grillparzer beigefügt, das ich sehr mag und von dem ich vermute, daß es in der Frankfurter Anthologie noch nicht besprochen worden ist. Wenn Du möchtest (und wenn der Termin schön weit in der Ferne liegt), könnte ich etwas darüber schreiben.

Die herzlichsten Grüße –
Dein Jurek

An Leila Vennewitz

30. November 1988

Liebe Frau Vennewitz,
auf Ihren Brief mit der Mitteilung, die Jakob-Übersetzung sei nun fertig und abgeschickt, habe ich ja schon geschrieben. Heute nun kam die Übersetzung persönlich, vielen Dank dafür.
Zu Ihren im Begleitbrief enthaltenen Fragen gibt es folgendes zu sagen:

1. Auf Seite 33 u. 34 (Deutsch) werden die Worte »Ach Jakob« von Mischa gesagt, es ist sozusagen ein Ausruf der Freude. Im Deutschen hätte »Oh, Jakob« eine vollkommen andere Bedeutung, im Englischen aber wage ich das nicht zu beurteilen.
2. Als ich von Ihrem Problem mit der Klein- oder Großschreibung der jiddischen Wörter meiner Frau erzählte, sagte sie etwas sehr Vernünftiges: Daß es in der amerikanischen Gegenwartsliteratur eine Menge von Texten gibt, in der es von jiddischen Ausdrücken wimmelt, Philip Roth zum Beispiel oder Isaac Bashevis Singer. Macht es doch so wie dort, sagte sie, denn das entspricht bestimmt der gängigen Konvention. Das glaube ich auch.

Nocheinmal: Vielen Dank für all Ihre Mühe mit mir, die Sie hinter sich gebracht haben. Hoffentlich war die viele Arbeit in einigen Augenblicken nicht nur mühsam. Bald werde ich mich, mit meinen kleinen Kenntnissen, in die Lektüre stürzen, aber ganz fröhlich bin ich schon jetzt.

Die herzlichsten Grüße –
Ihr Jurek Becker

An Egon Schwarz

5. Dezember 1988

Lieber Egon,
Ihre knappe Zustandsschilderung ist hier mit viel Interesse aufgenommen worden, es wäre nicht richtig zu sagen – mit Wohlbehagen, denn Sie reden ja nicht nur von Annehmlichkeiten. Bei George Bush handelt es sich sogar um eine größere Unannehmlichkeit, allerdings tröste ich mich ein wenig bei dem Gedanken, daß in den sogenannten westlichen Demokratien die Zustände in einem Land immer unabhängiger von den jeweils Regierenden werden. Daß aber unsere Laune und unser mentales Wohlbehagen weitgehend von ihnen abhängen, ist eine andere Sache.
Ihre Reisepläne sind von imposantem Ausmaß. Richten Sie die aber bitte so ein, daß Sie unbedingt im Frühjahr 90 zu Hause sind, denn Christine und ich haben beschlossen, von Mitte März bis Anfang Mai 90 nach St. Louis zu kommen. Sie gehören sozusagen zu meinen Geschäftsgrundlagen: Was sollte ich in St. Louis, wenn Sie gerade in irgendeinem Venezuela stecken?
Wir beide, Christine und ich, arbeiten gemächlich vor uns hin. Christine hat sich fest vorgenommen, bis zum kommenden Mai den endgültigen Joseph-Roth-Durchblick (und damit ihre Magister-Arbeit) zu haben, und ich sitze an einer langwierigen Drehbuch-Sache fürs Fernsehen; sie befriedigt mich ungefähr so wie ein Sturz aus einem Fenster im – sagen wir – zweiten Stock, läßt mich andererseits aber so viel Geld verdienen, daß mir das Romane-Schreiben plötzlich wie eine rührende Freizeitbeschäftigung vorkommt. Christine achtet leider streng darauf, daß mein Erwerbstrieb nicht überhandnimmt: Sie geht übelgelaunt durch die Wohnung und verspricht mir bessere Stimmung nur für den Fall, daß ich mit diesem Fernseh-Unsinn aufhöre und mich wieder ins Glied der Vollzeitliteraten stelle.

Daß ich Sie dazu bewogen oder Ihnen Lust gemacht habe, wieder Ihr eigenes Buch zu lesen, rechne ich mir hoch an. Es steht Ihnen eine angenehme Erfahrung bevor. Umgekehrt würden Sie das bei mir nicht schaffen; ich glaube, ich schreibe vor allem deshalb Bücher, um den Eindruck meiner bis dahin geschriebenen zu verwischen. Das ist nicht nur ein Witz.
Wir, Christine und ich, grüßen Sie beide sehr herzlich, wünschen Ihnen natürlich auch all das, was um diese Jahreszeit zu wünschen ist, und freuen uns jetzt schon, vor allem Ihretwegen, auf St. Louis –

Ihr Jurek Becker

An Marcel Reich-Ranicki

6. Dezember 1988

Lieber Marcel,
Dein Hinweis auf das Grundgesetz der Bundesrepublik Deutschland hat mir die Augen über das Wesen der Literaturkritik geöffnet. Aber noch aufschlußreicher war Deine Bemerkung über die häufig anzutreffende Diskrepanz zwischen dem Edelmut eines Autors und der Qualität seiner Hervorbringungen. Da ich weiß, daß Du mich für einen anständigen Menschen hältst, kann ich mir den Rest leicht zusammenreimen.
Seit Jahren schon versuche ich herauszufinden, in welchem Loch das Talent (das ich wahrscheinlich einmal hatte) versickert, und plötzlich offenbart sich mir die Antwort: es ist mein guter Charakter. Dieser verfluchte gute Charakter treibt den mit ihm geschlagenen Autor dazu, etwas Gutes zu stiften, seinen Texten Nützlichkeit zu verleihen, und damit schaufelt er sich wohl sein eigenes Grab. Es wäre mir ein großer Trost, wenn Du wenigstens einräumen könntest, daß Anständigkeit und Talent einander

nicht ausschließen. Du brauchtest das nicht auf mich zu beziehen, trotzdem hätte ich dann einen Strohhalm, an den ich mich klammern könnte.
Unter all meinen Bekannten bist Du der einzige, der geradezu störrisch darauf besteht, daß ich ein noch junger Mensch bin. In Deinem Brief tust Du das nicht zum erstenmal, ich erinnere mich an eine Bemerkung von Dir, ich reiste noch zum Studententarif durchs Leben. Selbst wenn man darüber hinwegsieht, daß ich mehr graue Haare auf dem Kopf habe, als Du vermutlich je besessen hast – nicht einmal Christine ist bereit, in mir den Jugendlichen zu sehen, der ich in Deinen Augen wohl auf ewig bin. Im Gegenteil, kürzlich hat sie den Umstand, daß ich jeden Morgen Stunden vor ihr aufwache, zu der Bemerkung genutzt, es handle sich dabei um eine fortgeschrittene ›senile Bettflucht‹.
Ich stehe zu meinem Wort, für die ›Frankfurter Anthologie‹ ein Gedicht zu besprechen, ich bin sogar wild dazu entschlossen. Ich weiß nur noch nicht welches. Ich bin alles andere als ein gründlicher Kenner der deutschen Poesie (Du wirst denken: Wem sagt er das?), und ich fürchte, daß die ersten zehn Gedichte, die mir einfallen, längst bei Euch besprochen sind. Sobald mir das elfte einfällt – und ich suche ab sofort –, melde ich mich bei Dir.
Ich danke Dir für die gute Laune, die mir Dein Brief gemacht hat und grüße Dich herzlich –

Dein Jurek

An Horst Dieter Schlosser

6. 12. 1988

Lieber Professor Schlosser,
mit Vergnügen habe ich Ihren Artikel über »Bronsteins Kinder« gelesen, aber auch mit Spannung. Es ist aufregend

für einen Autor zu sehen, wie Andeutungen den Empfänger erreichen, wie Zäune, die ja auch Schutz bieten sollen, überstiegen werden, wie ein fiktives Gespräch stattfindet, das keine Fragen und Antworten kennt, sondern nur ein Mal hin und ein Mal her gehen kann. Ich will Ihnen auch nicht verschweigen, daß ich auf Entdeckungen bei Ihnen gestoßen bin, die für mich verblüffend waren, dennoch kann man ja nichts entdecken, was nicht da ist. Ihr Umgang mit dem Text hat mir Spaß gemacht, und das will bei meinem Verhältnis zu diesem Text etwas heißen.

Herzliche Grüße
Ihr Jurek Becker

An Ingeborg Probst

5. 1. 1989

Liebe Frau Probst,
danke für Ihren Brief und die guten Neujahrswünsche. Die Termine, die Sie nennen, passen mir ganz gut in den Kram. Da Sie mir ausdrücklich Streichungen erlauben, möchte ich eine vornehmen: Vielleicht könnte man Stockholm streichen (wo ich gerade gewesen bin), dann könnte ich zwei Tage länger in Island bleiben (wo ich noch nie war) und zwei Tage früher nach Helsinki kommen (auf das ich sehr neugierig bin). Sollte es mit Kopenhagen irgendwelche Probleme geben, so kann man diesen Termin auch streichen, so daß ich die Reise eben bei Ihnen in Oslo beginnen würde. Ursprünglich wollte ich das Ganze eigentlich mit dem Auto erledigen, aber nun sieht es doch so aus, daß das illusorisch ist.
Eine Bitte, auch wenn es dafür noch recht früh ist: Wenn es ans Besorgen von Flugtickets und Reservierungen von Hotels geht, denken Sie bitte daran, daß ich gerne mit meiner Frau fahren möchte. Selbstverständlich findet das auf meine Kosten statt. Vielleicht kann das Goethe-

Institut (bei den Tickets) diese Kosten erst einmal verauslagen und mir dann in Rechnung stellen oder mit meinem Honorar verrechnen. Oder wie immer es nötig ist.
Mit guten Wünschen für das Jahr und herzlichen Grüßen

Jurek Becker

An Marcel Reich-Ranicki

3. 3. 1989

Lieber Marcel,
zum einen will ich mich herzlich bei Dir für Deine ›Ruhestörer‹ bedanken. Es ist eine Freude, so bedacht und beschrieben zu werden.
Zum anderen bitte ich Dich um Verständnis für mein Schweigen in der Sache ›Frankfurter Anthologie‹. Ich sitze zur Zeit an den Vorlesungen, die ich im kommenden Mai und Juni an der Frankfurter Universität zu halten habe, die fressen meine ganze Aufmerksamkeit. Immerzu ist etwas!
Ich hoffe sehr, es geht Euch himmlisch, ich hoffe sehr, daß es ein Vergnügen ist, emeritierter Literaturpapst zu sein.

Herzlich
Dein Jurek

An Fred Strohmaier

5. 4. 1989

Lieber Herr Strohmaier,
wahrscheinlich wissen Sie nicht, daß ich nur drei Vorlesungen in Frankfurt halte, an drei Dienstagen. Die Tage davor und danach (sechs Stück also) sind sämtlich schon verplant, bis auf einen einzigen: Mittwoch, den 7. Juni. Dies ist der einzige Tag, an dem ich zu Ihnen nach Regens-

burg kommen könnte. Sollte das Ihre Zustimmung finden, würde ich eine der Frankfurter Vorlesungen wiederholen. Ich würde ohne meine Frau kommen, 600 Mark Honorar haben wollen (darin die Fahrtkosten), und eine Nacht müßte ich untergebracht werden. So.
Ich bilde mir ein, aus Ihrem Brief herauszuhören, daß es Ihnen und Ihrer Frau nicht schlecht zu gehen scheint. Das wäre mir ein guter Grund zur Freude.
Zögern Sie bitte nicht allzu lange mit der Antwort, und seien Sie beide herzlich gegrüßt

Ihr Jurek Becker

An den Polizeipräsidenten in Berlin

[o. D.]

Ich werde von Ihnen beschuldigt, am 10.02.89 vor einer Einfahrt geparkt zu haben. Ich habe Ihnen darauf geantwortet, daß ich deutlich neben der Einfahrt geparkt habe und dafür auch zwei Zeugen benennen kann. Daraufhin wiederholen Sie die Beschuldigung und sagen, Sie hätten meine Einwände geprüft, und zwar eingehend, sie konnten mich aber nicht entlasten. Das kann ich nur als Witz betrachten, denn was soll mich denn sonst entlasten? Hundert Zeugen?
Ich zahle Ihnen die 76 DM, weil es mir zu lästig ist, mich vor Gericht wegen einer solchen Lappalie mit Ihnen zu streiten. Für die Zukunft wünsche ich Ihnen glücklichere Entscheidungen.

Mit freundlichen Grüßen

An Jürgen Leinemann

[o. D.]

Lieber Jürgen Leinemann,
eben komme ich von einer Reise zurück und finde Ihren Brief, der mich vor allem sehr freut (ein Brief von Ihnen freut mich eben), ein wenig besorgt (weil ich mir einbilde herauszulesen, daß es Ihnen nicht übertrieben gut geht) und mir auch ans Herz geht, des Trostes wegen, den Sie mir darin spenden. Mein Leben lang bin ich mir vorgekommen wie einer, der tröstliche Worte als allerletzter verdient, und jetzt das.

Die Sache mit dem Artikel, der nicht gedruckt wurde, ist mir weniger nahegegangen, als Sie vielleicht vermuten. Ich bin ja nicht so sehr des Artikels wegen wie wegen der Olympiade nach Seoul gefahren, der Artikel war eher eine Ablenkung. Um Ihnen die Wahrheit zu sagen – ungeheuer gelungen fand ich ihn selbst nicht (allerdings gut genug, um im Spiegel gedruckt zu werden, das schon); allerdings bin ich es auch nicht gewohnt, sozusagen live mit dem zu betrachtenden Vorgang zu schreiben, das war eine sehr neue Situation. Daß ich so heftig reagiert habe (in einem einzigen Brief an Preuß) lag nicht an einem Gefühl der Kränkung, sondern eher an meiner Unerfahrenheit in derlei Angelegenheiten: ich meinte, Empörung zeigen zu müssen, das sei der Situation angemessen. Meine Frau hat sich tagelang darüber lustig gemacht und mich daran erinnert, wie oft ich schon viel bessere Gelegenheiten für Empörung ungenutzt verstreichen ließ. Kurz und gut: Ich bin seelisch halbwegs intakt aus der Sache hervorgegangen.

Zur Zeit sitze ich an einer schwereren Arbeit. Im kommenden Frühjahrssemester halte ich an der Universität in Frankfurt sogenannte Poetik-Vorlesungen. Im Unterschied zum ›Spiegel‹ müssen die Frankfurter die Katze im Sack kaufen, denn die letzte Sicherung, die eingebaut

ist, bin ich selbst. Dieser Umstand lastet schwer auf mir, niemand ist unglücklicher als ich, wenn ich zu leichtfertig schreibe.
Auch ich würde mich freuen, wenn wir uns wieder einmal über den Weg liefen. Da zu vermuten ist, daß Sie öfter in Berlin sind als ich in Bonn, können Sie wohl mehr dafür tun. Sie würden staunen, wie wenig erschrocken ich wäre, wenn Sie sich plötzlich bei mir meldeten.

Herzliche Grüße
Ihr J. B.

An Ortrud Weckel

5. 4. 1989

Sehr geehrte Frau Weckel,
eben komme ich von einer Reise zurück und finde Ihren Brief vom 18. 3., zugleich die sanfte Mahnung vom 28. 3. Ich verstehe wohl, daß die Sache Ihnen eilig ist, aber so schnell kann ich nicht antworten. Es ist dies nicht nur eine Frage der Zeit, sondern vor einer Zusage sollte ich schon wissen, worüber ich reden will. Noch ist mir das längst nicht klar. Ich brauche dafür sicher noch ein paar Wochen, auf die Gefahr hin, daß es für Sie dann zu spät sein könnte. Aber ich finde den Knopf nicht, auf den ich nur zu drükken brauche, damit mir die Erleuchtung kommt.

Schönste Grüße
Jurek Becker

An Günter Kunert

Berlin, 10. 4. 1989

Lieber Günter,
keine Frage – ich bin von Deiner Dienstleistung überwältigt. Je mehr Wochenenden mit Deinen so zuverlässigen Immobilienangeboten kommen, um so mehr wächst die Gewißheit, aus Deiner Schuld nie mehr herauszukommen. Aber nicht allein deshalb will ich nun den Service stoppen. Zum einen ist eine Anzeige (für mich) zu nichtssagend, als daß sie mich in Brand setzen könnte – und der Weg ist zu weit, es kurz mal zu überprüfen. Zum anderen waren wir vor kurzem an der Schlei und haben beschlossen: Wenn Schleswig-Holstein, dann an der Schlei. Wir haben sogar schon einem lächelnden Makler diesen Gedanken mitgeteilt.
Sei aufs Aufdringlichste umarmt und geherzt und gegrüßt

Dein Jurek

Grüße und Küsse auch für Marianne

An Anke Martiny

20. April 1989

Sehr geehrte Frau Martiny,
der Grund für meinen Brief an Sie heißt Günther von Lojewski. Noch nie hat mich die Berufung eines Fernseh-Intendanten so aus der Fassung gebracht wie diesmal, ich stand solchen Vorgängen eigentlich immer gleichgültig gegenüber. Doch plötzlich habe ich den Eindruck, eine Ungeheuerlichkeit sei in Gang gesetzt: Der ›linkesten‹ politischen und Regierungssituation, die es je in der Stadt gab, wird der reaktionärste Rundfunkchef gegenüber-, ja, entgegengestellt, der sich weit und breit finden ließ. Wahrscheinlich hat hiermit die CDU den nächsten Wahlkampf eröffnet, wahrscheinlich hat die SPD, wenn nicht ein

Dauersturm der Entrüstung die Intendantenwahl irgendwann wieder aufhebt, in diesem Kampf keine Chance.
Es ist ja schon eine merkwürdige Sache, daß sowohl in den SPD- wie in den CDU-regierten Bundesländern die Mehrheiten in den Rundfunkräten immer zu einem CDU-Intendanten führen, zumindest zu einem der CDU genehmen Intendanten. Und daß dies in Berlin nur wenige Wochen nach der Wahl auf so provozierende Weise demonstriert wird, sollte ihre Partei dazu bringen, dieses Problem endlich für wichtiger zu halten, als es in der Vergangenheit der Fall war.
Die Stellungnahme, die Sie zu von Lojewskis Wahl abgegeben haben, ist mir aus dem Herzen gesprochen. Die Gegenstimmen dazu aus Ihrer Partei stammen vorwiegend von solchen, die es für den Normalzustand der Demokratie halten, daß die CDU regiert und die Linken in der Opposition sitzen. Häufig klagt Ihre Partei, daß die Zusammensetzung der Rundfunkräte nicht den politischen Gegebenheiten entspricht, doch dort, wo sie die Macht hätte, dies zu verändern, bleibt alles beim alten.
Verstehen Sie das alles bitte nicht nur als Klage; wenn Sie der Meinung sind, ich könnte Ihnen bei der Behebung dieses schwer erträglichen Mißstands von Nutzen sein, so wäre ich gern bereit dazu.

Mit besten Grüßen
Jurek Becker

An Ortrud Weckel

30. April 1989

Sehr geehrte Frau Weckel,
also, ich habe mich durchgerungen, am 22. November bei Ihnen zu sprechen, auch wenn ich mich dafür verfluchen werde, wenn ich die Rede schreibe. Ich weiß noch nicht

genau, wovon sie handeln wird, aber die DDR wird sicher darin vorkommen und wohl auch das, was man die Menschenrechte nennt. Allerdings merke ich, wie schwer mir dieses Wort über die Lippen geht, es ist nicht mein Wort. Schreiben Sie mir doch bitte bei Gelegenheit, wie lange gewöhnlich so eine Predigt dauert, und auch, wann genau ich mich wo einzufinden habe.

Mit besten Grüßen
Jurek Becker

An Leila Vennewitz

2. Juni 1989

Liebe Frau Vennewitz,
es war nachlässig von mir, so lange nichts von mir hören zu lassen, ich weiß. Zu meiner Entschuldigung habe ich zweierlei anzufügen: Zum einen bin ich andauernd verreist, lauter kleine Ortsveränderungen, eine nach der anderen, die mich kaum zur Ruhe kommen lassen. Zum zweiten: Sie dürfen mein Englisch nicht überschätzen – ich bin wirklich kaum in der Lage, die Qualität einer Übersetzung zu würdigen. Bei einigen wenigen Details ist mir das (mit großem Aufwand) vielleicht möglich, doch niemals bei einem ganzen Buch. Also habe ich auch nie an Mr. Mulligan geschrieben. Er hat mich vor einigen Wochen angerufen und mich nach zwei Einzelheiten gefragt, die auch schon auf Ihrer Liste standen. Ich habe ihm nach bestem Wissen geantwortet.
Im Übrigen bin ich überzeugt davon, daß Ihre Übersetzung ganz großartig ist, nicht aus eigenem Vergleichen, sondern weil alle, die etwas davon verstehen, Ihre Übersetzungen in den höchsten Tönen preisen.

Herzliche Grüße
Ihr Jurek Becker

An Günter Kunert

9. 6. 1989

Lieber Günter,
wie Du siehst, habe ich mich mit meiner Lieferung streng an die DDR-Außenhandelsregelungen gehalten: Pünktlich und minderwertig. Tatsache ist, daß ich nicht allzuviele schlaflose Nächte über der Sache verbracht habe, was wohl aber auch nicht ihr Sinn gewesen ist. Jedenfalls mußt Du mir zugute halten, daß ich keine Übung in derlei Dingen habe, doch auch, daß ich vor Zuneigung berste und an Dich denke, sooft es meine Zeit erlaubt.

Sei umarmt und grüße herzlich die Marianne
Dein Jurek

An Ortrud Weckel

9. 6. 1989

Sehr geehrte Frau Weckel,
Ihrem freundlichen Brief vom 3. Juni erst habe ich entnommen, daß mein Vortrag Teil eines richtigen Gottesdienstes sein soll. Bis dahin dachte ich, daß die Veranstaltung deshalb ai-Gottesdienst heißt, weil sie am Bußtag stattfindet und in einer Kirche. Jedenfalls hat meine Zusage alles mit ai zu tun und nichts mit Kirche. Nun habe ich nichts gegen Gottesdienste (d. h. – ganz richtig ist das so auch nicht), doch mag ich bei den Gebeten nicht anwesend sein. Irgendwie hätte ich das Gefühl, daß meine zutiefst antireligiösen Gefühle verletzt würden (die durch das Recht auf Freiheit der Religionsausübung schließlich auch geschützt sind).
Wenn Sie mir also mitteilen, in welchem Hotel ich wohne, dann schreiben Sie mir doch bitte auch, wann mich jemand von dort abholt, und zwar zu einer Zeit, da die Sache mit den Gebeten (und der eigentlichen Predigt, falls

es eine gibt) noch nicht begonnen hat oder schon zu Ende ist.
Im Übrigen freue ich mich auch auf Hamburg.

Mit besten Grüßen
Jurek Becker

An Ingeborg Probst

2. Juli 1989

Liebe Frau Probst,
klar kann ich für eine halbe Stunde zum norwegischen PEN. Ich kann mir vorstellen, daß ich, wenn Sie meine Managerin wären, 'ne Menge zu tun hätte.
Die Norwegen-Reise rückt langsam ins Blickfeld, nächste Woche wird ein Polyglott gekauft.

Herzliche Grüße, auch von Christine
Ihr Jurek Becker

An Ortrud Weckel

3. Juli 1989

Sehr geehrte Frau Weckel,
leider kann ich Ihnen jetzt erst antworten, da ich für zwei Wochen verreist war. Ich will Ihnen nicht verhehlen, daß Ihr Brief mich ziemlich geärgert hat. Ich habe keine Aversionen gegen den christlichen Glauben, sondern ich halte jede Art von Religionsausübung für ein partielles Außerkraftsetzen des Verstandes. Hinzu kommt, daß ich eine zunehmende Religiosisierung des öffentlichen Lebens zu beobachten meine und daß mir dies gewaltig auf die Nerven geht. Es tut mir leid, daß Sie nun von mir enttäuscht sind; doch wenn Sie sich rechtzeitig mit meinen Ansichten beschäftigt hätten, wäre Ihnen diese Enttäuschung erspart geblieben.

Ich halte es für grob unhöflich, wenn Sie mir schreiben, Sie hätten auf meine Einladung verzichtet, wenn Ihnen meine Aversion vorher bekannt gewesen wäre, und daß Sie es nur deshalb bei der Einladung belassen, weil Sie nun keinen anderen Redner mehr finden. Das kann ja nun wirklich kein Grund für mich sein, zu Ihnen nach Hamburg zu kommen, und ich ziehe meine Zusage hiermit zurück. Das ist allein schon deshalb unumgänglich, weil ich nicht im Traume daran dächte, aus den Gründen, warum ich zu spät zu Ihrem Gottesdienst käme und ihn vorzeitig verließe, ein Geheimnis zu machen. Tut mir leid, aber ich glaube, es ist alles dazu gesagt.

Beste Grüße
Jurek Becker

An Angela Baumann

14. Juli 1989

Sehr geehrte Frau Baumann,
Sie brauchen sich bei meiner Absage keine wilden Hintergründe zu denken. Wenn man ziemlich viel zu tun hat und solche Einladungen bedrohlich zunehmen, kann eine Absage schon mal kurz angebunden klingen. Wenn dann noch hinzukommt, daß die Einladung als Einschreiben geschickt wird, daß man nicht zu Hause ist, daß man bei der Heimkehr eine Mitteilung im Briefkasten findet, daß man zwei Kilometer zur Post läuft, dort zehn Minuten ansteht, am Schalter Ihren Brief in Empfang nimmt (warum um alles in der Welt versenden Sie die Dinger als Einschreiben?) und dann die zwei Kilometer zurück nach Hause muß – alles in allem eine Stunde –, dann versucht man, einen Teil der verlorenen Zeit beim Antwortbrief wieder hereinzuholen. Mehr steckt nicht dahinter.

Beste Grüße
Jurek Becker

An Joachim Unseld

19. 7. 1989

Lieber Joachim,
ein paar Leute haben mich immerhin gefragt, wo sie die Vorlesung nachlesen können (nicht allzu viele), dann Dein Brief: also schön. Christine meint, ich wollte nur lange genug gebeten werden. Sag oder schreib mir doch, bis wann Ihr das Manuskript braucht, denn ein paar Kleinigkeiten möchte ich darin schon noch tun. Aber bitte nicht zu schnell. Gegen Mitte September werde ich zu einer Lesung in Frankfurt sein. Vielleicht können wir uns da auf die Schultern klopfen.

Sei umarmt und herzlich gegrüßt, auch von Christine –
Jurek

An Burgel Zeeh

24. 7. 1989

Liebste Burgel,
in meinen Augen hättest Du es nicht nötig, auch nur 1/4 Pfund abzunehmen, allerdings sehe ich Dich, wie Du weißt, mit den Augen der Liebe. Hier ist jedenfalls der Plan von Manfred, und wenn der Effekt, den er bei mir hatte, etwas zählt, dann stimmt jedes Wort.

Umarmungen von
Jurek

An Christa Wolf

3. August 1989

Liebe Christa,
an dem Projekt, zu dem Ihr mich einladet, kann ich mich nicht beteiligen. Am 1. September werde ich, wenn nichts dazwischenkommt, auf einer Reise sein, bei einer unbe-

schwerten Unternehmung, die absolut keine Verbindung mit Zeitgeschichte hat. Ich müßte also, wollte ich mich dennoch beteiligen, mit Verspätung einen 1. September erfinden, dazu die Reflexionen.
Es wäre aber noch ein Problem: Noch nie hat es einen Tag in meinem Leben gegeben, von dem ich im vorhinein wußte, daß er Gegenstand meiner Beschreibung werden würde. Ich fürchte, dieser Tag wäre mir dann verdorben, er würde beobachtet werden und bliebe unerlebt. Ich will das Problem nicht aufbauschen, ich will nur erwähnen, daß es neben der fehlenden Voraussetzung auch ein gewisses Bedenken gäbe.

Die herzlichsten Grüße, auch für Gerhard
Dein Jurek Becker

An Christa Wolf

18. 8. 1989

Liebe Christa,
Du wirst wissen, daß Antworten oft wie ein Trichter sind, in dem sich die verschiedensten Motive zu einem scheinbar eindeutigen Resultat vermischen. Nicht anders war es bei meiner Antwort. Wozu hätte ich hinzufügen sollen, daß ich seit langem einen tiefen Groll und unüberwindliche Unlust spüre, wenn es um Anthologien geht, daß ich die meisten für schiere Nutzlosigkeiten halte, für Literatur für Kreuzworträtsellöser, und daß ich mir geschworen habe, nie etwas dafür zu schreiben (und zwar lange bevor ich ahnen konnte, daß Du mich zu einer einladen würdest). Dir ist ja wohl klar, daß man seine Abneigungen nicht auf Knopfdruck beenden kann, wie steht man dann da?
Im nächsten Winter werde ich andauernd in Berlin sein. Ja, es ist eine tolle Idee, daß wir uns mal sehen, ich ärgere mich, daß ich sie nicht als erster formuliert habe. Ich wer-

de Dich anrufen, oder Du wirst mich anrufen, jedenfalls müßte es mit dem Teufel zugehen, wenn der nächste Frühling käme, ohne daß wir uns auf die Schultern geklopft hätten.

Herzliche Grüße
Dein Jurek

An Sabine Gölz

18. 8. 1989

Liebe Sabine,
danke für Dein ausführliches Lebenszeichen, es ist ein angenehmes Gefühl zu wissen, daß es Dich eindeutig noch gibt. Da wir bisher Deinen Aufenthaltsort nicht kannten, haben Christine und ich sofort zu mutmaßen angefangen, wie es zu Iowa City (das wir beide nicht kennen) gekommen ist. Die eine Vermutung lautet, daß es sich zufällig so ergeben hat, die andere, eine gewisse Vorliebe für außergewöhnliche Lösungen könnte mit im Spiel gewesen sein.

Um gleich mit der Tür ins Haus zu fallen: Aus der Sache mit einem Besuch in Iowa City im Frühjahr 90 wird nichts, das wäre doch ein zu großes Ereignis für eine so kleine Stadt. Im Ernst: Wir werden nur sechs Wochen in St. Louis sein, und wir haben uns fest vorgenommen, in diesen paar Tagen seßhaft zu sein. Es gibt dort einiges zu tun, und die Zeit ist einfach zu knapp zum Herumgondeln. Schon die Reise nach Cornell ist mir eher lästig, und ich werde mir Mühe geben, sie loszuwerden. (Diese Mitteilung ist, wie Du auf den ersten Blick erkennst, ein größerer Vertrauensbeweis.)

Zu Beginn unserer St. Louis-Zeit findet dort ein größeres Symposium statt (vom 16.-18. März), dessen Thema die bundesrepublikanische Literatur unserer Tage ist; ich werde dort eine meiner Frankfurter Vorlesungen vorlesen. Ist es denn ausgeschlossen, daß eine führende Germanistin

aus Iowa zu einem so gewichtigen Ereignis nach St. Louis kommt? Wäre doch zumindest einen Gedanken wert.
Schließlich einige Restmitteilungen in Kürze: Ich habe in letzter Zeit an Filmdrehbüchern gesessen, eines davon wird zur Verfilmung von ›Bronsteins Kindern‹ führen. Ich mache mich gerade über ein Buch her. Die Vorlesung für Frankfurt hat mich sauviel Zeit gekostet. Ich habe mich reichlich in Politik-Angelegenheiten eingemischt; ich bilde mir ein, das aus seelenhygienischen Gründen zu brauchen, auch wenn man hinterher mit leeren Händen dasteht. Ich habe mir eine Kamera gekauft.
Christine macht in diesen Tagen (Ende September) ihre letzte Prüfung an der Uni. Das Thema ihrer Magisterarbeit war die Darstellung des Ostjudentums bei Joseph Roth. Wie es weitergeht, weiß sie noch nicht, fürs erste hat sie einen Lehrauftrag an der Universität (bei den Publizisten) angenommen. Vielleicht (wahrscheinlich) wird sie sich einer Dissertation hingeben. Sie hat eine Gastritis, die nur mit dem Prüfungsende zu heilen ist.
Uns geht es gut. Hat Iowa City nicht eines der besten College-Basketball-Teams?

Sei herzlich gegrüßt
Jurek + Christine

P. S.: Es hat mich sehr beeindruckt, daß Deine Maschine rechtsbündig schreiben kann. Das ist heutzutage verdammt selten!

An Ingeborg Probst

25. 9. 1989

Liebe Frau Probst,
diese Reise stand unter einem guten Stern. Das gute Wetter hat uns geradezu verfolgt, wir sind nur angenehmen

Menschen in die Hände gefallen, und von Streß keine Rede, denn wir hatten wunderbar viel Zeit. Die Fahrt von Oslo nach Bergen, für die wir uns ja vier Tage Zeit gelassen haben, war toll – denn wie Sie wissen, läuft Norwegen von schöner Landschaft fast über. Auch der Aufenthalt in Bergen war angenehm; den größten Eindruck dort hat mir der Sohn von Herrn Fallenstein gemacht, ein 11-jähriger Junge mit Namen Martin, der auf eine Weise spricht, wie ich es noch nie von einem 11-Jährigen gehört habe. Das einzige bedauerliche in Bergen war, daß am Abend meiner Lesung ein Fußball-Europapokal-Spiel stattfand, zu dem ich viel lieber gegangen wäre als zur Lesung. Aber alles kann man eben nicht haben.

Island hat uns großen Eindruck gemacht. Wieder unglaublich gutes Wetter, das Land von geradezu angeberischer Schönheit, und die entzückende Coletta Bürling und ihr Mann haben sich für uns zerrissen. So sehr hat uns Island gefallen, daß wir beschlossen haben, nächstens nocheinmal hinzufahren, für etwas länger. Bei alldem vergessen wir aber natürlich nicht, wer hinter all unserem Reiseglück steckt, wer sozusagen sein Verursacher ist.

Zum Schluß: Gerade kam ein Brief aus Helsinki, ob ich nicht Lust hätte, im nächsten Jahr eine Lesereise durch Finnland und Schweden zu machen. Weil ich Phantasie genug habe mir auszurechnen, daß es so ein Glück innerhalb kurzer Zeit nicht zweimal gibt, habe ich geantwortet, ich hätte zuviel zu tun, vielleicht später.

Haben Sie nocheinmal vielen Dank für all Ihre Mühe mit uns, für Ihre Aufmerksamkeit und für Ihre Freundlichkeit.

Herzliche Grüße, auch für Ihren Mann, auch von Christine

Ihr Jurek Becker

An Paul Michael Lützeler

25. 9. 1989

Lieber Herr Lützeler,
besten Dank für Ihren informativen Brief vom 14. September. Zu einigen Einzelheiten darin möchte ich doch etwas bemerken.

Darüber, daß ich mit einem Vortrag das Symposium eröffnen soll, bin ich nicht sehr froh. Wie Sie wissen, ist dieser Vortrag in einem anderen Zusammenhang geschrieben, für eine andere Gelegenheit, und deckt sich nur teilweise mit den Intentionen Ihres Symposiums. Da ich einsehe, daß nun nichts mehr daran zu ändern ist (nachdem Sie das Programm gedruckt und wohl auch verschickt haben), wird mir nicht anderes übrigbleiben, als zu Beginn des Vortrags auf diesen anderen Zusammenhang hinzuweisen und so gleichsam um mildernde Umstände zu bitten.

Eine andere Sache: Ich möchte nicht sechs oder sieben Wochen in einem Hotelzimmer wohnen. Nun weiß ich natürlich nicht, ob das ›Forest Park Hotel‹, von dem Sie schreiben, tatsächlich ein Hotel ist oder nur so heißt. Jedenfalls brauchen wir, da ich ja mit meiner Frau komme, zumindest eine Unterkunft mit zwei Räumen (mit einer Tür dazwischen), darunter geht es nicht.

Schließlich: Um die Titel der Bücher, die ich zu besprechen vorhabe, werde ich mich schleunigst kümmern. Noch weiß ich sie nicht, denn es sollen ja nicht nur solche Bücher sein, die ich kenne, sondern auch solche, die es nach meiner Meinung zu besprechen lohnt. Und da gibt es gar nicht so viele, wie man meinen könnte. Bestimmt wird darunter sein ›Die Schmähschrift‹ von Stefan Heym, und von mir wird es der Erzählungsband ›Nach der ersten Zukunft‹ sein.

Von Ihrer Administration habe ich schon einen Fragebogen erhalten. Meine Frau und ich haben nicht schlecht gestaunt, als man sich darauf für meine Rasse interessiert

hat. Ich habe nicht recht gewußt, ob ich ›weiß‹, ›jüdisch‹ oder ›indo-germanisch‹ oder gar ›semitisch‹ in die entsprechende Rubrik eintragen soll. Gelten solche Fragen bei Euch als normal?
Für heute wäre das alles, ich grüße Sie herzlich und melde mich bald wieder, mit den Titeln.

Ihr Jurek Becker

An Christiane und Heinz Ludwig Arnold

26. 9. 1989

Liebe Christiane, lieber Lutz,
war schön bei Euch. Hoffentlich nimmt Lutz die Pfunde ab, die ich durch Eure verfluchte Wurst zunehme. Gerade ist das Island-Heft gekommen und hat einen Nostalgie-Schub ausgelöst. Mit Christine gehen die Dinge ihren normalen Gang, daß heißt bis zum nächsten Montag herrscht bei uns ein Zustand der gemütlichsten Hysterie. Ich hoffen, daß wir beide dann ein Leben lang von dieser Investition zehren können.
Habt nochmals herzlichen Dank für Eure Gastfreundschaft und seid umarmt –

Jurek

Und vergeßt nicht, den kleinen Affen zu küssen.

An Paul Michael Lützeler

29. 9. 1989

Lieber Herr Lützeler,
gestern abend sitze ich mit einem Freund zusammen und erzähle ihm, daß ich im nächsten Jahr für ein halbes Semester an Ihre Universität gehe. Da fragt er mich, wieviel

Ihr mir dafür zahlt. Es war der Moment, da mir einfiel, daß wir noch nie auch nur ein Wort darüber verloren haben. Und das ist irgendwie nicht in Ordnung, schließlich sollte so eine Sache (auch wenn sie nicht das Wichtigste ist) vorher geklärt sein. Und gerade von Amerika weiß ich doch, daß über derlei Angelegenheiten viel offener und lieber geredet wird als hier. Was will sich also die Washington-University mich kosten lassen?

Herzliche Grüße
Ihr Jurek Becker

An Klaus Höpcke

2. Oktober 1989

Sehr geehrter Herr Höpcke,
es tut mir leid, Sie wieder mit dieser Sache behelligen zu müssen, nur leider geht es für mich auch um Zeit. Und ich bitte um Verständnis dafür, daß ich Sie, was meinen künftigen Status angeht, so hartnäckig für den richtigen Ansprechpartner halte.
Es ist nun weit über ein halbes Jahr her, seit ich in derselben Angelegenheit mit Ihnen gesprochen habe. Ich kann mir vorstellen, daß Sie Wichtigeres zu tun haben, als sich um meine Paßangelegenheiten zu kümmern, deshalb will ich Ihnen nocheinmal mein Anliegen ins Gedächtnis rufen.
Mein DDR-Paß ist zum Ende dieses Jahres abgelaufen. Es schiene mir sinnvoll und wünschenswert, wenn er (für eine ziemlich lange Zeit) verlängert werden könnte. Allerdings bat ich Sie um einige Unterschiede zur bisherigen Regelung:
Zum ersten wünsche ich mir (da jeder Grenzübertritt für mich mit großem Zeit- und Nervenaufwand verbunden ist) eine sogenannte Grenzempfehlung. Zweitens möchte

ich, da ich in West-Berlin wohne, im Transit durch die DDR fahren dürfen, wenn ich in die Bundesrepublik oder zurück will, und nicht jedesmal durch die zwei (höchst peniblen und lästigen) Kontrollen müssen. Drittens ersuche ich um eine Art Dauervisum für meine Frau Christine, die West-Berlinerin ist. Endlich wünsche ich mir, daß meine beiden Söhne, die seit nunmehr zwölf Jahren mich nicht besucht haben, dies einmal tun können.

Sehr geehrter Herr Höpcke, ich kann mit der Antwort auf all diese Fragen nicht warten bis unmittelbar vor Ablauf meines Visums. Ich muß Pläne machen, Absprachen treffen, Termine vereinbaren. Doch von all dem abgesehen – ich möchte auch nicht so lange im Zustand der Ungewißheit leben. Deshalb bitte ich Sie dringlich, mir möglichst schnell Antwort zukommen zu lassen. Schon jetzt frage ich mich, ob das lange Ausbleiben Ihrer Reaktion nicht als eine Antwort zu werten ist, und ob ich mich nicht darauf einzurichten habe. Sollte das zutreffen, bliebe mir ja nichts übrig, als ein normaler Westberliner oder Westdeutscher zu werden, und ich gestehe Ihnen, daß mir diese Vorstellung sehr schwer fällt.

Mit der nochmaligen Bitte um Ihr Verständnis für mein Drängen und mit besten Grüßen

Jurek Becker

An Hans Weth

2. 10. 1989

Sehr geehrter Herr Weth,

danke für Ihr freundliches Angebot. Eigentlich bin ich ja, wie sich leider kaum noch jemand erinnert, Roman-Autor, jedenfalls gehe ich zur Zeit wieder dieser Beschäftigung nach. Das Drehbuch-Schreiben betreibe ich als eine Art Pausenbeschäftigung, und ›Liebling-Kreuzberg‹ war eine elend lange Pausenbeschäftigung. Mit meiner Zeit

sieht es im Augenblick also nicht günstig aus. Noch mehr als Zeitnot aber plagt mich Einfallslosigkeit. ›Soziale Komödie‹, wie Sie in Ihrem Brief vorschlagen, sagt sich leicht; was aber, wenn weit und breit kein Einfall zu sehen ist? Erst wenn dieser Mißstand behoben wäre, könnte ich an ein solches Drehbuch denken. Vielleicht ist es irgendwann so weit.
Noch einmal herzlichen Dank für Ihr Angebot
und beste Grüße

Jurek Becker

An den Bastei Verlag

5. 10. 1989

Sehr geehrte Damen und Herren,
als Herr Berndt Schulz mich bat, für sein Buch über Manfred Krug ein Vorwort zu schreiben, war von einem Honorar von 2000.– DM die Rede. Nun erhalte ich heute kommentarlos von Ihnen einen Scheck über 1000.– DM. Ich sehe darin eine ärgerliche Zumutung. Diesen Scheck nehme ich nicht an, und ich untersage Ihnen hiermit ausdrücklich, das von mir geschriebene Vorwort zu benutzen. Sie dürfen es abdrucken, wenn ich bis zum 12. Oktober einen Scheck von Ihnen über die vereinbarte Summe in Händen halte. Sollte das nicht der Fall sein, betrachte ich die Angelegenheit als erledigt.

Jurek Becker

Ich möchte noch erwähnen, daß ich von den Verlagen, mit denen ich Umgang habe, ein so dreistes und unverschämtes Verhalten nicht gewohnt bin. J. B.

An Geoffrey Mulligan

6. 10. 1989

Sehr geehrter Herr Mulligan,
hier schicke ich Ihnen eine Kassette des Films ›Jakob der Lügner‹. Wenn Sie mit dem Fernsehen darüber sprechen, können Sie ja erwähnen, daß der Film Preise auf Festivals gewonnen hat und 1977 eine Oscar-Nomination für den besten ausländischen Film hatte. Vielleicht hat soetwas beim Fernsehen Gewicht.
Ich danke Ihnen für den Umschlag, den Sie mir geschickt haben. Um Ihnen die Wahrheit zu sagen – er gefällt mir nicht. Er sieht aus wie für ein Kinderbuch, und das um so mehr, als ja schon der Titel ein wenig nach einer Kindergeschichte klingt. Auch kommt mir das Format merkwürdig groß vor.
Im Übrigen freue ich mich auf das Erscheinen des Buches und bin auf die Resonanz sehr neugierig.

Beste Grüße
Ihr

An Gisela Stottele

25. 10. 1989

Sehr geehrte Frau Stottele,
Ihr Vorschlag, aus der Geschichte von der kranken Prinzessin ein ›richtiges‹ Märchen und daraus wieder ein Kinderbuch zu machen, ist recht originell, doch ich halte ihn für undurchführbar. Der Witz der Sache besteht ja gerade darin, daß es sich um ein Mißverständnis handelt, und zuvor schon darin, daß jemand sich damit abplagt, einem Kind ein Märchen auf völlig unkindgemäße Weise zu erzählen. Bei einem Märchen für Kinder müßte das abgeändert werden, doch mit der Behebung des Schadens verlöre die Sache auch ihre Vergnüglichkeit. Ein auswegloses Unterfangen also.

Haben Sie dennoch schönsten Dank für Ihr Interesse und seien Sie herzlich gegrüßt

J. B.

An Walter Nowojski

28. Oktober 1989

Sehr geehrter Herr Nowojski,
da Ihr Anruf unverhofft kam, habe ich Ihnen die erste beste Antwort gegeben. Inzwischen, nach etwas Zeit zum Überlegen, sehe ich die Sache anders. Mit dem Abdruck der ersten Vorlesung bin ich nach wie vor einverstanden, mit dem Abdruck eines Stücks aus den ›Schlaflosen Tagen‹ aber nicht mehr. Ich fände es nicht in Ordnung, aus einem zwölf Jahre alten, damals verbotenen Buch irgendwelche Stellen abzudrucken, nur weil die Situation sich zaghaft zu ändern scheint. Ich habe die Hinstorff-Leute gefragt, ob sie es nicht über sich bringen könnten, das Buch endlich zu veröffentlichen – das schiene mir angebracht.
Sollten Sie also die eine der Frankfurter Vorlesungen veröffentlichen wollen (es gibt übrigens auch eine Vorlesung, die sich mit den Literaturzuständen in der Bundesrepublik beschäftigt), so wäre mir das recht. Sollten Sie darüberhinaus, weil der Text vielleicht ein wenig nackt und unvermittelt in Ihrer Zeitschrift dastehen könnte, ein Gespräch mit mir führen wollen, etwas wie ein Interview, das der Sache einen Zusammenhang gibt, so ließe sich auch darüber reden.

Mit freundlichen Grüßen

An Jürgen Keil

21. 2. 1990

Lieber Jürgen Keil,
auch ich bin mir wegen dieser Du/Sie-Sache nicht sicher, also suche ich es mir hiermit aus. Ich danke Dir herzlich für die Artikel und deren Übersetzungen, für deren Inhalt Du, das weiß ich wohl, nichts kannst. Ich habe wohl noch nicht geschrieben, daß es sehr schön bei Euch war? Es muß schön gewesen sein, denn ich denke seltsam viel daran und habe das Ganze absolut noch nicht vergessen, wie es mir mit Reisen gewöhnlich geht.
Der deutschen Entwicklung begegne ich auf ziemlich eigenartige Weise: Ich bin tief versunken in die Arbeit an einem Buch, das mit dieser Entwicklung nicht das Geringste zu tun hat. Aber ich bin mir im klaren darüber, daß ein solcher Schutz nicht ewig hält.
Grüß bitte liebstens Deine Frau von mir, grüß die Instituts-Leute und ganz besonders Amos, der erheblich an meinen Tel-Aviver Annehmlichkeiten beteiligt war. Es war einer meiner besten Einfälle des letzten Jahres, so kurz entschlossen zu Euch zu kommen.

Herzlich
Jurek Becker

An Stephan Hermlin

4. Juni 1990

Lieber Stephan,
weit und breit sehe ich kein überzeugendes Argument, meine Nachlässigkeit zu erklären und muß es doch versuchen. Ich habe es versäumt, Dir zu einem der rundesten Geburtstage der Welt zu gratulieren, und nun stehe ich da. Mit der Mitteilung, daß es sich um schiere Schlampigkeit handelt, ist es wohl nicht getan. Ich kann nur sagen, daß

ich nicht weiß, wo mir der Kopf steht. Die Geburt eines Kindes steht uns unmittelbar bevor (stell Dir das vor!), ich stecke in lauter Verpflichtungen, die mich nicht interessieren und zugleich überfordern, und die deutsche Entwicklung der letzten Monate macht mich krank. All das zusammengenommen, reicht vielleicht aus für ein Körnchen Nachsicht.
Also: Ich gratuliere unverantwortlich spät, aber doch sehr herzlich. Seit ich mich für mehr als für mich interessiere, warst und bist Du mir ein wichtiger Mensch. Es ist zu spät, das jetzt noch zu ändern, damit müssen wir uns abfinden. Sei beglückwünscht, gegrüßt und umarmt von einem schwärmerischen Bewunderer.

In Freundschaft
Dein

An Karl-Heinz Jakobs

13. 6. 1990

Lieber Karl-Heinz,
an dieser Sache im ›Neuen Deutschland‹ möchte ich mich nicht beteiligen. Einer der Gründe ist, daß ich gar nicht wüßte, was ich Dir schicken soll.

Schönste Grüße
Jurek

An Fritz J. Raddatz

17. Juni 1990

Lieber Fritz Raddatz,
aus der Sache mit mir kann leider nichts werden, und zwar aus dem langweiligsten Grund nicht: Ich schreibe an einem Buch. Natürlich könnte man das als Ausrede inter-

pretieren und meinen, jedes Buch (selbst eines von mir) vertrüge die Unterbrechung von einem Nachmittag oder einem Abend Länge. Und das wäre sicher wahr. Aber Sie müssen mir glauben, daß es nicht nur um die Zeitdauer einer solchen Veranstaltung geht, sondern auch um die Vorbereitung darauf und vor allem um die Ablenkung und Aufregung, die gerade eine solche Debatte für mich bedeutet; eine Ablenkung übrigens, die Tag für Tag ohnehin stattfindet und gegen die ich mich mit aller Macht abzuschotten versuche. Haben Sie bitte einen Funken Verständnis für die Ausflüchte eines Vereinigungsallergikers.

Herzliche Grüße
Ihr Jurek Becker

An Reinhold Lehne

15. Juli 1990

Sehr geehrter Herr Lehne,
ich schicke Ihnen anbei Ihr Vertragsangebot ununterschrieben zurück. Es ist zwar richtig, daß ich bereit bin, die Rechte für die Herstellung einer Fernsehfassung meines Romans ›Schlaflose Tage‹ an den Deutschen Fernsehfunk abzutreten, doch bei weitem nicht zu den von Ihnen im Vertragsentwurf dargelegten Bedingungen. Dieser Vertragsentwurf ist so beschaffen, daß ich geneigt bin, ihn eine Zumutung zu nennen.
Meine Wünsche auf Veränderung betreffen im einzelnen folgende Punkte:

Zu 1: Ich trete Ihnen nicht die ›ausschließlichen‹ Rechte ab (was bedeutet das?), sondern allein das Recht, wonach der Deutsche Fernsehfunk nach meinem Roman ›Schlaflose Tage‹ einen Fernsehfilm unter der Regie von Gabriele Denecke herstellen darf.

Zu 2a: Der Deutsche Fernsehfunk erwirbt lediglich das Recht, den fertigen Film auszustrahlen, sonst nichts. Will er dieses Recht Dritten übertragen oder den Film ins Ausland verkaufen, muß meine Zustimmung eingeholt werden.

c: Wenn Sie den Film zur Kino-Vorführung verwenden wollen, muß zuvor mit mir ein gesonderter Vertrag geschlossen werden.

Zu 3: Für die Summe von 15 000 DM (Sie schreiben in Ihrem Vertrag zwar Mark, aber diese Währung gibt es ja nun nicht mehr) erwirbt der Deutsche Fernsehfunk das Recht für lediglich eine Ausstrahlung. Für jede Wiederholung muß dieselbe Summe gezahlt werden. Keines der erwähnten anderen Rechte ist mit dieser Summe abgegolten.

Zu 4: Ich habe sehr wohl schon über diese Rechte verfügt. Vor etwa zehn Jahren ist von der ARD schon einmal ein Fernsehfilm nach diesem Roman hergestellt worden. Das ist dem Deutschen Fernsehfunk wohl bekannt.

Zu 5: Wie gesagt, muß jede Ausstrahlung gesondert honoriert werden.

Zu 6: Dieser Punkt ist zu streichen, denn die Punkte 4 und 5 sind einfach hinfällig.

Zu 8: Das Büro für Urheberrecht der DDR, das sie als Schlichtungsinstanz bei Streitigkeiten vorschlagen, ist eine üble Organisation, die sich in der Vergangenheit als Büttel der Partei gegenüber Autoren betätigt hat. Ich denke nicht daran, mich dem Schiedsspruch dieses Büros oder eines seiner Vertreter zu unterwerfen. Der Punkt 8 ist einfach zu streichen.

Ich verstehe sehr gut, daß Sie noch ein wenig ungeübt in Vertragsangelegenheiten sind, bei denen der Autor ein gleichberechtigter Partner ist. Dennoch erscheint mir

Ihr Vertragsentwurf unglaublich einseitig, unausgewogen und einfach unzumutbar. Es wäre übrigens keine Katastrophe, wenn dieser Vertrag nicht zustandekäme. Im Grunde ist die Angelegenheit jetzt schon für mich erledigt.

Mit freundlichen Grüßen
Jurek Becker

An Wulf Segebrecht

15. 7. 1990

Lieber Herr Segebrecht,
danke für Ihren gutgelaunten Brief. Ich finde es ja selbst ein bißchen merkwürdig, für wie schwer erhältlich ich mich darstelle. Glauben Sie aber bitte nicht, eine solche Attitüde wäre gekünstelt, sie ist im Gegenteil tief empfunden. Ich komme bei meiner Arbeit zu enttäuschend geringen Resultaten, und wie alle mäßig kreativen Menschen bilde ich mir ein, die Gründe dafür lägen bei den Störungen von außen. Also versuche ich, mich abzuschotten.
Kurz und gut: Sie haben recht, es gibt keinen vernünftigen Grund, zwischen November 90 und Februar 91 nicht für eine Lesung zu Ihnen nach Bamberg zu kommen. Machen Sie mir gelegentlich ein paar Terminvorschläge, und Sie werden überrascht sein, daß ich einen davon akzeptieren werde.

Mit herzlichen Grüßen
Ihr Jurek Becker

An Ortwin Beisbart

2. 8. 1990

Sehr geehrter Herr Beisbart,
von den Terminen, die Sie für meine Lesung in Bamberg vorschlagen, ist mir der 20. Februar 91 der angenehmste. Seien Sie doch so freundlich und bestätigen mir in absehbarer Zeit den Termin, sagen Sie bitte auch ein Wort zum Honorar. Dann könnten wir diesen Tag als verabredet betrachten.

Beste Grüße
Jurek Becker

An Reinhold Grimm

9. Sept. 1990

Lieber Herr Grimm,
kaum haben wir uns kennengelernt, schon schreibe ich Ihnen einen Bettelbrief. Gestern rief ich bei Frau Graf um Ihre Berliner Telefonnummer an, da sagte sie mir, Sie seien schon abgereist. Es geht um folgendes:
Bei meinem Aufenthalt in Texas habe ich einen jungen Mann kennengelernt, einen deutschen Germanistikstudenten mit Namen Martin Kagel, der mir einen ziemlichen Eindruck machte (sein Vater ist Opernsänger in Oldenburg – glauben Sie das?). Einen Tag nach meiner Begegnung mit Ihnen besuchte mich nun dieser Martin Kagel in Berlin. Er erzählte mir, er gehe bald nach Madison – Wisconsin, um dort über Jakob Michael Lenz zu promovieren. Seine Gründe dafür sind zum einen, daß ihm der deutsche Studienbetrieb schauderhaft ist (was ich sehr gut verstehe), zum anderen, daß seine Freundin Amerikanerin ist (was zu verstehen mir in diesem konkreten Fall ein wenig Mühe bereitet). In Madison, wo er sich beworben hatte, ist er nun angenommen worden. Ich

will hinzufügen, daß ich ihn für einen sehr begabten, ernsthaften Kerl halte, der, das nebenbei, so gut englisch spricht, wie es mir leider nie vergönnt sein wird.
Als er nun den Namen ›Madison‹ aussprach, fiel mir natürlich sofort ein, daß ich Sie am Tag zuvor getroffen hatte. Ich dachte: Vielleicht könnten Sie ihm ein paar Ratschläge geben, an wen man sich dort wendet und an wen besser nicht. Ich weiß nicht genau, was für eine Art von Rückenwind er braucht, doch als ich ihm sagte, zufällig hätte ich gestern SIE kennengelernt, leuchteten seine Augen. Jedenfalls habe ich ihm versprochen, Ihnen einen Brief zu schreiben, der einen Brief von ihm an Sie ankündigt. Und Sie zu bitten, ihm vielleicht mit ein paar Worten darauf zu antworten, was beides hiermit geschehen ist.
Es hat mir großes Vergnügen bereitet, Sie an jenem Abend zu treffen, was Sie schon daran sehen, daß ich mich die ganze Zeit nicht von der Stelle gerührt habe. Ihr auszugsweiser Vortrag der ›Passa caglia‹ war mir ein absoluter Höhepunkt; ich fürchte fast, daß mir das Original, wenn ich es bald finde, danach eine Enttäuschung bleiben muß.
Bitte seien Sie mir nicht gram wegen meiner Dreistigkeit und lassen Sie sich sehr herzlich von mir grüßen –

Ihr Jurek Becker

An Ortwin Beisbart

15. 10. 1990

Sehr geehrter Herr Beisbart,
leider konnte ich Ihnen nicht früher antworten – ich bin erst gestern von einer langen Reise zurückgekommen.
Um es kurz zu machen: zu diesen Bedingungen werde ich bei Ihnen nicht lesen. Für ein Honorar von 250.– DM (soviel bleibt nach Abzug der Steuern übrig) muten Sie mir zu, zwei Arbeitstage dranzugeben. Ich will auch keine

Gegenforderung stellen, denn es ist mir zu unangenehm, mit Ihnen über Honorarhöhen zu feilschen. Daher halte ich es für das beste, wir vergessen die Sache.

Beste Grüße
Jurek Becker

An Ortwin Beisbart

22. 10. 1990

Sehr geehrter Herr Beisbart,
natürlich will ich Sie nicht in Schwierigkeiten bringen, und im Prinzip hatte ich ja auch schon zugesagt. Mich hat nur geärgert, daß offenbar eine Ansicht vorherrscht, Schriftsteller seien eine Spezies, die vorwiegend vom Gesang lebt.
Ich werde also im Februar nach Bamberg kommen und lesen. Das Hotelzimmer betreffend habe ich keine anderen Wünsche, als daß es ein gutes Hotelzimmer sein soll. Schreiben Sie mir gelegentlich, wann genau ich mich wo einzufinden habe.

Mit freundlichen Grüßen
Jurek Becker

An Paul Michael Lützeler

14. 11. 1990

Lieber Herr Lützeler,
natürlich dürfen Sie meinen Redebeitrag in dem Fischer-Taschenbuch nachdrucken. Sagen Sie das den Fischer-Leuten, damit die nicht bei mir anfragen müssen. Das GQ-Heft habe ich übrigens noch nicht.
Uns geht es prächtig, Christine, dem Kind und mir. Ich bin mitten in der Arbeit an einem Roman, der, so hoffe

ich, Ende des nächsten Jahres fertig sein wird. Dann muß auch neu darüber nachgedacht werden, was aus unseren St. Louis-Plänen werden soll. Wir haben uns, dies als letztes, ein Haus in Schleswig-Holstein gekauft, an der Schlei, in völliger Abgeschiedenheit, weil Berlin uns zur Zeit gewaltig auf die Nerven geht.

Herzliche Grüße an Sie alle
Ihr Jurek Becker

An Björn Engholm

19. 12. 1990

Lieber Björn Engholm,
zuerst meinen herzlichen Dank für Ihr Gratulationstelegramm zum Fallada-Preis. Zum zweiten möchte ich meine Freude darüber ausdrücken, daß Ihre Gegenwehr, Parteivorsitzender zu werden, allem Anschein nach erfolglos gewesen ist. Und schließlich drittens: ich habe die Sache von damals absolut nicht vergessen und nun (nach langer Suche) doch noch ein Haus in Schleswig-Holstein gekauft. Es liegt im Dorf Sieseby an der Schlei (übrigens direkt an der Schlei), ist ziemlich schön geworden, und seine Bewohner lauern nur darauf, Sie einmal dort zu begrüßen. Das ist absolut ernstgemeint: Wenn es Ihre Zeit zuläßt, lassen Sie Jörn Thießen einen Besuch vereinbaren, man fährt von Kiel kaum mehr als eine halbe Stunde. Unsere Freude wäre groß.
Alles Gute fürs Neue Jahr, für Ihre alte und neue Arbeit und für Ihre Familie

Ihr

An Sten Nadolny

19. 12. 1990

Lieber Herr Nadolny,
über Ihren Brief habe ich mich sehr gefreut, danke. Ich sehe, daß Sie zur Zeit nicht in Berlin sind (wo ich wohne), und ich selbst bin gerade im Begriff zu verreisen. Übrigens nach Tübingen zu meinen Schwiegereltern, die Niemeyer heißen und deren Gast Sie einmal gewesen sind. Sie sehen, die Zahl der Fäden, die uns verbinden, ist geradezu beängstigend.
Wenn ich, ab 8. Januar, wieder in Berlin bin (und sofern auch Sie dann zurück sind), würde ich mich über einen Anruf von Ihnen freuen, am Ende treffen wir uns sogar einmal.

Herzliche Grüße
Ihr Jurek Becker

An Uwe Wittstock

4. 2. 1991

Sehr geehrter Herr Wittstock,
wenn ich mich recht entsinne, ist es (nach einer Veröffentlichung in der Neuen Rundschau, um die Sie mich gebeten haben) schon das zweitemal, daß Sie mich mit der Bitte um biographische Daten belästigen. Es ist dem Betreuer einer Aufsatzsammlung durchaus zuzumuten, daß er selbst in ein Schriftstellerlexikon hineinsieht und sich die benötigten Daten herausschreibt. Falls es sich um schiere Faulheit handeln sollte, so gebe ich zu bedenken, daß diese Methode bestimmt nicht mehr Zeit kosten würde, als die Autoren einzeln anzuschreiben und ihnen auf die Nerven zu gehen.

Mit besten Grüßen

An Paul Michael Lützeler

13. 2. 1991

Lieber Herr Lützeler,
es wundert mich zu hören, daß Sie glauben, ich würde im Frühjahr nach Chicago kommen. Ich habe nicht einmal eine Einladung von dort erhalten, brauchte also auch keine abzulehnen. Chicago also bestimmt nicht.
Vor wenigen Tagen waren Dorle und Egon Schwarz bei uns, und mir wurde ganz wehmütig, immer und immer wieder St. Louis zu versäumen. Und jetzt Ihre neue Einladung. Himmeldonnerwetter, ich will kommen! Christine will es auch, und Johnny (so verboten rufen wir unseren Sohn) hat gefälligst einverstanden zu sein. Schön dumm von Ihnen, daß Sie sich schon wieder so einen Problemfall wie mich an den Hals holen. Aber Sie wollen es nicht anders: Der Writer in Residence im Frühjahr 1993 werde ich sein.
Schnell das wenige Übrige: Ich sitze an einem Roman, bin tief darin versunken und möchte fertig sein, wenn das Jahr vorbei ist. Der Sohn ist gesund und unglaublich groß, und Christine muß ein Krafttraining absolvieren, um ihn in der Gegend herumtragen zu können.

Ich grüße Sie und Ihre Familie herzlich
Ihr Jurek Becker

An Artur Brauner

18. Februar 1991

Sehr geehrter Herr Brauner,
zuerst meinen herzlichen Dank für die freundliche Einladung, Mitglied des Kuratoriums Ihrer Stiftung zu werden. Im Prinzip bin ich dazu bereit, möchte allerdings einige wenige Einschränkungen machen. Das sind im einzelnen:

Einen Großteil des Jahres halte ich mich in meinem Haus ziemlich weit außerhalb Berlins auf; oder ich bin an einer Universität, etwa in Amerika – dann würde ich an Zusammenkünften des Kuratoriums nicht teilnehmen können.
Meine zweite Bemerkung betrifft die Zusammensetzung des Kuratoriums. Die von Ihnen vorgeschlagene gefällt mir ausgezeichnet, aber es stehen ja noch Zusagen aus. Haben Sie bitte Verständnis dafür, daß ich Ihnen meine Zusage unter der Voraussetzung gebe, daß auch die anderen genannten Herren mit ihrer Berufung einverstanden sind.
Schließlich eine Kleinigkeit: Sie haben mir zusammen mit Ihrem Brief die Satzung der Stiftung zugeschickt, es sind aber wohl in der Eile die Seiten 2 und 3 vergessen worden. Ich würde schon gern die gesamte Satzung der Stiftung kennen, deren Kuratoriumsmitglied ich werden soll.

Mit freundlichen Grüßen
Jurek Becker

An Paul Michael Lützeler

16. 3. 1991

Lieber Herr Lützeler,
das Schicksal hat uns zwar untrennbar zusammengekettet, aber es ist nicht stark genug, mich im Juli 92 nach Baden-Baden zu zerren. Dann werde ich irgendwo faul in der Sonne liegen und die Tantiemen meines gerade erschienenen Buches versaufen – irgendwas in der Art. Am wahrscheinlichsten ist, daß ich gerade in meinem Haus an der Schlei sitzen werde (wo ich auch in dieser Sekunde bin) und mich auf die Seminare in St. Louis vorbereite. Sie sehen – auch wenn ich Ihnen absage, geschieht es nur zu Ihrem Nutzen.
Auch ich freue mich auf St. Louis, und Christine genauso,

und Johnny freut sich, daß der erste Zahn endlich draußen ist.

Herzliche Grüße, auch an Ihre Frau
Ihr Jurek Becker

An Paul Michael Lützeler

18. April 1991

Lieber Herr Lützeler,
mir blutet das Herz bei dem Gedanken, daß Sie einen so bewegenden und beeindruckenden Brief für eine Sache geschrieben haben, die nicht zu retten ist. Ich will alles andere als Ihre Karriere behindern, aber die verläuft so stetig und majestätisch und glorreich, daß ich nicht meine, mir darum auch noch Sorgen machen zu müssen.
Daß die AATG-Jungs nächstes Jahr, in ihrem Urlaub, nach Baden-Baden fahren, um dort drei Tage lang eine Alibi-Tagung durchzuführen und sich die Fahrtkosten erstatten zu lassen, kann ich sehr gut verstehen. Daß Sie mich während dieser Zeit dahaben wollen, damit ich Ihnen die Zeit versüße, verstehe ich zur Not auch. Dummerweise habe ich in derselben Zeit auch Urlaub. Wenn ich Ihnen jetzt zusagen würde, hieße das, ich gebe meinen 92er Urlaub dran, und das hieße wiederum, die Liebe zur amerikanischen Germanistik übertreiben.
Nein, nein, nein, ich werde im Sommer 92 irgendwo im Süden sitzen (nicht an der Schlei), in meinen ersten Ferien seit langem, ich werde mich von dem Roman erholen, der dann gerade zuendegeschrieben sein wird, ich werde schließlich Kraft sammeln für den dann bevorstehenden St. Louis-Aufenthalt, und all das kann ich in Baden-Baden NICHT.
Legen Sie bei den amerikanischen Germanisten ein gutes Wort für mich ein, sagen Sie ihnen, daß mir das Herz

bricht, nicht zu ihnen kommen zu können, man kann nicht immer nur dem Ruf des Herzens folgen. Als Gegenleistung biete ich Ihnen an, daß ich jedem, der sich erkundigt, erklären werde, daß Sie das Menschenmögliche versucht haben (und noch ein bißchen mehr), um mich nach Baden-Baden zu locken, und daß ich nur mit überirdischen Kräften widerstanden habe. Sie sehen – wir sitzen in einem Boot.

Herzliche Grüße
Ihr Jurek Becker

An Monika Steinkopf

25. 5. 1991

Liebe Frau Steinkopf,
herzlichen Dank für die Blätter, die Sie mir geschickt haben.
Was Sie hörten, ist richtig, aber wie fast alles, was man hört, nur zum Teil: ich sitze tatsächlich an einem Roman, aber nie und nimmer wird er im Herbst fertig sein. Jedenfalls nicht in diesem.
Einen Wunsch-Grafiker kann ich Ihnen nicht nennen. Lieber sitze ich mit angehaltenem Atem da und warte, was aus der Sache wird.

Schönste Grüße
Ihr Jurek Becker

An Irene Dische und Nicolas Becker

[o. D.]

Liebe Irene, lieber Nicolas,
im Ganzen wollen wir drei Wochen hier sein.
In der ersten Woche werden wir einen kleinen Zaun bauen, damit Johnny nicht ins Wasser fällt, dazu müssen wir

alles einkaufen, was so im Haushalt fehlt (Pfannen, Mükkenfenster, Kaffeefilter, Rasierklingen für die Unterarmrasur von Elisa usw.). Die zweite Woche wird ausgefüllt sein mit Segelunterricht (an Land natürlich), ich muß die Knoten lernen, Webeleinstek, Einfacher Schotstek, Palstek (die absolute Krönung), dazu einige Verkehrsregeln und Erste Hilfe (die nichts zu tun hat mit der ersten Hilfe nach Autounfällen). In der dritten Woche schließlich müssen wir das Haus aufräumen, die Flaschen zurückbringen, die Wäsche bezahlen, uns erholen und uns wieder mit den Schwiegereltern vertragen. Es ist der interessanteste Urlaub, den ich mir vorstellen kann. (In der zweiten Woche habe ich noch vergessen, daß Christines und Elisas Sonnenbrand kuriert werden muß.)

Es küßt Euch

An Holger Jens Karlson

10. 8. 1991

Sehr geehrter Herr Karlson,
Sie verlangen da ein bißchen viel. Ihre Fragen schriftlich zu beantworten, würde mich zwei Tage Arbeit kosten. Auch habe ich keine Zeit, mich mit Ihnen zu einem Interview zu treffen – ich sitze über einem Buch und brauche Ruhe.
Sie können meinetwegen in meine Studienakte hineinsehen, aber mit keiner anderen Einverständniserklärung von mir als mit dieser. Ihr Vorschlag, ich sollte damit zum Notar gehen und beglaubigen lassen, war sicher ein Witz.

Mit freundlichen Grüßen
Jurek Becker

An Holger Jens Karlson

13. 10. 1991

Sehr geehrter Herr Karlson,
danke vielmals für Ihre Geburtstagswünsche.
Zu Ihren Fragen:
Es stimmt, daß ich für ›tua res‹ geschrieben habe, und zwar Filmkritiken. Unter einem Pseudonym, das ich vergessen habe. (Alle, glaube ich, hatten bei ›tua res‹ ein Pseudonym.) Ich glaube, es war der Name einer Frau.
Das Kabarett hatte keinen Namen, es fanden nur 2 oder drei Aufführungen statt.
Sie dürfen meine Akte im ›Referat Hager‹ sehen.
Fragen Sie mich jetzt aber bitte nichts mehr, es stört doch ziemlich.

Mit freundlichen Grüßen
Jurek Becker

An Wolf Biermann

24. 10. 1991

Lieber Wolf,
auch wenn die Zeit, da wir uns gegenseitig unsere Bücher geschenkt haben (wovon ich natürlich immer viel mehr profitiert habe als Du), lange vorbei ist, spüre ich einen nicht zu unterdrückenden Zwang: Dir zu sagen, daß ich Deinen Büchner-Preis für die verdienteste Anerkennung halte, die man sich vorstellen kann, daß ich mich sehr darüber freue, und Dir von Herzen zu gratulieren.
Ich weiß, viel ist das nicht, aber immerhin.

Herzliche Grüße
Jurek

An Martina Wachendorff

5. 11. 1991

Sehr geehrte Frau Wachendorff,
danke für Ihren freundlichen Brief. Es freut mich, daß die Poetik-Vorlesungen bei Ihnen erscheinen, zugleich fürchte ich, daß ich Ihnen auf der ganzen Linie nicht helfen kann.
Die beiden Zitate (von de Stael und Proust) waren mir beim Schreiben der Vorlesung (vor beinah drei Jahren also) parat; um sie jetzt zu finden, brauchte ich einen ganzen Tag oder womöglich zwei, diese Zeit habe ich nicht. Warum geht es nicht einfach so, wie es dasteht, immerhin ist das Büchelchen eher eines aus der Belletristik, als der Literaturwissenschaft zugehörig.

Nein, Französisch kann ich nicht.

Nein, der französischen Ausgabe möchte ich nichts hinzufügen. Es wäre nur wichtig, daß Sie darauf hinweisen, wann die Vorlesungen gehalten wurden – im Frühjahr 89, also lange vor der deutschen Wiedervereinigung.

Ich sitze gerade bei der Arbeit an einem Buch und nähere mich dessen Ende und wimmle mir, so viel nur geht, ab. Nur darum mein vielleicht etwas knapper Ton.

Mit den besten Grüßen
Jurek Becker

P. S.
Gerade bringt mir meine Frau das Buch der Stael, sie hat das Zitat gefunden. Es steht in der Reclam-Ausgabe, Band 1751 (5), auf Seite 100 unten. Es handelt sich um das Elfte Kapitel, ›Über den Unterhaltungssinn‹. J. B.

An Manina Lassen-Grzech und Uwe Morawetz

24. 11. 1991

Sehr geehrte Frau Lassen-Grzech,
sehr geehrter Herr Morawetz,
herzlichen Dank für Ihre freundliche Einladung. Um es gleich zu sagen – ich möchte mich nicht an der Fördergemeinschaft beteiligen. Dies hat nichts mit Antipathie gegenüber Ihren Bestrebungen zu tun, sondern mit meiner Überzeugung, daß den zu lösenden Problemen nicht auf die Weise beizukommen ist, wie Sie sie anstreben. Mir scheint, daß die Krankheit der Welt nicht so sehr im Fehlen von Visionen ihre Ursache hat als vielmehr in den ökonomischen Interessen der reichen Länder und in ihrer rücksichtslosen Durchsetzung. Ich hielte es für sinnvoller, mich an einem Projekt zu beteiligen, daß darauf ein Augenmerk zu richten versucht, allerdings weiß ich auch, daß dann die öffentliche Förderung viel geringer wäre.

Mit freundlichen Grüßen
J. B.

An Paul Michael Lützeler

24. 1. 1992

Lieber Herr Lützeler,
auch wenn die Sache noch weit vor uns liegt – freuen kann man sich ja schon mal. Wenn uns nicht wieder ein Baby in die Quere kommt, werden wir im März 93 wie die Orgelpfeifen vor Ihrer Tür stehen.
Zu Ihrer Frage mit den Goethe-Instituten: Im Prinzip bin ich bereit dazu, doch ließe sich leichter darauf antworten, wenn ich wüßte, was für Goethe-Institute in Frage kommen. Erst dann könnte ich entscheiden, ob ich die Besuche dort während meines St. Louis-Aufenthalts erledige, oder ob ich eine kleine Goethe-Instituts-Reise hinten dranhän-

ge. Veranlassen Sie doch bitte, daß mir jemand die entsprechenden Informationen gibt.
Ich bin kurz vor dem Arbeitsende an einem Roman und geize deshalb mit jeder Briefzeile. Sie kennen das sicher – man hat das Gefühl, daß man kein überflüssiges Wort zur Verfügung hat, jedes wird gebraucht. Vergebung.
Herzliche Grüße, auch von Christine, an Sie und Ihre Familie

Ihr Jurek Becker

An Gerhard Dette

28. 2. 1992

Sehr geehrter Herr Dette,
wie Sie auf dem beiliegenden Stimmzettel sehen können, stimme ich Ihrem Vorschlag, Václav Havel als Ehrenmitglied in unsere Akademie aufzunehmen, zu. Ich will aber nicht verschweigen, daß ich es ungern tue: Nicht etwa, weil ich Einwände gegen Herrn Havel hätte, sondern weil ich die Art des Wahlverfahrens für unglücklich halte, ja, fast für eine Nötigung. Im Übrigen bin ich der Ansicht, daß die Wahl Herrn Havels zum Mitglied nicht schlechter gewesen wäre.
Mein Unbehagen bringt mich dazu, meine Teilnahme an der Frühjahrssitzung in Prag wieder abzusagen. Es ist mir keine angenehme Vorstellung, als Mitglied einer Gruppe aufzutreten, die einem Staatsoberhaupt ihre Huldigung darbringt. Bitte haben Sie dafür Verständnis.

Mit freundlichen Grüßen
J. B.

An Elisabeth Borchers

16. 3. 1992

Liebe Elisabeth,
hiermit gebe ich Dir den Rest.

Umarmungen
Jurek

An Heinz Wetzel

21. 4. 1992

Lieber Heinz,
die Verzögerung läßt sich damit erklären, daß ich die Hälfte meiner Zeit in unserem Haus an der Schlei verbringe und daß die Hälfte meiner dortigen Lebensqualität darin besteht, daß ich mir die Post nicht nachschicken lasse.
Der Liebling-Artikel, den ich Dir schicke, ist zwar sehr freundlich, in meiner Erinnerung waren sie das aber alle.
Über mein nächstes Buch ist nichts weiter bekannt, außer daß es im Herbst bei Suhrkamp erscheinen wird, »Amanda herzlos« heißt und ganz großartig zu werden verspricht.
Für alle Deine Reisen und Pläne wünsche ich Dir eine Glückssträhne, die auch über Marianne hinstreichen sollte.

Herzliche Grüße
Euer Jurek

Liebe Grüße auch von Christine

An Heinz Ludwig Arnold

21. 4. 1992

Lieber Lutz,
immer, wenn ich mit einem Roman fertiggeworden bin, überkommt mich eine große Entschlossenheit, so auch diesmal. Ich kam nach Hause und dachte nichts anderes als: Schick ihm endlich diese verfluchten Sachen!
Hier sind sie. Du kannst sie beide drucken, ich habe sie gelesen und finde sie gar nicht so schrecklich. Unangenehm ist mir nur dieser eine Satz im ersten Abschnitt des Briefes an Kant – Du weißt.
Herzliche Grüße (und nimm zur Kenntnis, daß es so furchtbar mit Euch dreien gar nicht war)

Jurek

An Siegfried Unseld

19. 6. 1992

Lieber Siegfried,
danke für Deine Einladung, in den Uwe-Johnson-Sonderzug nach Güstrow zu steigen. Es geht nicht. Ich hoffe, Du siehst es als ausreichende Entschuldigung an, wenn ich Dir sage, daß ich an jenem 5. September in Brasilien sein werde. Mit meinen Gedanken hat das aber nichts zu tun – die werden natürlich bei Euch sein.

Herzlich
Jurek

An Heinz Ludwig Arnold

22. 8. 1992

Lieber Lutz,
da bin ich für genau zwei Tage zu Hause – schon erwischt mich wieder ein Brief von Dir. Also los: Ich habe den Kopf so voll (was eigentlich auch heißen könnte: er ist so leer), daß ich jetzt nicht anfangen kann, mich mit Schädlich schreibenderweise zu beschäftigen. Aber Wunder über Wunder – eine der zwei Buchkritiken, die ich in meinem Leben geschrieben habe, war über Schädlichs Buch ›Versuchte Nähe‹. Es muß 76 oder 77 gewesen sein, im Spiegel. Wenn Du willst, kannst Du die natürlich haben. Mit Kußhand.

Umarmungen und Grüße für Euch alle
Jurek

An die Honorar- und Lizenzabteilung des Bayerischen Rundfunks

14. 9. 1992

Sehr geehrte Damen und Herren,
abgesehen davon, daß der BR von allen 10 Anstalten, die Liebling Kreuzberg wiederholt haben, die einzige Anstalt ist, die mir das Honorar noch nicht überwiesen hat, ist der Vertrag, den Sie mir zuschicken, nicht korrekt. Ich habe an die Pensionskasse 4% meines Honorars zu überweisen, Ihr Anteil beträgt ebenfalls 4%. Folglich müssen Sie mir von meinem Anteil 1000.– DM abziehen (und nicht 1750.–).
Ebenso falsch ist der mir zugeschickte Vertrag als Interviewpartner: dort müssen Sie mir DM 12.– abziehen, nicht DM 21.–.
Bitte nehmen Sie die notwendigen Korrekturen vor.

Mit freundlichen Grüßen
J. B.

An Klaus Vetter

14. 9. 1992

Lieber Herr Vetter,
zuerst: Als ich zu Hause war, habe ich mit dem Auspacken getrödelt und Koffer und Tasche erst nach drei Tagen aufgemacht; das heißt, daß der Brief Ihrer Frau erst mit einer solchen Verspätung auf den Weg gebracht wurde. Vergebung!
Dann: Ich habe mit Christa Wolf gesprochen. Sie ist überhaupt nicht abgeneigt, zu Ihnen nach Südamerika zu kommen, bisher hatte sie kein Mensch eingeladen. Es gibt aber ein Aber: In wenigen Tagen geht sie für neun Monate in die USA, nach Santa Monica. Dort bleibt sie also bis Mitte nächsten Jahres, und es ist verständlich, daß sie kurz nach einer so langen Abwesenheit von zu Hause nicht gleich wieder reisen möchte. Deshalb ist es wohl günstiger, wenn Sie sie nicht zu dieser Veranstaltung im Oktober einladen, sondern vielleicht im Jahr darauf, zumindest ein paar Monate später.
Und schließlich zu mir: Meine Frau Christine wäre so gut, mich im nächsten Oktober, wenn ich nach Südamerika führe, für eine Woche zu begleiten. Das ist ein Entgegenkommen, von dem ich nicht zu träumen wagte! Ich selbst würde aber etwas länger bleiben, das wäre also kein Problem. Sie haben gesagt, daß die Sache bei Ihnen in Sao Paulo Ende Oktober 93 stattfinden soll. Und Sie haben gesagt, es ließe sich einrichten, davor oder danach nach Buenos Aires, Montevideo und Santiago zu fahren. Ich möchte noch eine weitere Station (zur Not auch eine private) dranhängen – entweder nach Lima oder nach La Paz, denn ich möchte unbedingt während dieser Reise Cusco sehen und an den Titicaca-See fahren. Und zwar möchte ich das alles nach Sao Paulo tun. Wenn Sie allerdings sagen, bei so vielen, dazu schwer erfüllbaren, Wünschen wäre es für Sie einfacher, einen anderen Autor einzuladen,

dann hätten Sie mein volles Verständnis. Seien Sie aber so freundlich und antworten Sie mir bitte bei Gelegenheit.

Herzliche Grüße für Sie und Ihre Frau
Ihr Jurek Becker

P. S. Mit gleicher Post habe ich Ihnen meine Frankfurter Vorlesung geschickt. Die Kassette von Liebling Kreuzberg muß erst noch angefertigt werden, folgt aber bald.

An Frank Schirrmacher

20. 9. 1992

Sehr geehrter Herr Schirrmacher,
ich möchte Ihnen nicht verschweigen, wie sehr mich Ihre Veröffentlichung von Herrn Reich-Ranickis Kritik zu meinem Buch ›Amanda herzlos‹ verwirrt hat. Nicht so sehr die darin vertretenen Ansichten (die wenig mehr als ein Hinweis auf des Autors Bosheit und Begriffsstutzigkeit sind, zwei Eigenschaften, wie sie in fortgeschrittenem Alter leider vorkommen) erstaunen mich; vielmehr beschäftigt mich die Frage, was Sie als Redaktionsleiter bewogen haben mag, eine Rezension bei einem Kritiker in Auftrag zu geben, der seine ablehnende Haltung einen Monat vorher in nicht zu überhörender Lautstärke verkündet hatte. Eine solche Vorgehensweise ist meines Wissens äußerst ungewöhnlich, und ich werde wohl nie herausfinden, was dahintersteckt – Übelwollen oder einfach ein fragwürdiger Geschmack.

Mit besten Grüßen
Jurek Becker

An Paul Michael Lützeler

16. Oktober 1992

Lieber Herr Lützeler,
meine Frau hat mir natürlich sofort nach meiner Rückkehr von Ihrem Anruf erzählt. Inzwischen ist auch ein Fragebogen angekommen, den ich der Einfachheit halber an Sie zurückschicke – geben Sie ihn bitte an Frau Elizabeth Fyfe weiter. Sie erkundigt sich auch danach, wer mich begleiten wird: Es sind meine Frau Christine [...] und mein Sohn Jonathan [...]. Vielen Dank für Ihren Botendienst.
Sie bitten um meine Buchliste, aber in einem Punkt kann ich Ihren Wunsch absolut nicht erfüllen: Es handelt sich ausnahmslos um Bücher, die als Taschenbücher noch nicht auf dem Markt sind. Denn ich habe mir als übergeordneten Gesichtspunkt gewählt, daß es nur Bücher sein sollen, die nach der sogenannten Wende, also nach 89, geschrieben sind, und daß sie, außer daß sie Literatur sind, politische oder gesellschaftliche Aspekte der Entwicklung in Osteuropa behandeln. Im einzelnen sind dies:

Friedrich C. Delius – Die Birnen von Ribbeck
Günter Grass – Unkenrufe
Monika Maron – Stille Zeile 6
Hertha Müller – Der Fuchs war immer schon der Jäger
Becker – Amanda herzlos (nur auf Ihren Wunsch hin, es müsse auch ein Buch von mir darunter sein)

Sollte es Schwierigkeiten wegen der Buchbeschaffung geben, so sagen Sie es mir – es wäre kein Problem, Ihnen diese fünf Bücher in einem Air-Mail-Paket zu schicken (und jemand bei Ihnen müßte sich dann tagelang ans Kopiergerät stellen).
Ansonsten freue ich mich auf den Aufenthalt bei Ihnen, ich spüre schon die Frühjahrsstürme. Auch bin ich beruhigt, daß die Frage der Unterkunft geklärt zu sein scheint. Ich habe allerhand Briefe bekommen, von Instituten oder

Universitäten, die mich während des St. Louis-Aufenthalts zu sich einladen wollen. Allen habe ich geantwortet, daß ich nicht von hier aus über meine Zeit in St. Louis verfügen und erst dort eine Entscheidung treffen kann. Wenn ich es recht in Erinnerung habe, soll ich zwei Seminare pro Woche abhalten, das stimmt doch? Ich wäre Ihnen sehr dankbar, wenn es sich einrichten ließe, daß diese beiden Seminare möglichst nah beieinanderliegen (nicht unbedingt an zwei aufeinanderfolgenden Wochentagen, aber sagen wir Montag-Mittwoch, Dienstag-Donnerstag oder Mittwoch-Freitag), damit die angedeuteten Möglichkeiten wenigstens zum Teil genutzt werden können. Wenn das aber nicht geht – auch kein Unglück.

Herzliche Grüße, auch an Ihre Familie
Ihr Jurek Becker

An Paul Michael Lützeler

9. 11. 1992

Lieber Herr Lützeler,
was sein muß, muß sein: Meine Frau ist in Tübingen geboren, mein Sohn in Berlin (Sie wissen genau, daß auch St. Louis als Geburtsort möglich gewesen wäre). Der frühestdenkbare Anreisetermin ist der 5. März 93, der späteste Abreisetermin der 15. Mai. Das ist alles sehr reichlich bemessen, aber warum nicht.
Daß die Seminare auf Dienstag und Donnerstag liegen, finde ich großartig, – es gibt uns die Möglichkeit, zwischendurch kleine Reisen zu machen. Das Ganze rückt allmählich näher, und Christine und ich spüren schon ein leichtes Kribbeln.
Zur Zeit bin ich auf einer ausgedehnten Lesereise mit »Amanda herzlos«, für Wochen wohne ich in Hotels; meine Frau schickt mir die Post nach – deshalb dieses seltsame

Briefpapier. Daß unsere Wohnungsfrage in St. Louis gut gelöst zu sein scheint, freut uns sehr. Ich habe schon sehr viele Anfragen von Universitäten und Goethe-Instituten erhalten, die ich unmöglich alle annehmen kann. Ich habe in jedem Fall geantwortet, daß ich das Ausmaß meiner Verpflichtungen in St. Louis noch nicht genau kenne und deshalb erst Zusagen geben kann, wenn ich an Ort und Stelle bin. Für die meisten ist es dann wohl zu spät. Im Vertrauen gesagt: Selbst wenn aus keiner einzigen Sache etwas würde, wäre das kein Beinbruch.
Wir freuen uns wie die Schneekönige auf St. Louis und auf Sie und auf Egon Schwarz, und wir haben nur eine einzige Bitte: Wenn Sie etwas mitgebracht haben möchten, dann zögern Sie nicht, es mich wissen zu lassen.

Herzliche Grüße
Ihr Jurek Becker

P. S.: Der Wahlausgang steigert meine Vorfreude um gute 50 Prozent.

An Susanne Löwenthal

[o. D.]

Sehr geehrte Frau Löwenthal,
die Kopien, die Sie Ihrem Brief an mich beigefügt haben, sind ein wenig seltsam. In der einen bittet eine Frau Hubatsch darum, daß Sie einen Auftritt von Wolf Biermann kräftig propagieren, der andern entnehme ich, was für Mikrofone, Notenständer und Sitzgelegenheiten Biermann bei seinem Auftritt braucht. Ich habe das alles mit großem Interesse gelesen, wenn es mir auch nicht gelingen wollte, den Zusammenhang mit mir zu begreifen.
Um aber auf den Kern Ihres Briefes zu kommen: Ich werde leider keine Zeit haben, zu Ihnen nach Berkeley zu

kommen. Im nächsten Frühjahr werde ich nur für sechs Wochen in St. Louis sein, mit Frau und kleinem Kind, und wir haben beschlossen, so viel wie möglich am Ort zu bleiben: Um der Verpflichtungen in St. Louis willen, um des Kindes willen, das erst zwei Jahre alt ist, und auch weil ich mir eine Arbeit mitnehme. Es geht also nicht, haben Sie bitte Verständnis. Dennoch danke ich Ihnen sehr für die Einladung.

Mit freundlichen Grüßen
Jurek Becker

An Heinz Wetzel

20. November 1992

Lieber Heinz,
eben komme ich von einer elend langen Lesereise zurück und finde Deinen Brief. Er ist einer der wenigen in dem Stapel auf meinem Schreibtisch, den ich gern lese. Für Deine Einladung nach Toronto herzlichen Dank, aber ich muß Dir leider einen Korb geben. Lützeler hat mich den Unis angeboten wie saures Bier, nur weil ich versäumt habe, ihm zu sagen, daß ich nirgends hin will. Wir kommen für die sechs Wochen zu dritt nach St. Louis, und es ist keine gute Situation, mit Johnny von Flughafen zu Flughafen und von Hotel zu Hotel zu ziehen. Wir haben uns vorgenommen, so viel wie möglich am Ort zu bleiben, außerdem werde ich eine Arbeit bei mir haben, die getan werden muß. Vergebung also.
Daß Du einen Artikel über meine Vorlesungen in Frankfurt schreiben willst, kann mir keinen Schrecken einjagen. Im Gegenteil, es freut mich, in was für besseren Händen könnte eine solche Sache liegen? Ich danke Dir für Deinen Büchner-Text – ich lese niemandes Büchner-Arbeiten lieber als Deine. Allerdings muß ich mich noch etwas damit

gedulden, zuerst muß ich diesen ekelhaften Brief-Berg abtragen, der mir die Aussicht versperrt.

Sei herzlich gegrüßt (gilt auch für Marianne)
von Christine und Jurek

An Elisabeth Borchers

5. 12. 1992

Liebe Elisabeth,
auf Anweisung von Herrn Groffy schicke ich den redigierten Text wieder an Dich, mit der flehentlichen Bitte, keinen Blick mehr hineinzuwerfen. Nach den vielen Lesungen wache ich morgens auf und überlege, ob ich gleich nach Iserlohn oder nach Göppingen muß. Die Freude dann, wenn ich herauskriege, daß ich zu Hause bleiben darf!

Sei umarmt
Jurek

An Hans-Georg Knopp

16. 12. 1992

Lieber Herr Knopp,
über Ihre Einladung freue ich mich sehr, aber es gibt Probleme damit. Zu den Terminen, die Sie mir anbieten, kann ich sie leider nicht annehmen, denn ich habe an jedem Dienstag und an jedem Donnerstag in St. Louis Verpflichtungen (und die Lesungen am 17. und 19. März wären am Mittwoch und am Freitag – ich müßte also über Donnerstag bleiben). Ein weiteres Problem besteht darin, daß meine Frau mit unserem Kind erst am 21. März aus Europa nach St. Louis kommt und dort bis zum 18. April bleibt. (Ich erwähne das deshalb, weil eine Lesung in Chicago

unbedingt in diese Zeit fallen sollte, denn sie würde es mir nie verzeihen, wenn ich ein zweites Mal ohne sie nach Chicago führe).
Am liebsten würde ich zu Ihnen an einem der folgenden Termine kommen:
26.-29. März
9.-12. April (aber das ist, wie ich sehe, Ostern)
Es wäre nicht so tragisch, wenn ich dann nur eine Lesung hätte – die zweite macht mir ohnehin Sorgen, da sie auf englisch stattfinden soll. Der Text, den ich lesen möchte, ist bisher nicht übersetzt, und ich müßte mir einen Übersetzer suchen (was nicht einfach ist, ich bin da ziemlich mäklig). Daß mein Honorar sich dadurch verringern würde, ist überhaupt kein Problem. Im Falle Sie meinen Terminvorschlag annehmen, würde ich Sie bitten, vom 26.-29. März ein Hotelzimmer für uns drei zu besorgen und auch die Flugtickets für mich, meine Frau Christine und unseren Sohn Jonathan, der dann zwei Jahre alt sein wird. (Selbstverständlich ersetze ich Ihrem Institut an Ort und Stelle alle Unkosten, die nicht mich betreffen).
Ich bitte Sie nur, möglichst bald zu antworten, da ich nur sechs Wochen in Amerika sein werde und merkwürdig viele Universitäten und Institute mich bei sich haben wollen. Nach Chicago führe ich am liebsten.

Herzliche Grüße
Jurek Becker

An Klaus Vetter

19. 12. 1992

Lieber Herr Vetter,
seien Sie nicht sauer, wenn ich Ihnen nach dem ganzen Hin und Her nun absage. Den Ausschlag gab, als ich die Erleichterung meiner Frau darüber sah, daß die Reise sich

auf die ursprünglich von mir vorgesehene Weise nicht machen läßt. Es ist ihr unendlich lieber, eine solche Sache später in Angriff zu nehmen, wenn das Kind so groß ist, daß man es länger alleinlassen oder wenn man es gar mitnehmen kann. Aus und vorbei.
Ich bin sicher, daß Ihre Scouts keine Probleme haben werden, die Runde der deutschen Teilnehmer an Ihrer Veranstaltung zu komplettieren. In Deutschland fehlt es zur Zeit an vielem, auf keinen Fall aber an reisewilligen Schriftstellern. Nebenbei gesagt habe ich von einer Frau Brücker von Ihrem Institut einen Brief erhalten, in dem sie davon ausgeht, daß ich im Herbst 93 nach Sao Paulo komme und in dem sie mich fragt, ob ich auch in andere brasilianische Institute komme. Seien Sie bitte so freundlich und geben ihr Bescheid, daß daraus nun nichts werden kann.
Ich hoffe sehr, daß Sie die Kassetten von ›Liebling Kreuzberg‹ inzwischen erhalten haben, es hat ärgerlich lange gedauert. Wenn ich jetzt bei Ihnen wäre, würde ich neugierig fragen, wie sich Ihre privaten Angelegenheiten, in die ich damals kurz meine Nase stecken konnte, entwikkelt haben. Doch für eine Korrespondenz ist das wohl kein gutes Thema.

Seien Sie herzlich gegrüßt, vielleicht bis irgendwann
Ihr J. B.

An Monique und Jaap Walvis

26. 12. 1992

Liebe Monique, lieber Japie,
es gibt eine geheimnisvolle Zeitlinie, wenn man die überschritten hat, ohne zu schreiben, dann KANN man nicht mehr schreiben. Du kannst, Du bist schon immer viel hemmungsloser gewesen. Oder unsensibler. Gottseidank.

Seit langer Zeit habe ich ein Buch geschrieben, dann war es fertig, und ich habe eine endlose Lesereise gemacht, und seitdem lese ich meine Stasi-Akte. Ich werde ungefähr sieben Jahre dafür brauchen, und ich muß mich sehr konzentrieren. Ich habe gehört, daß sich in Deutschland irgendwelche unangenehmen Sachen zutragen sollen, aber ich weiß nichts Genaues – ich lese. Vielleicht kannst Du mir bei Gelegenheit erklären, was hier los ist, es soll irgendwas mit Asylanten sein.
Ich bin ein zufriedener Mensch: Ich habe einen hübschen Sohn, ich wähle CDU (oder SPD? Ich hab es vergessen), ich stehe auf der Bestseller-Liste, und meine Frau wird einmal viel Geld erben (nur dummerweise ist ihr Vater kaum älter als ich).
Ich glaube nicht, daß wir 93 nach Holland kommen können, höchstens für einen Monat. Ich habe schon viele Reisen geplant, die längste in unser Haus in Schleswig-Holstein, für ungefähr ein halbes Jahr. Dort sind ziemlich wenig Leute, wenn man Glück hat, sieht man einen ganzen Monat nur Hasen. Es freut mich sehr, daß Birre Doktor geworden ist, aber kann man das essen?

Seid alle gegrüßt und umarmt von
Jurek + Christine

An Karin Graf

26. 12. 1992

Liebe Karin,
weil ich auf Deine Einladung (scheinbar) nicht reagiert habe, habe ich ein schlechtes Gewissen, wenn auch ein nur in Maßen schlechtes: Ich habe nämlich vier oder fünf Mal angerufen, jedesmal war ein leicht genervtes Mädchen am Telefon, um mir mitzuteilen, daß Du nicht da bist. Für ein paar Tage wurde es geradezu eine Obsession von mir, Dich zu erreichen, Du weißt mit welchem Erfolg.

Wahr ist also, daß wir zu Deinem runden Geburtstag nicht da waren, was mich aber nicht davon abhalten soll, Dir nachträglich – Du weißt schon was – und zwar aus tiefstem Herzen.
Wahr ist leider auch, daß ich (Jurek) in wenigen Tagen (am 2. Januar) aus Berlin verschwinde (in unser Haus nach Sieseby), daß ich dort bis März bleibe, und daß wir anschließend nach St. Louis fahren, bis Ende April. Und wahr ist, daß auch ich finde, wir sehen uns zu selten. Aber was tun. Wenn Du Lust hast, komm mal nach Sieseby (04352 - 1409, aber pssst!). Christine wird auch eine Weile dort sein.
Ansonsten grüße ich Dich herzlich und wünsche Dir von allem doppelt, was man sich in diesen Tagen so wünscht.

Jurek

An Hardy Krüger

26. 12. 1992

Lieber Herr Krüger,
zuerst einmal gilt es, ein Mißverständnis aufzuklären: Ich hätte Herrn Runze gegenüber nie die Sache mit dem Telefonat erwähnt, wenn sein Brief nicht so geklungen hätte, als müßte ich schon telefonisch von Ihnen informiert worden sein, worum es bei dem Projekt geht. Also weg mit diesem leidigen Telefongespräch oder Nicht-Gespräch – ich versichere Ihnen, daß sich daraus nicht die kleinste Spur eines Mißvergnügens oder einer Spannung für mich ergibt.
Daß ich Herrn Runze geschrieben habe, diese Arbeit sei nichts für mich, hat einen vollkommen anderen Grund: Ich fühle mich nicht geeignet, Drehbücher für Polit-Thriller, auch nicht für andere brisante oder hochaktuelle Geschichten zu schreiben, obwohl ich als Zuschauer solche

Filme oft schätze. Es ist einfach eine mir nicht gemäße Art des Sich-Mitteilens. Ich habe dergleichen noch nie geschrieben, und nun bin ich wohl zu alt oder auch zu mäklig geworden, um daran etwas zu ändern. Ich wollte, um es anders zu sagen, Sie und mich vor einem Resultat bewahren, von dem wir mit hoher Wahrscheinlichkeit beide enttäuscht wären. Durch meine Verstocktheit geht Ihnen also weniger verloren, als sie wohl glauben. Und noch einmal versichere ich Ihnen, daß all das nicht das Geringste mit irgendeiner Antipathie zu tun hat – woher sollte die wohl kommen?
Anfang des Jahres fahre ich für zwei Monate in mein Haus in Schleswig-Holstein, um dort in Ruhe zu arbeiten. Ich will mich absolut nicht vor Ihnen verstecken, selbstverständlich können Sie mir dorthin schreiben, wenn Sie es wünschen. Die Adresse ist 2335 Sieseby, Pastoratsweg 16. Ich werde dort bis Anfang März sein. Ab Mitte März bin ich für zwei Monate in den USA, aber leider weit entfernt von Kalifornien. Ich bin dort erreichbar über das German Department der Washington University in St. Louis, Missouri, also nicht gerade um die Ecke von Ihnen.
So, ich hoffe, es ist nun alles aufgeklärt, schaffen wir Platz für neue Mißverständnisse.
Mit besten Wünschen zum Neuen Jahr und herzlichen Grüßen

J. B.

An Manfred Lechner

27. 12. 1992

Sehr geehrter Herr Lechner,
Ihr Brief, der einen Tag vor Weihnachten ankam, war doch ein ziemliches Feiertagsereignis; denn so eine kleine Sache ist das ja nicht zu entscheiden, ob man in nicht allzu ferner Zeit nach Indien fährt.

Um es gleich zu sagen: der Familienrat (bestehend aus meiner Frau und mir) hat beschlossen, daß ich fahren darf. Sie schreiben, über das wann und wohin könne später geredet werden, aber Sie werden es nicht glauben, die Termine werden jetzt schon knapp. Ich finde es ein wenig lächerlich, so mit dem Kalender arbeiten zu müssen wie ein Bankdirektor, aber zur Zeit ertrinke ich in Terminen, die mir zumeist lästig sind. Eine Indienreise wäre es nicht, im Gegenteil.

Also: Ich hätte Zeit von der letzten Novemberwoche an (24. Nov.) bis etwa 20. Dezember. Innerhalb dieser Zeit würde ich gerne für drei Wochen kommen. Ein Stück der Reise würde mich eventuell meine Frau begleiten, auf keinen Fall die ganze Reise über, denn wir haben ein Kind, das dann drei Jahre alt sein wird und das sie niemals für drei Wochen alleinlassen würde. (Natürlich wären die Kosten, die meine Frau verursacht, nicht Sache des Goethe-Instituts, das versteht sich von selbst. Ich würde Sie nur bitten, für die Dauer des Aufenthalts meiner Frau Doppelzimmer zu bestellen und eventuelle Inlandsflüge mit zu buchen, damit wir im selben Flugzeug sitzen.)

Die Stationen, die Sie vorschlagen, gefallen mir gut, Delhi, Pune, Trivandrum. Und eine Besichtigung des Taj Mahal. Und nach Pakistan würde ich gerne auch reisen – vielleicht eine bis zwei Lesungen dort, aber das hängt auch von den Wünschen des Instituts ab. Falls Sie noch andere Wunsche oder Vorschläge, die Stationen betreffend, haben, dann teilen Sie sie mir bald mit; es macht Spaß, sich in Gedanken damit zu beschäftigen.

Da der Postweg doch sehr lang ist, gebe ich Ihnen nun meine Telefonnummer. In Berlin: 030 - 785 67 14. Und in Schleswig-Holstein, wo wir ein Haus haben und wo ich häufig bin: 04352 - 1409. Im März und April werde ich verreist und also nicht erreichbar sein. Ich hoffe, ich habe keine der Auskünfte vergessen, die Sie fürs erste von mir brauchen.

Viele freundliche Grüße
Ihr Jurek Becker

An Richard Zipser

22. 1. 1993

Lieber Dick,
danke für Dein Lebenszeichen, es hat mich gefreut. Aber nimm es mir bitte nicht übel – ich stecke so tief in meinen eigenen Arbeiten, daß ich mich nicht überwinden kann, eben mal Deine sechs Fragen zu beantworten.
Es gibt in der Edition Suhrkamp ein kleines Buch von mir, es heißt WARNUNG VOR DEM SCHRIFTSTELLER. Darin sind Vorlesungen enthalten, die ich im Mai und Juni 89 (also noch vor der sogenannten Wende) an der Universität Frankfurt gehalten habe. Die erste dieser Vorlesungen beschäftigt sich (zum Teil) mit Zensur in der DDR. Lies den Text, und wenn Du Lust hast, kannst Du ihn abdrukken.
Zu Deinen Reiseplänen: Aller Wahrscheinlichkeit nach werden wir uns nicht treffen in diesem Jahr. Falls Ihr im Frühjahr kommt, werden wir (Christine, das Kind, ich) in den USA sein, in St. Louis, an der Washington University. Und wenn Ihr im Sommer kommt, sind wir auch nicht in Berlin, sondern in unserem Haus in Schleswig-Holstein. Ich weiß, es ist nicht einfach mit uns.

Herzliche Grüße, auch an Ulrike
Jurek

An Günter Gaus

22. 1. 1993

Lieber Herr Gaus,
wieder einmal bin ich Urheber einer Fehlleistung (und somit Sie leider deren Opfer): Ich habe die Akte nicht hier in Sieseby, sondern in Berlin. Folglich kann ich Ihnen auch die Kopien erst dann schicken, wenn ich wieder in Berlin bin, das wird nicht vor März sein.
Wenn unsere Sendung so gut war, wie die Begegnung mit Ihnen mir Vergnügen gemacht hat, ist uns etwas ganz Ordentliches gelungen. Ich habe sie noch nicht sehen können, aber die zwei Reaktionen bisher waren erstaunlich gut (da von Nörglern).
Eine Frage: Soll ich mich um den Kontakt zu Ruth Angress sofort bemühen, oder zuerst auf Ihr Startzeichen warten? Sicher ist es furchtbar, wenn man alles zweimal sagen muß, oja, ich weiß das.

Herzliche Grüße
Ihr

An Otto Hamkens

1. Februar 1993

Sehr geehrter Herr Hamkens,
es tut mir leid, daß ich auf Ihre Bitte nicht eingehen kann: Ich habe nichts bisher geschrieben, das mit Thomas Mann, mit dem Buchhandel oder mit der Stadt Lübeck zu tun hätte. Und da meine Beziehungen zu Mann, zu Lübeck und zum Buchhandel allesamt recht oberflächlich sind, käme es mir wie Hochstapelei vor, daraus einen Essay zu machen. Es geht Ihnen also nicht viel an mir verloren, zumindest nicht für den Anlaß, den Sie im Auge haben, und zu dem Ihnen jetzt schon mein herzlicher Glückwunsch gilt.

Mit freundlichen Grüßen
Jurek Becker

An Heinz Wetzel

16. 2. 1993

Lieber Heinz,
der erste Satz Deines Briefes bringt mich ins Grübeln: Du schreibst, daß Du Dich mit meiner Poetikvorlesung beschäftigst, und daß Du in Schwierigkeiten steckst, weil Lützeler verlangt, »daß man auf das Gesamtwerk ausgreift«. Ich halte mich nicht für begriffsstutzig, aber ich schwöre Dir, liebster Heinz, daß ich absolut keine Ahnung habe, wovon die Rede ist. Hoffentlich verbirgt sich hinter dem Geheimnis etwas Gutes; aber da offenbar Du daran beteiligt bist, darf ich wohl hoffen.
Wozu Du die drei Zitate verwenden willst, weiß ich also nicht. Aber natürlich darfst Du es – Du immer. Wenn es Dir nichts ausmacht, hätte ich gern eine kleine Änderung (wenn es Dir doch etwas ausmacht, dann ändere eben nichts). Also – im ersten Zitat: statt »...bei dem man das Empfinden hat...« wäre besser: »...bei denen man das Empfinden hat...«
Auch wenn Du in dem Artikel (oder was immer es werden soll) erwähnst, ich hätte diese Bemerkung in einem Gespräch mit dem Verfasser getan, kannst Du doch getrost anfügen, wann das war. Seit wann werden Zitate dadurch relativiert, daß man ihr Datum nicht verschweigt.
Für Deinen Fühmann-Trakl-Artikel danke ich Dir. Allerdings werde ich ihn erst nach Amerika lesen können – bis dahin bin ich höllisch mit Vorbereitungen für die Seminare beschäftigt. Muß ich mir das antun!

Liebste Grüße an Euch beide
Dein Jurek

An Noemi Staszewski

16. 5. 1993

Sehr geehrte Frau Staszewski,
ich kann auf Ihren Vorschlag leider nicht eingehen. Selbst wenn ich Zeit dafür hätte, wüßte ich nicht, wie ich das anstellen sollte – einen Text zu schreiben, der Kindern jüdisches Alltagsleben (das ich so gut wie nicht kenne) nahebringt.

Mit freundlichen Grüßen
J. B.

An Ursula Nellessen

16. 5. 1993

Sehr geehrte Frau Nellessen,
es tut mir leid, aber ich muß Ihnen einen Korb geben. Weder erinnere ich mich, ob ich an John F. Kennedy große Hoffnungen geknüpft habe (ich glaube – eher nicht), noch fällt mir irgendetwas zu seinem dreißigsten Todestag ein, was ich für publizierenswert hielte.

Mit freundlichen Grüßen
Jurek Becker

An Robert Weninger

23. Mai 1993

Lieber Herr Weninger,
ich wußte nicht, warum wir uns nicht nocheinmal getroffen haben – in Ihrem Brief haben Sie's mir erklärt.
Eine Nein-Postkarte wäre zu kurz als Antwort, unangemessen kurz, aber aus der Sache wird trotzdem nichts: Meine Hemmungen sind schuld. Nahezu alle ›Mein-Verhältnis-zu-…‹-Artikel, die ich kenne, haben etwas penetrant aufdringliches, und bestimmt würde mir selbst kein besserer gelingen. Wozu solche Bekennerschreiben? Es

scheint mir allemal wichtiger, Verhältnisse zu haben, als Mitteilung davon zu machen. Ich weiß nicht, was Arno Schmidt bei mir bewirkt hat, bestimmt aber hat er meinen Sinn für Peinlichkeiten geschärft. Das wird Herr Drews, den ich hiermit freundlichst grüße, akzeptieren.

Herzliche Grüße, bis irgendwann einmal
Jurek Becker

An Natascha Selinger

28. 5. 1993

Liebe Frau Selinger,
es ist schon ein Jammer, daß man nicht immer weiter herumreden kann und sich irgendwann festlegen muß. Also: Im Prinzip ja, aber. Der Termin ist mir recht (ich müßte bald den genauen bestätigt bekommen), der Umfang der Reise ist mir recht, das Honorar ist mir recht (es könnte auch niedriger sein, wenn Ihr mich nur in wirklich ordentlichen Hotels unterbringt). Nicht recht ist mir die Anzahl der Lesungen. Sieben Lesungen an fünf Tagen sind mir zuviel. Die beiden Lesungen an den Schulen möchte ich nicht machen, die Interessenten dort können ja am Abend in die Institute kommen, wo ich ohnehin lese. Auch hatte ich, ehrlich gesagt, gehofft, daß ich anläßlich einer solchen Reise die Nase ein wenig in die polnische Provinz stecken kann – die Städte, in die Sie mich schicken, sind genau die drei Städte, in denen ich schon mal gewesen bin. Aber das ist natürlich kein Hinderungsgrund, zu Ihnen zu kommen.

Herzliche Grüße
Jurek Becker

P.S. Lesen würde ich aus meinem ersten und aus meinem letzten Buch, also ›Jakob der Lügner‹ und ›Amanda herzlos‹. Und an den Universitäten vielleicht einen Vortrag halten. J. B.

An Egon Schwarz

6. August 1993

Lieber Egon,
wenn es stimmt, daß die Nase juckt, wenn in der Ferne jemand an einen denkt, dann müßtet ihr beide jetzt mit zerkratzten Nasen herumlaufen. Und das nicht nur wegen Deines Briefes und des hinreißenden Artikels über das nicht existierende Europa. Während der letzten Wochen war St. Louis häufiger in den Nachrichten als in allen Jahren seit seiner Gründung zusammen – wie ein schlagender Beweis dafür, daß man mit nichts so viel Interesse erzeugt wie mit einem Unglück.
Dezent, wie man es nur von Wienern einer gewissen Generation gewohnt ist, vermeidest Du in Deinem Brief jeden Hinweis darauf, wie nah die Wassermassen an Euer Haus herangekommen sind; dem alles in allem gelassenen Ton des Briefes entnehme ich aber, daß Dorles Blumenrabatten noch nicht überschwemmt zu sein scheinen. Jedenfalls hören wir ab sofort damit auf, uns besorgt zu fragen, ob Ihr etwa diejenigen seid, die im Fernsehen immer so klein und so schwer erkennbar auf den Dächern ihrer Häuser sitzen. Nein, sage ich mir, *darüber* hättest Du nicht geschwiegen, so abgebrüht sind selbst Wiener nicht!
Die Aussicht, Euch von Zeit zu Zeit zu sehen, wenn Ihr in die Siegener Diaspora zieht, entzückt mich ebenso wie uns. Dich zu holen, ist der brillanteste Einfall, der seit vielen Jahren an einer deutschen Hochschule geboren wurde.

Herzliche Grüße für Dich und Dorle,
auch von Christine
Dein + Euer Jurek

An Paul Michael Lützeler

5. 9. 1993

Lieber Paul Michael,
es ist gut zu hören, daß erstens Ihr eine dreimonatige Reise überstanden habt und zweitens St. Louis im Wesentlichen noch steht. Die vielen Berichte und Katastrophenmeldungen sind uns ziemlich nahegegangen, denn das war eine Angelegenheit, die sich irgendwie in unserer Familie zutrug.
Für das Gastrecht, das Du uns gewährst, herzlichen Dank. So fern ist uns der Gedanke gar nicht, in absehbarer Zeit nocheinmal nach St. Louis zu kommen. Erst vor wenigen Tagen saßen wir mit Peter Schneider und haben darüber diskutiert, ob wir nicht im Jahr 95, wenn er die Einladung der Universität annimmt, auch nach St. Louis kommen und ein paar Wochen im DORCHESTER verbringen sollten. Unbeschwert, ohne Verpflichtungen und endlich bei gutem Wetter. Aber erschrick nicht gleich, bis jetzt ist es nur so eine Idee.

Herzliche Grüße von uns allen an Euch alle
Dein Jurek

An Claudia Sandmeyer

5. 9. 1993

Liebe Frau Sandmeyer,
um die Arbeit, die Sie sich mit meinen Texten zu machen gedenken, beneide ich Sie nicht, auch wenn ich nicht wenig neugierig auf das Resultat bin. In nichts kann ich Ihnen helfen, in absolut nichts. Ja, es gibt einige Dissertationen und Examensarbeiten zu meinen Büchern, aber ich habe sie nicht registriert, erinnere mich nicht an die Namen der Urheber und nicht an die Universitäten; entweder es gibt eine zentrale Stelle, die all das registriert, oder Sie werden

es nie herausfinden. Und das zweite: Es tut mir leid, aber ich habe zu den Büchern, die Sie von mir gelesen haben, keine Anmerkungen zu machen. Alles, was ich dazu weiß, steht darin, und sollte es einen Rest geben, dann habe ich ihn nicht zufällig nicht veröffentlicht.
Ich wünsche Ihnen Glück bei Ihrer Arbeit, und Erfolg natürlich auch.

Schönste Grüße
J. B.

An Martin Mooij

29. 9. 1993

Lieber Herr Mooij,
ich bitte um Nachsicht, wenn ich Ihre freundliche Einladung schon wieder nicht annehmen kann. Es gibt dafür verschiedene Gründe: Erstens habe ich im Augenblick sehr wenig Zeit. Zweitens habe ich seit Jahren keine short story mehr geschrieben, die ich in Rotterdam vorlesen könnte. Drittens fühle ich mich auf Schriftsteller-Treffen sehr unwohl. Ich weiß nicht, ob Sie bemerkt haben, daß ich mich auf dem Schriftsteller-Kongreß in Dublin mehr versteckt habe, als daran teilzunehmen. Vielleicht ist es möglich, daß Sie mich von der Liste der potentiellen Teilnehmer streichen, aber nicht aus Ihrem Herzen.

Mit besten Grüßen
Jurek Becker

An Klaus Schindler

2. 10. 1993

Lieber Herr Schindler,
wenn ich nicht irre, habe ich kürzlich schon mit Herrn Augustin telefoniert und ihm die benötigte Antwort gegeben. Ich bitte um Ihr Verständnis, daß ich die zusätzliche Veranstaltung nicht machen möchte – sie würde mich einen von vier freien Abenden kosten, die ich auf der ganzen Reise mit meiner Frau habe.
Dummerweise habe ich Herrn Augustin eine falsche Ankunftszeit gesagt. Tatsächlich kommen wir am 20. November an, 5^{40} am Morgen, mit dem Flug BA 147 aus London. Dem armen Menschen, der uns dann in Empfang nimmt, gehört jetzt schon mein Mitgefühl – es ging nicht anders.

Mit herzlichen Grüßen
Jurek Becker

An Helmut Liede

9. 11. 1993

Sehr geehrter Herr Liede,
für Ihre freundliche Einladung meinen besten Dank. Die wenigen Schriftstellerkongresse, an denen ich bisher teilgenommen habe, haben mich zuverlässig in ein Stimmungstief versetzt, das Wochen anhielt. Das lag weniger an den jeweiligen Kongressen als vielmehr daran, daß ich wohl für Veranstaltungen dieser Art nicht tauge. Bitte haben Sie ein wenig Verständnis dafür.

Mit besten Grüßen
Jurek Becker

An Thomas Dürr

2. 1. 1994

Sehr geehrter Herr Dürr,
es tut mir leid, Ihnen sagen zu müssen, daß Ihr Stammtischfreund auf der ganzen Linie recht hat. Natürlich hat, wie er es vermutet, meine Karriere wenig mit Talent zu tun und fast alles mit Beziehungen und Willensstärke. Es ist doch klar, daß Leser nichts auf die Veranlagung eines Autors geben, dafür aber sein Durchsetzungsvermögen und seine Rücksichtslosigkeit honorieren. Ich hoffe sehr, mit dieser Auskunft den Frieden an Ihrem Stammtisch wiederherzustellen.
Im Übrigen beneide ich Sie um Ihre ungewöhnlich schwungvolle Unterschrift.

Mit freundlichen Grüßen
Jurek Becker

An Uwe Friesel

2. 1. 1994

Lieber Herr Friesel,
danke für Ihre Einladung zum Kongreß in Aachen; ich fürchte aber, ich werde sie nicht annehmen können. Abgesehen davon, daß ich mir ein Jahr möglichst ungestörter Arbeit verordnet habe, ist die Zeit meiner Beziehung zu Schriftstellerverbänden wohl vorbei. Einmal habe ich es ziemlich intensiv mit einem versucht, aber die Sache ist gründlich schiefgegangen. Da ist mir der Verdacht gekommen, daß ich für Verbände nicht geeignet bin. Glauben Sie mir, daß diese Entscheidung nur mit mir zu tun hat und nichts mit der Arbeit des VS, die ich im übrigen nur sehr oberflächlich kenne.

Mit freundlichen Grüßen
Jurek Becker

An Dieter Schlenstedt

9. 1. 1994

Sehr geehrter Herr Schlenstedt,
noch selten hat mir jemand ein Problem so facettenreich, geduldig und fulminant erläutert, wie Sie es in Ihrem Brief getan haben. Tatsache ist, daß ich (meines Wissens) nie aus dem PEN-Zentrum der DDR ausgeschlossen worden bin, ebensowenig bin ich je ausgetreten. Tatsache ist aber auch, daß ich seit etwa 1974 nicht mehr dort aufgetaucht bin. Wie lange muß eine Beziehung unterbrochen sein, bis man sagen kann, daß sie aufgehört hat zu existieren?
Ich erinnere mich, daß ich während der vergangenen Jahre ein paarmal vom PEN-West gefragt wurde, wie ich über eine Mitgliedschaft denke. Jedesmal habe ich geantwortet: Geht nicht, bin schon im PEN der DDR. Sie vermuten richtig, daß es sich dabei weniger um eine Solidaritätsbezeigung handelte als um eine Ausrede.
Da mir mein PEN-Status, um die Wahrheit zu sagen, nicht sehr wichtig ist, möchte ich die Klärung der Sache am liebsten Ihnen überlassen. Streichen Sie mich, behalten Sie mich, vergessen Sie mich – mit allem will ich einverstanden sein. Nur eines muß ich der Ehrlichkeit halber erklären: Sollten Sie entscheiden, mich weiterhin in der PEN-Liste zu führen, so sollen Sie wissen, daß ich aller Wahrscheinlichkeit nach nie den Anforderungen genügen werde, wie sie an ein Mitglied zu recht gestellt werden. Ich werde mich an kaum etwas beteiligen, ich werde kaum zu einem Treffen kommen, ich werde kaum für eine gemeinsame Unternehmung zu gebrauchen sein. Wäre es da nicht am sinnvollsten, mich stillschweigend aufzugeben? Wenn Sie solch ein nutzloses Mitglied wollen, dann bitte, aber es wäre seltsam.

Mit freundlichen Grüßen
Jurek Becker

An Gustav Seibt

9. 2. 1994

Sehr geehrter Herr Seibt,
ich empfinde mein Verhältnis zur FAZ durchaus nicht als unglücklich (wenn ich auch nicht genau weiß, ob das, was zwischen FAZ und mir ist, ein Verhältnis genannt werden kann). Worauf Sie anspielen, ist folgendes: Herr Reich-Ranicki hatte mein Buch ›Amanda herzlos‹ in seinem Literarischen Quartett ziemlich rüde behandelt (was sein Recht war), in einer selbst für ihn untypischen Ausführlichkeit. Fünf Wochen später erschien dieser Wutausbruch nocheinmal in gedruckter Form, als Kritik in der FAZ. Damals habe ich mich in einem Brief an Herrn Schirrmacher darüber gewundert, daß die FAZ die Kritik eines Mannes druckt, der dieselbe Kritik an sehr öffentlichem Ort und in unüberhörbarer Lautstärke schon einmal vorgetragen hatte. Das kam mir seltsam und auch ein wenig mißgünstig vor. Herr Schirrmacher schrieb mir, die Kritik bei Reich-Ranicki sei schon sehr lange bestellt gewesen und habe sich leider verzögert. Ich habe nicht mehr darauf reagiert, fand die Antwort aber, ehrlich gesagt, ein bißchen blöde. Das ist alles. Ansonsten habe ich mich nie über etwas beklagt, was in der FAZ mit mir geschah.
Nun schreiben Sie, Sie wollten in eine neue Beziehung zu mir treten. Da ich nie eine Rezension schreiben, ein Gedicht analysieren oder einen Kommentar verfassen werde, bin ich einigermaßen neugierig, wie diese Beziehung Gestalt annehmen wird. Natürlich will ich Sie nicht behindern, mir soll es recht sein, wenn Sie sich um mich bemühen.

Mit besten Grüßen
Jurek Becker

An Gustav Seibt

20. Februar 1994

Sehr geehrter Herr Seibt,
ich zweifle keineswegs an der Freundlichkeit Ihrer Absichten. Ihr Vorschlag, zur Aufführung von ›Schindler's List‹ nach Krakau zu fahren, also nach Auschwitz, hat etwas Frappierendes, doch geht er, so vermute ich, von der Annahme aus, daß ich Polnisch spreche. Das ist leider nicht der Fall, ich verstehe kein einziges Wort. Das ist für mich der einzige Grund, Ihre Einladung auszuschlagen, allerdings ein unüberwindlicher. Ich hoffe sehr, Sie haben dafür Verständnis.

Mir freundlichen Grüßen
Jurek Becker

An Leslie Willson

29. 3. 1994

Lieber Leslie,
Du brauchst kein schlechtes Gewissen zu haben, es sei denn, Du willst mir eins bereiten – denn genau so lange, wie Du Dich nicht bei mir gemeldet hast, habe ich es auch nicht getan. Dabei hätte ich gewiß mehr Grund zum Schreiben gehabt, ich brauche die Anlässe nicht aufzuzählen. Im günstigsten Fall für mich sind wir also quitt.
Der kleine Johnny kennt inzwischen halb Amerika, wir waren im vorigen Jahr für einige Monate an der Washington University in St. Louis und sind von dort aus ziemlich viel herumgefahren. Nach Texas war es aber, wie Du zugeben wirst, ein wenig weit.
Daß Du als Mitglied in »meine« Akademie gewählt worden bist, freut mich sehr. Leider wird das aber kaum dazu führen, daß wir uns öfter als in der Vergangenheit sehen. Ich bin ein faules Akademiemitglied und fahre fast nie zu

den Sitzungen. Der Grund ist schnell genannt: Die meisten Leute, die ich dort treffe, und das meiste was sie sagen, gehen mir schrecklich auf die Nerven. Natürlich sage ich das nie laut, ich sage einfach, ich habe keine Zeit. Meistens stimmt das sogar, so daß ich nie ernstlich zu lügen brauche. Im Wesen handelt es sich allerdings um eine Erscheinungsform von Misanthropismus, der mit zunehmendem Alter wächst und wächst. Sei froh, wenn Du nichts dergleichen kennst.

Sei herzlich gegrüßt, und grüß bitte auch Jeanne
Dein Jurek

An Beatrix Gring

7. 4. 1994

Sehr geehrte Frau Gring,
auch wenn es Sie enttäuscht, ich habe an meine Zeit in Essen kaum Erinnerungen. Das lag weniger an Essen als an mir selbst. Denn ich war gerade aus der DDR in den Westen gekommen, genauer gesagt aus den USA, wohin ich als erste Station nach der DDR für ein halbes Jahr gegangen war, und suchte sozusagen händeringend nach einem Halt. Ich war ziemlich unglücklich und hatte nur mich im Kopf. Da hat es Essen, vollkommen unschuldigerweise, schwer in meinem Gedächtnis.
Ich weiß noch, daß ich damals gerade an einem Buch mit Erzählungen schrieb. Eines der Projekte (eine Erzählung, die noch nicht geschrieben war) besprach ich mit den Studenten. Wir redeten über Perspektive, Notwendigkeiten der Geschichte, Arabesken, und ich war noch frei, die Erzählung zu schreiben oder nicht. Ich tat es, und zum Schluß zeigte ich den Studenten die fertige Arbeit. Stellen Sie sich vor – ich weiß nicht mehr, welche es war! Ich glaube, der ganze Vorgang wurde als halbwegs interessan-

ter Zeitvertreib empfunden; doch ich bin nicht sicher, ob wenigstens auf dieses Stück Erinnerung Verlaß ist.

Mit herzlichen Grüßen

An Wolfgang Menge

13. 4. 1994

Lieber Wolfgang,

zuerst will ich Dir sagen, daß ich ein ziemlich zurückgezogenes Leben führe, wie es Misanthropen-Art ist; ich bin meist in dem Haus an der Schlei, terrorisiere Frau und Kind und erfahre von den wahrhaft wichtigen Dingen in der Welt nur zufällig oder überhaupt nicht. Kürzlich nun saß ich vor dem Fernseher und huschte mit der Fernbedienung über die Sender wie jemand, der an nichts Gefallen findet. Auf einmal sah ich eine Szene, der schnell anzumerken war, daß Du sie geschrieben hattest. Da ich den Film kannte, wechselte ich weiter, doch eine Weile später lief auf demselben Sender ein anderes Stück von Dir. Ehrlich gesagt, war ich ein wenig neidisch. Doch als ich am selben Abend den dritten Film von Dir laufen sah, war ich sicher: Da stimmt etwas nicht! Entweder hatte die Sache etwas mit Kungelei zu tun, sagte ich mir, oder es mußte ein göttlicher Wille dahinterstecken. Ich suchte, um mir Aufklärung zu verschaffen, die entsprechende Video-Text-Tafel, und da las ich den unglaublichen Satz: Wolfgang Menge zum siebzigsten Geburtstag. Ich verstehe das nicht. Wir haben uns doch vor höchstens zwei Jahren zuletzt gesehen, und da warst Du höchstens fünfzig. Was um Himmels willen ist in der Zwischenzeit geschehen?

Aber gut, ich frage nicht weiter. Ich habe es gelernt, mit dem Unerklärlichen zu leben. Ich will Dir nur sagen, daß ich mir nichts so sehr wünsche, wie auf Deine und auf keine andere Weise in dreizehn Jahren siebzig zu sein. Auch wenn das, ich weiß es, ziemlich viel verlangt ist. Ein Geburtstagsbrief, und das soll dieser hier sein, ist aber nicht dazu da, sich selbst etwas zu wünschen. Ich komme also zum Eigentlichen: Ich wünsche Dir einen unerschöpflichen Vorrat an Verrücktheiten, ich wünsche Dir, daß Du nie aufhörst, Dich für einen jungen Kerl zu halten, ich wünsche Dir, daß alle den in Dir erkennen, als der Du gelten möchtest. Und ich wünsche Dir die langweiligste Gesundheit. Und ich wünsche Dir, daß Deine Freunde immer dann bei Dir auftauchen, wenn Du Lust auf sie hast.

Herzliche Grüße
Dein Jurek

P.S.: Christine hätte jedes Wort in diesem Brief unterschrieben, aber ich habe ihn ihr natürlich nicht gezeigt.

An Paul Michael Lützeler

17. 4. 1994

Lieber Mike,
okay, okay, wir kommen. Bevor wir Ihrer Existenz den Sinn nehmen (so klingt Ihr Brief), bevor wir, durch pure Sturheit, das geistige Leben von St. Louis vernichten, können wir schon mal für ein paar Tage den Hintern bewegen. Hiermit sind wir also verabredet: Seien Sie bitte so gut und bestellen für uns im Dorchester vom, sagen wir, 21. März 95 an für, sagen wir, drei Wochen ein Apartment. Geben Sie's zu, jetzt sind Sie erschrocken? Aber so ist das nun mal: Wenn man solche Angebote macht, dann setzt man sich der Gefahr aus, daß sie auch angenommen werden.

Herzliche Grüße
Ihr Jurek Becker

An Wolfgang Thierse

17. 4. 1994

Lieber Herr Thierse,
möglicherweise liegt es daran, daß ich ein wenig begriffsstutzig bin, jedenfalls finde ich unter meinen paar Worten im ›Spiegel‹ keines, über das Sie erschrocken sein sollten. Sie haben aber recht, ich kannte Ihre Bemerkungen nicht im Original, sondern nur aus den wenigen Fragen, die der ›Spiegel‹ mir gestellt hat. Das mag voreilig gewesen sein. Allerdings kommt es mir auch jetzt, nachdem ich lesen konnte, was Sie mir geschickt haben, so vor, als wären meine Bemerkungen vertretbar. Der ›Spiegel‹ weiß ja, daß ich im Grunde ein SPD-Mensch bin. Er ahnt aber auch, daß ich auf den Wunsch, Schriftstellern oder Büchern Aufgaben zuzuweisen, allergisch bin; nur deshalb wohl haben die mich angerufen.
Was dort steht ist nicht das Resultat langer Strategiestudien – vom Telefonklingeln bis zum Auflegen des Hörers sind kaum mehr als fünf Minuten vergangen. Ich habe mich oft schon selbst gefragt, warum mein Drang, politische Äußerungen von mir zu geben, seit einiger Zeit so nachgelassen hat. Ich kann mich zwischen zwei Antworten nicht entscheiden. Die erste lautet: Aus Ratlosigkeit. Und die zweite: Weil es sinnlos ist, weil ich doch nichts ausrichte. Diese zweite Antwort will ich vorerst nicht akzeptieren, auch wenn sie nicht aus der Luft gegriffen ist. Die Resignation, die darin steckt, ist unakzeptabel; denn es ist ja nicht nur von Belang, was einer ausrichtet, sondern wie er sich verhält. Vor allem Leute, die aus der DDR kommen, haben damit ihre Erfahrungen.
Fühlen Sie sich bitte nicht von mir angegriffen, halten Sie mich nicht für einen von der Gegenseite, sehen Sie in mir keinen, der nichts mit Politik (mit Ihrer Art von Politik) zu tun haben will. Ich glaube, darauf ist Verlaß.

Herzliche Grüße
J. B.

An Fred Strohmaier

4. 5. 1994

Lieber Herr Strohmaier,
Ihre Nachricht ist mir sehr nahegegangen. Die seltenen Begegnungen, die ich mit Ihrer Frau hatte, haben alle mein Herz erwärmt, daran kann sich nun nichts mehr ändern. In ganz Deutschland gibt es keine Buchhändlerfamilie, der ich mir näher vorkam als der Ihren. Wie sehr wünsche ich Ihnen, daß Ihr Leid ein möglichst kurzes sein möge, daß Sie sich mit den neuen Möglichkeiten zurechtfinden und bald wieder ein zufriedenes Leben führen können.

Herzlich Grüße
Ihr Jurek Becker

An Paul Michael Lützeler

14. 5. 1994

Lieber Mike,
danke für Deinen Brief, mit unserer Verabredung ist fast alles okay. Da ich aber einen Ruf als Troublemaker zu verteidigen habe, muß ich eine kleine Einschränkung machen:
Du schriebst, wir hätten diesmal ein Apartment mit nur einem Schlafzimmer, und die kleine Johnny-Bestie könnte ja im Wohnzimmer liegen. Das ist leider nicht praktikabel, denn nach unserer letzten Erfahrung dauert Johnnys Jetlag etwa drei Wochen, also unseren gesamten Aufenthalt über. Während dieser Zeit schläft er nach dem Zufallsprinzip, mal vormittags, mal abends, mal überhaupt nicht, was zur Folge hätte, das uns im Grunde nur ein Zimmer zur Verfügung stünde, das Schlafzimmer. Bei dieser Vorstellung graut uns ein wenig.
Da noch ein Jahr Zeit ist, sind wir voll Zuversicht, daß es Deiner Sekretärin gelingt, das vorgesehene Apartment ge-

gen ein um ein Schlafzimmer größeres zu tauschen. Selten habe ich so auf Dein Verständnis gebaut wie diesmal.

Herzliche Grüße
Dein Jurek

An Michael Naumann

7. Juli 1994

Lieber Herr Naumann,
selten habe ich ein Buch von mir mit solchem Erfolg investiert – die erzielte Rendite kann sich sehen lassen. Jedenfalls danke ich Ihnen sehr für die vielen aufregenden Abende, die mich nun erwarten und die ohne Ihr Geschenk womöglich sterbenslangweilig geworden wären.
Unter solchen Umständen ist es geradezu unbarmherzig, auf Ihre kleine und so harmlos scheinende Bitte nicht einzugehen. Aber ich eigne mich nicht dazu, Anekdoten oder Witze aufzuschreiben. Zum Erzählen ist diese Sache bestimmt gut genug, zum Hinschreiben unbrauchbar – eben ein Witz. Bitte tun Sie mir die Freude und empfinden Sie schnell und intensiv, daß ich recht habe. Sie werden sehen, daß meine Undankbarkeit Grenzen hat: Ihre nächste Bitte ist jetzt schon so gut wie erfüllt.
Mit der Bitte um Vergebung und mit den herzlichsten Grüßen

An Egon Schwarz

9. August 1994

Lieber Egon,
ich bin untröstlich, Ihnen sagen zu müssen, daß ich Ihrer Einladung nach Wien nicht folgen kann. Ich kann auch das Terrain der vorgefertigten Floskeln verlassen und sagen,

daß ich krachsauer darüber bin. Blöderweise habe ich vor wenigen Tagen dem Goethe-Institut versprochen, durch einige Institute in Italien zu fahren. Und wann? Ausgerechnet vom 13. bis zum 23. Februar! Mein Gott, wie gern wäre ich mit Christine, Ihnen und ohne Johnny in Wien gewesen!
Es ist zwar kein Trost, doch eine Tatsache, daß wir im nächsten Frühjahr (von Ende März bis Mitte April) in St. Louis sein werden, und zwar so gut wie ohne Pflichten. Ich werde mich zerreißen (oder heißt es zerreissen?), um die ausgefallene Wien-Sache zu kompensieren.
Seien Sie herzlichst gegrüßt und umarmt (dasselbe gilt für Dorle)

Ihr Jurek Becker

An Lutz Trautmann

23. 8. 1994

Sehr geehrter Herr Trautmann,
vielen Dank für Ihre freundliche Einladung. Ich habe Lust, wieder einmal für ein paar Tage nach Holland zu kommen, aber fürs nächste Jahr ist mein Reisekontingent erschöpft. Ich werde da und dort sein, viel zu lange, aber irgendwann muß ich dazwischen arbeiten. Bitte haben Sie dafür Verständnis.
Vielleicht ist das ein annehmbarer Vorschlag: Wählen Sie für das Jahr 95 einen anderen Kandidaten (es gibt genug), und lassen Sie mich im Jahr danach kommen. Wenn wir uns rechtzeitig darauf einigen, wird das kein Problem sein.

Mit schönsten Grüßen
Jurek Becker

An Paul Michael Lützeler

1. September 1994

Lieber Mike,
nun ist es passiert – wir sind umgezogen. Die neue Adresse steht oben auf dieser Seite, die neue Telefonnummer lautet

7935591

Sonst ist eigentlich nichts Neues geschehen, außer daß ich das Thema des Vortrags, den ich im März in St. Louis halten soll, vergessen habe. Aber daß ich alles vergesse, ist ja nichts Neues. Schreibst Du mir dazu ein Wort?

Herzliche Grüße an Euch alle, auch von Christine
Dein Jurek

An Egon Schwarz

15. 9. 1994

Lieber Egon,
Ihr Brief hat mir gute Laune gemacht. Es ist ein gutes Gefühl, wenn einem Absolution erteilt wird – das sollten auch wir als Nicht-Katholiken anerkennen.

Christine und ich sind fest entschlossen, in St. Louis mit Ihnen oder mit Euch eine (maßvolle) Wiedersehensorgie zu feiern.

Ich schicke Ihnen eine Rede mit, die ich kürzlich gehalten habe. Vielleicht sagen Sie mir, wie weit Sie beim Lesen gekommen sind.

Herzliche Grüße von uns beiden an Euch beide
Ihr Jurek

An Gottfried Honnefelder

22. 10. 1994

Lieber Herr Honnefelder,
hier nun der vorerst letzte Teil der endlosen Geschichte. Ich werde nicht müde, meine Hände in Unschuld zu waschen.

Herzliche Grüße
Ihr Jurek Becker

An Heinz Wetzel

11. 11. 1994

Lieber Heinz,
gleich nachdem Dein Brief kam, habe ich im Deutschlandfunk angerufen und mir das Versprechen geben lassen, daß sie mir eine Kassette meines Gesprächs mit Walser schikken. Noch habe ich diese Kassette nicht, aber sobald sie hier ist, bringe ich sie auf den Weg zu Dir.
Du stellst zwei Fragen: Zum einen willst Du wissen, ob Walsers Artikel, in dem er sich über ›Meinungsterrorismus‹ beklagt, mit mir zu tun habe. Das weiß ich nicht, denn ich erfahre erst aus Deinem Brief von der Existenz dieses Artikels. Aber ich glaube es nicht, ich hätte sonst bestimmt davon gehört – es gibt genug ›IM's‹, die für mich arbeiten.
Zum anderen fragst Du nach bemerkenswerten Vereinigungs-Äußerungen. Also: Es gab mehrere Reden und Artikel des Pfarrers Schorlemmer, die mir interessant erschienen; eine muß bei Bertelsmann sein, denn er hat auf einer Bertelsmann-Veranstaltung eine Rede gehalten.
Auch Christa Wolf hat (wenn ich nicht irre in München, wenn ich nicht irre auch für Bertelsmann) eine Rede gehalten, es muß knapp zwei Jahre her sein. Und schließlich empfehle ich Dir ein kleines Buch von F. C. Delius, es

heißt ›Die Birnen von Ribbeck‹. Sonst fällt mir nichts ein, zumindest nicht im Augenblick.
Es war schön, Dich kürzlich wiederzusehen. Schade, daß es so kurz war, und schade, daß ich von der vielen Umzieherei noch irgendwie erschöpft war. Das hat sich inzwischen ein wenig gegeben.

Herzliche Grüße, auch an Deine Frau
Dein Jurek

An Paul Michael Lützeler

Berlin, den 18. Nov. 1994

Lieber Mike,
zuerst zu dem, was Dir wohl am meisten unter den Nägeln brennt: Gleich nach Erhalt Deines Briefes habe ich mit Grass gesprochen. Es ist nicht so, daß er den Weg nach St. Louis scheut (so verstand ich Deinen Brief), sondern er will keinen Ehrendoktortitel. Seine Ablehnung hat nichts mit Eurer Universität oder gar mit einer bestimmten Person dort zu tun, sondern ist eine Entscheidung prinzipieller Art. Ich habe den Eindruck, daß da nichts zu machen ist, tut mir leid, daß ich Dir keine für Dich freudigere Nachricht geben kann.
Nun zu Deinem eigentlichen Brief. Alle Deine Vorschläge wundern mich ein wenig, denn ich habe mir eingebildet, es sei klar, daß ich keinen einzigen davon annehmen kann. (Es ist dumm, daß ich Dich mit diesem organisatorischen Zeug belästigen muß, aber ich weiß sonst niemanden, mit dem derlei zu besprechen wäre.)
Zuerst das Apartment. Ich glaube, daß es ein wenig leichtfertig ist zu sagen, daß wir dieses Problem an Ort und Stelle lösen werden. Denn wenn das Apartment, wie ich von Dir weiß, nur einen Schlafraum hat, dann ist es für uns

unakzeptabel, und wir werden dort nicht einziehen, auch nicht fürs erste. Zum zweiten das Flugticket. Es ist kaum möglich, daß meine Reiseformalitäten über die Friedrich-Ebert-Stiftung abgewickelt werden. Ich komme mit Christine und Johnny, ich kann von den Stiftungs-Leuten schlecht verlangen, daß sie auch für meine Familie die Tikkets beschaffen, ich will aber mit Frau und Kind in einem Flugzeug sitzen, also muß ich mich um die Sache selbst kümmern. Weiterhin möchten wir länger als dreißig Tage in den USA bleiben, zwar nicht in St. Louis, aber wir wollen uns noch ein wenig herumtreiben – also ist auch diese Bedingung unerfüllbar.
Zum dritten bittest Du mich, meinen Vortrag bis zum 1. März nach St. Louis zu schicken. Das wird nicht gehen. Wenn ich meine Arbeitssituation überblicke, dann wird es wohl so sein, daß ich den Vortrag erst in letzter Minute werde schreiben können, und nicht in majestätischem Abstand zu der Reise. Ich wiege mich in der Hoffnung, daß es mir erspart bleibt, die letzten Sätze im Flugzeug zu schreiben. Hinzu kommt, daß ich noch nie einen Vortrag aus der Hand gegeben habe, bevor er gehalten wurde, vielleicht ahnst Du, daß eine solche Reihenfolge mir unangenehm wäre.
Dies scheint mir der Moment, daran zu erinnern, daß ich ursprünglich eine durch und durch private Reise machen wollte, nicht an die Washington-University, sondern einfach nach St. Louis, um einen Freund zu begleiten, um eine angenehme Stadt zu besuchen, um der Muße willen. Bitte rüttle nicht unentwegt an den Voraussetzungen, mit denen Du mich davon abgebracht hast.
Lieber Mike, ich könnte es sehr gut verstehen, wenn Du, der Du den ganzen Flohzirkus unter einen Hut zu bringen hast, zu dem Schluß kämest, daß es mehr Zeit und Mühe kostet, all meine merkwürdigen Wünsche zu erfüllen, als Du erübrigen kannst.

Ich schwöre Dir, daß ich Dir nach einer solchen Mitteilung nicht einen Deut weniger zugetan wäre, als ich es heute bin.
Ansonsten geht es uns gut. Wir erholen uns von den Umzugsstrapazen, und beinah jedesmal, wenn ich im Dunkeln ein Zimmer betrete, finde ich innerhalb von Minuten den Lichtschalter.

Sei herzlich gegrüßt
Dein Jurek

An die Abteilung »Briefe an die Herausgeber« der »Frankfurter Allgemeinen Zeitung«

29. 11. 1994

Sehr geehrte Damen und Herren,
kürzlich las ich, geschrieben von Dirk Schümer, Ihre Besprechung des Buches ›Vom Ende der Gewißheit‹ von Peter Schneider. Zu dem Buch kann ich nichts sagen, da ich es nicht kenne, wohl aber zu diesem Artikel. Etwa so, wie Herr Schümer beim Schreiben empfunden haben muß, stelle ich mir die Gemütsverfassung derer vor, die Häuser anzünden. Es ist ein großmäuliger, unhöflicher und gedankenleerer Artikel, der von nichts anderem handelt als von den überschaubaren Ressentiments seines Autors. Er mündet in einer Frage, die ich so noch in keiner in der Bundesrepublik erschienenen Kritik gelesen habe: ›Wer unterdrückt endlich Peter Schneider‹.
Es versteht ja jeder, daß die Frage rhetorischer Natur ist – die Methoden der angestrebten Unterdrückung liegen auf der Hand: Denunziation, Einschüchterung, Verbot, Verfolgung, Gefängnis, Lager. Man braucht sich nicht lange den Kopf zu zerbrechen, denn die jüngere deutsche Geschichte bietet unübertreffliches Anschauungsmaterial. Und daß sie nicht so schnell vergeht, wie man es sich er-

träumt, das belegen und dafür sorgen Artikel wie der dieses Rezensionslümmels.

Mit besten Grüßen
J. B.

An Paul Michael Lützeler

7. 12. 1994

Lieber Mike,
es ist alles okay, wir nehmen dieses 100-Dollar-Apartment im Holiday Inn Clayton Plaza. Lieber wäre es uns natürlich, wenn sich doch eine Wohnung im Dorchester mit 2 Schlafzimmern auftreiben ließe, denn dann wären wir A) näher bei den Schneiders und deren Kindern (!), B) in einer hübscheren Spaziergegend und C) nicht in einem Hotel.
Aber so oder so, wir werden rechtzeitig in St. Louis sein. Wenn Du den genauen Termin wissen mußt, sag es mir – ich werde ihn dann mit Christine und einem Reisebüro festlegen.

Herzliche Grüße
Dein Jurek

Natürlich kriegst Du meine Telefon-Nummer: 030-793 55 91. Gib sie bitte nicht weiter. J.

An Lutz Trautmann

7. 12. 1994

Sehr geehrter Herr Trautmann,
die Sache nimmt Formen an, ich kann im März 96 zu Ihnen kommen, je früher um so besser. Seien Sie doch so gut und bestätigen mir bald diesen Termin, dann können

wir uns als verabredet betrachten. Es wäre auch gut, wenn Sie mir nocheinmal sagen könnten, was genau ich an Ihrer Schule zu tun hätte, was für Verpflichtungen also auf mich warten.

Mit freundlichen Grüßen
Jurek Becker

An Holger Jens Karlson

2. 1. 1995

Lieber Herr Karlson,
ich habe Ihre Arbeit gelesen und sollte allein schon deshalb wenig dazu sagen, weil ich kein Germanist bin. Da Sie die meisten meiner Äußerungen besser kennen als ich, kann ich mich wohl mit einer Andeutung begnügen: Ornithologen und Vögel.
Aber es gibt einen zweiten Grund, der mir Zurückhaltung auferlegt: Ich bin verwirrt. Oft hätte ich Lust zu leugnen, aber dann nennen Sie die Quelle. An manchen Stellen Ihres Textes war mit zumute wie einem Angeklagten, der immer wieder seine Unschuld beteuern möchte, aber erkennen muß, daß die Indizienlage eindeutig gegen ihn spricht.
Im Ernst: Man weiß längst, daß die Germanistik (in ihren besseren Augenblicken) ein Genre der Literatur sein kann, dummerweise eines, zu dem ich mich nicht hingezogen fühle. Sie dürfen nicht glauben, daß der Leser Ihrer Arbeit nur über mich etwas erfährt und nichts über Sie. Das ist natürlich nicht als Vorwurf zu verstehen, im Gegenteil, es macht den Text nur spannender. Jedenfalls gefällt mir die Geschichte, die Sie erzählen, sehr gut – ich wollte sie überfliegen und habe sie dann Wort für Wort gelesen. Manchmal kam es mir vor, als wäre ich dem Helden schon mal begegnet.

Sie steckt voller Fehler (die anhand der Aktenlage nicht zu erkennen sind, aber was heißt schon Fehler, schließlich handelt es sich nicht um die Auswertung von Meßergebnissen), und ich sehe darin einen Vorzug; denn sie ist mutig geschrieben, nicht steril und vorsichtig wie die meisten germanistischen Arbeiten. Zum Beispiel vergleichen Sie Aussagen von mir mit früher gemachten Aussagen von mir und kommen, da beide nicht übereinstimmen, zu dem Schluß, die frühere müsse die richtige sein, die zweite entweder Irrtum oder Lüge oder Vernebelung. Dabei bedenken Sie nicht, daß es sich schon bei der ersten Version um eine Erfindung gehandelt haben könnte, sozusagen um eine frühe Fassung. Wann fängt eine Geschichte an?
Vielleicht sehen wir uns einmal und können die Sache durchgehen, aber nur, wenn uns beiden danach ist. Wenn ich gewußt hätte, was für ein seriöser und intelligenter Germanist sich da mit mir beschäftigen will, wäre ich sicher nicht so maulfaul gewesen. Aber die Erfahrung riet mir zur Abwehr: Von den 10 oder 20 Examens- oder Magisterarbeiten, die von mir handeln, ist die Ihre mit Abstand die einzige, die vom Corpus delicti mit Genuß gelesen wurde.

Herzliche Grüße
Ihr Jurek Becker

An Harry Maier

5. 2. 1995

Lieber Harry,
danke für Deinen Brief, aber aus dieser Sache wird nichts. Zum einen bin ich den ganzen Mai über in den USA. Aber selbst wenn das nicht so wäre: Ich kann mir einfach nicht vorstellen, daß ich es fertigbrächte, mich hinzusetzen und einen Vortrag zu schreiben, den ich auf einem Rotary-

Treffen (mit Damen) halten soll. Ja, die Welt ist, wie Du wohl weißt, voll von vorurteilsbeladenen Menschen.

Herzliche Grüße
Jurek Becker

An Anna Maria Brunner

10. 2. 1995

Liebe Frau Brunner,
vor die geplante Reise nach Südamerika schiebt sich möglicherweise eine dunkle Wolke. Damit meine ich nicht etwa den Krieg zwischen Ecuador und Peru und nicht die Vulkanausbrüche in Kolumbien, sondern zwei Details Ihres Briefes vom 7. Februar. Um es kurz zu sagen: Ich werde Ihnen keinen Lebenslauf von mir schicken, und ich bin auch nicht bereit, nach der Reise einen Erfahrungsbericht zu schreiben. Ich habe für das Goethe-Institut bisher bestimmt 100 Veranstaltungen gemacht (es waren eher mehr als weniger), aber mit einer solchen Forderung ist noch nie jemand an mich herangetreten. Bitte klären Sie, ob es auch ohne das geht, sonst können sich viele Beteiligte viel Mühe sparen.
Ich werde am 23. Februar von einer Italien-Reise zurück sein (übrigens fürs Goethe-Institut), dann werde ich Sie anrufen.

Mit besten Grüßen
Jurek Becker

An Klaus Wagenbach

5. 3. 1995

Lieber Klaus,
die Affäre um diese (wie Du sie nennst) hartleibige Person erscheint mir nicht gar so gewaltig, wie sie von den zwei hauptsächlich an ihr beteiligten Personen dargestellt wird. Der Grundsatz, daß man nur solche Anschuldigungen verbreiten darf, die man auch beweisen kann, hat, wie Du nicht abstreiten solltest, auch gewisse Vorteile; selbst wenn phantasiegequälte Menschen wie wir beide hin und wieder darunter leiden. Vielleicht solltest Du die sogenannte Akteneinsicht abwarten, bevor Du es zu neuen Turbulenzen (neulich habe ich jemanden sagen hören: TRUBELENZEN) kommen läßt.
Was die andere Sache angeht, tut sich ein Problem auf: Als ich vor etwa zwei Monaten Unseld von diesem Projekt erzählte, hat er so getan, als stieße ich ihm, dem Verlag, allen guten Gepflogenheiten und unserer Freundschaft ein Messer in den Wanst. Suhrkamp könne ohne ein solches Bändchen unmöglich weiterexistieren, obwohl es mir natürlich freistehe, mich so oder so zu entscheiden. Ganz im Ernst: Ich war etwas erschrocken über Unselds Vehemenz. Nun bin ich ein wenig ratlos, wenn ich auch die Sache nicht für so wahnsinnig bedeutungsvoll halte. Gestattest Du mir, bei dieser Bagatelle nicht den Helden zu spielen?
Wir sind vom 20. März bis 10. Mai in Amerika. Ich teile Dir das nur aus treffenstechnischen Gründen mit, denn ich finde, Ihr beiden seid eine sehr gute Idee.

Herzlich
Dein Jurek

An Uwe Morawetz

5. 3. 1995

Sehr geehrter Herr Morawetz,
bereits vor geraumer Zeit habe ich Ihnen (beziehungsweise einer Dame, deren Namen ich vergessen habe) mitgeteilt, daß ich an einer Teilnahme an Ihrer Fördergemeinschaft vollkommen uninteressiert bin. Dasselbe gilt auch für den Fortgang der Dinge. Darf ich Sie bitten, mich in Zukunft nicht auf dem Laufenden zu halten?

Mit freundlichen Grüßen

An Mererid Hopwood

14. 3. 1995

Liebe Frau Hopwood,
es tut mir leid, daß ich diesen Brief schreiben muß, aber es bleibt mir keine andere Wahl. Ich fahre in wenigen Tagen in die USA, wo ich drei Monate bleibe. Beim Blättern in meinem Kalender wurde ich an Swansea erinnert, aber auch daran, daß bis jetzt nichts feststeht, vor allem kein genauer Termin. Ich fürchte, dafür ist es nun zu spät. Ich werde in den nächsten Wochen Verabredungen treffen und Verpflichtungen eingehen müssen, und dabei kann ich nicht eine Zeit von ungewisser Länge im Herbst offenhalten. So gibt es leider keine andere Möglichkeit – ich kann in diesem Jahr nicht zu Ihnen nach Wales kommen. Sollten wir uns je wieder verabreden wollen, so sollten wir rechtzeitig an präzise Termine denken, anders geht es nicht.

Mit den besten Grüßen

An Stephan Hermlin

St. Louis, 2. 4. 1995

Lieber Stephan,
ich bin ziemlich ungeübt in Geburtstagsbriefen – wenn ich mich recht erinnere, ist dies mein zweiter. Wir sind für längere Zeit in Amerika, also kann ich nicht vorbeikommen und Dir das sagen, was ich nun, wahrscheinlich stammelnd, aufzuschreiben versuchen werde.

Habe ich Dir je erzählt, daß Du bei meiner Entscheidung, Schriftsteller zu werden, eine wichtige, womöglich entscheidende Rolle gespielt hast? Es ist eine der deutlichsten Erinnerungen an die Schulzeit, die ich habe: Du kommst in meine Schule, in die Aula, um vor uns Schülern zu sprechen. Deine Tochter Andre, in die ich ein wenig verschossen bin, kann vor Aufregung kaum atmen, und ich kann gar nicht sagen, ob ich so neugierig wäre, wie ich es bin, wenn der angekündigte berühmte Autor nicht ausgerechnet ihr Vater wäre.

Ich habe keine Ahnung mehr, was Du gesagt, ob Du vorgelesen, erzählt oder auf unsere eingeübten Fragen geantwortet hast. Ich konnte Dir kaum zuhören, denn ich mußte Dich auf eine Weise ansehen, die alle meine Aufmerksamkeit fraß: Neben dem unscheinbaren Schuldirektor und neben zwei, drei mäusigen Lehrern saßest Du da wie ein Außerirdischer: In einer rostbraunen Jacke, in grünem Rollkragenpullover, überlegen, dunkelhaarig und schön, wie unsere Schule es noch nicht gesehen hatte. Ich glaube, es war der stärkste Eindruck, den je ein Mann auf mich gemacht hat. So einer, wie der da oben, wollte ich werden, so prächtig und anziehend war mir Schriftstellerei noch nie begegnet.

Warum darüber schweigen – bis heute hat es nicht aufgehört, daß ich mich von Dir angezogen fühle. Da auch ich inzwischen ein wenig älter geworden bin, und da es nicht ausbleibt, daß viele Ansichten sich mit der Zeit bewegen und selbst von denen der Idole zu unterscheiden beginnen, und da ich mir vieler Ansichten durchaus nicht so sicher bin, wie ich in Gesprächen gern tue, geht mir gerade jetzt durch den Kopf: Wenn schon andere Ansichten als die meinen, dann am liebsten solche, wie Du sie hast.

Und wenn ich je achtzig werden sollte, dann, so wünsche ich es mir vermessen, so wie Du.

In Bewunderung und Zuneigung
Dein Jurek

An Leslie Willson

7. 5. 1995

Lieber Leslie,

es ist wie verhext – als Du Deinen Brief geschrieben hast, war ich mit Frau und Kind längst in den USA. Ich habe zwar nur einen Vortrag an der Washington-University in St. Louis gehalten, aber dann sind wir sechs Wochen im Land herumgefahren und hatten viel Spaß. Das einzig Dumme war, wie sich nun herausstellt, daß wir Dich in Berlin verpaßt haben.

Herzliche Grüße
Dein Jurek

An Wolf Scheller

15. 10. 1995

Lieber Herr Scheller,

Sie gehen mir absolut nicht auf die Nerven, und ich antworte nur deshalb mit solcher Verzögerung, weil ich in diesem seltsamen Jahr so gut wie nie zu Hause bin. Das wird auch für den Rest des Jahres so sein, andauernd Reisen, dazu eine Arbeit, von der ich keine Ahnung habe, wie ich sie schaffen soll. Deshalb in diesem Jahr also nicht. Sollte Ihr Interesse nicht erlahmen (was ich gut verstehen würde), können wir ein solches ›Tischgespräch‹ gern im Januar, Februar oder März in Berlin machen.

Mit besten Grüßen

An Barbara Sietz

18. 10. 1995

Liebe Frau Sietz,
in wenigen Tagen breche ich zu einer vierwöchigen Lesereise fürs Goethe-Institut durch Südamerika auf. In diesem Jahr war ich schon fürs Goethe-Institut in Italien, ich bin gefragt worden, ob ich im nächsten Jahr fürs Goethe-Institut nach Zentralasien fahren möchte, und es sind zur Zeit sechs oder sieben Goethe-Institute, die sich von mir hingehalten fühlen. Ich erwähne das, um Ihnen zu zeigen, daß es kein böser Wille ist, wenn ich nicht immer gleich ja sagen kann. Ich fürchte, ich bin bei den Goethe-Instituten zu einer Beliebtheit gelangt, die selbst mir übertrieben vorkommt, von meiner Frau gar nicht zu reden.
Also im Zeitraum Januar bis März 96 geht es nicht. Ich könnte im Mai nächsten Jahres kommen (wenn der Termin bald festgelegt wird), und wenn das nicht geht, im November.

Herzliche Grüße

An Monique und Jaap Walvis

[o. D.]

Liebe Monique, lieber Japie,
wir wünschen Euch ungefähr das zu Weihnachten, was wir uns selber wünschen, aber wir sagen nicht, was es ist. Es soll eine Überraschung sein.
In Amsterdam werden wir vom 23. bis zum 26. März 96 sein.

Küsse
Johnny, Christine + Jurek

An Bernhard Schlink

12. März 1996

Lieber Herr Schlink,
halten Sie bitte meinen Fan-Brief nicht für allzu aufdringlich. Ich habe Ihren Roman ›Der Vorleser‹ gelesen und bringe es nicht fertig, für mich zu behalten, daß ich beeindruckt bin. Es ist bewundernswert, wie Sie sich das Recht nehmen, sich nicht an Sprachregelungen zu halten und nicht noch einmal das zu schreiben und zu erklären, was in diesem Zusammenhang schon tausendmal geschrieben und erklärt worden ist. Ich war sehr froh zu sehen, wie einer das fertigbringt.

Mit herzlichen Grüßen
J. B.

An Ursela Monn

25. Mai 1996

Liebe Ursela Monn,
Ihr Brief ist unendlich schmeichelhaft, und wenn ich einmal an Depressionen leiden sollte, werde ich ihn hervorholen und ihn mir stundenlang ansehen.

Für mein Leben gerne würde ich Ihnen antworten – ich habe da schon lange so eine Idee, wir sollten schleunigst darüber reden. Aber es ist nicht so. Die Liebling-Sache, die ich für Krug schrieb (und zur Zeit noch schreibe), war als eine vorübergehende Nebenbeschäftigung gedacht; und ich bin an den Haaren viel tiefer in die Drehbuch-Maschine hineingezogen worden, als ich es je vorhatte. Ich habe mir geschworen, daß jetzt fürs erste Schluß ist, und daß ich mich endlich wieder an einen Roman setze (was sicher nicht wichtiger ist, aber mich eher zufriedenstellt). Zumindest ein Buch will ich zustandebringen, bevor wieder an Drehbücher zu denken ist. Da ich Sie aber schlecht bitten kann, sich in zwei, drei Jahren noch einmal zu melden, muß ich Ihnen sagen, daß es mir sehr leid tut, nicht in den Apfel beißen zu können, den Sie mir so freundlich hinhalten.

Herzliche Grüße
Jurek Becker

An Peter Rusterholz

30. 5. 1996

Sehr geehrter Herr Rusterholz,
es tut mir leid, auf Ihre freundliche Einladung nicht eingehen zu können. Seit geraumer Zeit mache ich immer nur dann Lesungen, wenn ein Buch von mir fertig ist und ich auf Lesereise gehe. Zugegebenermaßen ist das ziemlich selten der Fall, ja, es kommt beinah überhaupt nicht mehr vor. Das heißt nun aber leider nicht, daß mein Arbeitsaufwand deshalb geringer geworden wäre. Auf alle Fälle ist er so, daß ich mir die zwei Tage, die eine Reise zu Ihnen nach Bern mich kosten würde, nicht leisten kann. Ich bitte Sie herzlich um Verständnis dafür.

Mit freundlichen Grüßen
Ihr J B

An Wolf Scheller

26. 9. 1996

Lieber Herr Scheller,
mit dem Termin am 13. Dezember bin ich einverstanden; wir sind hiermit also zu 11^{00} Uhr im Café Möhring verabredet.
Zu der Musik: Meine Vorlieben wechseln andauernd, und am Vormittag sage ich etwas anderes als am Nachmittag. In den letzten Wochen habe ich mir immer wieder angehört

JAMES CARTER
Conversin' With The Elders.

Und davon am liebsten den ersten Titel, er heißt FreeReggaeHiBop und dauert knapp über 8 Minuten.
Das ist alles, wonach Sie mich gefragt haben, auf bald und beste Grüße

J B

An Eva-Suzanne Bayer

26. 9. 1996

Sehr geehrte Frau Bayer,
zu Ihrer Sendung über Künstlerfreundschaften kann ich nichts beitragen. Abgesehen davon, ob sich unter den Beziehungen, die ich habe, eine findet, die diesen Namen verdient, wäre mir der Gedanke unangenehm, das auch vor- beziehungsweise auszustellen. Bei den prominenten Beispielen, die Sie in Ihrem Brief erwähnen, sieht die Sache doch etwas anders aus; denn nach dem Tod der Beteiligten ist das Problem wesentlich kleiner.
Ich hoffe, Sie zürnen mir nicht und haben Verständnis für meine Bedenken.

Mit freundlichen Grüßen

An Hark Bohm

27. 10. 1996

Lieber Herr Bohm
mit mir ist zur Zeit nicht viel los. Andauernd bin ich krank und verbringe einen lächerlichen Teil meiner Zeit mit Ärzten und Schwestern. Ich erwähne das deshalb, um Ihnen eine Ahnung zu geben, wie schwer mir eine Verabredung fällt. Ich bin sozusagen unkalkulierbar.
Wir können gern eine Verabredung treffen, aber sicher wäre die nicht. Es könnte passieren, daß ich kurz vorher anrufe und um Verschiebung bitten müßte. Es könnte aber auch passieren, daß es gutgeht. So ist das zur Zeit mit mir.

Herzliche Grüße
Jurek Becker

An Rainer Weiss

29. 11. 1996

Lieber Herr Weiss,
diese Heine-Idee ist ulkig, aber daraus wird nichts. Wissen Sie, mein Verhältnis zu Heine ist nicht intensiv genug, um mit einem Text loszulegen. Ich müßte vorher zu einem Heine-Kenner mutieren; das wäre wohl nicht ausgeschlossen; doch seitdem mich die Information ereilt hat, daß ich alles andere als unsterblich bin, habe ich mir einige Prioritäten gesetzt, von denen ich bei der erstbesten Anfechtung nicht gleich abrücken will. Ich schicke Ihnen diesen Brief in der beruhigenden Gewißheit, daß Sie mich verstehen.

Die herzlichsten Grüße
Ihr Jurek Becker

Kommentar

An Elisabeth Borchers, 5. 11. 1969
Typoskript; Literaturarchiv Marbach

Elisabeth Borchers: (geb. 1926), Lyrikerin und Lektorin, von 1961 bis 1971 Lektorin im Luchterhand Verlag, von 1971 bis 1998 im Suhrkamp Verlag.

mein Buch: »Jakob der Lügner«. Berlin, Weimar: Aufbau-Verlag, 1969. Die westdeutsche Erstausgabe erschien 1970 im Luchterhand Verlag.

Herr Kaspar: Günter Kaspar (1924-1999), damals Leiter des Lektorats »Zeitgenössische deutsche Literatur« im Aufbau-Verlag.

Büchlein von Bichsel: Peter Bichsel, Kindergeschichten. Darmstadt, Neuwied: Luchterhand Verlag, 1970.

Ihre Worte um den Charles-Veillon-Preis: Elisabeth Borchers hatte an Jurek Becker geschrieben, sie wolle ihn für den Prix Charles Veillon vorschlagen. Der Preis wird seit 1947 jährlich in der Schweiz an einen deutschsprachigen Autor verliehen. Jurek Becker erhielt den Preis 1971.

Herrn Walter: Otto F. Walter (1928-1994), Verleger und Schriftsteller, von 1967 bis 1973 Leiter des literarischen Programms im Luchterhand Verlag.

An Elisabeth Borchers, 11. 3. 1970
Typoskript; Literaturarchiv Marbach

die Fotos: Fotos von Jurek Becker, die der Luchterhand Verlag für die Werbung benötigte.

Roger Melis: (geb. 1940), Fotograf.

die ins Auge gefaßte Reise: Geplant war eine Lesereise Beckers durch die Bundesrepublik nach Erscheinen seines Buches.

Klaus Poche: (geb. 1927), Schriftsteller und Drehbuchautor, siedelte 1979 in die Bundesrepublik über. Der erwähnte Roman wurde 1965 veröffentlicht.

An Elisabeth Borchers, 25. 8. 1970
Handschrift; Literaturarchiv Marbach

den Tisch, an dem wir sitzen: Elisabeth Borchers, Der Tisch an dem wir sitzen. Gedichte. Neuwied, Berlin: Luchterhand Verlag, 1967.

An Frank Benseler, 17. 12. 1970
Typoskript; Frank Benseler

Frank Benseler: Lektor im Luchterhand Verlag von 1957 bis 1972, hat dort das soziologische Lektorat aufgebaut, dessen Cheflektor er später war, dann Professor für Soziologie.

Kongreß: Der erste Kongreß des Verbands deutscher Schriftsteller (VS) 1970 in Stuttgart.

Reich-Ranicki: Marcel Reich-Ranicki (geb. 1920), Literaturkritiker, von 1960 bis 1973 bei der Wochenzeitung »Die Zeit«, leitete von 1973 bis 1988 in der »Frankfurter Allgemeinen Zeitung« die Redaktion »Literatur und literarisches Leben«.

Jirak: Peter Jirak, Maler, Autor, damals Lektor im Luchterhand Verlag.

Mader: Julius Mader (1928-2000), Schriftsteller.

wegen seines Anliegens: Peter Jirak hatte damals im Auftrag des österreichischen Fernsehens in den USA einen Dokumentarfilm gedreht, der sich unter anderem mit den dortigen Rassenkämpfen befaßte, und dabei die Erfahrung des Überwachtwerdens gemacht. Auf Anweisung eines amerikanischen Botschaftsangehörigen wurde das kritische Filmmaterial nie gesendet. Jurek Becker wandte sich, nachdem er davon erfahren hatte, an Julius Mader (Verfasser des Titels »Who's who in CIA«, Berlin 1968) mit der Bitte um Auskunft über die Personen, die Jirak bei seinen Filmaufnahmen überwacht und behindert hatten. Nach Maders Auskunft arbeiteten die genannten Personen fast alle für den amerikanischen Geheimdienst.

Amerys: Carl Amery (geb. 1922), Schriftsteller. 1976/77 Vorsitzender des Verbands deutscher Schriftsteller.

Walsers: Martin Walser (geb. 1927), Schriftsteller.

An Wolfdietrich Schnurre, 14. 1. 1971
Durchschlag; Archiv der Akademie der Künste

Wolfdietrich Schnurre: (1920-1989), Schriftsteller.

daß Ihr Brief mich gefreut hat: Wolfdietrich Schnurre hatte an Becker geschrieben, »Jakob der Lügner« sei »ein wunderbares und erschütterndes Buch«, und ihm für die »traurige, überlegene, menschliche und ergreifende Lektüre« gedankt.

Raddatz: Fritz Joachim Raddatz (geb. 1931), Literaturwissenschaftler, Schriftsteller, stellvertretender Cheflektor im Verlag Volk und Welt in Ostberlin von 1953 bis 1958, stellvertretender Leiter des Rowohlt Verlags von 1960 bis 1969, Leiter des Feuilletons der Wochenzeitung »Die Zeit« von 1977 bis 1985.

An Wolf Wondratschek, 9. 9. 1971
Durchschlag; Archiv der Akademie der Künste
Wolf Wondratschek: (geb. 1943), Schriftsteller.
Striptease-Nummer: Für eine WDR-Fernsehsendung unter dem Titel »Deutscher Alltag« mit Filmbeiträgen verschiedener Schriftsteller drehte Wolf Wondratschek damals einen fünfzehnminütigen Film. Der Beitrag zeigte einen Ausschnitt aus dem Arbeitsalltag einer Striptease-Tänzerin in St. Pauli, Hamburg.
dem gemeinsamen Hörspiel: Gedacht war an ein Hörspiel der Autoren Wondratschek und Becker über die unterschiedliche Olympia-Berichterstattung in den beiden deutschen Staaten.
Veit Harlan: (1899-1964), Filmregisseur, drehte den antisemitischen Film »Jud Süß« (1940).
Im November will ich ein Buch fertighaben: »Irreführung der Behörden«.

An Elisabeth Borchers, 13. 9. 1971
Typoskript; Archiv des Suhrkamp Verlags
Dr. Voigt: Fritz-Georg Voigt (1925-1995), von 1966 bis 1982 Leiter des Aufbau-Verlags, Berlin, Weimar.

An Otto F. Walter, 28. 9. 1971
Durchschlag; Archiv der Akademie der Künste
Otto F. Walter: Siehe Seite 337.
in der nun entstandenen Situation: Elisabeth Borchers verließ am 30. 9. 1971 den Luchterhand Verlag, um ihre Arbeit als Lektorin im Suhrkamp Verlag aufzunehmen. Da Jurek Becker die Betreuung seines neuen Buches durch Elisabeth Borchers am Herzen lag, plante er, es bei Suhrkamp erscheinen zu lassen.

An Elisabeth Borchers, 9. 11. 1971
Handschrift, Postkartenformat; Archiv des Suhrkamp Verlags

An Otto F. Walter, 9. 11. 1971
Handschrift, Postkartenformat; Literaturarchiv Marbach

An Elisabeth Borchers, 13. 1. 1972
Handschrift; Archiv des Suhrkamp Verlags

Reich: Konrad Reich (geb. 1928), Leiter des Hinstorff Verlags in Rostock von 1959 bis 1977.

Jetzt mache ich wieder Film: In den sechziger und siebziger Jahren schrieb Jurek Becker zahlreiche Drehbücher für das Fernsehen der DDR und das »DEFA-Studio für Spielfilme«. Anfang 1972 beschäftigte er sich sowohl mit einem Filmprojekt mit dem Titel »Die Urwaldreise« als auch mit der Verfilmung seines Romans »Jakob der Lügner«. Schon seit 1962 hatte sich Becker mit dem Stoff auseinandergesetzt, 1965 ein Drehbuch verfaßt, das nicht als Film realisiert wurde, und daraufhin den Roman geschrieben. Die Verfilmung des Romans gelang schließlich 1974 unter der Regie von Frank Beyer in einer Co-Produktion des Fernsehens der DDR und der DEFA.

An Walter Nowojski, 22. 2. 1972
Durchschlag; Archiv der Akademie der Künste

Walter Nowojski: (geb. 1931), von 1969 bis 1974 stellvertretender Leiter, dann Leiter des Bereichs dramatische Kunst des Fernsehens der DDR, nach politischen Differenzen Entlassung mit Hausverbot. Von 1975 bis 1990 Chefredakteur der Zeitschrift des DDR-Schriftstellerverbands »Neue Deutsche Literatur«. Herausgeber der Tagebücher Viktor Klemperers.

unser Gespräch: Walter Nowojski, der sich für die Verfilmung von »Jakob der Lügner« engagierte, war bei einem persönlichen Gespräch mit Jurek Becker davon ausgegangen, in diesem Fall einen von der Honorarordnung abweichenden Vertrag anbieten zu können – was nicht gelang. Erst die Antwort Beckers machte eine Sonderregelung möglich.

An Elisabeth Borchers, 8. 6. 1972
Typoskript; Archiv des Suhrkamp Verlags

Bologna: Elisabeth Borchers hatte die Kinder- und Jugendbuchmesse, die jährlich in Bologna stattfindet, besucht.

von was für einer Rechnung Du sprichst: Auf Elisabeth Borchers' Wunsch hatte Becker für sie einige Bände der in der DDR veröffentlichten Werke von Karl Marx und Friedrich Engels besorgt, die er sich nicht von ihr bezahlen lassen wollte.

An Heinrich Böll, 31. 10. 1972
Durchschlag; Archiv der Akademie der Künste
Heinrich Böll: (1917-1985), Schriftsteller, erhielt 1972 den Nobelpreis für Literatur.

An Konrad Reich, 29. 11. 1972
Typoskript, Nachsatz handschriftlich; Archiv des Hinstorff Verlags
Konrad Reich: Siehe Seite 340.
die ›fünfzehn Zeilen‹: Konrad Reich benötigte die fünfzehn Zeilen umfassende Beschreibung des Romanprojekts für einen Vertrag, den der Hinstorff Verlag im Dezember 1972 mit Becker abschloß.

An Elisabeth Borchers, 13. 12. 1972
Handschrift; Archiv des Suhrkamp Verlags
seinem vagen Projekt: Zu einer solchen Lesereise kam es nicht.
Hast Du es Unseld nun endlich gesagt: Dies sollte eine Ermunterung sein, dem Verleger des Suhrkamp Verlags, Siegfried Unseld, zu erklären, daß die Arbeitsbelastung der Lektorin zu groß sei.

An Günter Kunert, 14. 2. 1973
Handschrift, Postkartenformat; Literaturarchiv Marbach
Günter Kunert: (geb. 1929), Schriftsteller, Visiting Associate Professor an der University of Texas at Austin 1972/73, verließ 1979 die DDR. Seitdem leben Günter Kunert und seine Frau Marianne in Schleswig-Holstein.
Deine Zeilen: Günter Kunert hatte als Verantwortlicher für ein Sonderheft DDR-Literatur der amerikanischen Literaturzeitschrift »Dimension« Becker um einen Text gebeten.

An Erich Selbmann, 15. 2. 1973
Durchschlag; Archiv der Akademie der Künste

Erich Selbmann: (geb. 1926), Chefredakteur der DDR-Nachrichtensendung »Aktuelle Kamera« von 1966 bis 1978.

Kurt Stern: (geb. 1917), Schriftsteller und Drehbuchautor, nahm am spanischen Bürgerkrieg teil, lebte im Exil in Mexico. Zusammen mit Jeanne Stern verfaßte er zwei Reportagebände über Vietnam (1967 und 1969).

Birkner: Horst Birkner, damals erster Stellvertreter des Chefredakteurs der »Aktuellen Kamera«.

An Günter Kunert, 22. 2. 1973
Typoskript; Literaturarchiv Marbach

›Endstation‹: »Endstation« – »End of the Line«. In: Dimension. Contemporary Arts and Letters. Special Issue »DDR«. Edited by Günter Kunert and A. Leslie Willson. Austin/Texas 1973. – Text in deutscher und englischer Sprache, Übersetzung von Brian L. Harris.

An Elisabeth Borchers, 20. 3. 1973
Typoskript, Nachsatz handschriftlich; Archiv des Suhrkamp Verlags

ich habe das Buch gelesen: »Irreführung der Behörden« erschien 1973 im Hinstorff Verlag, Rostock und als Lizenzausgabe im Suhrkamp Verlag, Frankfurt am Main.

An Hans Richter, 15. 5. 1973
Durchschlag; Archiv der Akademie der Künste

Hans Richter: Damals Professor für deutsche Literatur an der Friedrich-Schiller-Universität in Jena und Leiter einer Forschungsgruppe zur Gegenwartsliteratur.

von Ihrem Anliegen: Jurek Becker war gebeten worden, einen Fragenkatalog zur Unterstützung eines Buchprojekts über Traditionsbeziehungen sozialistisch-realistischer Schriftsteller zu beantworten. Die Veröffentlichung kam nicht zustande, weil sich zu wenig Autoren an dem Forschungsprojekt beteiligten.

Salinger: Jerome David Salinger (geb. 1919), amerikanischer Schriftsteller, veröffentlichte ab den frühen vierziger Jahren Erzählungen, 1951 erschien sein einziger Roman »The catcher in the rye« (»Der Fänger im Roggen«).

Bauern-Breughel: Pieter Breughel d. Ä. genannt Bauernbreughel (um 1525/30-1569), flämischer Maler.

Miles Davis: (1926-1991), amerikanischer Jazzmusiker.

Lermontow: Michail Lermontow (1814-1841), russischer Schriftsteller.

An Konrad Reich, 25. 5. 1973

Handschrift; Archiv des Hinstorff Verlags

der versprochene Text: Die ersten 42 Seiten des Manuskripts »Der Boxer«.

Rieke: Erika Becker, genannt Rieke. Rieke Becker war seit 1961 mit Jurek Becker verheiratet.

An Elisabeth Borchers, 6. 7. 1973

Handschrift; Archiv des Suhrkamp Verlags

die Arbeit: Die Arbeit am Manuskript »Der Boxer«.

eine Kritik ... im »Kölner Stadt-Anzeiger«: Jürgen Jakobs, Taugenichts in Ost-Berlin. Die Plagen des Dichters Gregor. In: Kölner Stadt-Anzeiger. Nr. 116, 19./20. 5. 1973.

Jürgen Jakobs: Damals Professor für neuere deutsche Literatur an der Universität Bonn, arbeitete regelmäßig als Kritiker für den »Kölner Stadt-Anzeiger«.

Salcia Landmann: (1911-2002), in Galizien geborene schweizerische Schriftstellerin, veröffentlichte populärwissenschaftliche Bücher aus den Bereichen der Jiddistik und Kulturwissenschaften.

An Uwe Johnson, 26. 7. 1973

Durchschlag; Archiv der Akademie der Künste

Uwe Johnson: (1934-1984), Schriftsteller, siedelte 1959 aus der DDR nach West-Berlin über, zog 1974 nach England.

eine wirklich hervorragende Idee: Die Idee, dem Verleger Siegfried Unseld zum fünfzigsten Geburtstag, am 28. September 1974, eine Mappe mit zeichnerischen Beiträgen seiner Autoren zu schenken. Auch Becker steuerte eine Zeichnung bei.

Frisch: Max Frisch (1911-1991), Schriftsteller, gründete 1941 ein

Architekturbüro in Zürich, lebte nach Auflösung des Büros (1955) als freier Schriftsteller eine Zeitlang, zusammen mit seiner Frau Marianne, auch in Westberlin.

An Stefan Heym, 29. 8. 1973
Typoskript; Stefan Heym Archiv Cambridge University Library
Stefan Heym: (1913-2001), Schriftsteller, emigrierte 1933 zunächst nach Prag, 1935 in die USA, kehrte 1945 als US-Offizier nach Deutschland zurück. Er lebte seit 1952 in Ostberlin.
Anthologie: Becker war an dieser Anthologie mit dem Titel »Auskunft. Neue Prosa aus der DDR« (München 1974) nicht beteiligt, dafür aber an dem ebenfalls von Stefan Heym herausgegebenen Nachfolgeband »Auskunft 2. Neueste Prosa aus der DDR« (München 1978).

An Thomas Schröder, 14. 10. 1973
Durchschlag; Archiv der Akademie der Künste
Thomas Schröder: Damals Redakteur des Nachrichtenmagazins »Der Spiegel«.
den »Gefilten Fisch«: »Gefilte Fisch. Eine Jugend in Königsberg« von Max Fürst (1905-1978).

An Fritz-Rudolf Fries, 16. 1. 1974
Handschrift; Literaturarchiv Marbach
Fritz-Rudolf Fries: (geb. 1935), Schriftsteller, lebt seit 1966 in Petershagen bei Berlin.
des Berliner Verbandsvorstandes: Gemeint ist der Vorstand des Bezirksverbandes des Schriftstellerverbandes der DDR. Jurek Becker war seit 1973 Mitglied des Berliner Bezirksvorstandes. 1976 wurde er aus dem Vorstand ausgeschlossen.

An Konrad Reich, 7. 3. 1974
Typoskript; Archiv des Hinstorff Verlags
das Nes-Buch: Vermutlich handelt es sich um eine Analogiebildung zu Nescafé (löslicher Kaffee der Firma Nestlé).

An Joachim Seyppel, 29. 3. 1974
Durchschlag; Archiv der Akademie der Künste

Joachim Seyppel: (geb. 1919), Schriftsteller, siedelte 1973 in die DDR über, reiste 1979 aus der DDR wieder aus.

Ihr Interesse: Joachim Seyppels Brief bezog sich auf Jurek Beckers öffentliche Überlegungen, einem Film über den jungen Johann Sebastian Bach einen Schwerpunkt zu geben, nämlich die Auseinandersetzung Bachs mit der Arnstädter Kirchenbehörde nach seiner Rückkehr aus Lübeck. (»Ich habe die Absicht...«. In: Berliner Zeitung. Berlin/DDR. Nr. 76, 17. 3. 1974) Das Thema sei ihm zu partiell, so Seyppel, er könne sich aber vorstellen, einen solchen Film ähnlich wie »Andrej Rubljow« von Andrej Tarkowskij anzulegen.

An Elisabeth Borchers, 24. 4. 1974
Typoskript; Archiv des Suhrkamp Verlags

Im Mai ... ist das Ding fertig: »Der Boxer« erschien 1976 im Hinstorff Verlag und als Lizenzausgabe im Suhrkamp Verlag.

An Günter Schulz, 24. 4. 1974
Typoskript; Literaturarchiv Marbach

Günter Schulz: (1906-1985), damals Direktor der Bremer Volkshochschule und Mitglied der Jury zur Vergabe des Literaturpreises der Freien Hansestadt Bremen.

Aufenthalt in Bremen: Jurek Becker hatte im Januar 1974 den Bremer Literaturpreis entgegengenommen.

Herrn Stoltzenberg: Peter Stoltzenberg, damals Generalintendant des Bremer Theaters und Mitglied der Jury zur Vergabe des Bremer Literaturpreises.

An Elisabeth Borchers, 25. 7. 1974
Typoskript; Archiv des Suhrkamp Verlags

An Günter Schulz, *25. 7. 1974*
Typoskript; Literaturarchiv Marbach

Ihre Mitteilungen: Um welche Mitteilungen es sich handelte, ist nicht mehr festzustellen. Briefe oder Postkarten von Günter Schulz an Jurek Becker sind nicht erhalten.

Jury-Sitzung: Der Jury zur Vergabe des Bremer Literaturpreises gehören die jeweiligen Preisträger des Vorjahres an.

An Marianne und Max Frisch, 26. 7. 1974
Handschrift; Max Frisch Archiv Zürich
Max Frisch: Siehe Seite 343.
das äußere Ereignis: Die Verweigerung der Visa für eine Reise in die Schweiz, wo Familie Becker, auf Einladung von Marianne und Max Frisch, den Urlaub verbringen wollte.
Kurt Hager: (1912-1998), seit 1954 Mitglied des Zentralkomitees der SED und 1955 dessen Sekretär, verantwortlich für Wissenschaft, Volksbildung und Kultur, seit 1963 Mitglied des Politbüros des ZK der SED bis November 1989.
in der Angelegenheit Biermann gemeldet: Jurek Becker hatte bei Kurt Hager gegen die Entscheidung protestiert, Wolf Biermann eine Reise in die Bundesrepublik (zu einer Preisverleihung im Juni 1974) zu verweigern.
Biermann: Wolf Biermann (geb. 1936 in Hamburg), Schriftsteller und Liedermacher, ging 1953 in die DDR. Im November 1976 wurde ihm nach einer Konzertreise in die Bundesrepublik die Rückkehr in die DDR verweigert und die DDR-Staatsbürgerschaft entzogen.

An Wolfgang Mertz, 3. 9. 1974
Durchschlag; Archiv der Akademie der Künste
Wolfgang Mertz: Geschäftsführer des S. Fischer Verlags von 1970 bis 1975 und 1989 bis 1995.
finde Ihren Brief: Wolfgang Mertz hatte Jurek Becker um einen kurzen Beitrag über dessen persönliches Verhältnis zum Werk Thomas Manns gebeten. Der Text wurde abgedruckt in: Thomas Mann. Wirkung und Gegenwart. Aus Anlaß des hundertsten Geburtstages am 6. Juni 1975. Redaktion Wolfgang Mertz. Frankfurt am Main: Fischer, 1975.

An Günter Schulz, 31. 10. 1974
Handschrift; Literaturarchiv Marbach
Wunberg: Gotthart Wunberg, Professor für Neuere Deutsche Literaturwissenschaft an der Universität Tübingen von 1971 bis 1996, damals Mitglied der Jury zur Vergabe des Bremer Literaturpreises. Gotthart Wunberg hielt die Laudatio bei der Verleihung des Preises an Jurek Becker.

An Elisabeth Borchers, 26. 11. 1974
Typoskript; Archiv des Suhrkamp Verlags
die anschließende Aktion: Gemeint ist der Besuch von Elisabeth Borchers bei Becker in Ostberlin und ein heftiges Gespräch angesichts des Manuskripts »Der Boxer«.
der Vertrag mit Harcourt Brace Jovanovich: Vertrag über eine amerikanische Ausgabe von »Jakob der Lügner«. »Jakob the Liar« erschien 1975 als Titel des Imprints »Helen and Kurt Wolff Books« im Verlag Harcourt Brace Jovanovich, New York.

An Elisabeth Borchers, 23. 12. 1974
Typoskript; Archiv des Suhrkamp Verlags
in allem hast Du recht: Elisabeth Borchers hatte Becker Vorschläge für eine neue Fassung seines Manuskripts »Der Boxer« gemacht.
das elende Ding: Das Manuskript.
seine Frage nach m e i n e n d r e i Brecht-Gedichten: Im Rahmen des fünfundzwanzigjährigen Suhrkamp-Jubiläums erschien 1975 der Band »Bertolt Brecht. Gedichte. Ausgewählt von Autoren mit einem Geleitwort von Ernst Bloch« (suhrkamp taschenbuch 251). Beckers drei Lieblings-Gedichte von Brecht sind darin enthalten.

An Jaap Walvis, 4. 9. 1975
Handschrift, Postkartenformat; Archiv der Akademie der Künste
Jaap Walvis: (geb. 1937), niederländischer Germanist, Übersetzer und Kritiker, seit 1965 Redakteur und Regisseur bei der niederländischen Fernsehanstalt NOS, später bei der VARA. Jaap Walvis und seine Frau, die Lehrerin Monique Walvis, leben in Bussum bei Amsterdam.
Einladung nach Leipzig: Jaap Walvis benötigte eine Einladung zum Dokumentarfilm-Festival in Leipzig, ohne die er kein Visum für die Einreise in die DDR bekommen konnte.
Krause: Vermutlich ein DDR-Kulturfunktionär.
Bruna: Niederländischer Verlag mit Sitz in Utrecht und Antwerpen. Bei Bruna erschienen in der Übersetzung von Evelien van Leeuwen »Jakob der Lügner« und »Irreführung der Behörden«,

in der Übersetzung von Gerrit Bussink »Der Boxer« und »Schlaflose Tage«.

Gerrit: Gerrit Bussink, Übersetzer und Journalist.

Rosi: Rosi Wiegmann, Übersetzerin und Dozentin, damals verheiratet mit Gerrit Bussink.

Birre: Birre Walvis, Tochter von Monique und Jaap Walvis.

An Günter Herburger, 6. 10. 1975

Typoskript; Literaturarchiv Marbach

Günter Herburger: (geb. 1932), Schriftsteller, bekam 1973 den Literaturpreis der Freien Hansestadt Bremen, lebt in München.

das Buch: »Irreführung der Behörden«.

Birne-Geschichten: 1971 erschienen im Luchterhand Verlag »Birne kann alles. 26 Abenteuergeschichten für Kinder« und »Birne kann noch mehr« sowie 1975 »Birne brennt durch. 26 Abenteuergeschichten für Erwachsene«.

An Richard Zipser, 30. 12. 1975

Handschrift; Richard Zipser

Richard Zipser: Germanist, damals Professor in der Abteilung für Deutsch und Russisch am Oberlin College, Ohio, verbrachte von September 1975 bis Juli 1976 einen Forschungsurlaub in Wien; seit 1986 Professor an der University of Delaware in Newark.

mit reicher Beute: Gemeint sind Interviews, Fotos, Texte mit und von DDR-Autoren, die Richard Zipser für sein Buchprojekt »DDR – Literatur im Tauwetter: Wandel – Wunsch – Wirklichkeit« während seines Berlin-Aufenthalts im Jahr 1975 gesammelt hatte. Das dreibändige Werk erschien 1985.

An Konrad Reich, 3. 2. 1976

Handschrift; Archiv des Hinstorff Verlags

eine Abschrift eines Briefes: Jurek Becker erhielt in einem Brief des Aufbau-Verlagsleiters Fritz-Georg Voigt im Januar 1976 die Bestätigung, daß alle an den Aufbau-Verlag übertragenen Rechte von »Jakob der Lügner« an Becker zurückgingen und er sofort darüber verfügen könne.

Bring mir bitte schonend bei: Konrad Reich antwortete am 9. Februar 1976 sinngemäß, die Rechte für Film, Fernsehen und Dramatisierung könne Becker behalten, das Verhältnis von 80% (Autorenanteil) zu 20% (Verlagsanteil) bei der Vergabe von Lizenzen ließe sich nicht zu Beckers Gunsten verändern, auch das Honorar von 15% sei nicht zu steigern.

An Walter Nowojski, 21. 3. 1976
Handschrift; Walter Nowojski
das korrigierte Manuskript: Das Manuskript »Der Boxer«, für einen auszugsweisen Vorabdruck in der Zeitschrift »Neue Deutsche Literatur« (NDL).
die Autoren-Umfrage: Walter Nowojski hatte Schriftstellern der DDR die Frage gestellt, welches Buch sie im Jahr 1975 am meisten beeindruckt habe. Das Ergebnis der Umfrage durfte in der NDL nicht erscheinen, nachdem mehrere Schriftsteller die Erzählung »Unvollendete Geschichte« von Volker Braun genannt hatten, über die nach Abdruck in der Zeitschrift »Sinn und Form« ein Presseverbot verhängt worden war.

An Tilo Medek, 1. 4. 1976
Typoskript mit Briefkopf *Jurek Becker 115 Berlin Wilhelm-Blos-Straße 25*; Tilo Medek
Tilo Medek: (geb. 1940), Komponist, siedelte 1977 in die Bundesrepublik über.
Ihre Vignetten: Es handelt sich um eine siebenseitige Einschätzung von Tilo Medek zu Beckers Filmszenarium (»Die Jugend eines Denkmals«) über Johann Sebastian Bach. Die DEFA hatte Medek zur Mitarbeit an dem Filmprojekt aufgefordert. Der Film kam nicht zustande.

An Richard Zipser, 25. 10. 1976
Handschrift mit Briefkopf *Jurek Becker 115 Berlin Wilhelm-Blos-Straße 25*; Richard Zipser
Deinen Vorschlag: Richard Zipser war auf der Suche nach einem passenden Text für sein dreibändiges Buch »DDR-Literatur im Tauwetter«. Die erste Wahl fiel auf einen Auszug aus »Der Boxer«, tatsächlich erschien aber das vierte Kapitel des Romans »Irreführung der Behörden«.

die Sache im Frühjahr 78: Die Einladung Jurek Beckers als Gastschriftsteller an das Oberlin College in Ohio.
Bichsel: Peter Bichsel (geb. 1935), schweizerischer Schriftsteller, Writer in Residence am Oberlin College, Ohio 1972.

An Günter Herburger, 25. 10. 1976
Handschrift mit Briefkopf *Jurek Becker 115 Berlin Wilhelm-Blos-Straße 25*; Literaturarchiv Marbach
die wenigen Nachrichten ... von Dir: Günter Herburger hatte an Becker geschrieben, er kümmere sich neben seiner Arbeit, dem Korrigieren von Druckfahnen, um das kleinste Kind und »zwei kranke Altmütter«.
die Sprüche der Alten: Die Kommentare der Mütter.

An das Präsidium des Schriftstellerverbandes der DDR, 8. 11. 1976
Typoskript mit Briefkopf *Jurek Becker 115 Berlin Wilhelm-Blos-Straße 25*; Archiv der Akademie der Künste
Reiner Kunze: (geb. 1933), Schriftsteller, wurde am 29. Oktober 1976 aus dem Schriftstellerverband der DDR ausgeschlossen wegen der Veröffentlichung des Prosabandes »Die wunderbaren Jahre« in der Bundesrepublik, siedelte im April 1977 in die Bundesrepublik über.

An Klaus Staeck, 12. 1. 1977
Handschrift mit Briefkopf *Jurek Becker 115 Berlin Wilhelm-Blos-Straße 25*; Archiv der Akademie der Künste. Der Brief erreichte Klaus Staeck nicht, er wurde vom MfS einbehalten und fand sich in der Jurek Becker betreffenden Akte.
Klaus Staeck: (geb. 1938), Verleger und Graphiker, Urheber von zeitkritischen Plakaten und Postkarten.
aus dem ganzen miesen Vorgang: Gemeint sind vermutlich die Ausbürgerung Wolf Biermanns und die Repressalien gegen die Unterzeichner des Protestbriefes gegen die Ausbürgerung.

An Hans Dieter Mäde, 17. 1. 1977
Durchschlag; Archiv der Akademie der Künste
Hans Dieter Mäde: (geb. 1930), Generaldirektor des VEB DEFA-Studios für Spielfilme von 1977 bis 1989.
»Das Versteck«: Film des Regisseurs Frank Beyer nach einem

Drehbuch von Jurek Becker, mit Jutta Hoffmann und Manfred Krug in den Hauptrollen.

den Unterzeichnern eines Briefes: Jurek Becker, Frank Beyer, Jutta Hoffmann und Manfred Krug gehörten zu den Unterzeichnern des Protestschreibens gegen die Ausbürgerung Wolf Biermanns.

An die Direktion des Hauses der Tschechoslowakischen Kultur, 19. 1. 1977

Durchschlag; Archiv der Akademie der Künste

Václav Havel: (geb. 1936), Schriftsteller, einer der Hauptinitiatoren der oppositionellen »Charta 77«, von 1989 bis 1992 Präsident der Tschechoslowakei, von 1993 bis 2003 Präsident der Tschechischen Republik.

An Harry Fauth, 7. 3. 1977

Typoskript mit Briefkopf *Jurek Becker 115 Berlin Wilhelm-Blos-Straße 25*; Archiv des Hinstorff Verlags

Harry Fauth: Leiter des Hinstorff Verlags in Rostock von 1977 bis 1990, informierte das MfS (Ministerium für Staatssicherheit) von 1978 bis 1985 als GMS (Gesellschaftlicher Mitarbeiter für Sicherheit) »Buch« über Autoren des Verlags.

Dr. Simon: Horst Simon, Cheflektor des Hinstorff Verlags von 1976 bis 1990, erstattete von 1976 bis 1989 als IME (inoffizieller Mitarbeiter im besonderen Einsatz) »Schönberg« dem MfS Bericht über Jurek Becker und andere ihm bekannte Autoren.

LKG: Leipziger Kommissions- und Großbuchhandel

An den Schriftstellerverband der DDR, 4. 4. 1977

Durchschlag, Archiv der Akademie der Künste

mit fünf anderen Kollegen: Volker Braun, Günter de Bruyn, Sarah Kirsch, Ulrich Plenzdorf und Dieter Schubert.

An Harry Fauth, 25. 4. 1977

Typoskript mit Briefkopf *Jurek Becker 115 Berlin Wilhelm-Blos-Straße 25*; Archiv des Hinstorff Verlags

die Rechte von JAKOB DER LÜGNER: In einem Gespräch am 23. März 1977 in Berlin hatte Jurek Becker Harry Fauth angeboten, dem Hinstorff Verlag die Rechte an der DDR-Ausgabe und für die Verbreitung in den sozialistischen Ländern weiterhin zu überlassen. Er bestand aber auf der Rückgabe der Rechte für die Verbreitung in nichtsozialistischen Staaten.

An Harry Fauth, 9. 5. 1977
Handschrift mit Briefkopf *Jurek Becker 115 Berlin Wilhelm-Blos-Straße 25*, Postkartenformat; Archiv des Hinstorff Verlags
prompte Reaktion: Der dreiseitige Antwortbrief Harry Fauths vom 4. Mai 1977 enthielt sowohl die Bestätigung der Rückgabe der Rechte für die Verbreitung von »Jakob der Lügner« in nichtsozialistischen Staaten als auch eine detaillierte Auflistung der Bemühungen des Hinstorff Verlags zur Verbreitung des Buches in der DDR.
mit dem Manuskript meines neuen Buches: Das Manuskript trug den Titel »Leben in der Luft«, es wurde später in »Schlaflose Tage« umbenannt.

An Horst von Tümpling [o. D.]
Briefkonzept; Archiv der Akademie der Künste
Horst von Tümpling: (1938-1983), Schriftsteller.

An Margarete Mende [o. D.]
Briefkonzept; Archiv der Akademie der Künste
Margarete Mende: Leserin aus Jena.

An Klaus Höpcke, 19. 9. 1977
Durchschlag; Archiv der Akademie der Künste
Klaus Höpcke: (geb. 1933), stellvertretender Kulturminister der DDR und Leiter der Hauptverwaltung Verlage und Buchhandel von 1973 bis 1989.
im »Spiegel«: »Ich glaube, ich war ein guter Genosse.« Schriftsteller Jurek Becker über die Nach-Biermann-Ära in der DDR. In: Der Spiegel. Nr. 30, 18. 7. 1977.
in der »Frankfurter Rundschau«: »Die Bevölkerung muß endlich so behandelt werden wie die Künstler«. Gespräch mit dem Schriftsteller Jurek Becker. In: Frankfurter Rundschau. Nr. 206, 6. 9. 1977.

An Horst Pehnert, 19. 9. 1977
Durchschlag; Archiv der Akademie der Künste
Horst Pehnert: (geb. 1932), stellvertretender Minister für Kultur der DDR und Leiter der Hauptverwaltung Film von 1976 bis 1990.

An Helene Ritzerfeld, 20. 9. 1977
Typoskript; Archiv des Suhrkamp Verlags
Helene Ritzerfeld: (1914-2000), seit 1950 im Suhrkamp Verlag als Sekretärin Peter Suhrkamps, nach dessen Tod 1959 Leiterin der Abteilung Rechte und Lizenzen bis 2000.

An Gretchen und Jacques Klein [o. D.]
Briefkonzept; Archiv der Akademie der Künste
Gretchen und Jacques Klein: Gretchen Klein hatte sich während ihrer Zeit in Ostberlin mit dem Bildungssystem der DDR beschäftigt und schrieb damals ihre Dissertation. Jacques Klein, US-Diplomat, wechselte 1977 von der amerikanischen Botschaft in Ostberlin zur amerikanischen Botschaft in Bonn. Gretchen und Jacques Klein leben heute in Washington.
Das Zitat von Kurt Hager: Jurek Becker hatte in seinem Interview mit der Frankfurter Rundschau vom 6. 9. 1977 gesagt, »die DDR kommt mir wie die Skizze für einen sozialistischen Staat vor, nach der das richtige Bild erst gemalt werden muß«. Kurt Hager zitierte diese Äußerung und kritisierte Becker mit den Worten: »Man muß schon sehr lebensfremd oder sehr voreingenommen sein, um zu solch einem Fehlurteil zu kommen, und man muß blind sein, um die revolutionären Veränderungen zu übersehen, die in unserer Epoche des Übergangs vom Kapitalismus zum Sozialismus auch in unserem Land vor sich gehen.« (Kurt Hager: Schöpferische Leistungen in Kunst und Kultur. Rede auf der Tagung des Kulturbundes am 22. 9. 1977, veröffentlicht in »Neues Deutschland«, 23. 9. 1977).
Mein Buch ist ... verboten: Nach der öffentlichen Kritik Kurt Hagers und nachdem Becker auf Änderungswünsche nicht eingegangen war, wurden die Publikationsverhandlungen abgebrochen. Das Buch erschien im Frühjahrsprogramm 1978 des Suhrkamp Verlags mit dem Titel »Schlaflose Tage«.

Maja und Christian: Tochter und Sohn von Gretchen und Jacques Klein.

An Klaus Höpcke, 3. 10. 1977
Durchschlag; Archiv der Akademie der Künste
zu Ihrem Brief vom 26. 9.: Klaus Höpckes Brief an Jurek Becker ist abgedruckt auf den Seiten 355-357.

An Elisabeth Borchers, 10. 10. 1977
Handschrift; Archiv des Suhrkamp Verlags
ins Krankenhaus: Elisabeth Borchers mußte sich an den Stimmbändern operieren lassen.
Helge: Helge Braune (geb. 1937), Freund von Jurek Becker; die beiden hatten sich an der Käthe-Kollwitz-Schule in Prenzlauer Berg kennengelernt. Helge Braune flüchtete nach dem Mauerbau aus der DDR nach Westberlin, durfte aber später wieder in die DDR einreisen. Dank seiner Hilfe konnte der Postweg häufig umgangen werden.
ich muß jetzt langsam in Bewegung setzen: Gemeint ist vermutlich die bevorstehende Ausreise Beckers aus der DDR. (Vgl. dazu den Brief an den Minister für Kultur der DDR, Hans-Joachim Hoffmann, vom 7. 11. 1977.)
Claus: Claus Carlé (1940-1998), seit 1965 Mitarbeiter des Suhrkamp Verlags, Elisabeth Borchers' damaliger Lebensgefährte und späterer Mann.

An Horst Pehnert, 13. 10. 1977
Durchschlag; Archiv der Akademie der Künste
Frank Beyer: (geb. 1932), Film- und Fernsehregisseur. In Zusammenarbeit mit Jurek Becker entstanden die Filme »Jakob der Lügner« (1974), »Das Versteck« (1977) und 1995 »Wenn alle Deutschen schlafen« (nach Beckers Erzählung »Die Mauer«).

An das Postzollamt Berlin, 29. 10. 1977
Durchschlag; Archiv der Akademie der Künste
Herrn Dr. Altenhein: Hans Altenhein (geb. 1927), Leiter des Luchterhand Verlags von 1973 bis 1987.

MINISTERRAT
DER DEUTSCHEN DEMOKRATISCHEN REPUBLIK
MINISTERIUM FÜR KULTUR
STELLVERTRETER DES MINISTERS

108 BERLIN
Clara-Zetkin-Straße 90

26.9.1977

Herrn Jurek Becker

<u>1034 Berlin</u>
Dirschauer Str. 12

Lieber Jurek Becker!

Ihr Brief vom vorigen Montag hat mich heute erreicht, und ich beeile mich, ihn zu beantworten, damit Sie nicht länger vergeblich zu ergründen versuchen müssen, "welches denn das Wort war", das Sie mir gegeben haben.

Ich meine, Sie hätten es sehr wohl selbst finden können. Denn das Wort, den im "Spiegel"-Interview konzentriert anzutreffenden Einwänden gegen unsere Politik stünden viele Punkte gegenüber, in denen Sie mit uns eines Sinnes seien (oder, wie Sie es in Ihrem Brief ausdrücken: in denen Sie sich diesem Staat sehr verbunden fühlen), - das dürfte doch auch Ihnen als ein Wort im Sinne des Ausdrucks für einen Standpunkt erkennbar sein. Als Versprechen, sich "niemals wieder zu den anderen Punkten zu äußern", konnte ich das nicht auffassen, habe ich es nicht aufgefaßt und fasse ich es auch jetzt nicht auf. Daß Sie ~~mit~~ allerdings mit den groben Worten, die Sie im Interview mit der "Frankfurter Rundschau" wählten, um die Situation in unserer Republik zu umschreiben ("Skizze", "Unordnung", "Kriegskommunismus") nicht mehr zu Ihrem oben zitierten Wort standen - meinen Sie allen Ernstes, daß dies zu merken so unendlich schwierig sei ("kann und kann es nicht finden")?

Um Stillschweigen oder Nichtstillschweigen ging und geht es überhaupt nicht, sondern um die den wirklichen Verhältnissen widersprechende Substanz Ihrer Äußerungen. Darauf wiederum gehen Sie in Ihrem Brief nicht ein. Warum eigentlich nicht?

-2-

(83) BbG 048/73 5

In bezug auf den Ton meines Schreibens vom 13. September waren Sie seiner Ursache in unserem Gespräch am gleichen Tag näher als jetzt in Ihrem Brief. Meine Antwort vorwegnehmend, sagten Sie etwas in dem Sinne: "Sie werden mir sagen, dann geben Sie nicht solche Interviews." So ist es.

Was aber die Beziehung Ihrer Äußerungen zu den gegen die sozialistischen Länder gerichteten Ambitionen der Carter-Administration betrifft, so muß ich darauf bestehen, daß Sie das, was ich Ihnen dazu gesagt, geschrieben und wieder gesagt habe, nicht auch noch entstellen. Ich machte Sie darauf aufmerksam und will nicht müde werden, Sie darauf aufmerksam zu machen, daß Ihre Bemerkung, Sie wollten sich künftig "untaktisch" verhalten, von Denken in Illusionen zeugt. Geändert habe sich, sagte und sage ich, der taktische Bezugspunkt. Vergleichen Sie doch einmal bitte selbst Ihre Äußerungen mit denen kapitalistischer Publikationsorgane. Nach wie vor der Kraft von Beweisen vertrauend, könnte ich mir vorstellen, daß Sie bei derartiger Lektüre auch ohne fremde Hilfe bemerken würden, wie Sie nicht selten die in den erwähnten Organen gängigen Schemata und Klischees antisozialistischer Begriffsverwirrung bedienen bzw. reproduzieren.

Die von mir in diesem Zusammenhang erhobene Forderung, Sie mögen das verleumderische Treiben gegen unsere Gesellschaftsordnung und ihre Organe einstellen, charakterisieren Sie erneut als "Drohung". Und das, obwohl in unserem Gespräch hinreichend klar wiederholt wurde, daß es sich um das handelt, was gesagt wurde: eine Forderung, und nur nichts anderes. Wozu, Jurek Becker, benötigen Sie die Verdrehung?

Um zum Schluß Ihres Briefes zu kommen:

a) Vorweg eine Feinheit: Eine "Zusage" möchte ich Ihr Wort in dieser Sache, das Sie jetzt zurücknehmen, nicht nennen, denn wie Sie sich erinnern werden, habe ich Ihnen nichts Derartiges nahegelegt, sondern Sie sagten von sich aus, Sie versprächen mir ...

b) zur Sache: Ich nehme zur Kenntnis, daß Sie Ihre Versicherung vom 13. September, sich bis auf weiteres nicht mehr in westlichen Massenmedien zu äußern, zurücknehmen, weil es Ihnen unangenehm ist, in einem solchen Wort zu stehen. Nichtsdestoweniger erwarte ich, daß Sie Ausfälle gegen unseren Staat künftig unterlassen.

Daß Sie auf die Arbeit an Ihrem neuen Manuskript und auf die Ihnen übermittelten ausführlichen Überlegungen dazu mit keiner Silbe eingehen, war mir beim Lesen Ihres Briefes heute vormittag vollends unverständlich. Wieder erinnerte ich mich an ein Wort von Ihnen, gesprochen an der Ostsee: Vor allem anderen gehe es Ihnen um Ihre Arbeit als Schriftsteller, um die Literatur, die Sie schreiben. Doch wie mir das Ergebnis Ihres Gesprächs mit Verlagsleiter und Cheflektor des Hinstorff Verlages zeigt, das ich inzwischen erfahren habe, sollte ich mich - oder besser: Sie - fragen, welchen Wert solche Erinnerungen haben. Soll ich sie mir lieber auch aus dem Kopf schlagen?

Ich grüße Sie in tiefer Sorge um einen Schriftsteller, dessen Bücher ich, wie Sie wissen, schätze; in Sorge um einen Mann, den ich fragen möchte: Finden Sie nicht, daß Sie sich dafür zuständig fühlen sollten, zur Überwindung der Kollisionen zwischen Ihnen und unserer Republik auch selbst etwas zu tun? Oder gehören diese Kollisionen zu dem, was Sie neulich Ihr "Psychogramm" genannt haben und dem Sie nun leben wollen (ungeachtet der Tatsache, daß die Äußerungen, denen Sie den Namen "Psychogramm" gaben, Ihre Interviewantworten in der "Frankfurter Rundschau", "gelinde gesagt merkwürdig" anmuten und davon zeugen, daß Sie sehr lebensfremd oder sehr voreingenommen sind, wie Genosse Kurt Hager es vorige Woche ausgedrückt hat)?

Klaus Höpcke

An Harry Fauth, 7. 11. 1977
Typoskript; Archiv des Hinstorff Verlags

An Hans-Joachim Hoffmann, 7. 11. 1977
Durchschlag; Archiv der Akademie der Künste
Hans-Joachim Hoffmann: (1929-1994), Minister für Kultur der DDR von 1973 bis 1989.
ich habe zwei Kinder: Nikolaus, geboren 1961, und Leonard, geboren 1964.

An Harry Fauth, 13. 11. 1977
Typoskript; Archiv des Hinstorff Verlags
Gotsche: Otto Gotsche (1904-1985), Schriftsteller, seit 1966 Mitglied des Zentralkomitees der SED und in zahlreichen anderen politischen Funktionen.
Seeger: Bernhard Seeger (1927-1999), Schriftsteller, seit 1967 Mitglied des Zentralkomitees der SED.

An Hans Altenhein, 13. 11. 1977
Briefkonzept; Archiv der Akademie der Künste
Hans Altenhein: Siehe Seite 354.
»Palast der blütenweißen Stinktiere«: Reinaldo Arenas: Der Palast der blütenweißen Stinktiere. Darmstadt, Neuwied: Luchterhand Verlag, 1977.

An Helen Wolff, 14. 12. 1977
Typoskript; Archiv des Suhrkamp Verlags
Helen Wolff: (1906-1994), Verlegerin. Helen Wolff war für die »Helen and Kurt Wolff Books« innerhalb des Verlages Harcourt, Brace & World (später: Harcourt Brace Jovanovich) verantwortlich.

An Tosia und Marcel Reich-Ranicki, 21. 12. 1977
Handschrift; Archiv der Akademie der Künste (Fotokopie)
Marcel Reich-Ranicki: Siehe Seite 338.
Busch-Aufnahmen: Marcel Reich-Ranicki hatte Jurek Becker um Schallplatten mit Aufnahmen des Schauspielers und Sängers Ernst Busch (1900-1980) gebeten.

An Richard Zipser, 11. 1. 1978
Handschrift; Richard Zipser
eine Sendung im Fernsehen: Die SFB-Sendung »Autor-Scooter«, eine Fragestunde mit Jurek Becker, Lutz Lehmann und Peter Wapnewski vor Studiopublikum und mit Beteiligung der Fernsehzuschauer.

An Rieke Becker, 27. 2. 1978
Handschrift; Rieke Becker
Andreas: Andreas Lehmberg, damals Lebensgefährte von Rieke Becker. Rieke und Jurek Becker hatten sich 1977 scheiden lassen.

An Siegfried Unseld, 27. 2. 1978
Handschrift mit Briefkopf *Oberlin College Oberlin, Ohio 44074 Department of German and Russian*; Archiv des Suhrkamp Verlags
Siegfried Unseld: (1924-2002), seit 1959 Verleger des Suhrkamp Verlags, des Insel Verlags (1963) und des Nomos Verlags (1963).
Und dann schreibe ich ... Geschichten: Die Erzählungen, die 1980 mit dem Titel »Nach der ersten Zukunft« im Suhrkamp Verlag erschienen sind.

An Burgel Zeeh, 27. 2. 1978
Handschrift mit Briefkopf *Oberlin College Oberlin, Ohio 44074 Department of German and Russian*; Archiv des Suhrkamp Verlags
Burgel Zeeh: (geb. 1937), von 1967 bis 2002 Sekretärin des Verlegers Siegfried Unseld.
den neuen Becker: »Schlaflose Tage«.
wenn ich je diese Flasche Piccolo vergesse: Burgel Zeeh und Jurek Becker hatten miteinander verabredet, bei der nächsten sich bietenden, ruhigen Begegnung gemeinsam eine Pikkoloflasche Sekt zu trinken.

An Max Frisch, 5. 3. 1978
Handschrift mit Briefkopf *Oberlin College Oberlin, Ohio 44074 Department of German and Russian*; Max Frisch Archiv Zürich

An Elisabeth Borchers, 7.3.1978
Handschrift mit Briefkopf *Oberlin College Oberlin, Ohio 44074 Department of German and Russian*; Elisabeth Borchers
Die Film-Rechte der »Irreführung«: Der Roman »Irreführung der Behörden« wurde nicht verfilmt.

An Rieke Becker, Nikolaus Becker, Leonard Becker und Andreas Lehmberg, 14.3.1978
Handschrift mit Briefkopf *Oberlin College Oberlin, Ohio 44074 Department of German and Russian*; Rieke Becker
den Job in Rahnsdorf: Rieke Becker übernahm damals, zur Vorbereitung auf ihren neuen Beruf als Keramikerin, eine Arbeit in einer Keramikwerkstatt in Rahnsdorf.

An Fritz J. Raddatz, 17.3.1978
Handschrift mit Briefkopf *Oberlin College Oberlin, Ohio 44074 Department of German and Russian*; Literaturarchiv Marbach
Fritz Raddatz: Siehe Seite 338.
die Besprechung der Schlaflosen Tage: Fritz J. Raddatz, Integre Wahrheit – wahrhaftige Literatur. In: Die Zeit. Hamburg. Nr. 11, 10. 3. 1978.

An Nikolaus Becker, 24. 3. 1978
Handschrift; Archiv der Akademie der Künste (Fotokopie aus den Unterlagen des Staatssicherheitsdienstes der DDR)

An Rieke Becker, 24.3.1978
Handschrift; Rieke Becker
Die Höpcke-Rede in Leipzig: Klaus Höpcke äußerte sich anläßlich der Leipziger Buchmesse zu Jurek Beckers Roman »Schlaflose Tage«. Das Buch handle von Problemen, die für die DDR irrelevant seien, erklärte Höpcke sinngemäß.

An Rieke Becker, 4.4.1978
Handschrift; Rieke Becker
das Plakat: Der Brief ist auf die Rückseite des briefbogengroßen Plakats geschrieben. Das Plakat zeigt eine Portraitzeichnung Beckers. Der Text kündigt zwei Lesungen und die Vorführung des Films »Jakob der Lügner« an. Handschriftlich hat Becker

hinzugefügt: »Ich finde, es ist ein starkes Stück, Veranstaltungen mit mir mit dem Bild des Glöckners von Notre Dame anzukündigen. Aber so malen die hier. Sie haben mich allerdings gefragt, ob ich lieber ein Foto haben will. Da hab ich doch dieses Bild genommen. Aber sozialistischer Realismus ist das nicht.« (Abgedruckt in: »Wenn ich auf mein bisheriges zurückblicke, dann muß ich leider sagen«. Jurek Becker 1937-1997. Dokumente zu Leben und Werk aus dem Jurek-Becker-Archiv. Zusammengestellt und herausgegeben von Karin Kiwus. Akademie der Künste, Berlin 2002.)

An Inge und Stefan Heym, 4. 4. 1978
Handschrift mit Briefkopf *Oberlin College Oberlin, Ohio 44074 Department of German and Russian*; Stefan Heym Archiv Cambridge University Library

was Inge über den Sohn schreibt: Stefan Heym hatte 1976 die Petition gegen die Ausbürgerung Wolf Biermanns unterschrieben. Seitdem wurden er und seine Familie dauerhaft durch den Staatssicherheitsdienst überwacht. Stefan Heym junior war während seiner Armeezeit fortlaufenden Schikanen ausgesetzt, kam – zum Zeitpunkt dieses Briefwechsels – in ein Armeelazarett und wurde ein halbes Jahr später aus dem Armeedienst entlassen.

An Marianne und Günter Kunert, 4. 4. 1978
Handschrift mit Briefkopf *Oberlin College Oberlin, Ohio 44074 Department of German and Russian*; Literaturarchiv Marbach

Mr. Leslie Willson: Leslie Willson (geb. 1923), Germanist, lehrte als Professor an der University of Texas at Austin bis 1992, war Herausgeber der zweisprachigen Literaturzeitschrift »Dimension« von 1968 bis 1994 und Mitbegründer der American Literary Translators Association.

zu einem Kurs eingeladen: An der Deutschen Sommerschule von New Mexico in Taos bei Santa Fe. Jurek Becker nahm die Einladung an.

An Erika Hinckel, 5. 4. 1978
Durchschlag; Archiv der Akademie der Künste

Erika Hinckel: (geb. 1929), Kulturpolitikerin, Persönliche Referentin Kurt Hagers von 1966 bis 1989.

Werner Lamberz: (1929-1978), seit 1967 Mitglied und Sekretär des Zentralkomitees der SED, verantwortlich für Agitation und Propaganda, seit 1971 Mitglied des Politbüros des ZK der SED, verunglückte tödlich bei einem Hubschrauberabsturz in Libyen am 6. 3. 1978.

An Burgel Zeeh, 13. 4. 1978

Typoskript, handschriftliche Grüße; Archiv des Suhrkamp Verlags

Dirk Sager: (geb. 1940), Journalist, ZDF-Korrespondent in Ostberlin von 1974 bis 1978, in Washington von 1978 bis 1980, dann Leiter des ZDF-Studios in Moskau.

An Elisabeth Borchers, 20. 4. 1978

Handschrift mit Briefkopf *Oberlin College Oberlin, Ohio 44074 Department of German and Russian*; Elisabeth Borchers

dann schreibe ich Dir eben wieder: Elisabeth Borchers hatte Jurek Becker eine ablehnende Besprechung seines neuen Buches nach Amerika geschickt, obwohl er dort auf Nachrichten dieser Art verzichten wollte. Becker reagierte zunächst mit einer Postkarte, deren Wortlaut hier wiedergegeben wird, dann erst schrieb er diesen Brief.

Text der Postkarte vom 29. März 1978: »Sitze im Zimmer und schreibe Postkarten, da kriegst Du auch eine. Wollte eigentlich ne Weile stille sein, denn ich bin sauer auf Dich. Du weißt auch, warum. Fand ich ganz schön rücksichtslos von Dir, Du hast mir ne Woche versaut. Die ist jetzt vorbei. Sowas kann man sich ja auch mal sagen. Jurek.«

der »Stern«: Die »Stern«-Reporterin Eva Windmöller kam zusammen mit einem Fotografen nach Oberlin. Der Artikel »Urlaub von der DDR« erschien in: Stern. Nr. 29, 13. 7. 1978.

An Helene Ritzerfeld, 26. 4. 1978

Typoskript mit Briefkopf *Oberlin College Oberlin, Ohio 44074 Department of German and Russian*; Archiv des Suhrkamp Verlags

Fernsehrechte der »Schlaflosen Tage«: Der Roman wurde in der Bundesrepublik unter der Regie von Diethard Klante verfilmt (1982) und ein zweites Mal, als Produktion des »Deutschen Fernsehfunks« (ehemals »Fernsehen der DDR«), unter der Regie von Gabriele Denecke (1992).

An Rieke Becker, 9. 5. 1978
Handschrift; Rieke Becker

An Richard Zipser, 11. 8. 1978
Handschrift; Richard Zipser
Ann: Ann Chapman, damals Sekretärin im Department of German and Russian am Oberlin College, Ohio.

An Wolf Biermann, 25. 10. 1978
Handschrift mit Adressenangabe *Becker Brandenburgische Str. 74 1000 Berlin 31*; Wolf Biermann
Wolf Biermann: Siehe Seite 346.
wie sehr ich mich über Deinen Brief freue: Wolf Biermann hatte in seinem Brief Jurek Beckers neuen Roman »Schlaflose Tage« gelobt. Unter anderem schrieb er, der Roman habe »auch Qualitäten eines praktischen Ratgeberhandbuchs für Selbstveränderer«, und: »Von dem Buch müssen unbedingt ein paar Hundert Exemplare an DDR-Land gezogen werden.«
Deine neue Schallplatte: »Trotz alledem!«
Tine: Tine Biermann

An Helene Ritzerfeld, 16. 11. 1978
Handschrift; Archiv des Suhrkamp Verlags
einem israelischen Verlag: »Jakob der Lügner« erschien, übersetzt von Ruth Goren, 1979 bei Am Oved in Tel Aviv.
mit den »Schlaflosen Tagen« verfahren: Helene Ritzerfeld hatte Becker geschrieben, sie sei verschiedentlich nach der Möglichkeit einer Publikation von »Schlaflose Tage« in Israel gefragt worden. Das Buch erschien 1983 im Verlag Zmora Bitan, Tel Aviv, in einer Übersetzung von Zvi Arad.

An Jaap Walvis, 22. 12. 1978
Typoskript; Archiv der Akademie der Künste

ich schreibe nur ein Buch: Erzählungen, 1980 unter dem Titel »Nach der ersten Zukunft« im Suhrkamp Verlag erschienen.
Mit meiner Freundin: Hannah Zinn, die Becker am Oberlin College kennengelernt hatte, zog Ende Dezember 1978 nach Berlin.

An Helene Ritzerfeld, 13. 3. 1979
Typoskript; Archiv des Suhrkamp Verlags
eine neue Übersetzung: Es dauerte fast zehn Jahre, bis Jurek Beckers Wunsch erfüllt war. »Wie ein Schneekönig freue ich mich«, schrieb er am 24. 11. 1988 an die Übersetzerin Leila Vennewitz, als sie die Arbeit an »Jakob der Lügner« beendet hatte.

An Hermann Josef Barth, 13. 3. 1979
Durchschlag; Archiv der Akademie der Künste
Hermann Josef Barth: Damals Lektor im Hoffmann und Campe Verlag.
Ihre Anthologie: Vierunddreißig neue Kurzgeschichten aus der ZEIT. Herausgegeben von Dieter E. Zimmer. Hamburg: Hoffmann und Campe, 1979.
keine Genehmigung: Becker gab die Genehmigung zum Abdruck der Erzählung doch, nachdem Hermann Josef Barth ihn in einem zweiten Brief nur noch um das Abdruckrecht für die Erstauflage der Anthologie ersuchte.
Herr Zimmer: Dieter E. Zimmer (geb. 1934), Journalist, Buchautor, schreibt seit 1959 für die Wochenzeitung »Die Zeit«.

An Fritz J. Raddatz, 5. 4. 1979
Handschrift; Literaturarchiv Marbach
Ihre Einladung: Die Einladung, das Buch »Tote Seelen« von Nicolaj Gogol zu besprechen. Fritz J. Raddatz bereitete damals die Herausgabe der 1980 erschienenen »ZEIT-Bibliothek der 100 Bücher« vor, einer Sammlung von Beiträgen, in denen Journalisten und Schriftsteller je eines der von einer Jury ausgewählten Bücher vorstellen.

An Erich Honecker, 16. 5. 1979
Durchschlag; Archiv der Akademie der Künste
Erich Honecker: (1912-1994), seit 1971 Erster Sekretär des Zen-

tralkomitees der SED, von 1976 bis 1989 Generalsekretär. Vorsitzender des Staatsrats der DDR von 1976 bis 1989.

strafrechtlich zu verfolgen: Stefan Heym wurde 1979 wegen »Devisenvergehens« zu einer Geldstrafe von neuntausend Mark verurteilt, weil er seinen, in der DDR verbotenen, Roman »Collin« in der Bundesrepublik erscheinen ließ.

siehe »Sonntag« 19/79: In der DDR-Wochenzeitung »Sonntag« erschien am 13. 5. 1979 unter dem Titel »Der Wohnsitz ist die Botschaft« ein Artikel, der sich mit dem Erfolg von Stefan Heyms Roman »Collin« in der Bundesrepublik befaßte. Der Roman habe keine andere Funktion als die, »Stimmung zu machen gegen den Sozialismus, Haß zu erzeugen gegen die DDR«, schreibt der Verfasser des Artikels, Oskar Neumann aus München, und stellt die Frage, warum Stefan Heym weiter in der DDR bleibt. Der Artikel wurde für die westdeutsche Zeitschrift »Kürbiskern« geschrieben und dem »Sonntag« zum Vorabdruck zur Verfügung gestellt.

sich unserer Sorge anzunehmen: Am 7. Juni 1979 wurden die Schriftsteller Kurt Bartsch, Adolf Endler, Stefan Heym, Klaus Poche, Klaus Schlesinger und Dieter Schubert mit drei weiteren Autoren aus dem Schriftstellerverband der DDR ausgeschlossen. Jurek Becker und die Schriftsteller Erich Loest und Martin Stade konnten nicht ausgeschlossen werden, weil sie aus dem Verband ausgetreten waren.

An Siegfried Unseld, 22. 5. 1979
Typoskript; Archiv des Suhrkamp Verlags

An Burgel Zeeh, 27. 8. 1979
Handschrift; Archiv des Suhrkamp Verlags

An Richard Zipser, 22. 9. 1979
Handschrift; Richard Zipser

Die Geschichte mit der New German Critique: Die Herausgeber der Zeitschrift »New German Critique« hatten die Veröffentlichung der Übersetzung von Jurek Beckers Essay »Mein Judentum« abgelehnt, weil ihnen ein Satz darin unakzeptabel erschien. Becker schreibt dort (als Beispiel dafür, was ihm sein

Judentum *nicht* bedeutet), er empfinde keine Scham darüber, »daß es Juden sind, die sich im Nahen Osten als Herrenmenschen etablieren und eine Politik betreiben, für die mir kein originelleres Attribut einfällt als: räuberisch«. In seinem 1996 erschienenen Essayband »Ende des Größenwahns« ergänzte Becker diesen Satz mit der Anmerkung, er halte »dieses Urteil heute für überzogen und falsch«. In den USA wurde der Essay 1979 in der Zeitschrift »Dimension« abgedruckt (Dimension. Contemporary German Arts and Letters. Volume 11, Number 3, 1978).

Deine »grapevine«: Richard Zipser hatte an Jurek Becker am 17.9.1979 geschrieben, er habe gerüchteweise gehört (»I have heard trough the grapevine...«), daß Beckers Erzählungsband beendet und zumindest in den Händen eines Verlags liege.

Hannah: Hannah Zinn

Maria: Maria Moese

Willy: Willy Moese (geb. 1927 in Barcelona), Karikaturist, siedelte 1955 in die DDR über.

An Walter Jens, 15.11.1979

Handschrift; Archiv der Akademie der Künste

Walter Jens: (geb. 1923), Professor für Klassische Philologie und Rhetorik an der Universität Tübingen, Schriftsteller.

Ihrer Bitte zu entsprechen: Der Bitte um einen Beitrag für einen von Walter Jens geplanten Sammelband zum sechzigsten Geburtstag von Marcel Reich-Ranicki. (Jurek Becker, Zum Thema Literatur und Kritik. In: Literatur und Kritik. Herausgegeben von Walter Jens. Stuttgart: Deutsche Verlags-Anstalt, 1980.)

An den Minister für Kultur der DDR, Hans-Joachim Hoffmann, 28.11.1979

Durchschlag; Archiv der Akademie der Künste

die DDR für lange Zeit zu verlassen: Jurek Becker erhielt ein Visum, daß ihm die Aus- und Einreise für die Dauer von zehn Jahren ermöglichte. Es lief im Dezember 1989 aus.

An Walter Jens, 23.1.1980

Handschrift; Archiv der Akademie der Künste

An Helene Ritzerfeld, 1. 2. 1980
Handschrift; Archiv des Suhrkamp Verlags
Rezensionen aus England: Der englische Verlag von »Schlaflose Tage«, Secker & Warburg, hatte an den Suhrkamp Verlag eine Sendung mit Rezensionen geschickt.

An Elisabeth Borchers, 10. 2. 1980
Handschrift; Archiv des Suhrkamp Verlags
im Text ... herumstreichen: Gemeint ist der Text, den Elisabeth Borchers für die Programmvorschau und den Buchumschlag verfaßt hatte.
eine Wohnung: Jurek Becker bezog im Juli 1980 eine Wohnung in Berlin-Kreuzberg. Nach seiner Ankunft in Westberlin im Dezember 1977 und nach der Rückkehr aus den USA hatte er zunächst bei seinem Freund Helge Braune gewohnt, danach in einer möblierten Wohnung am Kurfürstendamm.
den Kritiker-Text: Es läßt sich nicht mehr klären, welcher Text hier gemeint ist.

An Elisabeth Borchers, 20. 3. 1980
Handschrift; Archiv des Suhrkamp Verlags
der korrigierte Umbruch: Der Umbruch für den Erzählungsband »Nach der ersten Zukunft«.
Hurenkinder: Als Hurenkind bezeichnet man im Druck- und Verlagswesen eine Einzelzeile, die einen Absatz beschließt und als erste Zeile auf einer neuen Seite erscheint. Aus ästhetischen Gründen versucht man, solche Zeilen zu vermeiden.

An die Redaktion der Zeitschrift »Titanic« [o. D.]
Briefkonzept; Archiv der Akademie der Künste

An Monique und Jaap Walvis, 7. 5. 1980
Handschrift; Archiv der Akademie der Künste

An Helene Ritzerfeld, 5. 7. 1980
Handschrift; Archiv des Suhrkamp Verlags
die Rückgabe der englischsprachigen Rechte: Die Voraussetzung für eine neue Übersetzung von »Jakob der Lügner«.
Frau Wolff: Helen Wolff

An Helmut Koopmann, 4. 10. 1980
Typoskript; Helmut Koopmann
Helmut Koopmann: (geb. 1933), seit 1974 Professor für Neuere Deutsche Literaturwissenschaft an der Universität Augsburg, heute emeritiert.
Ihr Angebot: Die Einladung zu einer Gastprofessur an der Universität Augsburg.

An Helmut Koopmann, 8. 12. 1980
Typoskript; Helmut Koopmann

An Helene Ritzerfeld, 23. 1. 1981
Handschrift; Archiv des Suhrkamp Verlags
Frau Vennewitz: Leila Vennewitz, Übersetzerin, erhielt 1979 den »Goethe House P.E.N.-Prize« des American Center of P.E.N., 1989 den »German Literary Prize« der American Translators Association und 1997 – für ihre Übersetzung von »Jakob der Lügner« – den »Helen and Kurt Wolff Translator's Prize«. Sie lebt in Kanada und Kalifornien/USA.

An Toni und Elke [o. D.]
Briefkonzept; Archiv der Akademie der Künste
Toni und Elke: Zwei junge Frauen, damals im Strafvollzug.
Frau Weigmann: Ulla Weigmann, Lehrerin, betreute eine Wohngruppe junger drogenabhängiger Frauen in einem Berliner Frauengefängnis.
einen Termin: Ulla Weigmann hatte eine Lesung Jurek Beckers besucht und ihn in einem Brief eingeladen, die jungen Frauen, die sie betreute, im Gefängnis zu besuchen, um ihnen möglicherweise in einem Gespräch Hoffnung und Hilfestellung zu geben. Man vereinbarte einen Termin, den Becker aber nicht wahrnehmen konnte. Ein zweiter Termin wurde gefunden und der Besuch nachgeholt.

An Ulrike und Richard Zipser, 27. 8. 1981
Handschrift; Richard Zipser

An Wolf Biermann, 4. 9. 1981
Handschrift; Wolf Biermann
den Artikel im Spiegel: Der Artikel mit dem Titel »Öder Stern«, erschienen im »Spiegel« am 24. 8. 1981, ging auf einen »Zeit«-Artikel von Fritz J. Raddatz ein und zog aus diesem den Schluß, Wolf Biermann wolle mit Politik nichts mehr zu tun haben.
das corpus delicti: In seinem »Nächtlich bei Biermann« überschriebenen Artikel, erschienen in der »Zeit« am 21. 8. 1981, beschrieb Fritz J. Raddatz eine Begegnung mit Wolf Biermann in dessen Hamburger Garten bei »Gedichten und Rotwein« und »im Nachtwind glimmenden Kerzen«. Biermann habe sich verändert, so Raddatz, er sei stiller geworden, fast melancholisch. Er wolle, wird Biermann selbst zitiert, sich und anderen nichts mehr beweisen und müsse sich nicht mehr in jede Debatte einmischen.

An Joachim Seyppel, 5. 10. 1981
Handschrift, Postkartenformat; Joachim Seyppel
Anthologie: Geplant war eine Anthologie mit dem Arbeitstitel »DDR-Schriftsteller in der BRD: Exil – Emigration – Asyl – Heimat – zu Haus«, die nicht zustande kam.

An Anton Regenberg, 12. 10. 1981
Typoskript; Goethe-Institut Brüssel
Anton Regenberg: Damals Leiter des Goethe-Instituts in Brüssel.
Frau Dittrich: Kathinka Dittrich, damals Leiterin des Goethe-Instituts in Amsterdam.

An Günter Grass, 9. 12. 1981
Handschrift, Archiv der Akademie der Künste
Günter Grass: (geb. 1927), Schriftsteller, Bildhauer, Graphiker und Zeichner, erhielt 1999 den Nobelpreis für Literatur.
zu der Sache: Vgl. den Brief an Wilhelm Engelken vom 17. 12. 1981.
Albertz: Heinrich Albertz (1915-1993), ev. Theologe, Politiker, Regierender Bürgermeister von Berlin 1966 bis 1967, trat seit Beginn der 80er Jahre stark in der Friedensbewegung hervor.

An Wilhelm Engelken, 17. 12. 1981
Durchschlag; Archiv der Akademie der Künste
Wilhelm Engelken: Damals Richter im Amtsgericht Buxtehude.

An Anton Regenberg, 17. 12. 1981
Typoskript; Goethe-Institut Brüssel

An Günter Grass, 18. 12. 1981
Handschrift; Archiv der Akademie der Künste
»Stader Tageblatt«: Der Brief wurde am 19. 12. 1981 im »Stader Tageblatt« veröffentlicht.
die Schriftstellersache: »Berliner Begegnung zur Friedensförderung«, Treffen von Schriftstellern und Wissenschaftlern aus Ost und West am 13. und 14. Dezember 1981 in Ostberlin.
Ute: Ute Grass.

An die Kundendienstabteilung der Apparatewerke Metz, 19. 12. 1981
Durchschlag; Archiv der Akademie der Künste

An Klaus Wagenbach, 9. 1. 1982
Handschrift; Archiv des Verlags Klaus Wagenbach
Klaus Wagenbach: (geb. 1930), Literaturwissenschaftler, Autor und Verleger, gründete 1964 den Verlag Klaus Wagenbach.
Arbeit an einem Buch: »Aller Welt Freund«.
in meinem Erzählungsbuch »Nach der ersten Zukunft«: Die Veröffentlichung einer Erzählung aus dem Erzählungsband kam nicht in Frage, weil schon in der vorausgegangenen Ausgabe des »Tintenfisch« ein Beitrag daraus veröffentlicht worden war. (»Ansprache vor dem Kongreß der unbedingt Zukunftsfrohen«. In: Tintenfisch 20. Jahrbuch für Literatur. Herausgegeben von Michael Krüger und Klaus Wagenbach. Berlin: Wagenbach, 1981.)

An Wieland Herzfelde, 13. 1. 1982
Handschrift; Archiv der Akademie der Künste
Wieland Herzfelde: (1896-1988), Verleger und Schriftsteller, gründete 1917 zusammen mit seinem Bruder John Heartfield den Malik-Verlag, emigrierte 1933 nach Prag, lebte später in die USA, nach 1949 in der DDR.

Grosz-Buch: Paß auf, hier kommt Grosz. Bilder, Rhythmen, Gesänge 1915-1918. Herausgegeben von Wieland Herzfelde und Hans Marquardt. Leipzig: Reclam, 1981.

An Joachim Seyppel, 20. 1. 1982
Handschrift; Joachim Seyppel
Treffen in Marburg: Im September 1981 hatte sich die von Erich Loest gegründete »Gruppe 76« in Marburg getroffen, Teilnehmer waren u.a. Joachim Seyppel, Helga Novak, Wolf Biermann, Karl-Heinz Jakobs und Jürgen Fuchs. Das für den Oktober 1982 geplante Treffen fand nicht statt.
Erich Loest: (geb. 1926), Schriftsteller, war seit Ende 1957 sieben Jahre im Zuchthaus Bautzen in Haft, trat 1979 aus dem Schriftstellerverband der DDR aus, siedelte 1981 in die Bundesrepublik über.

An Siegfried Unseld, 2. 2. 1982
Handschrift mit Briefkopf *JUREK BECKER Hagelberger Str. 10c 1000 Berlin 61*; Archiv des Suhrkamp Verlags

An Martin Gregor-Dellin, 18. 2. 1982
Handschrift mit Briefkopf *JUREK BECKER Hagelberger Str. 10c 1000 Berlin 61*; Literaturarchiv Marbach
Martin Gregor-Dellin: (1926-1988), Schriftsteller, Präsident des P.E.N.-Zentrums der Bundesrepublik seit 1982.
in Ihrer Anthologie: Die von Martin Gregor-Dellin herausgegebene Anthologie »Deutsche Erzählungen aus vier Jahrzehnten. Deutschsprachige Prosa seit 1945«. Darin enthalten ist Jurek Beckers Erzählung »Der Verdächtige«.

An Anton Regenberg, 2. 3. 1982
Typoskript mit Briefkopf *JUREK BECKER Hagelberger Str. 10c 1000 Berlin 61*; Goethe-Institut Brüssel

An Karlheinz Fingerhut, 15. 3. 1982
Handschrift mit Briefkopf *JUREK BECKER Hagelberger Str. 10c 1000 Berlin 61*; Karlheinz Fingerhut
Karlheinz Fingerhut: (geb. 1939), Professor für Deutsche Litera-

tur und Literaturdidaktik an der Pädagogischen Hochschule Ludwigsburg seit 1973.
Kafka-Heft: Eine Ausgabe der Zeitschrift »Diskussion Deutsch« zum 100. Geburtstag von Franz Kafka.

An Melitta Heilmann [o. D.]
Briefkonzept; Archiv der Akademie der Künste
Melitta Heilmann: (geb. 1919), 1937 bis 1939 Kindermädchen in Lodz.
nach Ihrem Brief: Melitta Heilmann hatte Jurek Becker im Januar 1982 in der ZDF-Sendung »Kennzeichen D« gesehen und ihm daraufhin geschrieben, sie habe in Lodz ab 1937 bei einem Ehepaar Becker, dessen Kleinkind Jurek gerufen wurde, als Kindermädchen gearbeitet. Jurek Becker ging – nach seinem Antwortbrief – der Frage, ob Frau Heilmann tatsächlich sein Kindermädchen gewesen ist, nicht weiter nach.

An Helene Ritzerfeld, 5. 6. 1982
Handschrift mit Briefkopf *JUREK BECKER Hagelberger Str. 10c 1000 Berlin 61*; Archiv des Suhrkamp Verlags

An Max Frisch, 8. 6. 1982
Handschrift mit Briefkopf *JUREK BECKER Hagelberger Str. 10c 1000 Berlin 61*; Max Frisch Archiv Zürich

An Siegfried Unseld, 11. 6. 1982
Typoskript mit Briefkopf *JUREK BECKER Hagelberger Str. 10c 1000 Berlin 61*; Archiv des Suhrkamp Verlags
Dein Brief: Siegfried Unseld hatte an Jurek Becker geschrieben, den Betrag von DM 35 000.– könne man, so wie die Situation im Augenblick sei, nicht bezahlen. Er sei aber bereit, eine Vorauszahlung von DM 10 000.– und bei Erscheinen des Buches nochmals DM 15 000.– zu bezahlen.

An Siegfried Unseld, 25. 6. 1982
Typoskript mit Briefkopf *JUREK BECKER Hagelberger Str. 10c 1000 Berlin 61*; Archiv des Suhrkamp Verlags
verlange … eine Erklärung: Warum Jurek Beckers Foto auf der

Vorderseite der Programmvorschau fehle, sei nicht zu rekonstruieren, antwortete Siegfried Unseld in einem Brief vom 30. 6. 1982, keinesfalls aber weise ein solches Foto auf der Titelseite auf die Wichtigkeit der Autoren hin, man treffe die Auswahl unter optischen Gesichtspunkten, um eine Mischung aus jungen, alten, männlichen und weiblichen Autoren zu erzielen. Einzelanzeigen zu Jurek Beckers neuem Buch in der »Frankfurter Allgemeinen Zeitung« und in der »Zeit« seien geplant.

An Elisabeth Borchers, 29. 6. 1982
Handschrift mit Briefkopf *JUREK BECKER Hagelberger Str. 10c 1000 Berlin 61*; Archiv des Suhrkamp Verlags

An Volker Hage, 11. 7. 1982
Handschrift mit Briefkopf *JUREK BECKER Hagelberger Str. 10c 1000 Berlin 61*; Volker Hage
Volker Hage: (geb. 1949), Journalist und Buchautor, schrieb von 1975 bis 1986 für die »Frankfurter Allgemeine Zeitung«, dann für die »Zeit«, heute Redakteur im Kulturressort des »Spiegel«.
mein Fragebogen: Seit März 1980 erschien jede Woche im Magazin der »Frankfurter Allgemeinen Zeitung« ein Fragebogen mit den Antworten prominenter Personen. Die Fragen stammten aus dem neunzehnten Jahrhundert, damals wurden sie zur Unterhaltung in Abendgesellschaften und Gästebüchern immer wieder vorgelegt. Der Fragebogen, den Jurek Becker ausgefüllt hatte, erschien im F.A.Z.-Magazin am 8. 10. 1982.

An Heinz Wetzel, 12. 11. 1982
Typoskript mit Briefkopf *JUREK BECKER Hagelberger Str. 10c 1000 Berlin 61*; Heinz Wetzel
Heinz Wetzel: (geb. 1935), Professor für deutsche Sprache und Literatur an der University of Toronto seit 1969.
Ihre freundliche Einladung: Die Einladung zu einem Kolloquium zum Thema »Literature and Moral Philosophy« an der University of Toronto.

An Heinz Wetzel, 9. 12. 1982
Typoskript; Heinz Wetzel

hilflos blicken kann ich phantastisch: Heinz Wetzel hatte Becker geschrieben, ein deutsches Stichwort oder ein hilfloser Blick genüge, dann werde ihm bei der Diskussion nach dem Vortrag ein Übersetzer zu Hilfe kommen.

Stadtschreiber von Bergen-Enkheim: Der literarische Preis »Stadtschreiber von Bergen« schließt, zusätzlich zu einem Geldbetrag, die freie Unterkunft für die Dauer eines Jahres im Stadtschreiberhaus »An der Oberpforte« in Bergen-Enkheim ein. Jurek Becker war der 9. Stadtschreiber 1982/83.

An Helga Warsen, 3. 1. 1983

Handschrift; Archiv der Akademie der Künste

Helga Warsen: Damals Gemeindepfarrerin in Haltern.

An Heinz Wetzel, 26. 1. 1983

Handschrift; Heinz Wetzel

auf Montreal verzichten: Jurek Becker hatte eine Lesung in Montreal in deutscher Sprache.

An Helga Warsen, 18. 2. 1983

Handschrift; Archiv der Akademie der Künste

das bunte Heft: Ein buntes Schreibheft.

An Heinz Wetzel, 23. 2. 1983

Typoskript, Nachsatz handschriftlich; Heinz Wetzel

An Karlheinz Fingerhut, 15. 3. 1983

Handschrift mit Briefkopf *JUREK BECKER Hagelberger Str. 10c 1000 Berlin 61*; Karlheinz Fingerhut

ein Statement zu Kafka: »In Kafkas Verliesen«. Erschienen in: Diskussion Deutsch. Heft 72, Frankfurt am Main 1983. Nachgedruckt in: Jurek Becker, Ende des Größenwahns. Aufsätze, Vorträge. Frankfurt am Main: Suhrkamp, 1996.

An Heinz Wetzel, 2. 5. 1983

Handschrift mit Briefkopf *JUREK BECKER Hagelberger Str. 10c 1000 Berlin 61*; Heinz Wetzel

An Fritz J. Raddatz, 11. 5. 1983
Handschrift; Literaturarchiv Marbach
Römerberg-Rede: »Über den Kulturverfall in unserer Zeit«. Rede bei den Römerberggesprächen, Frankfurt am Main im Mai 1983. Erstmals publiziert in: Die Zeit. Hamburg. Nr. 20, 13. 5. 1983. Nachgedruckt in: Jurek Becker, Ende des Größenwahns. Aufsätze, Vorträge. Frankfurt am Main: Suhrkamp, 1996.

An Claudia Guderian, 11. 9. 1983
Handschrift mit Briefkopf *JUREK BECKER Hagelberger Str. 10c 1000 Berlin 61*; Claudia Guderian
Claudia Guderian: Damals Redakteurin beim »Gießener Anzeiger«, dann freie Hörfunk- und Buchautorin.
Akademie-Stipendien: Claudia Guderian hatte an Becker die Frage gestellt, ob sie sich bei der Darmstädter Akademie für Sprache und Dichtung um ein Stipendium bewerben solle.
wieder mit dem Leben hier anfangen: Jurek Becker war – nach mehreren Reisen und längeren Aufenthalten in Bergen-Enkheim – Mitte August 1983 nach Berlin zurückgekommen.
Hörspiel: Der Entwurf eines Hörspiels von Claudia Guderian, den zu lesen sie Becker gebeten hatte.

An Heinz Wetzel, 5. 10. 1983
Handschrift mit Briefkopf *JUREK BECKER Hagelberger Str. 10c 1000 Berlin 61*; Heinz Wetzel
Franz Fühmann: (1922-1984), Schriftsteller.
vergißt nie etwas: Becker bezog sich auf sein Angebot an Heinz Wetzel, dessen Dissertation über Georg Trakl an Franz Fühmann weiterzugeben, der 1982 ein Buch über Trakl veröffentlicht hatte (»Vor Feuerschlünden. Erfahrung mit Georg Trakls Gedicht.« Rostock: Hinstorff, 1982). Dieses Buch ließ Fühmann nun Heinz Wetzel zukommen.

An Leonard Becker, 7. 11. 1983
Handschrift; Leonard Becker

An Claudia Guderian, 7. 11. 1983
Handschrift mit Briefkopf *JUREK BECKER Hagelberger Str. 10c 1000 Berlin 61*; Claudia Guderian

bei einem Sender unterzubringen: Das Hörspiel »Elternsuche« von Claudia Guderian wurde – ohne Beckers Vermittlung – 1984 vom RIAS Berlin produziert und gesendet.

An Claudia Guderian, 23. 11. 1983

Handschrift mit Briefkopf *JUREK BECKER Hagelberger Str. 10c 1000 Berlin 61*; Claudia Guderian

Du fragst mich Fragen: Gemeint ist die Frage Claudia Guderians, ob sie ihre Redakteursstelle beim »Gießener Anzeiger« kündigen und sich auf eine Existenz als freie Autorin einlassen solle.

An Hans Altenhein, 23. 11. 1983

Handschrift mit Briefkopf *JUREK BECKER Hagelberger Str. 10c 1000 Berlin 61*; Hans Altenhein

Vielleicht also können Sie helfen: Hans Altenhein konnte nicht helfen, denn das Recht zur Verfilmung des Romans »Transit« lag bei Anna Seghers selbst, und sie hatte dieses kurz vor ihrem Tod (sie starb am 1. Juni 1983) nach Frankreich vergeben. Der Film kam erst 1991 zustande, die Regie führte René Allio.

An Burgel Zeeh [o. D.]

Briefkonzept; Archiv der Akademie der Künste

aus Eurem Buch heraus zujubilieren: Becker ließ sich doch noch überreden und schrieb seinen Beitrag in Form eines Briefes an den Verleger, nachzulesen in: Der Verleger und seine Autoren. Siegfried Unseld zum sechzigsten Geburtstag. Frankfurt am Main: Suhrkamp, 1984.

Werner: Werner Zeeh.

An Günter Kunert, 1. 1. 1984

Handschrift mit Briefkopf *JUREK BECKER Hagelberger Str. 10c 1000 Berlin 61*; Literaturarchiv Marbach

Kreienhoop: Wohnsitz des Schriftstellers Walter Kempowski (geb. 1929), der dort seit 1981 Schriftstellertreffen und Literaturseminare veranstaltete. In den Jahren 1983 bis 1986 wurden in einer Reihe von Sendungen mit dem Titel »Literatur in Kreienhoop« (produziert von Radio Bremen) derartige Begegnungen im Fernsehen gezeigt.

diese Sache mit der Friedensbibliothek: Geplant war die Herausgabe einer Reihe von deutschen und ausländischen, zum Teil in Vergessenheit geratenen Antikriegsbüchern im Hanser Verlag. Es kam nicht zu dieser Buchreihe.

wie ich Dich vom Hocker hebe: Die Fotos zeigen Günter Kunert, den 10. »Stadtschreiber von Bergen«, der zum Befestigen seiner Namenstafel am Stadtschreiberhaus auf einen Stuhl gestiegen war, und Jurek Becker, seinen Vorgänger, der ihn herunterhebt.

An Heinz Ludwig Arnold, 29. 1. 1984

Handschrift mit Briefkopf *JUREK BECKER Hagelberger Str. 10c 1000 Berlin 61*; Heinz Ludwig Arnold

Heinz Ludwig Arnold: (geb. 1940), Kritiker, Publizist, Gründer und Herausgeber der Literaturzeitschrift TEXT + KRITIK, des »Kritischen Lexikons zur deutschsprachigen Gegenwartsliteratur« (KLG) und seines fremdsprachigen Pendants (KLfG).

die freundliche Einladung: »Sie wissen«, so die Einladung Arnolds, »daß Sie in Göttingen immer herzlich willkommen sind!«

»Sozialgeschichte ...«: Die »Sozialgeschichte der Kunst und Literatur« von Arnold Hauser, erschienen 1953 bei C.H. Beck, München.

Christiane: Christiane Freudenstein, seit 1985 mit Heinz Ludwig Arnold verheiratet.

Christine: Christine Harsch-Niemeyer, seit 1986 mit Jurek Becker verheiratet.

An Peter Härtling, 27. 7. 1984

Handschrift mit Briefkopf *JUREK BECKER Hagelberger Str. 10c 1000 Berlin 61*; Peter Härtling

Peter Härtling: (geb. 1933), Schriftsteller. Stadtschreiber von Bergen 1977/78. Mitglied der Deutschen Akademie für Sprache und Dichtung in Darmstadt.

daß ich das so machen soll: Hier ging es um zwei Zeitungsanzeigen, die zum Tode Franz Josef Schneiders gemeinsam von neun »Stadtschreibern von Bergen« aufgegeben wurden. Franz Josef Schneider, Schriftsteller und Gründungsmitglied der Gruppe 47, war der Begründer des Preises »Stadtschreiber von Bergen«.

im Oktober in Darmstadt: An der Tagung der Akademie für Sprache und Dichtung im Oktober 1984 in Darmstadt nahm Peter Härtling teil, Jurek Becker nicht.

An Siegfried Unseld, 12. 11. 1984
Typoskript mit Briefkopf *JUREK BECKER Hagelberger Str. 10c 1000 Berlin 61*; Archiv des Suhrkamp Verlags
spanisch zu lesen ... ist ›Jakob‹: Jakob el embustero, übersetzt von Manuel Olasagasti. Madrid: Alfaguara, 1979.
sitze ich zur Zeit über einem Buch: Arbeitstitel: »Wie ich ein Deutscher wurde«. Später: »Bronsteins Kinder«.
Eures Almanachs: Der Suhrkamp Verlag plante, aus Anlaß der deutschen Buchmesse in Madrid (Juni 1985) einen Almanach herauszugeben. Es wurde ein Auszug der spanischen Übersetzung von »Jakob der Lügner« darin aufgenommen. (Un Almanaque de las editorales Insel y Suhrkamp, Frankfurt am Main con ocasón de la Semana del Libro Alemán en Madrid 1985. Frankfurt am Main: Suhrkamp, 1985.)

An Gottfried Honnefelder, 28. 11. 1984
Handschrift mit Briefkopf *JUREK BECKER Hagelberger Str. 10c 1000 Berlin 61*; Archiv des Suhrkamp Verlags
Gottfried Honnefelder: (geb. 1946), seit 1974 Mitarbeiter im Suhrkamp Verlag, von 1979 bis 1996 Geschäftsführer des Suhrkamp Verlags.

An Gottfried Honnefelder, 30. 11. 1984
Handschrift mit Briefkopf *JUREK BECKER Hagelberger Str. 10c 1000 Berlin 61*; Archiv des Suhrkamp Verlags

An Siegfried Unseld, 2. 1. 1985
Handschrift mit Briefkopf *JUREK BECKER Hagelberger Str. 10c 1000 Berlin 61*; Archiv des Suhrkamp Verlags
Veranstaltung für Uwe Johnson: Die für den ersten Todestag von Uwe Johnson am 24. Februar 1985 vorgesehene Gedenkstunde fand nicht statt.

An Susan M. Johnson [o. D.]
Briefkonzept; Archiv der Akademie der Künste
Susan M. Johnson: Germanistin aus den USA, die über Jurek Becker promovierte.
die beiden Cassetten: Zwei Hörkassetten, auf die Susan Johnson für Becker, zu dessen Amüsement, ihre liebste Radiosendung aufgezeichnet hatte.

An Martin Mooij, 2. 4. 1985
Briefkonzept; Archiv der Akademie der Künste
Martin Mooij: Damals Mitarbeiter der Rotterdamer Kunststiftung und Gründer des Festival Poetry International (seit 1970) und des Festival Story International (seit 1991).
Yeh Chun Chan: Chinesischer Schriftsteller, damals Vizepräsident des chinesischen P.E.N.-Clubs.

An Gerhard Dette, 2. 4. 1985
Typoskript mit Briefkopf *JUREK BECKER Hagelberger Str. 10c 1000 Berlin 61*; Deutsche Akademie für Sprache und Dichtung
Gerhard Dette: (geb. 1940), Literaturwissenschaftler, Generalsekretär der Deutschen Akademie für Sprache und Dichtung von 1978 bis 2003.
Frühjahrstagung in Heidelberg: Die Frühjahrstagung der Akademie für Sprache und Dichtung, die im Mai 1985 in Heidelberg stattfand.
Herrn Heckmann: Herbert Heckmann (1930-1999), Schriftsteller, Präsident der Deutschen Akademie für Sprache und Dichtung von 1984 bis 1996.

An Lore Harsch-Niemeyer, 14. 5. 1985
Briefkonzept; Archiv der Akademie der Künste
Lore Harsch-Niemeyer: Mutter von Christine Becker.
mein Text: Ein Teil des Manuskripts »Bronsteins Kinder«.
Robert und Tilman: Vater und Bruder von Christine Becker.

An Dieter Finnern, 2. 6. 1985
Typoskript (Fotokopie); Archiv der Akademie der Künste
Dieter Finnern: (geb. 1919), damals Leiter der Hauptabteilung Unterhaltung/Fernsehen beim Sender Freies Berlin.

Zensur: Dieter Finnern, der den auftraggebenden Sender bei der Produktion der Fernsehserie »Liebling Kreuzberg« vertrat, hatte Jurek Becker nahegelegt, eine Szene aus einem seiner Drehbücher zu streichen. In dieser Szene läßt Becker einen jungen Anwalt erklären, daß er die Robe seines Vaters nicht tragen könne, weil es eine Richterrobe sei und man noch die Umrisse des Reichsadlers mit dem Hakenkreuz erkenne. Die Szene blieb im Drehbuch, wurde gedreht und gesendet.

An Monique und Jaap Walvis, 9. 6. 1985
Handschrift; Archiv der Akademie der Künste

An Sibylle Stöcker, 8. 7. 1985
Briefkonzept; Archiv der Akademie der Künste
Sibylle Stöcker: Damals Studentin der neueren deutschen Literatur in München.
so eine Arbeit: Sibylle Stöcker schrieb ihre Magisterarbeit über Jurek Becker. (Alltag und Humor. Zu Jurek Beckers schriftstellerischer Entwicklung bis ›Jakob der Lügner‹. o.O., 1988.)

An Fred Strohmaier, 6. 11. 1985
Handschrift mit Briefkopf *JUREK BECKER Hagelberger Str. 10c 1000 Berlin 61*; Fred Strohmaier
Fred Strohmaier: (geb. 1930), Buchhändler, Inhaber der Buchhandlung Atlantis in Regensburg.
Ihre freundliche Einladung: Die Einladung zu einer Jubiläumsfeier zum fünfundzwanzigjährigen Bestehen der Buchhandlung.

An Anatol Gotfryd, 25. 11. 1985
Handschrift mit Briefkopf *JUREK BECKER Hagelberger Str. 10c 1000 Berlin 61*; Anatol Gotfryd
Anatol Gotfryd: (geb. 1931), Zahnarzt, praktizierte zusammen mit seiner Frau Danka in Berlin in den Jahren 1962 bis 1998. Unter den Patienten der Gotfryds waren viele Künstler. Jurek Becker besuchte die Praxis seit seiner Übersiedlung nach Westberlin.
von diesem Büchlein: »Grundzüge der Schachstrategie« von José Raúl Capablanca.

An Manfred Wolter, 25. 11. 1985
Briefkonzept; Archiv der Akademie der Künste
Manfred Wolter: (1938-1999), Erzähler, Lektor, Dramaturg und Drehbuchautor, lebte in Wolterdorf bei Berlin.
Ihre Einladung: Die Einladung zur Beteiligung an einer Anthologie mit dem Arbeitstitel »Mitte des Lebens«.
der Hinstorff Verlag unternimmt ... Anstrengungen: 1986 erschien im Hinstorff Verlag, Rostock der Band »Erzählungen«, der die Erzählungen aus »Nach der ersten Zukunft« (1980 bei Suhrkamp erschienen) aufnahm, mit Ausnahme der Erzählungen »Personen«, »Wenn auch nur eine Meinung«, »Ansprache vor dem Kongreß der unbedingt Zukunftsfrohen« und »Der Fluch der Verwandtschaft«.

An Manfred Wolter, 4. 12. 1985
Briefkonzept; Archiv der Akademie der Künste
Ihre Anthologie: Lebensmitte. Geschichten von 31 Autoren. Herausgegeben von Manfred Wolter und Hans-Joachim Laabs. Halle, Leipzig: Mitteldeutscher Verlag, 1987. Darin abgedruckt: »Aus heiterem Himmel«.

An Horst Simon, 4. 12. 1985
Briefkonzept; Archiv der Akademie der Künste
Horst Simon: Siehe Seite 351.
das ... Resultat zweier stiller Jahre: Das Manuskript »Bronsteins Kinder«.
Max Walter Schulz: (1921-1991), Schriftsteller, Chefredakteur der Zeitschrift »Sinn und Form« von 1983 bis 1990.
wegen eines Vorabdrucks: Ein kurzer Auszug aus dem Roman »Bronsteins Kinder« erschien in »Sinn und Form«. 39. Jg., 1987, Heft 5.
Frau Prignitz: Ingrid Prignitz, Lektorin im Hinstorff Verlag in Rostock von 1961 bis 1991.

An Elisabeth Borchers, 10. 12. 1985
Handschrift mit Briefkopf *JUREK BECKER Hagelberger Str. 10c 1000 Berlin 61*; Archiv des Suhrkamp Verlags

An Klaus Staeck [o. D.]
Briefkonzept; Archiv der Akademie der Künste
Dein Büchlein: Klaus Staeck, Staeckbriefe. Klaus Staeck fotografiert Zeitgenossen. Göttingen: Steidl, 1985.

An Jaap Walvis, 20. 1. 1986
Handschrift; Archiv der Akademie der Künste
Krug: Manfred Krug (geb. 1937), Schauspieler und Sänger, reiste 1977 aus der DDR nach Westberlin aus.
zu Schnells Geburtstag: Der Schriftsteller, Schauspieler und Maler Robert Wolfgang Schnell (1916-1986) feierte am 8. 3. 1986 seinen siebzigsten Geburtstag. Er starb am 1. 8. 1986.

An Günter Grass, 24. 1. 1986
Handschrift; Archiv der Akademie der Künste
PEN-Kongress in New York: Der 48. Internationale P.E.N.-Kongreß, der vom 12. 1. bis 17. 1. 1986 in New York stattfand.
die beschämenden Äußerungen: Es könnten Äußerungen des Literatur-Nobelpreisträgers Saul Bellow gemeint sein, der auf dem Kongreß die Vorzüge der amerikanischen Demokratie und den materiellen Wohlstand in den USA pries. Möglicherweise bezieht sich Becker aber auch auf Bemerkungen des Peruaners Mario Vargas Llosa, der den Nobelpreisträger Gabriel Garcia Marquez (dem die US-Behörden die Einreise zum Kongreß verweigerten) als Kurtisane Fidel Castros bezeichnet hatte und über Schriftstellerkollegen in sozialistischen Ländern sinngemäß erklärte, es gebe dort, abgesehen von den dissidentischen Schriftstellern, nur Hofschriftsteller.
Dein Auftreten: Günter Grass erhob während des Kongresses Vorwürfe gegen die US-Sozialpolitik. Wer den »American Way of Life« heute noch für einen begehbaren Pfad halte, so Grass, müsse Heuchler genug sein, um die angrenzenden Slumgebiete und den weltweiten Hunger ignorieren zu können.

An Heinz Galinski, 6. 3. 1986
Handschrift mit Briefkopf *JUREK BECKER Hagelberger Str. 10c 1000 Berlin 61*; Archiv der Stiftung »Neue Synagoge Berlin – Centrum Judaicum«

Heinz Galinski: (1912-1992), Vorsitzender der Jüdischen Gemeinde Berlin von 1949 bis 1992, Vorsitzender des Zentralrats der Juden in Deutschland in den Jahren 1988 bis 1992.

den beiliegenden Brief: Ein antisemitischer Rundbrief aus Kanada.

weitere Schritte: Galinski ließ das Schreiben übersetzen. Es ist »unter unserer Würde«, schrieb er dann an Becker, »auf ein solch verworrenes Schmutzblatt einzugehen«. Auch sei der Erfolg rechtlicher Maßnahmen dagegen sehr in Frage gestellt.

An Gottfried Honnefelder, 17. 3. 1986

Handschrift mit Briefkopf *JUREK BECKER Hagelberger Str. 10c 1000 Berlin 61*; Archiv des Suhrkamp Verlags

Die Idee: Die Idee, die Drehbücher der Fernsehserie »Liebling Kreuzberg« bei Suhrkamp zu veröffentlichen.

An Marcel Reich-Ranicki, 21. 3. 1986

Handschrift mit Briefkopf *JUREK BECKER Hagelberger Str. 10c 1000 Berlin 61* (Fotokopie); Archiv der Akademie der Künste

die Kassette angefordert: Bei der Feier zum sechzigsten Geburtstag von Elisabeth Borchers in Frankfurt hatte Marcel Reich-Ranicki Becker um eine Videokassette mit den ersten Folgen der Fernsehserie »Liebling Kreuzberg« gebeten.

An Elisabeth Borchers, 14. 4. 1986

Handschrift mit Briefkopf *JUREK BECKER Hagelberger Str. 10c 1000 Berlin 61*; Archiv des Suhrkamp Verlags

die unterschriebenen Verträge: Zwei Exemplare des Verlagsvertrags für »Bronsteins Kinder«.

›*die Hunderttausend ...*‹: Gemeint sind hunderttausend Exemplare eines Buchtitels, nach deren Verkauf – je nach Vertrag – der Prozentsatz des Autorhonorars steigt.

An Elisabeth Borchers, 5. 5. 1986

Handschrift mit Briefkopf *JUREK BECKER Hagelberger Str. 10c 1000 Berlin 61*; Archiv des Suhrkamp Verlags

An Siegfried Unseld, 14. 6. 1986
Handschrift mit Briefkopf *JUREK BECKER Hagelberger Str. 10c 1000 Berlin 61*; Archiv des Suhrkamp Verlags

An Horst Simon, 15. 6. 1986
Typoskript mit Briefkopf *JUREK BECKER Hagelberger Str. 10c 1000 Berlin 61*; Archiv des Hinstorff Verlags
die Druckgenehmigung: »Bronsteins Kinder« erschien 1987 im Hinstorff Verlag, Rostock.
Mahlsdorf: Wohnort von Rieke Becker und Jurek Beckers Adresse in der DDR.
das Erzählungsbuch: 1986 erschien der Band »Erzählungen« im Hinstorff Verlag (vgl. die Anmerkung zum Entwurf des Briefs an Manfred Wolter vom 25. 11. 1985).

An Hans Wagener, 19. 6. 1986
Typoskript mit Briefkopf *JUREK BECKER Hagelberger Str. 10c 1000 Berlin 61*; Hans Wagener
Hans Wagener: (geb. 1940), Professor für Germanistik an der University of California, Los Angeles.
Ihre freundliche Einladung: Die Einladung zu einer Kurzzeitgastdozentur an die University of California, Los Angeles.
eine termingebundene Arbeit: Die Arbeit an Drehbüchern für die Fernsehserie »Liebling Kreuzberg«.

An Jaap und Monique Walvis, 4. 7. 1986
Handschrift mit Briefkopf *JUREK BECKER Hagelberger Str. 10c 1000 Berlin 61*; Archiv der Akademie der Künste
van Gennep: Der niederländische Verlag Van Gennep, Amsterdam, hatte 1982 eine Neuausgabe von »Jakob der Lügner« herausgebracht. 1987 erschien dort »Bronsteins Kinder«, übersetzt von Ria van Hengel, mit einem Nachwort von Jaap Walvis.

An Helene Ritzerfeld, 13. 10. 1986
Handschrift mit Briefkopf *JUREK BECKER Hagelberger Str. 10c 1000 Berlin 61*; Archiv des Suhrkamp Verlags

An Christine Becker, 13. 10. 1986
Handschrift; Christine Becker
Reagan: Ronald Reagan (1911-2004), amerikanischer Schauspieler, von 1981 bis 1989 Präsident der USA.

An Christine Becker, 14. 10. 1986
Handschrift; Christine Becker

An Wulf Segebrecht, 3. 11. 1986
Typoskript mit Briefkopf *JUREK BECKER Hagelberger Str. 10c 1000 Berlin 61*; Wulf Segebrecht
Wulf Segebrecht: Professor für Neuere deutsche Literaturwissenschaft an der Universität Bamberg seit 1982.
Ihre freundliche und ehrenvolle Einladung: Die Einladung, die Poetik-Professur an der Universität Bamberg zu übernehmen.

An Rüdiger Söhnen, 4. 11. 1986
Typoskript (Fotokopie); Archiv der Akademie der Künste
Rüdiger Söhnen: Damals Richter in Konstanz.
während der Diskussion: Die Diskussion im Anschluß an eine Lesung.
Globke: Hans Globke (1898-1973), wirkte 1935 an der Kommentierung der Nürnberger Rassengesetze mit; in der Bundesrepublik leitete er als Staatssekretär von 1953 bis 1963 unter Bundeskanzler Adenauer die Verwaltung des Bundeskanzleramtes.
Vialon: Friedrich-Karl Vialon (1905-1990), Staatssekretär im Bundesministerium für wirtschaftliche Zusammenarbeit von 1962 bis 1966, wurde nach 1963 für die Mitwisserschaft bei Massenmorden an Juden verantwortlich gemacht.
Oberländer: Theodor Oberländer (1905-1998), Bundesvertriebenenminister von 1953 bis 1960, wurde nach 1959 für Massenhinrichtungen in der UdSSR verantwortlich gemacht.
Filbinger: Hans Filbinger (geb. 1913), von 1966 bis 1978 Ministerpräsident von Baden-Württemberg. Vorwürfe wegen seiner Tätigkeit als Marinerichter im Zweiten Weltkrieg führten zu seinem Rücktritt. Filbinger war an mindestens vier Todesurteilen gegen junge Deserteure beteiligt, als Anklagevertreter und als leitender Offizier des Exekutionskommandos.

Boock: Peter-Jürgen Boock (geb. 1951), Mitglied der Rote-Armee-Fraktion (RAF) von 1975 bis 1980, wurde wegen Beteiligung an der Entführung und Ermordung des Arbeitgeberpräsidenten Hanns-Martin Schleyer (1977) in drei Prozessen verurteilt, 1999 auf Bewährung entlassen.

Peter Paul Zahl: (geb. 1944), Schriftsteller, wurde 1974 und 1976 wegen eines Schußwechsels mit der Polizei zu fünfzehn Jahren Haft verurteilt, 1982 entlassen.

An Fritz J. Raddatz, 24. 11. 1986

Handschrift mit Briefkopf *JUREK BECKER Hagelberger Str. 10c 1000 Berlin 61*; Literaturarchiv Marbach

Ihr Zeichen der Zustimmung: Er habe »Bronsteins Kinder« nicht aus der Hand legen können, hatte Raddatz unter anderem an Becker geschrieben und ihm zu diesem Buch gratuliert.

An die Polizei Delmenhorst [o. D.]

Briefkonzept; Archiv der Akademie der Künste

An Burgel Zeeh, 27. 11. 1986

Handschrift mit Briefkopf *JUREK BECKER Hagelberger Str. 10c 1000 Berlin* 61; Archiv des Suhrkamp Verlags

Dein letzter Brief: Der Brief von Burgel Zeeh ist hier im Bildteil als Faksimile abgedruckt.

An Walter D. Wetzels, 3. 12. 1986

Typoskript mit Briefkopf *JUREK BECKER Hagelberger Str. 10c 1000 Berlin 61*; Walter D. Wetzels

Walter D. Wetzels: Professor für deutsche Literatur und von 1980 bis 1988 Leiter der Abteilung für Germanische Sprachen an der University of Texas at Austin.

Ihre Einladung: Die Einladung zu einem Gastsemester als »Visiting Professor« an der University of Texas at Austin.

an einer Serie: »Liebling Kreuzberg«.

An Reinhardt Hoffmeister, 21. 12. 1986

Briefkonzept; Archiv der Akademie der Künste

Reinhardt Hoffmeister: Publizist und Fernsehjournalist.

was ich für Sie schreiben sollte: Becker war für das Magazin »Westermann's« anläßlich der 750-Jahr-Feier Berlins nach seinen Träumen über die DDR und die Menschen dort befragt worden.

An Leila Vennewitz, 9. 1. 1987
Typoskript mit Briefkopf *JUREK BECKER Hagelberger Str. 10c 1000 Berlin 61*; Leila Vennewitz
Leila Vennewitz: Siehe Seite 368.

An Walter D. Wetzels, 13. 1. 1987
Typoskript mit Briefkopf *JUREK BECKER Hagelberger Str. 10c 1000 Berlin 61*; Walter D. Wetzels
Arno Schmidt: (1914-1979), Schriftsteller, lebte seit 1958 in Bargfeld, Niedersachsen.
›Finnegans Wake‹: Roman von James Joyce (1882-1941).

An Walter D. Wetzels, 3. 2. 1987
Typoskript mit Briefkopf *JUREK BECKER Hagelberger Str. 10c 1000 Berlin 61*; Walter D. Wetzels

An Fritz J. Raddatz, 4. 2. 1987
Handschrift mit Briefkopf *JUREK BECKER Hagelberger Str. 10c 1000 Berlin 61*; Literaturarchiv Marbach
der Text: »Ein Bild von Picasso und mir«. (Zu Pablo Picassos »Woman with Yellow Hair«.) Erstmals veröffentlicht in: ZEITmagazin. Hamburg. Nr. 46, 6. 11. 1987 unter dem Titel »Nachmittags, mit leisem Bemüh'n«. Später erschienen in: Jurek Becker, Ende des Größenwahns. Aufsätze, Vorträge. Frankfurt am Main: Suhrkamp, 1996.

An Volker Hage, 23. 2. 1987
Handschrift; Volker Hage
Abdruck des Interviews: Für seinen Artikel »Wie ich ein Deutscher wurde« (erschienen in der Literaturbeilage der »Zeit« am 3. 10. 1986) hatte Volker Hage im Sommer 1986 mit Jurek Becker ein Gespräch geführt, das er nun in der ursprünglichen Interview-Fassung in dem Reclam-Band »Deutsche Literatur

1986« veröffentlichen wollte (Deutsche Literatur 1986. Ein Jahresüberblick. Herausgegeben von Volker Hage. Stuttgart 1987).

An Leslie Willson, 3. 3. 1987
Briefkonzept; Archiv der Akademie der Künste
Leslie Willson: Siehe Seite 361.
Solch ein Zufalls-Unglück: Der Schwiegersohn Leslie Willsons wurde im Oktober 1986 von einem rasenden Auto überfahren und starb, die Enkelin erlitt Verletzungen.
Ihre Einladung nach Albuquerque: Leslie Willson hatte Jurek Becker zu einer Tagung der »American Translators Association« im Oktober 1987 nach Albuquerque eingeladen – und ihm die Attraktion eines zur gleichen Zeit veranstalteten Heißluftballon-Festivals in Aussicht gestellt. Für die Tagung plante Willson eine Sitzung »Authors in Dialogue with their Translators«, bei der Becker eventuell mit dem Übersetzer Melvin Kornfeld erscheinen sollte. Tatsächlich trat Becker mit Leslie Willson auf – und besuchte das Ballon-Festival.

An Leila Vennewitz, 8. 3. 1987
Handschrift mit Briefkopf *JUREK BECKER Hagelberger Str. 10c 1000 Berlin 61*; Leila Vennewitz
Ihre Fragen: Leila Vennewitz arbeitete an der Übersetzung von »Bronsteins Kinder« und hatte ihrem letzten Brief eine Seite mit Fragen beigelegt.

An Geoffrey Mulligan, 9. 3. 1987
Briefkonzept; Archiv der Akademie der Künste
Geoffrey Mulligan: Damals Programmleiter der Edition Picador im britischen Verlag Pan Books.
Ihre Anfrage: Die Frage nach der Verfügbarkeit der englischen Rechte für »Jakob der Lügner«. Pan Books konnte die Rechte erwerben und veröffentlichte das Buch 1990 in einer neuen Übersetzung von Leila Vennewitz.

An Walter D. Wetzels, 16. 3. 1987
Handschrift mit Briefkopf *JUREK BECKER Hagelberger Str. 10c 1000 Berlin 61*; Walter D. Wetzels

der Fragebogen: Das »Biographical Data Sheet«, das von jedem neuen Fakultätsmitglied ausgefüllt wird. Jurek Becker hat darin u.a. seine Studienzeit an der Humboldt Universität, Literatur- und Filmpreise, die Oscar-Nominierung (für den Film »Jakob der Lügner«) und seine literarischen Publikationen von 1969 bis 1986 aufgeführt.

An Heinz Ludwig Arnold, 20. 4. 1987
Handschrift mit Briefkopf *JUREK BECKER Hagelberger Str. 10c 1000 Berlin 61*; Heinz Ludwig Arnold
das Gruppe-47-Buch: Text + Kritik. Sonderband. Die Gruppe 47. Herausgegeben von Heinz Ludwig Arnold. München 1987.
Deinen Vortrag über das Sich-Erinnern: Für eine Rundfunksendung zum Thema »Erinnern« schrieb Arnold einen Text über das von Wilma Iggers herausgegebene Buch »Die Juden in Böhmen und Mähren«. (Heinz Ludwig Arnold, Leiden einer Minderheit. Abgedruckt in: Schweizer Monatshefte. 68. Jg. 1. Heft, 1988.)

An Wulf Segebrecht, 20. 5. 1987
Typoskript mit Briefkopf *JUREK BECKER Hagelberger Str. 10c 1000 Berlin 61*; Wulf Segebrecht
eine so freundliche und auch schmeichelhafte Einladung: Die wiederholte Einladung, die Poetik-Dozentur an der Universität Bamberg zu übernehmen.

An Helmut Müller, 23. 5. 1987
Handschrift mit Briefkopf *JUREK BECKER Hagelberger Str. 10c 1000 Berlin 61*; Helmut Müller
Helmut Müller: Archivar im Staatsarchiv in Münster.
ein altes Papier: Helmut Müller hatte Jurek Becker gebeten, für eine Ausstellung einen alten Papierbogen zu beschriften.

An Hans Wagener, 2. 6. 1987
Typoskript mit Briefkopf *JUREK BECKER Hagelberger Str. 10c 1000 Berlin 61*; Hans Wagener

An Leila Vennewitz, 11. 6. 1987
Typoskript mit Briefkopf *JUREK BECKER Hagelberger Str. 10c 1000 Berlin 61*; Leila Vennewitz
Ihre vierte Übersetzung Beckers: Leila Vennewitz übersetzte »Schlaflose Tage« (erschienen 1979 bei Harcourt Brace Jovanovich, New York), die Erzählung »Die Mauer« (1983 veröffentlicht in der Zeitschrift »Granta«, London), »Bronsteins Kinder« (erschienen bei Harcourt Brace Jovanovich, 1988) und »Jakob der Lügner« (1990 erschienen bei Pan Books, London und 1996 bei Arcade Publishing, New York).
Ein deutscher Filmproduzent: Gemeint ist Otto Meissner, Produzent der Novafilm in Berlin. »Bronsteins Kinder« wurde 1990 ohne Beteiligung eines amerikanischen Produzenten verfilmt (Regie: Jerzy Kawalerowicz). Otto Meissner produzierte sämtliche Folgen der Fernsehserie »Liebling Kreuzberg« und in den neunziger Jahren – nach Drehbüchern Jurek Beckers – die Filme »Neuner«, »Wenn alle Deutschen schlafen« und die Fernsehserie »Wir sind auch nur ein Volk«.

An Susan M. Johnson, 12. 6. 1987
Briefkonzept; Archiv der Akademie der Künste
Zu diesen Fragen kann ich Ihnen nichts sagen: Die Fragen bezogen sich auf die Charaktere und formale Aspekte in »Bronsteins Kinder«.

An Leila Vennewitz, 18. 8. 1987
Typoskript mit Briefkopf *JUREK BECKER Hagelberger Str. 10c 1000 Berlin 61*; Leila Vennewitz
Ihren Brief: Der Brief enthält vier Fragen zu »Bronsteins Kinder«.
ein Druckfehler: In einem der Briefe der Romanfigur Elle taucht zweimal der Name Albert auf, bei der dritten Erwähnung steht an Stelle von Albert der Name Alfred.
der Irrtum: Der Irrtum des Erzählers Hans, daß der Beichtende sich in den Beichtstuhl setzt, läßt sich nicht ins Englische übertragen (Beichtstuhl = confessional).
Gegen den Vorschlag ›café‹ habe ich nichts einzuwenden: »Lokal« ließe sich mit »restaurant«, »café« oder »bar« übersetzen. Leila Vennewitz entschied sich für »café«.

An Walter D. Wetzels, 21. 8. 1987
Typoskript mit Briefkopf *JUREK BECKER Hagelberger Str. 10c 1000 Berlin 61*; Walter D. Wetzels

An Dieter Opper [o. D.]
Briefkonzept; Archiv der Akademie der Künste
Dieter Opper: (1939-1997), damals Senatsrat beim Senator für Wissenschaft und Kunst in Bremen und Mitglied der Jury für die Vergabe des Bremer Literaturpreises.
Abdruck: Gemeint ist die Veröffentlichung von Jurek Beckers Dankesworten bei der Verleihung des Bremer Literaturpreises in der Dokumentation »Der Bremer Literaturpreis: 1954-1987« (Edition Die Horen).
ob es eine solche Platte … gibt: Das Projekt wurde aufgegeben.

An Wolfgang Emmerich, 30. 8. 1987
Handschrift mit Briefkopf *JUREK BECKER Hagelberger Str. 10c 1000 Berlin 61*; Wolfgang Emmerich
Wolfgang Emmerich: Professor für Neuere Deutsche Literatur und Kulturwissenschaft an der Universität Bremen. Herausgeber der Dokumentation »Der Bremer Literaturpreis: 1954-1987«.

An Leila Vennewitz, 22. 9. 1987
Handschrift; Leila Vennewitz
mit irgendwelchen Entscheidungen: Leila Vennewitz wartete darauf, daß man ihr einen Übersetzungsvertrag für »Jakob der Lügner« zukommen ließ.

An Klaus Wagenbach, 23. 9. 1987
Handschrift; Archiv des Verlags Klaus Wagenbach
Ottilie: Ottilie Krug.
Manfred: Manfred Krug.
Barbara: Barbara Herzbruch (1946-1991) war mit Klaus Wagenbach verheiratet.

An Jaap Walvis, 4. 10. 1987
Handschrift; Archiv der Akademie der Künste
die Vara: Die niederländische Fernsehanstalt VARA.

An Siegfried Unseld, 27. 10. 1987
Handschrift; Archiv des Suhrkamp Verlags

An Jaap Walvis, 4. 11. 1987
Handschrift; Archiv der Akademie der Künste
Lefevere: André Lefevere (1946-1996), Professor an der University of Texas at Austin, leitete dort das niederländische Studienprogramm.

An Klaus Wagenbach, 19. 11. 1987
Handschrift; Archiv des Verlags Klaus Wagenbach

An Ingrid und Paul Michael Lützeler, 25. 11. 1987
Handschrift; Paul Michael Lützeler
Lützelers: Paul Michael Lützeler (geb. 1943), Professor für Germanistik und vergleichende Literaturwissenschaft an der Washington University St. Louis, und seine Frau Ingrid Lützeler leben seit 1973 in St. Louis.
in St. Louis ... wohl gefühlt: Jurek Becker war im November 1987 auf Einladung des Goethe-Instituts und des German Departments der Washington University für drei Tage in St. Louis.
Andrea und Thilo: Tochter und Sohn von Ingrid und Paul Michael Lützeler.

An Burgel Zeeh, 1. 12. 1987
Handschrift; Archiv des Suhrkamp Verlags
den traurigen Zustand: Gemeint ist vermutlich die sogenannte »Barschel-Affäre«, ausgelöst durch Verleumdungsversuche und Intrigen Uwe Barschels, des damaligen Schleswig-Holsteinischen Ministerpräsidenten (CDU), gegen Björn Engholm, den Oppositionsführer und SPD-Herausforderer bei den Landtagswahlen 1987. Die Aufdeckung der Machenschaften führte zu Barschels Rücktritt und Selbstmord oder – Gerüchten zufolge – zu dessen Ermordung.
Middleton: Christopher Middleton (geb. 1926), Dichter, Essayist und Übersetzer, seit 1966 Professor für germanische Sprachen und Literatur an der University of Texas at Austin.
Leticia: Leticia Falcón.

Cindy Jones: Damals Mitarbeiterin der Verwaltung an der University of Texas in Austin.
es fängt mit U an: Das Wort heißt »Unseld«.

An Joachim Unseld, 8. 12. 1987
Handschrift; Archiv des Suhrkamp Verlags
Joachim Unseld: (geb. 1953), Verleger, 1978 Gesellschafter und Geschäftsführer der Verlage Suhrkamp, Insel und Nomos, 1988 gleichberechtigter Verleger neben Siegfried Unseld; er schied Ende 1990 aus der Verlagsleitung aus.

An Siegfried Unseld, 9. 12. 1987
Handschrift; Archiv des Suhrkamp Verlags
Poetik-Vorlesung: Die Gastdozentur Poetik an der Johann Wolfgang Goethe-Universität in Frankfurt am Main.

An Burgel und Werner Zeeh, 12. 1. 1988
Handschrift mit Briefkopf *The Sovereign · AT SANTA MONICA BAY*; Archiv des Suhrkamp Verlags

An Heinz Wetzel, 29. 1. 1988
Handschrift mit Briefkopf *JUREK BECKER Hagelberger Str. 10c 1000 Berlin 61*; Heinz Wetzel
Deinen Artikel: Heinz Wetzel, Fiktive und authentische Nachrichten in Jurek Beckers Romanen »Jakob der Lügner« und »Aller Welt Freund«. Abgedruckt in: Im Dialog mit der Moderne. Zur deutschsprachigen Literatur von der Gründerzeit bis zur Gegenwart. Herausgegeben von Roland Jost und Hansgeorg Schmidt-Bergmann. Frankfurt am Main 1986.

An Fritz J. Raddatz, 29. 1. 1988
Handschrift mit Briefkopf *JUREK BECKER Hagelberger Str. 10c 1000 Berlin 61*; Literaturarchiv Marbach
corpus delicti: Gemeint ist das Haus des Schriftstellers Lion Feuchtwanger (1884-1958) und seiner Frau Martha in Pacific Palisades (Los Angeles), das seit 1943 Treffpunkt für Studenten, Wissenschaftler und Schriftsteller war.
Feuchtwanger-Erbschaft: Martha Feuchtwanger hatte das Haus,

die »Villa Aurora«, schon 1959/60 der University of Southern California vermacht. Die schien jedoch, nach Martha Feuchtwangers Tod im Oktober 1987, außerstande zu sein, die Kosten für die Erhaltung des Hauses aufzubringen, und plante, die 35 000 Bände umfassende Bibliothek auf das Universitätsgelände auszulagern und das Gebäude zu verkaufen.

Ihren Aufruf: Ein von Fritz J. Raddatz mitinitiierter öffentlicher Aufruf, der den Verkauf des Feuchtwanger-Hauses verhindern sollte. Der Aufruf war insofern erfolgreich, als die University of Southern California das Haus an den 1988 gegründeten »Kreis der Freunde und Förderer der Villa Aurora e.V.« und die »Friends of Villa Aurora Inc.« in Los Angeles verkaufte. Seit Dezember 1995 ist die »Villa Aurora« eine internationale Begegnungsstätte für Künstler.

An Volker Hage, 31. 1. 1988

Handschrift; Volker Hage

das versprochene Foto: Volker Hage plante, seinen Artikel »Wie ich ein Deutscher wurde. Eine Begegnung mit Jurek Becker und Anmerkungen zu seinem Roman« (erstmals erschienen in der »Zeit« am 3. 10. 1986) in einen Sammelband mit Schriftstellerporträts aufzunehmen. Dazu erbat er von Becker dessen frühestes Kinderfoto (Volker Hage: Alles erfunden. Portraits deutscher und amerikanischer Autoren. Reinbek bei Hamburg: Rowohlt, 1988).

An Hans Wagener, 5. 2. 1988

Typoskript; Hans Wagener

überstehen Sie die Monate: Hans Wagener ging damals durch eine Ehescheidung und hatte deshalb Termine vor Gericht.

An Dorle und Egon Schwarz [o. D.]

Briefkonzept; Archiv der Akademie der Künste

Egon Schwarz: Egon Schwarz (geb. 1922 in Wien) emigrierte nach Bolivien, Chile und Ecuador, lehrte seit 1961 als Professor für deutsche Literatur an der Washington University in St. Louis. Egon Schwarz und seine Frau Dorle leben in St. Louis.

Ihr Kompliment über mein Buch: Er und seine Frau hätten

»Bronsteins Kinder« mit Begeisterung gelesen, schrieb Egon Schwarz an Jurek Becker.
Auf das Ihre warte ich neugierig: Egon Schwarz, Keine Zeit für Eichendorff. Chronik unfreiwilliger Wanderjahre. Königstein/Taunus: Athenäum, 1979.

An Leila Vennewitz, 27. 2. 1988
Handschrift; Leila Vennewitz
Ihre Übersetzung: Die Übersetzung von »Bronsteins Kinder«.
diese leidige Vertragsangelegenheit: Leila Vennewitz hatte an Becker geschrieben, sie habe immer noch keinen Vertrag von Geoffrey Mulligan für die Übersetzung von »Jakob der Lügner« erhalten.

An Leila Vennewitz, 4. 3. 1988
Handschrift; Leila Vennewitz
Ihr Problem: Leila Vennewitz hatte Becker um eine kleine Skizze der Bronsteinschen Wohnung gebeten, der sie entnehmen wollte, wie das Wort »Flur« zu übersetzen sei.

An Marianna Birnbaum, 17. 3. 1988
Briefkonzept; Archiv der Akademie der Künste
Marianna Birnbaum: Professorin für Ungarische Literatur an der University of California, Los Angeles.
›Interview‹: Marianna D. Birnbaum, An Interview with Jurek Becker. Erstmals publiziert in: Cross Currents. A Yearbook of Central European Culture. University of Michigan. Ann Arbor, Mich. 8/1989. In der deutschen Fassung abgedruckt in: Jurek Becker. Herausgegeben von Irene Heidelberger-Leonard. Frankfurt am Main 1992 (suhrkamp taschenbuch materialien).
mein Froschbild: Eine Unterwasseraufnahme, die Jurek Becker beim Tauchen mit Schwimmflossen zeigt, aufgenommen vor der Küste von Hawaii im Januar 1988.

Leila Vennewitz, 17. 3. 1988
Typoskript; Leila Vennewitz
Ihr Zerwürfnis mit dem Verlag: Leila Vennewitz mußte sich mit dem New Yorker Verlag Harcourt Brace Jovanovich wegen Ihrer Übersetzung von »Bronsteins Kinder« auseinanderset-

zen. Seitens des Verlags waren Veränderungen an der Übersetzung vorgenommen worden, die man aber nach Vennewitz' Protest rückgängig machte.

An Hans Altenhein, 27. 3. 1988
Handschrift; Hans Altenhein
Ihr Zuspruch: Becker habe »in der Wüste der Fernsehunterhaltung ... eine Oase eingerichtet, mit süßen Feigen und einem ziemlich sauberen Brunnen«, schrieb Hans Altenhein in seinem Brief.

An Horst Dieter Schlosser, 19. 5. 1988
Typoskript mit Briefkopf *JUREK BECKER Hagelberger Str. 10c 1000 Berlin 61*; Johann Wolfgang Goethe-Universität
Horst Dieter Schlosser: Professor für Deutsche Philologie, betreute von 1979 bis 1992 die Poetik-Dozentur der Johann Wolfgang Goethe-Universität in Frankfurt am Main.

An Richard Zipser, 7. 6. 1988
Typoskript; Richard Zipser
Den Fragebogen: Es handelte sich um einen Fragebogen, den die vier Mitarbeiter eines Projekts über Literaturzensur in den deutschsprachigen Ländern an Schriftsteller verschickten. Die Ergebnisse der Studie wurden 1990 in einem zweiteiligen Sonderheft von THE GERMANIC REVIEW veröffentlicht, herausgegeben vom Department of Germanic Languages der Columbia University in New York.
Paul Haberland ... Tamara Evans: Tamara Evans (City University of New York, Queens), Paul Haberland (Western Carolina University), Leslie Willson und Richard Zipser waren die vier Mitarbeiter des Forschungsprojekts »Literary Censorship in the German Speaking Countries«.

An Joachim Unseld, 1. 8. 1988
Handschrift; Archiv des Suhrkamp Verlags
aus China zurück: Jurek Becker reiste im Sommer 1988 in einer Reisegruppe – zusammen mit seiner Frau und seinen Schwiegereltern – zwei Wochen durch die Volksrepublik China.
Deinen Berlin-Plan: Ein Stadtplan von 1957.

Stadtschreiberfest: Die Verleihung des Preises »Stadtschreiber von Bergen« wird jährlich im Spätsommer in einem Festzelt auf dem Marktplatz von Bergen-Enkheim gefeiert. Tatsächlich war Joachim Unseld zum Zeitpunkt des Festes verreist.

An Leila Vennewitz, 3. 8. 1988
Typoskript; Leila Vennewitz
Zu den Fragen: Die Fragen und Seitenangaben beziehen sich auf »Jakob der Lügner« nach den Ausgaben Bibliothek Suhrkamp Band 510 oder Suhrkamp Taschenbuch 774.

An Leila Vennewitz, 27. 8. 1988
Handschrift; Leila Vennewitz
Ihre Komplimente: Leila Vennewitz hatte an Becker unter anderem geschrieben, »Jakob der Lügner« werde für nicht-jüdische Leser ein »eye-opener« sein, das Buch gebe eine Einsicht, die noch nie dagewesen sei. Die Beschäftigung mit dem Buch habe sie bereichert.

An Marcel Reich-Ranicki, 10. 9. 1988
Typoskript (Fotokopie); Archiv der Akademie der Künste
in unserem Gespräch am Stadtschreiberhäuschen: Bei einem Empfang im Haus und Garten des »Stadtschreibers von Bergen« am 2. 9. 1988, dem Tag der Verleihung des Preises an Eva Demski.
den Heinrich-Mann-Essay: Der Aufsatz »Heinrich Mann – Ein Abschied nicht ohne Wehmut«. Erschienen in: Marcel Reich-Ranicki, Thomas Mann und die Seinen. Stuttgart 1987.
in dem Artikel: Der Aufsatz über Heinrich Mann, von dem hier die Rede ist, wurde in gekürzter Fassung am 15. August 1987 in der »Frankfurter Allgemeinen Zeitung« abgedruckt.
Von Proust stammt der Satz: Der Satz des französischen Schriftstellers Marcel Proust (1871-1922) lautet: »Ein Buch, das Theorien enthält, ist wie ein Gegenstand, an dem noch das Preisschild hängt.«

An Leila Vennewitz, 30. 9. 1988
Handschrift; Leila Vennewitz
Ernennung Churchills zum Sir: In seinem Roman »Jakob der

Lügner« – es geht darin um die jüdischen Bewohner eines Ghettos in Polen während des Zweiten Weltkriegs – läßt Jurek Becker seine Romanfigur Jakob Heym ein Interview mit dem damaligen britischen Premier-Minister »Sir Winston Churchill« erfinden. Der britische Verlag Pan Books machte Leila Vennewitz darauf aufmerksam, daß Winston Churchill erst im Jahr 1953 zum Sir ernannt wurde.

An Joachim Preuß, 2. 10. 1988

Typoskript (Fotokopie); Archiv der Akademie der Künste

Joachim Preuß: (geb. 1945), seit 1977 Redakteur des Nachrichtenmagazins »Der Spiegel«, leitete dort von 1987 bis 1990 das Ressort Kultur III (Modern Living).

diese Seiten könnten nicht gedruckt werden: Jurek Becker reiste im September 1988 im Auftrag des »Spiegel« zu den Olympischen Spielen nach Seoul. Der Beitrag, den er für den »Spiegel« schrieb, wurde aber nicht gedruckt, weil sich – wie ihm mitgeteilt wurde – die Berichterstattung auf den Doping-Skandal um den Leichtathleten Ben Johnson konzentrierte. Jurek Beckers Artikel mit dem Titel »Das olympische Elend« erschien später in seinem Band mit Aufsätzen und Vorträgen, »Ende des Größenwahns«.

Herrn Funk: Werner Funk (geb. 1937), von 1986 bis 1991 Chefredakteur des »Spiegel«.

Herrn Röttgen: Kurt Röttgen, damals Redakteur beim »Spiegel«.

An Paul Michael Lützeler, 17. 10. 1988

Typoskript mit Briefkopf *Jurek Becker Hagelberger Straße 10c D-1000 Berlin 61*; Paul Michael Lützeler

Ihren Brief: Der Brief enthielt die Einladung an Jurek Becker, im Frühjahr 1990 als Writer in Residence für ein halbes Semester an die Washington University in St. Louis zu kommen.

An Burgel Zeeh, 15. 11. 1988

Handschrift; Archiv des Suhrkamp Verlags

Telestar: Der vom WDR gestiftete Ehrenpreis für Fernsehunterhaltung wird jährlich verliehen. Jurek Becker nahm den Preis am 10. 11. 1988 in Köln entgegen.

über den armen Martin Walser hermachen: Martin Walser hatte am 30. 10. 1988 in den Münchner Kammerspielen in der Reihe »Reden über unser Land« eine Rede gehalten, die am 3. 11. 1988 in der »Zeit« abgedruckt wurde. Jurek Becker reagierte auf Walser mit seinem Artikel »Gedächtnis verloren – Verstand verloren«, der am 18. 11. 1988 in der »Zeit« veröffentlicht wurde, später in »Ende des Größenwahns. Aufsätze, Vorträge«.

Siegfrieds Evangeliar-Angebot: Siegfried Unseld hatte Jurek Becker ein Exemplar der Faksimileausgabe des »Evangeliars Heinrichs des Löwen« (Pergamenthandschrift aus dem 12. Jahrhundert) zu einem ermäßigten Preis angeboten.

Von den Poetik-Dozenten: Die genannten Autoren Uwe Johnson, Adolf Muschg, Martin Walser, Hans Mayer und Ernst Jandl waren Gastdozenten für Poetik an der Johann Wolfgang Goethe-Universität in Frankfurt am Main.

An Paul Michael Lützeler, 16. 11. 1988

Typoskript; Paul Michael Lützeler

George Bush: (geb. 1924), gewann 1988 als Kandidat der republikanischen Partei die Präsidentschaftswahlen in den USA gegen Michael Dukakis, er war US-Präsident von 1989 bis 1993.

Dukakis: Michael Dukakis (geb. 1933), 1988 Kandidat der demokratischen Partei für die Wahlen zum Präsidenten der USA.

An Joachim Unseld, 18. 11. 1988

Handschrift; Archiv des Suhrkamp Verlags

aus einer Sache stehlen: Becker mochte sich nicht an dem Sammelband »Vor der Jahrtausendwende: Berichte zur Lage der Zukunft« beteiligen, wozu ihn Joachim Unseld zum zweiten Mal eingeladen hatte. Der Doppelband erschien 1990 in der edition suhrkamp.

An Ingeborg Probst, 19. 11. 1988

Briefkonzept; Archiv der Akademie der Künste

Ingeborg Probst: Leiterin des Goethe-Instituts in Houston, Texas, von 1984 bis 1988. Von 1988 bis 1991 Leiterin des Goethe-Instituts in Oslo.

die Einladung: Jurek Becker hatte im Dezember 1988 bei seinem

Aufenthalt in Houston, wo er im Goethe-Institut las, gegenüber Ingeborg Probst Interesse an einer Skandinavienreise gezeigt. Probst nahm das Erscheinen der norwegischen Übersetzung von »Bronsteins Kinder« zum Anlaß, Becker nach Norwegen einzuladen.

An Leila Vennewitz, 24. 11. 1988
Handschrift mit Briefkopf *Jurek Becker Hagelberger Straße 10c D-1000 Berlin 61*; Leila Vennewitz

An Marcel Reich-Ranicki, 29. 11. 1988
Typoskript mit Briefkopf *Jurek Becker Hagelberger Straße 10c D-1000 Berlin 61* (Fotokopie); Archiv der Akademie der Künste
Deine Reaktion auf den Walser-Artikel: Reich-Ranicki hatte an Becker geschrieben, er habe dessen »Zeit«-Artikel »Gedächtnis verloren – Verstand verloren« mit Genugtuung gelesen und sei mit allem, was Becker dort gesagt habe, voll und ganz einverstanden, überdies sei der Artikel glänzend geschrieben.
in Deinem Thomas-Mann-Buch: Thomas Mann und die Seinen. Stuttgart 1987.
eines Gedichts von Grillparzer: »Der Halbmond glänzet am Himmel«.
Frankfurter Anthologie: Marcel Reich-Ranicki begründete 1974 in der »Frankfurter Allgemeinen Zeitung« die »Frankfurter Anthologie«, seitdem erscheint in jeder Samstagsbeilage »Bilder und Zeiten« ein deutschsprachiges Gedicht und seine Interpretation. Auf Jurek Beckers Vorschlag antwortete Reich-Ranicki, gerade dieses Gedicht sei längst in der Anthologie erschienen.

An Leila Vennewitz, 30. 11. 1988
Handschrift mit Briefkopf *Jurek Becker Hagelberger Straße 10c D-1000 Berlin 61*; Leila Vennewitz

An Egon Schwarz, 5. 12. 1988
Handschrift mit Briefkopf *Jurek Becker Hagelberger Straße 10c D-1000* Berlin 61; Egon Schwarz
Drehbuch-Sache fürs Fernsehen: Drehbücher für weitere Folgen der Fernsehserie »Liebling Kreuzberg«.

An Marcel Reich-Ranicki, 6. 12. 1988
Typoskript mit Briefkopf *Jurek Becker Hagelberger Straße 10c D-1000 Berlin 61* (Fotokopie); Archiv der Akademie der Künste
Dein Hinweis auf das Grundgesetz: Das Grundgesetz der Bundesrepublik garantiere ihm Meinungsfreiheit, hatte Reich-Ranicki geschrieben, er sei deshalb nicht gezwungen, immer wieder dasselbe zu schreiben.

An Horst Dieter Schlosser, 6. 12. 1988
Handschrift mit Briefkopf *Jurek Becker Hagelberger Straße 10c D-1000 Berlin 61*; Horst Dieter Schlosser
Ihren Artikel über »Bronsteins Kinder«: Horst Dieter Schlosser, Der irre ›Mittelpunkt der Welt‹. Zu Jurek Beckers Roman »Bronsteins Kinder«. In: Wirkendes Wort 39, 1989.

An Ingeborg Probst, 5. 1. 1989
Briefkonzept; Archiv der Akademie der Künste

An Marcel Reich-Ranicki, 3. 3. 1989
Briefkonzept; Archiv der Akademie der Künste
Deine ›Ruhestörer‹: Marcel Reich-Ranicki, Über Ruhestörer. Juden in der deutschen Literatur. München 1973.
mein Schweigen in der Sache ›Frankfurter Anthologie‹: Jurek Becker besprach nie ein Gedicht für die »Frankfurter Anthologie«.

An Fred Strohmaier, 5. 4. 1989
Handschrift; Fred Strohmaier

An den Polizeipräsidenten in Berlin [o. D.]
Briefkonzept; Archiv der Akademie der Künste

An Jürgen Leinemann [o. D.]
Briefkonzept; Archiv der Akademie der Künste
Jürgen Leinemann: (geb. 1937), Journalist, Autor, ab 1971 Leiter des »Spiegel«-Büros in Washington, ab 1976 Reporter beim »Spiegel« in Bonn, in den neunziger Jahren Leiter des Berliner »Spiegel«-Büros.

An Ortrud Weckel, 5. 4. 1989
Handschrift mit Briefkopf *Jurek Becker Hagelberger Straße 10c D-1000 Berlin 61*; Ortrud Weckel
Ortrud Weckel: Mitglied einer amnesty-international-Gruppe in Hamburg.
Ihren Brief vom 18. 3.: Ortrud Weckel bat Jurek Becker, bei einem sogenannten amnesty-Gottesdienst eine Ansprache zu halten. Dieser Gottesdienst wird seit 1974 jährlich von der durch Ortrud Weckel vertretenen ai-Gruppe veranstaltet, jeweils am Buß- und Bettag in der Hamburger Kirche St. Katharinen. Diese Informationen wie auch solche zum Ablauf des Gottesdienstes waren in der Einladung enthalten.

An Günter Kunert, 10. 4. 1989
Handschrift; Literaturarchiv Marbach
mit Deinen so zuverlässigen Immobilienangeboten: Jurek Becker war auf der Suche nach einem Haus auf dem Land, das er als zweiten Wohnsitz, vor allem um dort zu arbeiten, nutzen wollte.

An Anke Martiny, 20. 4. 1989
Typoskript mit Briefkopf *Jurek Becker Hagelberger Straße 10c D-1000 Berlin 61* (Fotokopie); Archiv der Akademie der Künste
Anke Martiny: Journalistin und SPD-Politikerin, war von 1989 bis 1990 im ersten rot-grünen Senat von Berlin Kultursenatorin unter dem Regierenden Bürgermeister Walter Momper.
Günther von Lojewski: Fernsehjournalist, von 1989 bis 1997 Intendant des Senders Freies Berlin.

An Ortrud Weckel, 30. 4. 1989
Handschrift mit Briefkopf *Jurek Becker Hagelberger Straße 10c D-1000 Berlin 61*; Ortrud Weckel

An Leila Vennewitz, 2. 6. 1989
Handschrift mit Briefkopf *Jurek Becker Hagelberger Straße 10c D-1000 Berlin 61*; Leila Vennewitz
Ihre Übersetzung: Die Übersetzung von »Jakob der Lügner«.

An Günter Kunert, 9. 6. 1989
Handschrift; Literaturarchiv Marbach
mit meiner Lieferung: Ein Beitrag für die Zeitschrift »Esquire« zu dem Thema »Deutschland 2020«. (»Meldungen von morgen«. In: Esquire. Nr. 10, 5. 10. 1989.)

An Ortrud Weckel, 9. 6. 1989
Handschrift mit Briefkopf *Jurek Becker Hagelberger Straße 10c D-1000 Berlin 61*; Ortrud Weckel

An Ingeborg Probst, 2. 7. 1989
Handschrift mit Briefkopf *Jurek Becker Hagelberger Straße 10c D-1000 Berlin 61*; Ingeborg Probst
eine halbe Stunde zum norwegischen PEN: Jurek Becker war am 6. September 1989 zu Gast beim norwegischen P.E.N.-Club im Nobel-Institut in Oslo.

An Ortrud Weckel, 3. 7. 1989
Handschrift mit Briefkopf *Jurek Becker Hagelberger Straße 10c D-1000 Berlin 61*; Ortrud Weckel
keinen anderen Redner mehr finden: An Stelle Jurek Beckers hielt der Bremer Bürgermeister Henning Scherf die Ansprache.

An Angela Baumann, 14. 7. 1989
Handschrift mit Briefkopf *Jurek Becker Hagelberger Straße 10c D-1000 Berlin 61* (Fotokopie); Archiv der Akademie der Künste
Angela Baumann: (geb. 1944), Schriftstellerin, damals im Bundesvorstand des Verbands deutscher Schriftsteller (VS).
die Einladung als Einschreiben: Die Einladung zu einem »Nürnberger Literatur-Gespräch« aus Anlaß des vierzigjährigen Bestehens der Bundesrepublik. Becker hatte Angela Baumann in seinem ersten Brief mit einem einzigen Satz eine Absage erteilt.

An Joachim Unseld, 19. 7. 1989
Handschrift mit Briefkopf *Jurek Becker Hagelberger Straße 10c D-1000 Berlin 61*; Archiv des Suhrkamp Verlags
dann Dein Brief: Joachim Unselds Brief sollte Jurek Becker dazu

veranlassen, über die Publikation seiner Frankfurter Poetik-Vorlesungen erneut nachzudenken. Die Vorlesungen erschienen 1990 in der edition suhrkamp mit dem Titel »Warnung vor dem Schriftsteller«.

An Burgel Zeeh, 24. 7. 1989
Handschrift mit Briefkopf *Jurek Becker Hagelberger Straße 10c D-1000 Berlin 61*; Archiv des Suhrkamp Verlags
der Plan von Manfred: Gemeint ist ein fotokopierter Diätplan, der – wie die Überschrift behauptet – von einem »Max-Planck-Institut für Ernährungswissenschaft« (das es nicht gibt) ausgearbeitet sein soll. Jurek Becker übernahm den Plan von Manfred Krug, er ist unterschrieben mit: »LOVE! Manfred«.

An Christa Wolf, 3. 8. 1989
Handschrift mit Briefkopf *Jurek Becker Hagelberger Straße 10c D-1000 Berlin 61*; Archiv der Akademie der Künste
Christa Wolf: (geb. 1929), Schriftstellerin.
an dem Projekt: Ein Band der »Friedensbibliothek«, gemeinsam herausgegeben von Christa und Gerhard Wolf und Inge und Walter Jens bei den Verlagen Reclam, Leipzig und Luchterhand Literaturverlag, Frankfurt am Main.
Am 1. September: Als Beitrag erbeten war eine Art Tageschronik, Tagebuchblätter oder Reflexionen über den 1. September 1989, den Tag, an dem fünfzig Jahre zuvor mit dem Überfall der Deutschen Wehrmacht auf Polen der Zweite Weltkrieg ausgelöst wurde.
Gerhard: Gerhard Wolf (geb. 1928), Schriftsteller, Lektor.

An Christa Wolf, 18. 8. 1989
Handschrift mit Briefkopf *Jurek Becker Hagelberger Straße 10c D-1000 Berlin 61*; Archiv der Akademie der Künste

An Sabine Gölz, 18. 8. 1989
Handschrift mit Briefkopf *Jurek Becker Hagelberger Straße 10c D-1000 Berlin 61*; Sabine Gölz
Sabine Gölz: Professorin für vergleichende Literaturwissenschaft an der University of Iowa, Iowa City.

die Reise nach Cornell: Eine geplante Reise an die Cornell University, Ithaka, im Staat New York. Die Reise fiel aus.
ein größeres Symposium: Der verabredete mehrwöchige Aufenthalt in St. Louis im Frühjahr 1990 fand nicht statt. An dem Symposium »Literature of the 1980s« nahm Jurek Becker jedoch teil. Er las nicht eine seiner Vorlesungen, sondern hielt einen Vortrag mit dem Titel »Die Wiedervereinigung der deutschen Literatur.«
Ich mache mich gerade über ein Buch her: »Amanda herzlos«.

An Ingeborg Probst, 25. 9. 1989
Handschrift mit Briefkopf *Jurek Becker Hagelberger Straße 10c D-1000 Berlin 61*; Ingeborg Probst
diese Reise: Jurek Becker reiste im September 1989 auf Einladung des Goethe-Instituts nach Kopenhagen, Oslo, Bergen und Reykjavik.
Herrn Fallenstein: Robert Fallenstein, damals Leiter des Goethe-Instituts in Bergen.
Coletta Bürling: Damals Leiterin des Goethe-Instituts in Reykjavik.

An Paul Michael Lützeler, 25. 9. 1989
Handschrift mit Briefkopf *Jurek Becker Hagelberger Straße 10c D-1000 Berlin 61*; Paul Michael Lützeler
das Symposium: Vgl. die Anmerkung zum Brief an Sabine Gölz vom 18. 8. 1989.

An Christiane und Heinz Ludwig Arnold, 26. 9. 1989
Handschrift mit Briefkopf *Jurek Becker Hagelberger Straße 10c D-1000 Berlin 61*; Heinz Ludwig Arnold
das Island-Heft: Ein »Merian«-Heft über Island.
den kleinen Affen zu küssen: Gemeint ist Hannah Arnold, geboren am 1. 9. 1988.

An Paul Michael Lützeler, 29. 9. 1989
Handschrift mit Briefkopf *Jurek Becker Hagelberger Straße 10c D-1000 Berlin 61*; Paul Michael Lützeler

An Klaus Höpcke, 2. 10. 1989
Typoskript mit Briefkopf *Jurek Becker Hagelberger Straße 10c D-1000 Berlin 61* (Fotokopie); Archiv der Akademie der Künste
mir möglichst schnell Antwort zukommen zu lassen: Klaus Höpcke antwortete zweimal. Nachdem er die Details der Wünsche Beckers kenne, habe er das Nötige veranlaßt. »Dahin, daß Sie etwa doch noch ›normaler Westberliner oder Westdeutscher‹ werden müssen, soll meiner- und unsererseits nichts tendieren«, schrieb Höpcke in seinem ersten Brief vom 16. Oktober 1989. Der zweite Brief trägt kein Datum, er könnte also nach dem 9. November 1989 geschrieben worden sein. Höpcke teilt darin mit, das Visum für Jurek Becker sei ab dem 1. Januar 1990 für vier Jahre verlängert. Auch die Reise der Söhne sei für einen bestimmten Zeitraum realisierbar. Der Brief endet mit dem Vorschlag für einen Gesprächstermin am 17. November 1989 mit dem Leiter des Sektors Auslandsarbeit der Hauptverwaltung Verlage und Buchhandel.

An Hans Weth, 2. 10. 1989
Handschrift; Hans Weth
Hans Weth: Produzent der Vision Film in München.
Ihr freundliches Angebot: Das Angebot, ein Drehbuch für einen Kinofilm zu schreiben.

An den Bastei Verlag, 5. 10. 1989
Typoskript mit Briefkopf *Jurek Becker Hagelberger Straße 10c D-1000 Berlin 61*, Nachsatz handschriftlich (Fotokopie); Archiv der Akademie der Künste
als Herr Berndt Schulz mich bat: Auf Nachfrage des Autors Berndt Schulz schrieb Jurek Becker ein Vorwort für dessen Band »Manfred Krug. Porträt des Sängers und Schauspielers«, erschienen bei Bastei-Lübbe 1988. Jurek Beckers Text mit dem Titel »Lebenslänglich Manfred Krug« wurde nachgedruckt in »Ende des Größenwahns. Aufsätze, Vorträge«, Suhrkamp 1996.

An Geoffrey Mulligan, 6. 10. 1989
Briefkonzept; Archiv der Akademie der Künste
mit dem Fernsehen darüber sprechen: Geoffrey Mulligan hatte

eine Videokassette des Films »Jakob der Lügner« erbeten, um sich für eine Ausstrahlung im britischen Fernsehen – bei Erscheinen des Buches in der neuen Übersetzung – einsetzen zu können.

wie für ein Kinderbuch: Die farbige Illustration auf dem Umschlag zeigt im Vordergrund ein Kind (Lina) mit einer Petroleumlampe, im Hintergrund einen älteren Mann (Jakob). Das Format (»Royal format«) sei in Großbritannien und in den USA sehr gebräuchlich, antwortete Geoffrey Mulligan.

An Gisela Stottele, 25. 10. 1989

Briefkonzept; Archiv der Akademie der Künste

Gisela Stottele: Damals Mitarbeiterin des Ravensburger Buchverlags in der Redaktion Bilderbuch.

Geschichte von der kranken Prinzessin: Die »Geschichte« ist ein Ausschnitt aus dem Roman »Jakob der Lügner«.

Ein auswegloses Unterfangen: Drei Jahre später gelang es der Illustratorin Annegert Fuchshuber (deren Idee das Buchprojekt war) doch noch, Beckers Zustimmung zu bekommen. Das Buch mit den Illustrationen von Annegert Fuchshuber erschien 1993 mit dem Titel »Das Märchen von der kranken Prinzessin. Von Jakob erzählt – und dann von Lina« im Verlag St. Gabriel in Mödling bei Wien.

An Walter Nowojski, 28. 10. 1989

Typoskript mit Briefkopf *Jurek Becker Hagelberger Straße 10c D-1000 Berlin 61* (Fotokopie); Archiv der Akademie der Künste

dem Abdruck: In der Zeitschrift »Neue Deutsche Literatur«.

Sollten Sie also … veröffentlichen wollen: Man vereinbarte den Abdruck eines Teils der »Frankfurter Vorlesung«, ergänzt durch ein Interview Walter Nowojskis mit Becker, wozu es durch die Ereignisse nach dem 9. November 1989 nicht mehr kam.

An Jürgen Keil, 21. 2. 1990

Briefkonzept; Archiv der Akademie der Künste

Jürgen Keil: Damals Leiter des Goethe-Instituts in Tel Aviv.

die Artikel und deren Übersetzung: Jürgen Keil hatte seinem

Brief Zeitungsausschnitte beigelegt, die vermutlich Beckers öffentlichen Auftritt in Israel betrafen.

daß es sehr schön bei Euch war: Jurek Becker reiste Ende November 1989 auf Einladung des Goethe-Instituts für eine Woche nach Israel.

Arbeit an einem Buch: »Amanda herzlos«.

Amos: Amos Dolav, Programmreferent am Goethe-Institut in Tel Aviv, begleitete Becker bei dessen Besuch im Kibbuz Hazorea und nach Jerusalem.

An Stephan Hermlin, 4. 6. 1990

Briefkonzept; Archiv der Akademie der Künste

Stephan Hermlin: (1915-1997), Schriftsteller, 1936 bis 1944 im Exil, seit 1947 in Ostberlin. 1976 Hauptinitiator und Verfasser der Petition gegen die Ausbürgerung Wolf Biermanns.

Karl-Heinz Jakobs, 13. 6. 1990

Handschrift mit Briefkopf *Jurek Becker Hagelberger Straße 10c D-1000 Berlin 61*; Archiv der Akademie der Künste

Karl-Heinz Jakobs: (geb. 1929), Schriftsteller.

an dieser Sache im ›Neuen Deutschland‹: Gemeint ist die Veröffentlichung einer Kurzgeschichte in der DDR-Tageszeitung »Neues Deutschland« im Rahmen der von Karl-Heinz Jakobs initiierten und verantworteten Reihe »Die Sonntagsgeschichte«.

An Fritz J. Raddatz, 17. 6. 1990

Handschrift mit Briefkopf *Jurek Becker Hagelberger Straße 10c D-1000 Berlin 61*; Literaturarchiv Marbach

aus der Sache mit mir: Die Teilnahme an einer vom Kuratorium Unteilbares Deutschland veranstalteten Tagung im November 1990, zu der Raddatz Becker eingeladen hatte.

An Reinhold Lehne, 15. 7. 1990

Typoskript mit Briefkopf *Jurek Becker Hagelberger Straße 10c D-1000 Berlin 61*; Deutsches Rundfunkarchiv

Reinhold Lehne: Damals Mitarbeiter beim »Fernsehen der DDR« (nach der Vereinigung »Deutscher Fernsehfunk«).

An Wulf Segebrecht, 15. 7. 1990
Handschrift mit Briefkopf *Jurek Becker Hagelberger Straße 10c D-1000 Berlin 61*; Universität Bamberg

Ihren gutgelaunten Brief: Wulf Segebrecht erinnerte Becker an zwei Absagen auf die Einladung, als Gast-Professor an die Universität Bamberg zu kommen. Nun lud er ihn zu einer Lesung ein, die im Wintersemester 1990/91 im Rahmen einer Veranstaltungsreihe über jüdische deutschsprachige Autoren stattfinden sollte.

An Ortwin Beisbart, 2. 8. 1990
Handschrift mit Briefkopf *Jurek Becker Hagelberger Straße 10c D-1000 Berlin 61*; Universität Bamberg

Ortwin Beisbart: Professor für Didaktik der deutschen Sprache und Literatur an der Universität Bamberg seit 1987. Organisator der Vortragsreihe zu deutsch-jüdischen Schriftstellern des 20. Jahrhunderts.

An Reinhold Grimm, 9. 9. 1990
Handschrift mit Briefkopf *Jurek Becker Hagelberger Straße 10c D-1000 Berlin 61*; Reinhold Grimm

Reinhold Grimm: Von 1967 bis 1990 Professor für vergleichende Literaturwissenschaft und Germanistik an der University of Wisconsin in Madison, dann an der University of California, Riverside.

Frau Graf: Karin Graf (geb. 1953), Übersetzerin und Literaturagentin, leitete damals die Übersetzerwerkstatt des Literarischen Colloquiums Berlin und unterhielt in ihrer Charlottenburger Wohnung einen Salon, in dem sich unter anderen Schriftsteller, Journalisten und Wissenschaftler trafen.

›Passa caglia‹: Gemeint ist die von Johann Sebastian Bach.

An Ortwin Beisbart, 15. 10. 1990
Handschrift mit Briefkopf *Jurek Becker Hagelberger Straße 10c D-1000 Berlin 61*; Universität Bamberg

von einer langen Reise zurückgekommen: Auf Einladung der neuseeländischen Regierung reiste Jurek Becker im September und Oktober 1990 durch Neuseeland. Beckers Aufenthalt war der bundesdeutsche Beitrag zu einer Reihe von Veranstaltungen aus Anlaß des 150. Jahrestags der Unterzeichnung des Vertrages von Waitangi (zwischen Maoris und den Vertretern der britischen Krone zur Überwindung ethnischer Gegensätze geschlossener Vertrag).

An Ortwin Beisbart, 22. 10. 1990
Handschrift mit Briefkopf *Jurek Becker Hagelberger Straße 10c D-1000 Berlin 61*; Universität Bamberg

An Paul Michael Lützeler, 14. 11. 1990
Handschrift mit Briefkopf *Jurek Becker Hagelberger Straße 10c D-1000 Berlin 61*; Paul Michael Lützeler

meinen Redebeitrag: »Die Wiedervereinigung der deutschen Literatur«. Vortrag gehalten auf dem Symposium »Literature of the 1980s« an der Washington University, St. Louis, im März 1990. Erstmals publiziert in: The German Quarterly, Vol. 63, Cherry Hill, New Jersey 1990. Nachgedruckt in: Jurek Becker, Ende des Größenwahns. Aufsätze, Vorträge. Frankfurt am Main: Suhrkamp 1996.

Fischer-Taschenbuch: Spätmoderne und Postmoderne. Beiträge zur deutschsprachigen Gegenwartsliteratur. Herausgegeben von Paul Michael Lützeler. Frankfurt am Main: Fischer Taschenbuch-Verlag, 1991.

GQ-Heft: »The German Quarterly«.

dem Kind: Jonathan, geboren im Sommer 1990.

An Björn Engholm, 19. 12. 1990
Briefkonzept; Archiv der Akademie der Künste

Björn Engholm: (geb. 1939), Politiker, von 1988 bis 1993 Ministerpräsident von Schleswig-Holstein, Vorsitzender der SPD von 1991 bis 1993.

Fallada-Preis: Seit 1981 verleiht die Stadt Neumünster den Hans-Fallada-Preis. Jurek Becker erhielt den Literaturpreis 1990.

Jörn Thießen: Theologe, damals Persönlicher Referent von Björn Engholm.

An Sten Nadolny, 19. 12. 1990
Handschrift mit Briefkopf *Jurek Becker Hagelberger Straße 10c D-1000 Berlin 61*; Sten Nadolny
Sten Nadolny: (geb. 1942), Schriftsteller.
am Ende treffen wir uns: Sten Nadolny und Jurek Becker trafen sich im Februar 1991 in Beckers Kreuzberger Wohnung.

An Uwe Wittstock, 4. 2. 1991
Briefkonzept; Archiv der Akademie der Künste
Uwe Wittstock: (geb. 1955), Literaturkritiker, damals Lektor im S. Fischer Verlag.
Veröffentlichung in der Neuen Rundschau: Jurek Becker, Über die letzten Tage. Ein kleiner Einspruch gegen die große deutsche Euphorie. In: Neue Rundschau, Frankfurt am Main. 101. Jg., 1990, Heft 1.
Aufsatzsammlung: In diesem Fall ging es um den Sammelband »Spätmoderne und Postmoderne«.

An Paul Michael Lützeler, 13. 2. 1991
Handschrift mit Briefkopf *Jurek Becker Hagelberger Straße 10c D-1000 Berlin 61*; Paul Michael Lützeler
an einem Roman: »Amanda herzlos«.

An Artur Brauner, 18. 2. 1991
Typoskript mit Briefkopf *Jurek Becker Hagelberger Straße 10c D-1000 Berlin 61* (Fotokopie); Archiv der Akademie der Künste
Artur Brauner: (geb. 1918 in Lodz), Filmproduzent, Gründer der CCC-Film.
die freundliche Einladung: Die Einladung, Kuratoriumsmitglied der Artur-Brauner-Stiftung zu werden. Stiftungszweck ist die Förderung der Toleranz zwischen Menschen unterschiedlicher Religion, Kulturkreise, Hautfarbe und gesellschaftlicher oder ethnischer Herkunft.
die anderen genannten Herren: Eingeladen waren der damalige Berliner Kultursenator Volker Hassemer, Walter Momper, damals SPD-Landesvorsitzender, und der Journalist Wolf Donner. Alle vier Eingeladenen sagten ihre Mitwirkung im Kuratorium der Stiftung zu.

An Paul Michael Lützeler, 16. 3. 1991
Handschrift mit Briefkopf *Jurek Becker Hagelberger Straße 10c D-1000 Berlin 61*; Paul Michael Lützeler

nach Baden-Baden: Lützeler hatte Becker eingeladen, anläßlich der Jahrestagung des amerikanischen Germanistenverbands AATG im Juli 1992 in Baden-Baden aus seinem neuen Roman vorzulesen.

An Paul Michael Lützeler, 18. 4. 1991
Handschrift mit Briefkopf *Jurek Becker Hagelberger Straße 10c D-1000 Berlin 61*; Paul Michael Lützeler

An Monika Steinkopf, 25. 5. 1991
Handschrift mit Briefkopf *Jurek Becker Hagelberger Straße 10c D-1000 Berlin 61*; Monika Steinkopf

Monika Steinkopf: Buchhändlerin, führt seit 1978 die Buchhandlung »Berger Bücherstube« in Frankfurt Bergen-Enkheim; sie ist Herausgeberin der Editionen »Stadtschreiber von Bergen – Poetische Blätter« und »Stadtschreiber von Bergen – Graphische Blätter«.

die Blätter: Die »Poetischen Blätter« (Texte der Preisträger, handgesetzt, in limitierter Auflage gedruckt und signiert).

Einen Wunsch-Grafiker: Für die »Graphischen Blätter« fertigte der österreichische Maler Georg Eisler (1928-1998) ein Porträt Beckers an, eine Radierung.

An Irene Dische und Nicolas Becker [o. D.]
Briefkonzept; Archiv der Akademie der Künste

Irene Dische: Schriftstellerin, lebt seit 1980 vorwiegend in Berlin.

Nicolas Becker: Rechtsanwalt in Berlin. Nicolas Becker war der juristische Berater Jurek Beckers bei der Arbeit an den Drehbüchern für die Fernsehserie »Liebling Kreuzberg«. Er ist mit Irene Dische verheiratet.

drei Wochen hier: Jurek Becker, seine Frau und seine Schwiegereltern hatten im Juni 1991 in Port Grimaud in Südfrankreich zwei Häuser gemietet.

Elisa: Ela Kraus verbrachte als Babysitter den Urlaub mit Familie Becker.

An Holger Jens Karlson, 10. 8. 1991
Handschrift; Holger Jens Karlson
Holger Jens Karlson: Studierte Germanistik und schrieb seine Magisterarbeit über Jurek Becker im Rahmen des Forschungsprojekts »Berliner Studenten und Literatur« an der Humboldt-Universität in Berlin.

An Holger Jens Karlson, 13. 10. 1991
Handschrift; Holger Jens Karlson
›tua res‹: Die Zeitschrift »tua res« wurde von Studenten der Humboldt-Universität herausgegeben.
Das Kabarett: Gemeint ist ein Kabarett im Philosophischen Institut der Humboldt-Universität.
meine Akte im ›Referat Hager‹: Eine Jurek Becker betreffende Akte aus dem Archiv der ZK-Kulturkommission, die Kurt Hager leitete.

An Wolf Biermann, 24. 10. 1991
Handschrift; Wolf Biermann
Deinen Büchner-Preis: Wolf Biermann erhielt 1991 den Georg-Büchner-Preis der Deutschen Akademie für Sprache und Dichtung.

An Martina Wachendorff, 5. 11. 1991
Handschrift mit Briefkopf *Jurek Becker Hagelberger Straße 10c D-1000 Berlin 61*; Verlag Actes Sud
Martina Wachendorff: Lektorin, Leiterin der Reihe »deutschsprachige Literatur« im französischen Verlag Actes Sud.
Die beiden Zitate: In seiner ersten Frankfurter Vorlesung zitiert Becker die französische Schriftstellerin Germaine de Staël (1766-1817), und zwar eine Passage aus ihrer Schrift »De l'Allemagne« (Über Deuschland). In seiner zweiten Vorlesung zitiert Becker einen Satz von Marcel Proust, auch nachzulesen in der Anmerkung zum Brief an Marcel Reich-Ranicki vom 10. 9. 1988. (Die beiden Zitate finden sich in dem Band der edition suhrkamp »Warnung vor dem Schriftsteller« auf den Seiten 17 und 58.)

An Manina Lassen-Grzech und Uwe Morawetz, 24. 11. 1991
Briefkonzept; Archiv der Akademie der Künste
Manina Lassen-Grzech: Damals stellvertretende Vorsitzende der Fördergemeinschaft zur Gründung einer Friedensuniversität e.V.
Uwe Morawetz: Damals Vorsitzender, dann Ehrenpräsident der Fördergemeinschaft zur Gründung einer Friedensuniversität e.V.

An Paul Michael Lützeler, 24. 1. 1992
Handschrift; Paul Michael Lützeler

An Gerhard Dette, 28. 2. 1992
Briefkonzept; Archiv der Akademie der Künste
meine Teilnahme an der Frühjahrssitzung in Prag wieder abzusagen: An der Frühjahrstagung der Deutschen Akademie für Sprache und Dichtung vom 22. 4. bis 25. 4. 1992 in Prag nahm Becker doch teil.

An Elisabeth Borchers, 16. 3. 1992
Handschrift mit Briefkopf *Jurek Becker Hagelberger Straße 10c D-1000 Berlin 61*; Archiv des Suhrkamp Verlags
den Rest: Den Rest des korrigierten Manuskripts »Amanda herzlos«.

An Heinz Wetzel, 21. 4. 1992
Handschrift mit Briefkopf *Jurek Becker Hagelberger Straße 10c D-1000 Berlin 61*; Heinz Wetzel
Der Liebling-Artikel: Heinz Wetzel hatte, weil er die Fernsehserie in Kanada nicht sehen konnte, Jurek Becker um einen Artikel über »Liebling Kreuzberg« gebeten. Becker schickte ihm den Artikel von Uwe Schmitt »Vom Schreiben wie man's spricht. Der ungeahnte Erfolg des Fernsehautors Jurek Becker«, erschienen in der »Frankfurter Allgemeinen Zeitung« vom 4. 4. 1987.
Marianne: Marianne Wetzel.

An Heinz Ludwig Arnold, 21. 4. 1992
Handschrift mit Briefkopf *Jurek Becker Hagelberger Straße 10c D-1000 Berlin 61*; Heinz Ludwig Arnold
diese verfluchten Sachen: Texte für das »Text + Kritik«-Heft über Jurek Becker. (Text + Kritik. Zeitschrift für Literatur. Heft 116. Herausgegeben von Heinz Ludwig Arnold. München 1992.)
dieser eine Satz: Becker gab Arnold einen Brief an Hermann Kant aus dem Jahr 1979 zur Veröffentlichung. In diesem Brief steht zu Beginn, es handle sich nicht um einen »offenen Brief«.

An Siegfried Unseld, 19. 6. 1992
Handschrift mit Briefkopf *Jurek Becker Hagelberger Straße 10c D-1000 Berlin 61*; Archiv des Suhrkamp Verlags
Uwe-Johnson-Sonderzug: Ein Sonderzug von Berlin nach Güstrow für Autoren, Johnson-Kenner und Literaturkritiker.
in Brasilien: Jurek Becker reiste im August und September 1992 nach Brasilien. Er folgte den Einladungen des Goethe-Instituts nach Rio de Janeiro, Curitiba, Porto Allegre und São Paulo, sowie der Ausstellungs- und Messe-GmbH des Börsenvereins des Deutschen Buchhandels zur Buchbienale in São Paulo.

An Heinz Ludwig Arnold, 22. 8. 1992
Handschrift mit Briefkopf *Jurek Becker Hagelberger Straße 10c D-1000 Berlin 61*; Heinz Ludwig Arnold
Schädlich: Hans-Joachim Schädlich (geb. 1935), Schriftsteller, übersiedelte 1977 in die Bundesrepublik.
zwei Buchkritiken: Über Hans-Joachim Schädlichs Buch »Versuchte Nähe« schrieb Jurek Becker für den »Spiegel« Nr. 43 vom 17. 10. 1977 seine Besprechung »Das ist ja der Poeten Amt«. Die zweite Buchkritik schrieb er zu Stefan Heyms Roman »Ahasver«: »Der ewige Jude gibt keine Ruhe«, veröffentlicht im »Spiegel« Nr. 45 vom 2. 11. 1981.

An die Honorar- und Lizenzabteilung des Bayerischen Rundfunks, 14. 9. 1992
Briefkonzept; Archiv der Akademie der Künste
die Pensionskasse: Pensionskasse für freie Mitarbeiter der deutschen Rundfunkanstalten.

An Klaus Vetter, 14. 9. 1992
Briefkonzept; Archiv der Akademie der Künste
Klaus Vetter: Damals Leiter des Goethe-Instituts in São Paulo.

An Frank Schirrmacher, 20. 9. 1992
Handschrift mit Briefkopf *Detmolder Hof WEINGROSSHANDLUNG WEINHANDLUNG* (durchgestrichen) *Lange Straße 19 Postfach 1443 4930 DETMOLD*; Frankfurter Allgemeine Zeitung
Frank Schirrmacher: (geb. 1959), Leiter der Redaktion »Literatur und literarisches Leben« der »Frankfurter Allgemeinen Zeitung« von 1989 bis 1993, danach Herausgeber.
Reich-Ranickis Kritik: »Drei Idioten«. In: Frankfurter Allgemeine Zeitung. Nr. 219, 19. 9. 1992.
seine ablehnende Haltung einen Monat vorher ... verkündet: Am 13. 8. 1992 in der Fernsehsendung »Das literarische Quartett«.

An Paul Michael Lützeler, 16. 10. 1992
Handschrift; Paul Michael Lützeler
ein Fragebogen: Ein Datenblatt, auf dessen Grundlage ein Arbeitsvisum beantragt werden kann.
Elizabeth Fyfe: Damals Mitarbeiterin der Verwaltung an der Washington University in St. Louis.

An Paul Michael Lützeler, 9. 11. 1992
Handschrift mit Briefkopf *Hotel »La Résidence« an der Kongreßhalle Faktoreistraße 2 D-6600 Saarbrücken*; Paul Michael Lützeler
Der Wahlausgang: Bei den Präsidentschaftswahlen in den USA am 3. November 1992 gewann Bill Clinton für die demokratische Partei vor dem amtierenden Präsidenten George H. W. Bush.

An Susanne Löwenthal [o. D.]
Briefkonzept; Archiv der Akademie der Künste
Susanne Löwenthal: Susanne Löwenthal schrieb damals in ihrer Funktion als »event«-Koordinatorin im German Department der University of California, Berkeley, an Jurek Becker.

die Kopien: Die Kopien waren dem Brief an Jurek Becker versehentlich beigelegt worden.
nach Berkeley zu kommen: Zu einem Vortrag an der University of California.

An Heinz Wetzel, 20. 11. 1992
Typoskript mit Briefkopf *Jurek Becker Hagelberger Straße 10c D-1000 Berlin 61*; Heinz Wetzel
Deine Einladung nach Toronto: Die Einladung an Becker, anläßlich seines Aufenthalts in St. Louis, zu einer Lesung, einem Gespräch oder einem Vortrag nach Toronto zu kommen.
einen Artikel über meine Vorlesungen: Heinz Wetzel, Schreiben, um nicht zu versinken: Jurek Becker, »Warnung vor dem Schriftsteller«. In: Poetik der Autoren. Beiträge zur deutschsprachigen Gegenwartsliteratur. Herausgegeben von Paul Michael Lützeler. Frankfurt am Main 1994.
Deinen Büchner-Text: Heinz Wetzel, Weibliches, Männliches, Menschliches in den Dramen Georg Büchners. In: Zeitschrift für deutsche Philologie, Bd. 111, 1992.

An Elisabeth Borchers, 5. 12. 1992
Handschrift; Archiv des Suhrkamp Verlags
Herrn Groffy: Christoph Groffy, damals Leiter der Presseabteilung im Suhrkamp Verlag.
den redigierten Text: Auf dem Buchhändler-Empfang des Suhrkamp Verlags zur Frankfurter Buchmesse am 3. Oktober 1992 hatte Jurek Becker eine kleine Geschichte vorgetragen. Für einen Abdruck im »Börsenblatt« war Becker nun gebeten worden, den Text zu überarbeiten. Erschienen unter dem Titel »Die Stunde der Halbwahrheit« in: Börsenblatt für den Deutschen Buchhandel. Frankfurt am Main. Nr. 4, 15. 1. 1993.

An Hans-Georg Knopp, 16. 12. 1992
Briefkonzept; Archiv der Akademie der Künste
Hans-Georg Knopp: Damals Leiter des Goethe-Instituts in Chicago.
Ihre Einladung: Die Einladung für zwei Lesungen in Chicago.
Nach Chicago führe ich am liebsten: Becker fuhr tatsächlich (mit

Kind, Frau und deren Freundin) nach Chicago und hatte dort am 29. März 1993 eine Lesung in der University of Chicago, eine Veranstaltung im Goethe-Institut gab es nicht.

An Klaus Vetter, 19. 12. 1992
Briefkonzept; Archiv der Akademie der Künste
Frau Brücker: Heidrun Brücker, damals Referentin für »Pädagogische Verbindungsarbeit« im Goethe-Institut in São Paulo.

An Monique und Jaap Walvis, 26. 12. 1992
Handschrift mit Briefkopf *Jurek Becker Hagelberger Straße 10c D-1000 Berlin 61*; Archiv der Akademie der Künste
meine Stasi-Akte: Kopien der Unterlagen des Staatssicherheitsdienstes der DDR, Jurek Becker betreffend (etwa 1800 Seiten).
Asylanten: Gemeint sind vermutlich die Anschläge Rechtsradikaler auf Asylbewerber im Jahr 1992 in Rostock, Mölln und anderen deutschen Städten. Im Oktober 1992 hatte Jurek Becker das Hamburger Manifest unterzeichnet, eine Erklärung, die sich gegen die Aushöhlung des im Grundgesetz festgeschriebenen Asylrechts richtete.

An Karin Graf, 26. 12. 1992
Briefkonzept; Archiv der Akademie der Künste
Karin Graf: Siehe Seite 409.

An Hardy Krüger, 26. 12. 1992
Briefkonzept; Archiv der Akademie der Künste
Hardy Krüger: (geb. 1928), Theater- und Filmschauspieler.
Herrn Runze: Ottokar Runze (geb. 1925), Filmregisseur und Produzent der »Aurora Television«.
die Sache mit dem Telefonat: In einem Brief an Jurek Becker war Ottokar Runze irrtümlich davon ausgegangen, es hätte – wegen eines Fernsehprojekts – ein Telefongespräch zwischen Becker und Hardy Krüger gegeben. Becker hatte den Irrtum aufgeklärt und gleichzeitig seine Ablehnung des Projekts mitgeteilt, was schließlich Hardy Krüger in einem Brief an Becker sehr bedauerte.

An Manfred Lechner, 27. 12. 1992
Briefkonzept; Archiv der Akademie der Künste
Manfred Lechner: Damals Leiter des Max Mueller Bhavan (einer Zweigstelle des Goethe-Instituts) in Pune, Indien.
Eine Indienreise: Jurek Becker reiste auf Einladung des Goethe-Instituts im November und Dezember 1993 für vier Wochen nach Indien und Pakistan.

An Richard Zipser, 22. 1. 1993
Handschrift; Richard Zipser
Deine sechs Fragen: Fragen im Zusammenhang mit Richard Zipsers Forschungsprojekt über Literaturzensur in der DDR 1949–1989.

An Günter Gaus, 22. 1. 1993
Briefkonzept; Archiv der Akademie der Künste
Günter Gaus: (1929-2004), Publizist und Politiker, von 1974 bis 1980 Leiter der Ständigen Vertretung der Bundesrepublik in der DDR, führte seit den sechziger Jahren im Fernsehen Gespräche mit Schriftstellern, Politikern, Zeitzeugen u. a.
die Akte: In den Unterlagen des Staatssicherheitsdienstes der DDR zu Jurek Becker fand sich ein Bericht über eine Begegnung zwischen Günter Gaus und Becker in dem Ostberliner Restaurant »Ganymed«. Über die Umstände von Ankunft und Verlassen des Treffpunkts wird detailliert und mit Fotos berichtet, auch suggeriert der Bericht, Gaus habe Becker in die »Ständige Vertretung der Bundesrepublik« mitnehmen wollen, tatsächlich nahm er ihn im Wagen mit und setzte ihn wenige Straßen weiter ab. Becker hatte Gaus versprochen, ihm diesen Bericht zukommen zu lassen.
unsere Sendung: Eine ORB-Sendung der Reihe »Zur Person«, ausgestrahlt am 21. 3. 1983.
Ruth Angress: Ruth Klüger, auch unter dem Namen Ruth Angress bekannt (geb. 1931 in Wien), Literaturwissenschaftlerin und Schriftstellerin, Professorin an der University of California at Irvine und Gastprofessorin an der Universität Göttingen.
Ihr Startzeichen: Günter Gaus war an einem Gespräch mit Ruth Klüger für seine Sendereihe »Zur Person« interessiert.

An Otto Hamkens, 1. 2. 1993
Typoskript; Buchhandlung Weiland Lübeck
Otto Hamkens: Damals Inhaber der Buchhandlung Weiland in Lübeck.
Ihre Bitte: Die Bitte an Jurek Becker, er möge – für eine Festschrift zum 150jährigen Bestehen der Buchhandlung – aus seinen bisherigen Arbeiten, die sich auf Thomas Mann oder den Buchhandel oder auf Lübeck beziehen, einen Aufsatz zur Verfügung stellen.

An Heinz Wetzel, 16. 2. 1993
Handschrift; Heinz Wetzel
die drei Zitate: Drei Zitate aus einem Gespräch mit Jurek Becker (von 1983), die Heinz Wetzel in seinem Artikel »Schreiben, um nicht zu versinken: Jurek Becker, ›Warnung vor dem Schriftsteller‹« verwenden wollte.
Fühmann-Trakl-Artikel: Heinz Wetzel, Franz Fühmanns Erfahrung mit Trakls Gedicht. In: Antworten auf Georg Trakl. Herausgegeben von Adrien Finckh und Hans Weichselbaum. Salzburg 1992.

An Noemi Staszewski, 16. 5. 1993
Briefkonzept; Archiv der Akademie der Künste
Noemi Staszewski: Damals Leiterin des Pädagogischen Zentrums der Zentralwohlfahrtsstelle der Juden in Deutschland für den Bereich Schulen.
Ihren Vorschlag: Gebeten wurde um die Mitwirkung an einem Projekt »Jüdisches Lesebuch« für Kinder im Grundschulalter. Der Beitrag sollte jüdisches Alltagsleben in Deutschland, jüdische Tradition oder Geschichte widerspiegeln.

An Ursula Nellessen, 16. 5. 1993
Handschrift mit Briefkopf *Jurek Becker Hagelberger Straße 10c D-1000 Berlin 61*; Zweites Deutsches Fernsehen Red. Zeitgeschichte
Ursula Nellessen: Redakteurin beim Zweiten Deutschen Fernsehen.
einen Korb geben: Becker antwortete auf die Frage, ob er in einer

Dokumentation zu John F. Kennedy darüber sprechen wolle, wie er – als DDR-Bürger – Kennedys Tod aufgenommen habe.

An Robert Weninger, 23. 5. 1993
Handschrift mit Briefkopf *Jurek Becker Hagelberger Straße 10c D-1000 Berlin 61*; Robert Weninger
Robert Weninger: Professor für Germanistik und vergleichende Literaturwissenschaft an der Washington University in St. Louis von 1988 bis 2000, dann an der Oxford Brookes University in Oxford, England.
aus der Sache wird trotzdem nichts: Robert Weninger hatte die Frage an Becker weitergereicht, ob er bereit sei, einen Artikel über sein Verhältnis zu Arno Schmidt zu schreiben, gedacht zur Veröffentlichung in »Bargfelder Bote. Materialien zum Werk Arno Schmidts«.
Herr Drews: Jörg Drews, Literaturwissenschaftler, Kritiker, Herausgeber des seit 1972 jährlich erscheinenden »Bargfelder Boten«.

An Natascha Selinger, 28. 5. 1993
Briefkonzept; Archiv der Akademie der Künste
Natascha Selinger: Damals Referentin für »Pädagogische Verbindungsarbeit« im Goethe-Institut Warschau.
der Umfang der Reise: Jurek Beckers Reise in Polen im Oktober 1994 dauerte zehn Tage. Er besuchte die Städte Warschau, Lublin, Krakau, Czenstochau, Opole und Kattowitz.
die drei Städte: Warschau, Lodz, Krakau.

An Egon Schwarz, 6. 8. 1993
Typoskript; Egon Schwarz
wegen … des hinreißenden Artikels: Egon Schwarz, Europa, das gibt es nicht. In: Die Zeit. Nr. 20, 14. 5. 1993.
die Siegener Diaspora: Eine Gastprofessur brachte Egon Schwarz und seine Frau nach Siegen.

An Paul Michael Lützeler, 5. 9. 1993
Handschrift mit Briefkopf *Jurek Becker Hagelberger Str. 10c 10965 Berlin*; Paul Michael Lützeler

Peter Schneider: (geb. 1940), Schriftsteller, im Frühjahr 1995 Writer in Residence an der Washington University in St. Louis.

An Claudia Sandmeyer, 5. 9. 1993

Briefkonzept; Archiv der Akademie der Künste

Claudia Sandmeyer: Studierte Germanistik und schrieb ihre Magisterarbeit über Jurek Becker.

die Arbeit: Claudia Sandmeyer, Vom Verhalten jüdischer Figuren unter dem Eindruck des Holocaust am Beispiel ausgewählter Werke Jurek Beckers. Bonn, Magisterarbeit 1996.

An Martin Mooij, 29. 9. 1993

Handschrift mit Briefkopf *Jurek Becker Hagelberger Str. 10c 10965 Berlin*; Stiftung Poetry International Rotterdam

Ihre freundliche Einladung: Die wiederholte Einladung zur Teilnahme an dem Festival »Story International« in Rotterdam.

Schriftsteller-Kongreß in Dublin: Jurek Becker besuchte im September 1993 das »Dublin International Writers Festival«, er hielt dort einen Vortrag, der in seiner Aufsatz- und Redensammlung »Ende des Größenwahns« erstmals veröffentlicht wurde.

An Klaus Schindler, 2. 10. 1993

Briefkonzept; Archiv der Akademie der Künste

Klaus Schindler: Damals Leiter des Max Mueller Bhavan Goethe-Instituts in Madras, Indien.

Herrn Augustin: Franz Xaver Augustin, damals Leiter der Sprachabteilung und stellvertretender Institutsleiter im Max Mueller Bhavan Goethe-Institut, Madras.

die zusätzliche Veranstaltung nicht: Ein Vortrag, der sich mit der deutschen Wiedervereinigung beschäftigen sollte.

An Helmut Liede, 9. 11. 1993

Briefkonzept; Archiv der Akademie der Künste

Helmut Liede: Damals Leiter des Goethe-Instituts in Luxemburg.

Ihre freundliche Einladung: Die Einladung zu einem Schriftstellertreffen im Frühjahr 1995 im Rahmen der Veranstaltungen Luxemburgs als »Kulturstadt Europas«.

An Thomas Dürr, 2. 1. 1994
Handschrift; Thomas Dürr
Thomas Dürr: Leser aus Heimsheim.
Frieden an Ihrem Stammtisch: Einer seiner Bekannten sei der Ansicht, für eine Karriere wie die von Jurek Becker sei Talent weniger von Bedeutung als Beziehungen und Ellenbogenmentalität, hatte Thomas Dürr an Becker geschrieben und wollte von ihm wissen, ob diese Behauptung zutreffe.

An Uwe Friesel, 2. 1. 1994
Handschrift mit Briefkopf *Jurek Becker Hagelberger Str. 10c 10965 Berlin*; Friedrich-Ebert-Stiftung
Uwe Friesel: (geb. 1939), Schriftsteller und Übersetzer, damals Vorsitzender des Verbands deutscher Schriftsteller (VS).
Kongreß in Aachen: Der 12. Kongreß des Verbands deutscher Schriftsteller 1994.

An Dieter Schlenstedt, 9. 1. 1994
Handschrift mit Briefkopf *Jurek Becker Hagelberger Str. 10c 10965 Berlin*; Archiv der Akademie der Künste
Dieter Schlenstedt: (geb. 1932), Literaturwissenschaftler, Präsident des Deutschen P.E.N.-Zentrums (Ost) von 1991 bis 1997.
ein Problem: Das Präsidium des P.E.N. Zentrums (Ost) hatte den Fortbestand von Jurek Beckers Mitgliedschaft nicht als selbstverständlich angesehen und sich deshalb mit der Bitte um Klärung an ihn gewandt. Notwendig wurde die Klarstellung wegen einer geplanten Publikation, die biographische und bibliographische Auskünfte über P.E.N.-Mitglieder geben sollte.
mein PEN-Status: Jurek Becker blieb Mitglied des P.E.N.-Zentrums (Ost). Die Vereinigung der beiden deutschen P.E.N.-Zentren fand erst im Jahr 1998 statt.

An Gustav Seibt, 9. 2. 1994
Handschrift; Frankfurter Allgemeine Zeitung
Gustav Seibt: (geb. 1959), Autor und Literaturkritiker, von 1994 bis 1996 Leiter der Redaktion »Literatur und literarisches Leben« der »Frankfurter Allgemeinen Zeitung«.

An Gustav Seibt, 20. 2. 1994
Handschrift mit Briefkopf *Jurek Becker Hagelberger Str. 10c 10965 Berlin*; Frankfurter Allgemeine Zeitung
›Schindler's List‹: Film des amerikanischen Regisseurs Steven Spielberg aus dem Jahr 1993 über den deutschen Kaufmann Oskar Schindler, der während des Zweiten Weltkriegs jüdische Arbeiter im besetzten Polen beschäftigte und rettete.

An Leslie Willson, 29. 3. 1994
Briefkonzept; Archiv der Akademie der Künste
»meine« Akademie: Leslie Willson wurde 1993 von der Deutschen Akademie für Sprache und Dichtung zum korrespondierenden Mitglied gewählt.

An Beatrix Gring, 7. 4. 1994
Briefkonzept; Archiv der Akademie der Künste
Beatrix Gring: Damals Studentin der Germanistik an der Universität Essen.
meine Zeit in Essen: Jurek Becker übernahm im Wintersemester 1978/79 die Gastprofessur des »poet in residence« an der Universität Essen.
Erinnerungen: Becker war um einen kurzen Text über seine Zeit an der Universität Essen gebeten worden, der aus Anlaß des zwanzigjährigen Bestehens der Einrichtung »poet in residence« im Hochschulmagazin »Essener Unikate« erscheinen sollte.
an einem Buch mit Erzählungen: »Nach der ersten Zukunft«.

An Wolfgang Menge, 13. 4. 1994
Briefkonzept; Archiv der Akademie der Künste
Wolfgang Menge: (geb. 1924), Journalist, Schriftsteller, Film- und Fernsehautor.

An Paul Michael Lützeler, 17. 4. 1994
Handschrift mit Briefkopf *Jurek Becker Hagelberger Str. 10c 10965 Berlin*; Paul Michael Lützeler
so klingt Ihr Brief: Der Brief enthielt die Einladung zu einem Symposium aus Anlaß des zehnjährigen Bestehens des Zentrums für deutschsprachige Gegenwartsliteratur. Die anderen ehemaligen »Writers in Residence« hätten bereits zugesagt,

schrieb Lützeler, und ausgerechnet der Autor, der einen Fan-Club in St. Louis hinterlassen habe, dürfe nicht fehlen.

An Wolfgang Thierse, 17. 4. 1994
Briefkonzept; Archiv der Akademie der Künste
Wolfgang Thierse: (geb. 1943), SPD-Politiker, wurde 1990 Mitglied der ersten freigewählten Volkskammer der DDR, dann Mitglied des Deutschen Bundestags, seit 1998 dessen Präsident.
unter meinen paar Worten im ›Spiegel‹: In einem Kurzinterview mit dem »Spiegel« war Jurek Becker auf Wolfgang Thierses Wunsch nach stärkerer Politisierung der Künste eingegangen. Man solle Kunst nicht zum Instrument für die Erziehung der Massen erklären, so Becker, wo das getan wurde, sei es schiefgegangen. (»Überblick verloren«. In: Der Spiegel. Nr. 15, 11. 4. 1994.)
ich kannte Ihre Bemerkungen nicht: Wolfgang Thierse hatte sich in einem Gespräch mit dem Theatermagazin »Die deutsche Bühne« über seine Erwartungen an Künstler geäußert. Er beklagte deren Entpolitisierung und Sprachlosigkeit. (»Wider die Larmoyanz«. In: Die Deutsche Bühne. 65. Jahrgang Nr. 4, 1994.)

An Fred Strohmaier, 4. 5. 1994
Handschrift mit Briefkopf *Jurek Becker Hagelberger Str. 10c 10965 Berlin*; Fred Strohmaier
Ihre Nachricht: Die Nachricht vom Tod Ruth Strohmaiers.

An Paul Michael Lützeler, 14. 5. 1994
Handschrift mit Briefkopf *Jurek Becker Hagelberger Str. 10c 10965 Berlin*; Paul Michael Lützeler

An Michael Naumann, 7. 7. 1994
Briefkonzept; Archiv der Akademie der Künste
Michael Naumann: (geb. 1941), Publizist und Verleger, von 1985 bis 1996 Leiter des Rowohlt Verlags, Staatsminister für Kultur von 1998 bis 2001, dann Herausgeber der Wochenzeitung »Die Zeit«.
ein Buch von mir: »Warnung vor dem Schriftsteller«.

Ihr Geschenk: Die bis zu diesem Zeitpunkt bei Rowohlt veröffentlichten Bände der Werkausgabe Vladimir Nabokovs.
Ihre … so harmlos scheinende Bitte: Michael Naumann hatte Jurek Becker darum gebeten, für einen bei Rowohlt geplanten Fußballband eine Anekdote aufzuschreiben.

An Egon Schwarz, 9. 8. 1994
Handschrift; Egon Schwarz
Einladung nach Wien: Zu einer Lesung und einem Gespräch anläßlich der »Wiener Vorlesungen zur Literatur« 1995.

An Lutz Trautmann, 23. 8. 1994
Handschrift; Deutsche Schule Den Haag
Lutz Trautmann: Damals Leiter der Deutschen Schule in Den Haag.
Ihre freundliche Einladung: Die Einladung zu einer Lesung im Rahmen eines Übersetzungswettbewerbs für deutschlernende Schüler und Studenten.

An Paul Michael Lützeler, 1. 9. 1994
Handschrift mit Briefkopf *Jurek Becker Braillestr. 3 12165 Berlin*; Paul Michael Lützeler
wir sind umgezogen: Jurek Becker zog im Sommer 1994 von Kreuzberg in den Berliner Bezirk Steglitz.
das Thema des Vortrags: Für das Symposium »Multikulturalität in der deutschsprachigen Gegenwartsliteratur« an der Washington University im Frühjahr 1995 wurde Jurek Becker um einen Vortrag über multikulturelle Dimensionen im eigenen Werk gebeten. Er nannte seinen Vortrag »Der Tausendfüßler«. Erstmals veröffentlicht unter dem Titel »The Centipede« (übersetzt von Robert Rockwell und Jane Sokolosky) in: World Literature Today. Vol. 69, Norman, Oklahoma 1995. Nachgedruckt in: Jurek Becker, Ende des Größenwahns. Aufsätze, Vorträge. Frankfurt am Main: Suhrkamp 1996.

An Egon Schwarz, 15. 9. 1994
Handschrift mit Briefkopf *Jurek Becker Braillestr. 3 12165 Berlin*; Egon Schwarz

eine Rede: »Mein Vater, die Deutschen und ich«. Rede auf einer Veranstaltung des deutschen Nationaltheaters Weimar und der Bertelsmann Buch AG am 15. 5. 1994. Erstmals publiziert in: Die Zeit. Nr. 21, 20. 5. 1994. Nachgedruckt in: Jurek Becker, Ende des Größenwahns. Aufsätze, Vorträge. Frankfurt am Main: Suhrkamp 1996.

An Gottfried Honnefelder, 22. 10. 1994
Handschrift mit Briefkopf *Jurek Becker Braillestr. 3 12165 Berlin*; Archiv des Suhrkamp Verlags
der vorerst letzte Teil der endlosen Geschichte: Gemeint sind die korrigierten Druckfahnen für die Veröffentlichung der Drehbücher zu der Fernsehserie »Wir sind auch nur ein Volk«. Jurek Becker war dem Buchprojekt gegenüber skeptisch. Er konnte sich nicht vorstellen, daß sich ein ausreichendes Lesepublikum finden würde. Die neun Drehbücher erschienen 1994 in drei Suhrkamp-Taschenbüchern.

An Heinz Wetzel, 11. 11. 1994
Handschrift mit Briefkopf *Jurek Becker Braillestr. 3 12165 Berlin*; Heinz Wetzel
eine Kassette meines Gesprächs mit Walser: Der Mitschnitt einer Veranstaltung im Literarischen Colloquium Berlin am 5. 11. 1990, einer Lesung Martin Walsers und eines sich daran anschließenden Gesprächs mit Jurek Becker und Volker Hage. Ausgestrahlt im Deutschlandfunk am 1. 12. 1990.
Schorlemmer: Friedrich Schorlemmer, Pfarrer und Bürgerrechtler.
auf einer Bertelsmann-Veranstaltung: Friedrich Schorlemmer hielt auf einer Veranstaltung des Deutschen Nationaltheaters Weimar und der Bertelsmann Buch AG am 8. 5. 1994 die Rede »Wenn Sieger gehen oder Wann aus Fremden Freunde werden können«. Publiziert in: Weimarer Reden über Deutschland 1994. Herausgegeben von der Stadtkulturdirektion in Weimar.
Christa Wolf hat … eine Rede gehalten: Die einzige Rede von Christa Wolf, die in diesem Zusammenhang gemeint sein könnte, ist »Abschied von Phantomen – Zur Sache: Deutschland«,

gehalten in der Dresdner Staatsoper am 27. 2. 1994. Abgedruckt in dem Essayband »Auf dem Weg nach Tabou« bei Kiepenheuer und Witsch 1994 und in der Gesamtausgabe bei Luchterhand »Werke«, Band 12.

An Paul Michael Lützeler, 18. 11. 1994
Typoskript mit Briefkopf *Jurek Becker Braillestr. 3 12165 Berlin*; Paul Michael Lützeler

An die Abteilung »Briefe an die Herausgeber« der »Frankfurter Allgemeinen Zeitung«, 29. 11. 1994
Briefkonzept; Archiv der Akademie der Künste
Ihre Besprechung: Die Buchbesprechung mit dem Titel »Verkennungsdenker Peter Schneider, der tapsige Tautologe« war am 26. 11. 1994 in der »Frankfurter Allgemeinen Zeitung« erschienen. Jurek Beckers Leserbrief wurde unter der Überschrift »Rezensions-Rhetorik« am 5. 12. 1994 in der Rubrik »Briefe an die Herausgeber« der »F.A.Z.« abgedruckt.

An Paul Michael Lützeler, 7. 12. 1994
Handschrift mit Briefkopf *Jurek Becker Braillestr. 3 12165 Berlin*; Paul Michael Lützeler
den Schneiders: Peter Schneider, Ruźa Spak und deren Kinder Lena und Marek.

An Lutz Tautmann, 7. 12. 1994
Handschrift mit Briefkopf *Jurek Becker Braillestr. 3 12165 Berlin*; Deutsche Schule Den Haag
die Sache: Jurek Beckers Besuch an der Deutschen Schule in Den Haag. Er las dort am 25. 3. 1996 zur Ehrung der Gewinner des Übersetzungswettbewerbs.

An Holger Jens Karlson, 2. 1. 1995
Handschrift; Holger Jens Karlson
Ihre Arbeit: Holger Jens Karlson, Jurek Becker – Bausteine zu einer Schriftstellerbiographie. Magisterarbeit, o. O., 1994.

An Harry Maier, 5. 2. 1995
Handschrift; Harry Maier
Harry Maier: Professor für Wirtschaftswissenschaften an der Universität Flensburg von 1988 bis 1999. Harry Maier und Jurek Becker gingen gemeinsam in die Käthe-Kollwitz-Schule in Prenzlauer Berg, Ostberlin.

An Anna Maria Brunner, 10. 2. 1995
Briefkonzept; Archiv der Akademie der Künste
Anna Maria Brunner: Damals Mitarbeiterin in der Zentralverwaltung des Goethe-Instituts in München.
die geplante Reise nach Südamerika: Jurek Becker reiste im November 1995 auf Einladung des Goethe-Instituts nach Bolivien, Ecuador, Kolumbien, Venezuela, Costa Rica und Mexiko.
Italien-Reise: Im Februar 1995 besuchte Jurek Becker die Goethe-Institute in Mailand, Genua, Neapel, Palermo, Triest und Venedig.

An Klaus Wagenbach, 5. 3. 1995
Handschrift mit Briefkopf *Jurek Becker Braillestr. 3 12165 Berlin*; Verlag Klaus Wagenbach
die Affäre: Klaus Wagenbach hatte mit Jurek Becker über eine ehemalige Mitarbeiterin seines Verlags gesprochen, die er im Verdacht hatte, dem Ministerium für Staatssicherheit der DDR zugearbeitet zu haben. Diese Information behielt Becker nicht für sich, so daß sie auch die Verdächtigte erreichte, die nun – mit Hilfe eines Rechtsanwalts – versuchte, Wagenbach an der Wiederholung seiner Verdachtsäußerung zu hindern.
Was die andere Sache angeht: Klaus Wagenbach plante, gemeinsam mit Jurek Becker, im Wagenbach Verlag einen Band mit Aufsätzen und Reden zu den Ereignissen der Vor- und Nachwendezeit zu veröffentlichen. Becker informierte Siegfried Unseld von dem Plan. 1996 erschien im Suhrkamp Verlag »Ende des Größenwahns. Aufsätze, Vorträge«.
Ihr beiden seid eine sehr gute Idee: Das Paar Klaus Wagenbach und Susanne Schüssler.

An Uwe Morawetz, 5. 3. 1995
Briefkonzept; Archiv der Akademie der Künste
Ihrer Fördergemeinschaft: Fördergemeinschaft zur Gründung einer Friedensuniversität e.V.

An Mererid Hopwood, 14. 3. 1995
Briefkonzept; Archiv der Akademie der Künste
Mererid Hopwood: Damals Dozentin für Germanistik an der University of Wales, Swansea, mit Zuständigkeit für das dort ansässige »Zentrum für zeitgenössische Deutsche Literatur«.
nicht zu Ihnen nach Wales kommen: Jurek Becker reiste im Oktober 1995 auf Einladung des »Zentrums für zeitgenössische Deutsche Literaur« der University of Wales für eine Woche nach Swansea.

An Stephan Hermlin, 2. 4. 1995
Handschrift; Irina Hermlin

An Leslie Willson, 7. 5. 1995
Briefkonzept; Archiv der Akademie der Künste

An Wolf Scheller, 15. 10. 1995
Briefkonzept; Archiv der Akademie der Künste
Wolf Scheller: (geb. 1944), Hörfunkredakteur für Kultur und Politik beim WDR.
dazu eine Arbeit: Die Arbeit an weiteren Folgen der Fernsehserie »Liebling Kreuzberg«.
›*Tischgespräch*‹: Eine Sendung im Rahmen der Reihe »Tischgespräche« im Hörfunkprogramm des WDR.

An Barbara Sietz, 18. 10. 1995
Briefkonzept; Archiv der Akademie der Künste
Barbara Sietz: Damals Leiterin des Goethe-Instituts in Budapest.

An Monique und Jaap Walvis [o. D.]
Handschrift, Postkartenformat; Archiv der Akademie der Künste

An Bernhard Schlink, 12. 3. 1996
Briefkonzept; Archiv der Akademie der Künste
Bernhard Schlink: (geb. 1944), Schriftsteller, Jurist.

An Ursela Monn, 25. 5. 1996
Briefkonzept; Archiv der Akademie der Künste
Ursela Monn: (geb. 1950), Schauspielerin.
einen Roman: Bis Januar 1997 arbeitete Jurek Becker an seinen Drehbüchern. Für einen Roman blieb ihm nicht mehr die Zeit.

An Peter Rusterholz, 30. 5. 1996
Briefkonzept; Archiv der Akademie der Künste
Peter Rusterholz: Germanist, Professor und Präsident des »Collegium generale« an der Universität Bern.
Ihre freundliche Einladung: Die Einladung zu einer Lesung an der Universität Bern im Wintersemester 1996/97.

An Wolf Scheller, 26. 9. 1996
Briefkonzept; Archiv der Akademie der Künste
Termin am 13. Dezember: Man traf sich zur Aufzeichnung der einstündigen WDR-Sendung »Tischgespräch«. Die Sendung wurde am 27. Februar 1997 ausgestrahlt.
Zu der Musik: Becker war gefragt worden, welchen Musiktitel er sich für die Halbzeit-Pause des »Tischgesprächs« wünsche.

An Eva-Suzanne Bayer, 26. 9. 1996
Briefkonzept; Archiv der Akademie der Künste
Eva-Suzanne Bayer: Kunsthistorikerin, Journalistin und freie Autorin für Rundfunkanstalten.
zu Ihrer Sendung: Eine Sendung im Rahmen einer sechsteiligen Sendereihe des Süddeutschen Rundfunks zum Thema »Künstlerfreundschaften«.

An Hark Bohm, 27. 10. 1996
Briefkonzept; Archiv der Akademie der Künste
Hark Bohm: (geb. 1939), Filmregisseur und -schauspieler.
eine Verabredung: Hark Bohm hatte Jurek Becker eingeladen, an die Universität Hamburg zu kommen und dort im Rahmen des

Aufbaustudiums Film mit Studierenden und Lehrenden ein Gespräch zu führen.

An Rainer Weiss, 29. 11. 1996

Handschrift mit Briefkopf *Jurek Becker Braillestr. 3 12165 Berlin*; Archiv des Suhrkamp Verlags

Rainer Weiss: (geb. 1949), Lektor im Suhrkamp Verlag seit 1985, Geschäftsführer des Suhrkamp Verlags seit 2003.

diese Heine-Idee: Jurek Becker antwortete auf den Vorschlag, sein Verhältnis zu Heinrich Heine zu beschreiben – im Hinblick auf eine Veröffentlichung zum 200. Geburtstag Heines im Dezember 1997.

Editorische Notiz

Als wir im Jahre 2001 begannen, uns auf die Suche nach Briefen Jurek Beckers zu machen, bot uns sein Nachlaß* verschiedene Hinweise, wo Briefe zu finden wären. Zum einen gab es eine umfangreiche Sammlung von Briefen an Jurek Becker, die uns auf mögliche Briefpartner verwies. Zum anderen fanden sich im Nachlaß Hunderte von Briefkonzepten. Es zeigte sich, daß Jurek Becker in den achtziger und neunziger Jahren die meisten seiner Briefe zunächst konzipierte, und zwar in Schulheften, in denen er auch seine Romane und Drehbücher entwarf. Die Suche nach den zu diesen Konzepten gehörigen Brieforiginalen war am Ende oft erfolgreich, da wir den Briefpartnern, wenn wir sie gefunden hatten, genaue Hinweise zu Daten und Inhalten geben konnten. In der Regel waren die Abweichungen zwischen Konzept und Original gering, manchmal hatte Jurek Becker beim Abschreiben einzelne Wörter ausgetauscht, selten etwas hinzugefügt oder weggelassen.

Wenn uns ein Briefkonzept interessierte, die Briefpartner aber nicht mehr zu erreichen waren oder diese den gesuchten Brief nicht mehr finden konnten, wurde das Konzept in diesen Band aufgenommen.

In den siebziger Jahren schrieb Jurek Becker Briefe, besonders wenn sie nicht privater Natur waren, mit Blaupapier auf der Schreibmaschine. Die Durchschläge sammelte er selbst in einer Mappe, der er später den Titel »DDR-Briefe« gab. Diese Durchschläge gehören zu den wenigen Unterlagen, die Jurek Becker bei seiner Über-

* Der literarische Nachlaß Jurek Beckers befindet sich seit Anfang des Jahres 2000 im Archiv der Akademie der Künste in Berlin.

siedlung nach Westberlin mitnahm. In manchen Fällen ließen sich zu den Durchschlägen die Originalbriefe finden, Abweichungen oder Zusätze gab es – mit einer Ausnahme – nicht. Wir haben deshalb auch eine Reihe von Durchschlägen in diesen Band aufgenommen. Grundlage dieser Briefauswahl bilden also Brieforiginale, Durchschläge und Briefkonzepte.

Viele Freunde in Ost- und Westberlin haben keine Briefe von Jurek Becker bekommen. Man traf sich und tauschte sich mündlich aus. Auch vertraute man zu DDR-Zeiten Informationen, die nur für den Empfänger bestimmt waren, nicht der Post an.

Die Anordnung der Briefe in diesem Band ist chronologisch. Es fand sich kein Brief, der älteren Datums ist als der hier abgedruckte Brief vom 5. 11. 1969 und keiner, der nach dem 29. 11. 1996 geschrieben wurde. Das jeweilige Datum geben wir so wieder, wie Jurek Becker es auf seine Briefe schrieb, ergänzt haben wir stets die Angabe beim Jahrhundert, haben also zum Beispiel aus dem »17. 12. 70« den »17. 12. 1970« gemacht. Konzepte ohne Datum wurden mit Hilfe der Ausgangs- oder Antwortbriefe der Briefpartner eingeordnet. Fehler in Orthographie und Zeichensetzung wurden nur dann berichtigt, wenn sie von Becker offensichtlich nicht beabsichtigt waren.

Wir danken all denen, die uns ihre Jurek-Becker-Briefe zu Verfügung gestellt haben, und denjenigen, die uns bei der Suche geholfen haben.

Christine Becker
Joanna Obruśnik

Zeittafel

1937 Am 30. September in Lodz (Polen) als Kind jüdischer Eltern geboren.
Kindheit im 1939 errichteten Ghetto von Lodz und in den Konzentrationslagern Ravensbrück und Sachsenhausen.

1945 Tod der Mutter in Sachsenhausen.
Übersiedlung nach Berlin, zusammen mit dem Vater. Erlernen der deutschen Sprache.

1955 Abitur. Anschließend zweijähriger Militärdienst bei der Nationalen Volksarmee der DDR.

1957 Studium der Philosophie an der Humboldt-Universität zu Berlin.
Mitglied der SED.

1960 Relegation vom Studium aus politischen Gründen.
Freier Schriftsteller in Ostberlin, Autor von Drehbüchern für die DEFA und das Fernsehen der DDR sowie von Kurzgeschichten und Texten für das Kabarett »Die Distel«.

1961 Eheschließung mit Erika (Rieke) Hüttig.
Geburt des Sohnes Nikolaus.

1964 Geburt des Sohnes Leonard.

1969 »Jakob der Lügner«. Roman. Berlin/DDR, Weimar (Aufbau). Neuwied, Berlin (Luchterhand) 1970. Neuausgaben: Rostock (Hinstorff) 1976. Frankfurt am Main (Suhrkamp) 1976.

1970 »Meine Stunde Null«. Filmdrehbuch. Regie: Joachim Hasler. DEFA.

1971 Heinrich-Mann-Preis der Akademie der Künste der DDR für »Jakob der Lügner« und Charles-Veillon-Preis (Schweiz).

1972 Tod des Vaters.
Mitglied des P.E.N.-Zentrums der DDR.

1973 »Irreführung der Behörden«. Roman. Rostock (Hinstorff). Frankfurt am Main (Suhrkamp).
Wahl in den Vorstand des Schriftstellerverbandes der DDR.

1974 »Jakob der Lügner«. Filmdrehbuch. Regie: Frank Beyer. DEFA/Fernsehen der DDR.
Literaturpreis der Freien Hansestadt Bremen.

1975 Nationalpreis der DDR.

1976 »Der Boxer«. Roman. Rostock (Hinstorff). Frankfurt am Main (Suhrkamp).
Protest gegen die Ausbürgerung von Wolf Biermann. Ausschluß aus der SED.

1977 »Das Versteck«. Filmdrehbuch. Regie: Frank Beyer. DEFA.
Oscar-Nominierung für den Film »Jakob der Lügner«.
Austritt aus dem Schriftstellerverband der DDR.
Visum der DDR-Behörden zum Auslandsaufenthalt, zunächst für zwei, ab 1979 für zehn Jahre.
Ehescheidung.

1978 »Schlaflose Tage«. Roman. Frankfurt am Main (Suhrkamp).
»Writer-in-Residence« am Oberlin-College in Ohio/USA.
Wohnsitz Westberlin.

1978/79 Gastdozentur an der Universität Essen.
»David«. Film. Mitarbeit am Drehbuch von Peter Lilienthal. Regie: Peter Lilienthal. BRD.

1979/80 »Der Boxer«. Fernsehfilm. Regie: Karl Fruchtmann. ZDF.

1980 »Nach der ersten Zukunft«. Erzählungen. Frankfurt am Main (Suhrkamp).

1981 Gastprofessur an der Universität Augsburg.

1982 »Aller Welt Freund«. Roman. Frankfurt am Main (Suhrkamp). Rostock (Hinstorff) 1983.

»Schlaflose Tage«. Fernsehfilm. Regie: Diethard Klante. ARD.

1982/83 Stadtschreiber von Bergen.

1983 »Rede und Gegenrede«. Hörspiel. Regie: Friedhelm Ortmann. WDR.

Mitglied der Deutschen Akademie für Sprache und Dichtung, Darmstadt.

1984 Vorträge an der Cornell-Universität, Ithaca, New York.

1986 »Bronsteins Kinder«. Roman. Frankfurt am Main (Suhrkamp). Rostock (Hinstorff) 1987.

»Liebling Kreuzberg«. Drehbücher zur Fernsehserie. Regie: Hans Schirk. ARD.

Eheschließung mit Christine Harsch-Niemeyer.

1987 Adolf-Grimme-Preis in Gold für »Liebling Kreuzberg«.

Gastprofessur an der University of Texas in Austin/USA.

1988 »Liebling Kreuzberg«. Drehbücher zur Fernsehserie. Regie: Werner Masten. ARD.

»Der Passagier – Welcome to Germany«. Mitarbeit am Drehbuch von Thomas Brasch. Regie: Thomas Brasch. BRD.

Deutscher Fernsehpreis »Telestar«.

1989 Gastdozentur für Poetik an der Johann Wolfgang Goethe-Universität in Frankfurt am Main.

1990 »Warnung vor dem Schriftsteller. Drei Vorlesungen in Frankfurt«. Frankfurt am Main (Suhrkamp).

»Liebling Kreuzberg«. Drehbücher zur Fernsehserie. Regie: Werner Masten. ARD.

»Neuner«. Filmdrehbuch. Regie: Werner Masten. BRD.

»Bronsteins Kinder«. Film. Mitarbeit am Drehbuch von Jerzy Kawalerowicz. Regie: Jerzy Kawalerowicz. BRD.

Hans-Fallada-Preis der Stadt Neumünster, Neumünster.
Mitglied der Akademie der Künste, Berlin.
Geburt des Sohnes Jonathan.

1992 »Amanda herzlos«. Roman. Frankfurt am Main (Suhrkamp).
»Die beliebteste Familiengeschichte und andere Erzählungen«. Frankfurt am Main, Leipzig (Insel).
Verdienstkreuz I. Klasse der Bundesrepublik Deutschland.

1994 »Wir sind auch nur ein Volk«. Drehbücher zur Fernsehserie. Regie: Werner Masten. ARD.

1995 »Wenn alle Deutschen schlafen«. Drehbuch zum Fernsehfilm nach der Erzählung »Die Mauer«. Regie: Frank Beyer. ZDF.

1996 »Ende des Größenwahns«. Aufsätze, Vorträge. Frankfurt am Main (Suhrkamp).
»Liebling Kreuzberg«. Drehbücher zur Fernsehserie. Regie: Vera Loebner. ARD.

1997 Jurek Becker stirbt am 14. März in Sieseby/Schleswig-Holstein.

Verzeichnis der Briefempfänger

Inhalt